六朝文絜

〔清〕许梿 评选　沈泓 汪政 注

浙江古籍出版社

图书在版编目(CIP)数据

六朝文絜 / (清)许梿评选;沈泓,汪政注. —杭州:浙江古籍出版社, 2020.06(2025.07重印)

ISBN 978-7-5540-1715-9

Ⅰ.①六… Ⅱ.①许… ②沈… ③汪… Ⅲ.①骈文-作品集-中国-六朝时代 Ⅳ.①I222.5

中国版本图书馆CIP数据核字(2020)第018514号

六朝文絜

（附影印本）

〔清〕许梿 评选

沈泓 汪政 注

出版发行 浙江古籍出版社

(杭州市环城北路177号)

网　　址 www.zjguji.com

责任编辑 路 伟

封面插图题字 沈 浩

美术设计 吴思璐

责任校对 余 宏

责任印务 楼浩凯

照　　排 杭州兴邦电子印务有限公司

印　　刷 浙江海虹彩色印务有限公司

开　　本 787mm×1092mm 1/32

印　　张 14.875

字　　数 295千

版　　次 2020年6月第1版

印　　次 2025年7月第2次印刷

书　　号 ISBN 978-7-5540-1715-9

定　　价 108.00元

前 言

《六朝文絜》是一部由清人编选的六朝时期骈文集。骈文，也称骈体文，因其字句皆成对偶而得名。除对偶之外，还需要讲究辞藻、用典、声律等语言技巧，其精美绝伦的形式所营造的审美效果是散文无法比拟的。在更广阔的视野内，这种最能体现汉语之美的文体，堪称世界文学中最华丽的存在。六朝是骈文发展的繁荣期，获得了很高的成就，留下大量脍炙人口的佳作，对后世文学产生了深远的影响。

《六朝文絜》的“絜”字，通“洁”，意为简洁。所以该书收录的文章大多篇幅短小，以构思精炼和修辞简洁为选文的标准。该书选录自晋至隋36人的骈文72篇，体裁包括赋、诏、敕、令、教、策问、表、疏、启、笺、书、移文、序、论、铭、碑、诔、祭文18类。所收篇章内容广泛，自政令文书、友朋交际、男女相思、自然山水、记人铭物、谈学论道、悼亡伤远，皆有涉及。如鲍照的《芜城赋》《登大雷岸与妹书》、谢庄的《月赋》、孔稚珪的《北山移文》、江淹的《恨赋》《别赋》、吴均的《与宋元思书》、庾信的《小园赋》等，都是传颂千古的名篇，代表了当时骈文创作的最高水平。

《六朝文絜》的编选者清人许梿（1787—1862），字叔夏，浙江海宁人。道光年间进士，官江苏储粮道。梿自嘉庆十一年（1806）起致力该书，选篇勘校，评论圈点，历时二十年，数易其稿，于道光五年刊刻面世。一时大受欢迎，供不应求，成为清代众多骈文选集中极具影响的一种。时至今日，仍是欣赏、学习骈文的绝佳范本。该书最早的注本是清人黎经诰的《六朝文絜笺注》，黎氏的注释具有开创性质，但作为古注，其注释方式已不能适应当代读者的需要，而今人的几种注本又都存在缺陷。有鉴于此，笔者不揣浅陋，重注该书。为此，涉足其间已近六载，一字一句悉能背诵。虽创见无多，亦稍有心得。编注过程中留意参考时贤的研究成果，在此表示感谢。

本书旨在便利读诵，不泥于古籍整理惯例。以下就体例问题略作说明。

一、以清人黎经诰《六朝文絜笺注》十二卷（清光绪十五年枕溢书屋刻本）为底本，参校清人许梿《六朝文絜》四卷（清道光五年海昌许氏享金宝石斋刻朱墨套印本）、《文选》六十卷（1977年中华书局影印本）等书。

二、异体字、避讳字径改，不出校记。

三、不同版本间字句出入者，择善而从，不出校记。

四、全文过录原刻中的许梿评语，以小字置于文中。

五、注释力求简要，不作繁琐引证。为免前后翻检之劳，不避重出。

六、篇首附以提示，旨在归纳作品主旨，帮助理解。

七、作者中帝王原用谥号，今统一用姓名。

目　录

赋

诏

敕

令

教

策问

表

疏

启

笺

书

碑

诔

祭文

赋

文体名。是韵文和散文的综合体。讲究词藻、对偶、用韵。最早以“赋”名篇的为战国荀况。后盛行于汉、魏、六朝。

芜城赋[1]

宋孝武时，临海王子顼有逆谋。照为参军，随至广陵，见故城荒芜。乃汉吴王濞所都，濞以叛逆被灭。照因赋其事讽子顼。

鲍　照[2]

该篇通过广陵城繁华往昔与荒凉现状的对照，抒发人世无常、天道莫知的悲叹。作品新奇的用字营造出惊心动魄的效果。

弥迤(mí yǐ)平原[3]，南驰苍梧涨(zhàng)海[4]，北走紫塞雁门[5]；柂(duò)以漕渠[6]，轴以昆冈[7]；重江复关之隩(yù)[8]，四会五达之庄[9]。当昔全盛之时，从盛时极力说入，总为“芜”字张本，如此方有势有力。车挂轊(wèi)，人驾肩[10]；廛闬(chán hàn)扑地[11]，歌吹沸天[12]；孳货盐田[13]，铲利铜山[14]；才力雄富，士马精妍[15]。故能奓秦法[16]，佚(yì)周令[17]；划崇墉(yōng)[18]，刳(kū)浚(jùn)洫[19]；图修世以休命[20]。笔笔从“城”字洗发，此名手胜人处。是以版筑雉堞(zhì dié)之殷[21]，井干烽橹(lǔ)之勤[22]，格高五岳[23]，袤(mào)广三坟[24]，崪(zú)若断岸[25]，矗似长云[26]，制磁石以御冲[27]，糊赪(chēng)壤以飞文[28]。观基扃(jiōng)之固护[29]，将万祀而一君[30]。

[1]芜城：古城名，即广陵城。故址在今江苏扬州。西汉吴王刘濞建都

于此。南朝宋竟陵王刘诞据广陵反,兵败而死,城遂荒芜。鲍照作《芜城赋》以讽之,因得名。

❷鲍照:约414～466年。字明远,东海(今江苏涟水)人。历任秣陵令、中书舍人。后为临海王刘子顼(一作瑱)前军参军,故世称“鲍参军”。子项谋反失败,鲍照死于乱军。南齐永明年间虞炎曾编辑鲍照文集十卷。明代张溥《汉魏六朝百三家集》本《鲍参军集》为最流行。注释本以今人钱仲联《鲍参军集注》为著名。

❸弥迤:地形平坦延绵貌。

❹苍梧:郡名,治所在广信(今广西梧州)。涨海:南海的古称。《旧唐书·地理志四》:“南海在海丰县南五十里,即涨海,渺漫无际。”

❺紫塞:北方边塞。晋崔豹《古今注·都邑》:“秦筑长城,土色皆紫,汉塞亦然,故称紫塞焉。”雁门:雁门关,在山西代县北部,长城重要关口之一。亦省作“雁关”、“雁门”。

❻柂以漕渠:水上交通凭借运河。柂,船舵。漕渠,人工挖掘或疏浚的主要用于漕运的河道,此指邗沟,春秋时吴王夫差为争霸中原,引江水入淮以通粮道而开凿的古运河。

❼轴以昆冈:陆上交通凭借蜀冈。轴,本指车轴,此指用车陆运。昆冈,亦作“昆岗”,蜀冈的异名,为广陵古城所在。

❽隩:藏,掩藏之处。

❾庄:四通八达的道路。《尔雅·释宫》:“五达谓之康,六达谓之庄。”

❿车挂二句:形容人多拥挤。钱振伦注引《史记》:“苏秦说齐王曰:临菑之途,车毂击,人肩摩。”辖,套在车轴末端的金属筒状物。

⓫廛闬:犹廛里。《文选》李善注:“郑玄《周礼》注曰:‘廛,民居区域之称。’”张铣注:“廛,里也。闬,里门。”扑:满,遍。

⓬歌吹:歌声和乐声。

⓭孳货盐田:凭借盐田来增值财富。孳,滋生,增益。货,财物,物资。

⓮铲利铜山:凭借铜山来获取财富。铲,用铲撮取。铜山,蕴藏、出产

铜的山。《史记·佞幸列传》:“(文帝)于是赐邓通蜀严道铜山,得自铸钱,‘邓氏钱’布天下。”

⑮精妍:精良美好。

⑯奓:通“侈”,过分,超过。

⑰佚:超越,超过。令:法令。

⑱划:开辟。崇墉:高大的城墙。《诗·大雅·皇矣》:“与尔临冲,以伐崇墉。”

⑲刳:挖。浚:深。洫:护城河。

⑳图修世以休命:谋求永久的好运。修,长,指时间久。休,喜庆,美善,福禄。

㉑版筑:两种筑土墙的工具。《汉书·英布传》:“项王伐齐,身负版筑。”颜师古注引李奇曰:“版,墙版也。筑,杵也。”雉堞:城上矮墙,泛指城墙。殷:盛多。

㉒井干:井上围栏。《庄子·秋水》:“出跳梁乎井干之上,入休乎缺甃之崖。”引申指构木所成的高架。《史记·孝武本纪》:“乃立神明台、井干楼,度五十余丈,辇道相属焉。”司马贞索隐:“《关中记》:‘宫北有井干台,高五十丈,积木为楼。’言筑累万木,转相交架,如井干。”烽橹:举烽火的望楼。

㉓格:树的长枝条,泛指长。南朝梁刘勰《文心雕龙·章句》:“若夫笔句无常,而字有条数,四字密而不促,六字格而非缓。”

㉔袤:长,一般指纵长。《文选·张衡〈西京赋〉》:“于是量径轮,考广袤。”李善注引《说文》:“南北曰袤,东西曰广。”三坟:此指传说中的海上三神山。晋王嘉《拾遗记·高辛》:“三壶,则海中三山也。一曰方壶,则方丈也;二曰蓬壶,则蓬莱也;三曰瀛壶,则瀛洲也。”

㉕崒:山峰高而险。

㉖矗:直,笔直。

㉗制磁石以御冲:制造磁石(的城门)来抵御(敌军攻城的)战车。按磁石可以吸住战车上的金属,使其不能通过。冲,古战车名,用以攻城。《诗·

大雅·皇矣》:"以尔钩援,与尔临冲,以伐崇墉。"

[28]赪壤:红土,古代用以涂饰墙壁。飞文:谓光彩闪耀。《文选·班固〈东都赋〉》:"焱焱炎炎,扬光飞文。"

[29]基扃:泛指城阙。《文选》李善注:"《说文》曰:'扃,外闭之关也。'凡文士之言基扃,泛论城阙。"固护:牢固保护。

[30]万祀而一君:意谓长治久安。祀,世,代。

出入三代[1],五百余载,竟瓜剖而豆分。泽葵依井[2],荒葛罥(juàn)涂[3]。坛罗虺(huǐ)蜮(yù)[4],阶斗麇(jūn)鼯(wú)[5]。木魅山鬼[6],野鼠城狐[7],风嗥(háo)雨啸[8],昏见晨趋[9]。饥鹰厉吻[10],寒鸱(chī)吓(hè)雏[11]。伏虣(bào)藏虎[12],乳血飧(sūn)肤[13]。崩榛(zhēn)塞路[14],峥嵘古逵(kuí)[15]。白杨早落,塞草前衰。棱棱霜气[16],蔌(sù)蔌风威[17]。孤蓬自振[18],惊沙坐飞[19]。无故而飞曰"坐飞","坐"字炼。灌莽杳而无际[20],丛薄纷其相依[21]。通池既已夷[22],峻隅又已颓[23];直视千里外,唯见起黄埃。凝思寂听[24],心伤已摧[25]。极言其芜,于浓腴中仍见奇峭,绝不易得。

[1]出入:指所估计之数可能或上或下,接近而并不等同。三代:三个朝代,此指汉、魏、晋。

[2]泽葵:青苔。《太平广记》卷四一三引南朝梁任昉《述异记》:"苔钱亦谓之泽葵。"

[3]罥:犹绾,盘绕成结。涂:通"途",道路。

[4]坛:庭院。《淮南子·说林训》:"腐鼠在坛,烧熏于宫。"高诱注:"楚人谓中庭为坛。"虺:古称蝮蛇一类的毒蛇。蜮:短狐,相传一种能含沙射人为害的动物。《诗·小雅·何人斯》:"为鬼为蜮。"毛传:"蜮,短狐也。"陆德明

释文:“蜮,状如鳖,三足。一名射工,俗呼之水弩。在水中含沙射人。一云射人影。”

❺麇:獐子。状似鹿而小,无角。鼯:鼯鼠。俗称大飞鼠,外形像松鼠,前后肢之间有宽大的薄膜,能在树间滑翔。

❻木魅:旧指老树变成的妖魅。南朝梁吴均《吴城赋》:“木魅晨走,山鬼夜惊。”山鬼:山精,传说中的一种独脚怪物。南朝宋郑缉之《永嘉郡记》:“安固县有山鬼,形体如人而一脚,裁长一尺许,好啖盐,伐木人盐辄偷将去。不甚畏人,人亦不敢犯,犯之即不利也。喜于山涧中取食蟹。”

❼城狐:城墙洞中的狐狸。

❽嗥:吼叫。

❾昏见晨趋:在晨昏之际出现、奔跑。趋,疾行,奔跑。

❿厉:磨砺。《左传·哀公十六年》:“胜自厉剑。”吻:此指喙,鸟嘴。

⓫寒鸱吓雏:《庄子·秋水》:“惠子相梁,庄子往见之。或谓惠子曰:‘庄子来,欲代子相。’于是惠子恐,搜于国中三日三夜。庄子往见之,曰:‘南方有鸟,其名为鹓鶵,子知之乎?夫鹓鶵发于南海而飞于北海,非梧桐不止,非练实不食,非醴泉不饮。于是鸱得腐鼠,鹓鶵过之,仰而视之曰:吓!今子欲以子之梁国而吓我邪?’”鸱,猫头鹰的一种。吓,怒声。雏,即鹓鶵,传说中鸾凤之类的鸟。

⓬虓:猛兽。

⓭乳:饮。飧:晚饭,此作动词,吃。肤:古代用于祭祀或供食用的肉类。《仪礼·聘礼》:“肤、鲜鱼、鲜腊,设扃鼏。”郑玄注:“肤,豕肉也。”此处“乳”“飧”二字名词活用作动词。

⓮榛:丛木。

⓯峥嵘:幽深阴暗,阴沉。逵:四通八达的大路。

⓰棱棱:寒冷貌。

⓱蔌蔌:风劲烈貌。

⓲振:起。

⑲坐：无故，自然。《文选》李善注：“无故而飞曰坐。”

⑳灌莽：丛生的草木。

㉑丛薄：丛生的草木。

㉒通池：护城河。夷：平，指破坏使成为平地。

㉓峻隅：高墙。

㉔凝思寂听：凝神静听。

㉕已：太，过。摧：悲痛，哀伤。

若夫藻扃黼(fǔ)帐[1]，歌堂舞阁之基[2]；璇渊碧树[3]，弋(yì)林钓渚(zhǔ)之馆[4]；吴蔡齐秦之声[5]，鱼龙爵马之玩[6]，皆薰歇烬灭[7]，光沉响绝。*有昔日之盛，即有今日之衰。两段俱以二语兜转，何等遒劲！*东都妙姬[8]，南国丽人[9]，蕙心纨(wán)质[10]，玉貌绛(jiàng)唇[11]，莫不埋魂幽石，委骨穷尘[12]。岂忆同舆之愉乐[13]，离宫之苦辛哉[14]？

❶藻扃：装饰华美的门户。黼帐：犹华帐。汉司马相如《美人赋》：“芳香芬烈，黼帐高张。有女独处，婉然在床。”黼，古代礼服上白黑相间的花纹，引申指绣。

❷歌堂：聚集歌唱的地方。

❸璇渊：犹璇源，产珠的水流。亦为池的美称。碧树：玉树，亦指绿色的树木。

❹弋：带丝绳的箭。此指弋射。渚：小洲，水中的小块陆地。

❺吴蔡齐秦：吴地、蔡地、齐地、秦地，指四方各地。声：指音乐。

❻鱼龙：古代百戏杂耍的名目。《汉书·西域传赞》：“设酒池肉林以飨四夷之客，作巴俞都卢、海中砀极、漫衍鱼龙、角抵之戏以观视之。”颜师古注：“鱼龙者，为舍利之兽，先戏于庭极，毕乃入殿前激水，化成比目鱼，跳跃漱水，作雾障日，毕，化成黄龙八丈，出水敖戏于庭，炫耀日光。”爵马：古

代角斗性质的杂耍，泛指玩赏之物。《后汉书·南匈奴传》“角抵百戏”唐李贤注：“角抵之戏则鱼龙爵马之属，言两两相当，亦角而为抵对。”

❼薰：香。歇：绝，消失。

❽东都：历代王朝在原京师以东的都城。东汉都洛阳，在西汉京都长安之东。汉班固有《东都赋》。妙姬：美女。

❾南国：古指江汉一带的诸侯国。《诗·小雅·四月》：“滔滔江汉，南国之纪。”泛指我国南方。

❿蕙：香草名，比喻芳美。纨质：谓白晰细洁，如纨素之质，多形容妇女美质。纨，白色细绢。

⓫绛：深红色。

⓬委：堆积。穷尘：深土，犹黄泉。

⓭同舆之愉乐：指得宠之欢。同舆，同车，形容亲密无间。《汉书·叙传上》：“自大将军薨后，富平、定陵侯张放、淳于长等始爱幸，出为微行，行则同舆执辔。”

⓮离宫之苦辛：指失宠之悲。

天道如何？吞恨者多。抽琴命操❶，为芜城之歌。题字至此揭出。歌曰：边风急兮城上寒，井径灭兮丘陇残❷。千龄兮万代，共尽兮何言？收局感慨淋漓，每读一过，令人辄唤奈何。

❶抽琴命操：取琴谱曲。命，为，此指制作。操，琴曲。

❷井径：田间小路。《文选》李善注：“《周礼》曰：‘九夫为井。’又曰：‘夫间有遂，遂上有径。’”李周翰注：“屋三为井。径，道也。言人屋室迁毁，行道荒芜而丘陇亦已摧残。”丘陇：坟墓。

月　赋

此赋假陈王、仲宣立局，与小谢《雪赋》同意。兹刻遗《雪》取《月》者，以《雪》描写着迹，《月》则意趣洒然，所谓写神则生，写貌则死。

谢　庄❶

该篇假托曹植、王粲夜游咏月的情景，描绘秋宵月色。作品对偶工稳而情韵绵渺。

陈王初丧应刘，端忧多暇❷。绿苔生阁，芳尘凝榭(xiè)❸。悄焉疚怀❹，弗怡中夜❺。乃清兰路，肃桂苑❻，腾吹(chuì)寒山❼，弭(mǐ)盖秋阪❽。临浚(jùn)壑而怨遥❾，登崇岫(xiù)而伤远❿。“怨遥”、“伤远”，一篇关目。于时斜汉左界⓫，北陆南躔(chán)⓬。白露暧(ài)空⓭，素月流天⓮。“白露”二句神来之笔，看似平淡而实精缛，作文须知此境。沉吟齐章⓯，殷勤陈篇⓰。抽毫进牍⓱，以命仲宣⓲。

❶谢庄：421～466年。字希逸。祖籍陈郡阳夏(今河南太康)。存世作品不多，张溥辑为《谢光禄集》，收入《汉魏六朝百三家集》。

❷陈王二句：陈王刚刚失去应玚、刘桢的时候，心绪忧愁而多有闲暇。陈王，指三国魏曹植。应刘，汉末建安文人应玚、刘桢的并称，二人均为曹丕、曹植所礼遇。

❸芳尘：指落花。晋庾阐《杨都赋》：“结芳尘于绮疏。”榭：建在高台上的木屋，多为游观之所。

❹悄：忧伤貌。《诗·陈风·月出》："舒窈纠兮，劳心悄兮。"毛传："悄，忧也。"疚：痛苦。《诗·小雅·大东》："既往既来，使我心疚。"

❺怡：和悦。中夜：半夜。

❻肃：整理，整饬。

❼吹：管乐器的吹奏。

❽弭盖：停车。弭，停止。盖，车上的伞盖，此指车。阪：山坡，斜坡。

❾浚壑：深谷。怨遥：伤远。

❿岫：山洞，指峰峦。晋陶潜《归去来辞》："云无心以出岫，鸟倦飞而知还。"

⓫斜汉左界：倾斜的银河在天空的东边划出界限。斜汉，指秋天向西南方向偏斜的银河。左，古人在地理上常以东为左。

⓬北陆南躔：虚宿在天空的南边运行。北陆，即虚宿，位于北方，为二十八宿之一。《左传·昭公四年》："古者日在北陆而藏冰。"躔，日月星辰在黄道上运行。

⓭曖：昏暗，朦胧。

⓮流：泛指物体移动，变换位置。

⓯齐章：指《诗经·齐风》的篇章。《文选》李善注："《毛诗·齐风》曰：'东方之月兮，彼姝者子，在我闼兮。'"

⓰殷勤：情意深厚。陈篇：指《诗·陈风·月出》篇。《文选》李善注："《陈风》曰：'月出皦兮，佼人僚兮。'"后以"陈篇"为咏月的典实。

⓱抽毫：抽笔出套。进牍：进奉写字用的木板或纸笺。

⓲仲宣：汉末文学家王粲的字，为"建安七子"之一。博学多识，文思敏捷，善诗赋，尤以《登楼赋》著称。

仲宣跪而称曰：臣东鄙幽介❶，长自丘樊❷，昧道懵（měng）学❸，孤奉明恩❹。臣闻沉潜既义❺，高明既经❻，日以阳德，月以阴灵[7]。擅扶光于东沼[8]，嗣若英于西冥[9]。此段尚嫌着迹。引玄兔于帝台[10]，集素娥于后庭[11]。朒朓(nǜ tiǎo)警阙[12]，朏魄(fěi pò)示冲[13]。顺辰通烛[14]，从星泽风[15]。增华台室[16]，扬采轩宫[17]。委照而吴业昌[18]，沦精而汉道融[19]。

❶东鄙：指东部僻远地方。幽介：卑微孤介的人。

❷丘樊：山林，指隐居之地。

❸昧：愚昧，糊涂。懵：不明。

❹孤：辜负，对不住。奉：承受，接受，多用于对尊长或上级，含尊敬之意。

❺沉潜既义：意谓大地的深沉柔弱极尽义理。沉潜，指地，谓地德深沉柔弱。《书·洪范》："高明柔克，沉潜刚克。"既，尽。

❻高明既经：意谓天空的高远光明极尽义理。高明，指上天。经，常道，指常行的义理、准则、法制。

❼日以二句：太阳以阳刚为德，月亮以阴柔为灵。

❽擅：通"禅"，替代。扶光：扶桑之光，指日光，亦指日。《文选·谢瞻〈九日从宋公戏马台集送孔令诗〉》："扶光迫西汜，欢余燕有穷。"扶桑，神话中的树名。传说日出于扶桑之下，拂其树杪而升，因谓为日出处。东沼：指传说东方日所出处的旸谷。

❾嗣：接续。若英：古代神话中若木的花，常借指落日的余晖。西冥：传说西方日所入处的昧谷。《文选》李善注："西冥，昧谷也。"

❿玄兔：《文选》李周翰注："玄兔，月也。月中有兔象，故以名焉。"帝台：犹帝阙。

⓫素娥：嫦娥的别称。《文选》李周翰注："常娥窃药奔月，因以为名。月色白，故云素娥。"后庭：后妃的宫庭。《文选》李周翰注："言照曜帝王之台、后妃之庭。"

⓬朒朓警阙：月初和月末的月光警示缺失。朒朓，旧历月初月见于东

方和月末月见于西方。警阙，谓儆戒君王的缺失。《文选》李善注："警阙谓朒朓失度，则警人君有所阙德。"

⑬朏霸示冲：新月的月光代表谦和。朏霸，新月的月光。霸，又作"魄"，月初出或将没时的微光。一说，指月初生或圆而始缺时不明亮处。《书·康诰》："惟三月哉生魄。"陆德明《释文》："月三日始生兆朏，名曰魄。"冲，淡泊，谦和。

⑭顺辰通烛：月亮循着十二辰次序运行并普照。辰，星次。古人为了说明日月五星的运行和节气的变换，把黄赤道附近一周天按照由西向东的方向分为十二个等分，叫作星次。十二次的名称为：星纪、玄枵、娵訾、降娄、大梁、实沈、鹑首、鹑火、鹑尾、寿星、大火、析木。烛，照亮，照见。

⑮从星泽风：月亮经过星辰之时便会下雨刮风。《文选》李善注："月之从星，则以风以雨。孔安国《尚书传》曰：'月经于箕，则多风；离于毕，则多雨。'然泽则雨也。"

⑯台室：指三公的房室。台，即三台，星名，古代用三台来比喻三公。

⑰轩宫：指帝王的宫室。

⑱委：垂。照：明亮，光明。吴业昌：晋干宝《搜神记》卷一〇："孙坚夫人吴氏，孕而梦月入怀，已而生策。"吴业，吴国的功业。

⑲沦：降。精：光明。汉道融：《汉书·元后传》："初，李亲任政君在身，梦月入其怀。"汉道，汉代的国祚。融，显明，昌盛。

若夫气霁地表，云敛天末[1]，洞庭始波，木叶微脱。菊散芳于山椒[2]，雁流哀于江濑[3]。数语无一字说月，却无一字非月，清空澈骨，穆然可怀。升清质之悠悠[4]，降澄辉之蔼蔼[5]。列宿掩缛[6]，长河韬(tāo)映[7]。柔祇雪凝[8]，圆灵水镜[9]。连观霜缟(gǎo)，周除冰净[10]。君王乃厌晨欢，乐宵宴；收妙舞，弛清县[11]；去烛房[12]，即月殿[13]；芳酒登[14]，鸣琴荐[15]。

[1]天末：天的尽头。

[2]山椒：山顶形似椒，故称山顶为山椒。

[3]流：传布。濑：沙石上的水流。

[4]悠悠：辽阔无际。《诗·王风·黍离》："知我者谓我心忧，不知我者谓我何求，悠悠苍天，此何人哉？"毛传："悠悠，远意。"

[5]蔼蔼：朦胧貌。

[6]列宿：众星宿，特指二十八宿。缛：繁多的彩饰。此指光彩。

[7]长河：指天河、银河。韬，弓袋，纳弓于弓袋，引申指掩藏，敛藏。《文选》吕向注："列星天河，皆韬掩光彩也。"

[8]柔祇雪凝：地上的月光如雪般凝结。柔祇，地的别称。古人谓地道阴柔，故称。

[9]圆灵水镜：天上的月色如水般映照。圆灵，天。镜，作动词。

[10]连观二句：（在月色的映照下）互相连接的楼台像霜一样洁白，四周阶下像冰一样洁净。《文选》张铣注："观宇庭除，皆如霜冰之洁也。"缟，细白的生绢，引申为白色的。周除，四周阶下。

[11]弛：放松，放下。县：同"悬"，悬挂钟磬等乐器的架。

[12]去：离开。

[13]即：接近，靠近。

[14]登：进献。

[15]荐：进献，送上。

若乃凉夜自凄，风篁(huáng)成韵[1]，笔能赴情，自情生于文，正不必苦镂，而冲淡之味耐人咀嚼。亲懿莫从[2]，羁孤递进[3]。聆皋禽之夕闻[4]，听朔管之秋引[5]。于是丝桐练响[6]，音容选和[7]。徘徊《房露》[8]，“房”与“防”通。《房露》，古曲名。惆怅《阳阿》[9]。阳阿，古善歌者。声林虚籁，沦池灭波[10]。情纡(zhěn)轸其何托[11]？(sù)愬皓月而长歌[12]。

❶风篁：风中的竹林。

❷亲懿莫从：没有至亲相随。亲懿，犹懿亲，美好的亲人，指至亲。

❸羁孤递进：意谓羁旅孤独之情交替侵扰心绪。递，交替，轮流。

❹皋禽：鹤的别名。闻：《慧琳音义》卷二一引《慧苑音义》“周闻十方”注：“闻，声所至也。”此作名词，指声音。

❺朔管：指羌笛，亦泛指北方地区流行的管乐器。引：乐曲体裁名，有序奏之意。

❻丝桐：指琴。古人削桐为琴，练丝为弦，故称。练响：熟练响亮。练，详熟。《汉书·薛宣传》：“(翟方进)荐宣明习文法，练国制度。”颜师古注：“练，犹熟也。言其详熟。”

❼音容：音乐(和歌者的)容色。选：整齐。《诗·齐风·猗嗟》：“舞则选兮，射则贯兮。”

❽徘徊：流连，留恋。房露：古曲名，一名《防露》。《文选》李善注：“《房露》，盖古曲也……房与防古字通。”

❾阳阿：乐曲名。战国楚宋玉《对楚王问》：“客有歌于郢中者，其始曰《下里》、《巴人》，国中属而和者数千人，其为《阳阿》、《薤露》，国中属而和者数百人，其为《阳春》、《白雪》，国中属而和者不过数十人。”许梿谓阳阿为古善歌者。

❿声林二句：(在音乐的效果下)林间的声音消失了，水面的涟漪平静了。籁，从孔穴里发出的声音，亦泛指一般的声响。沦，小波。

⓫纡轸：萦绕纷繁。

⓬愬：通“溯”，逆流而上，引申指迎，向着。

歌曰：以二歌总结全局，与怨遥、伤远相应，深情婉致，有味外味，后人模拟便落套，觉厌矣。美人迈兮音尘阙❶，隔千里兮共明月。临风叹兮将焉歇？川路长兮不可越。歌响未终，余景就毕❷，满堂变容，回遑如失❸。又称歌曰❹：月既没兮露欲晞(xī)❺，岁方晏(yàn)兮无与归❻。佳期可以还❼，微霜沾人衣。前写月之始升，此写月之既没，畦径分明。陈王曰：善。乃命执事❽，献寿羞璧❾，敬佩玉音❿，复之无斁(yì)⓫。

❶迈：远行。音尘：音信，消息。阙：缺乏，稀少

❷余景：残留的光辉。《文选·潘岳〈秋兴赋〉》："听离鸿之晨吟，望流火之余景。"李周翰注："流火，心星也。秋，心星西下将没，故有余景也。"

❸回遑：徘徊。

❹称：举。

❺晞：干。《诗·秦风·蒹葭》："蒹葭萋萋，白露未晞。"

❻晏：晚。无与归：没人与我一起返回。

❼佳期：美好的时光，多指同亲友重晤或故地重游之期。还：返回。

❽执事：指供役使者，仆从。

❾献寿：献礼祝寿。羞：献上。

❿佩：铭记。玉音：对别人言辞的敬称。

⓫复：重复，反复。无斁：不厌弃，不厌倦。《诗·周南·葛覃》："为绨为绤，服之无斁。"

采莲赋

萧　绎[1]

该篇主要描绘妙龄少女荡舟采莲之际婀娜多姿的情态。

紫茎兮文波，红莲兮芰(jì)荷[2]。绿房兮翠盖[3]，素实兮黄螺[4]。于时妖童媛(yuàn)女[5]，荡舟心许[6]。鹢(yì)首徐回[7]，兼传羽杯[8]。棹(zhào)将移而藻挂[9]，船欲动而萍开。体物浏亮，斯为不负。尔其纤腰束素[10]，迁延顾步[11]。夏始春余，叶嫩花初。恐沾裳而浅笑，畏倾船而敛裾(jū)[12]。生撰语却佳，以有藻饰，所以读之不厌。故以水溅兰桡(ráo)[13]，芦侵罗荐[14]。菊泽未反[15]，梧台迥见[16]。荇(xìng)湿沾衫[17]，菱长绕钏(chuàn)[18]。腴炼。泛柏舟而容与[19]，歌《采莲》于江渚[20]。歌曰：碧玉小家女[21]，来嫁汝南王。莲花乱脸色[22]，荷叶杂衣香。因持荐君子，愿袭芙蓉裳[23]。

[1]萧绎:508～554年。南朝梁元帝，字世诚，小字七符。南兰陵(今江苏常州西北)人。梁武帝第七子，封为湘东王。平定侯景之乱后于江陵称

帝。承圣三年(554),为魏军掳杀。生平著述甚富,今存《金楼子》辑本。

❷芰:菱。

❸绿房:指莲房,即莲蓬。翠盖:指莲叶形如翠色的车盖。

❹黄螺:莲实。《艺文类聚》卷八二引晋夏侯湛《芙蓉赋》:"黄螺圆出,垂蕤散舒。"

❺妖:艳丽。媛:美好貌。

❻心许:内心应允,默许。语出《史记·吴太伯世家》:"季札之初使,北过徐君。徐君好季札剑,口弗敢言。季札心知之,为使上国,未献。还至徐,徐君已死,于是乃解其宝剑,系之徐君冢树而去。从者曰:'徐君已死,尚谁予乎?'季子曰:'不然。始吾心已许之,岂以死倍吾心哉!'"

❼鹢首:鹢,水鸟名,形如鹭而大,羽色苍白,善高飞。古代在船首以彩色画鹢鸟之形,后借指船。《汉书·司马相如传上》:"西驰宣曲,濯鹢牛首。"颜师古注:"濯者,所以刺船也。鹢即鹢首之舟也。"

❽羽杯:古代饮酒用的耳杯(两侧各有一耳),作鸟雀状,左右形如两翼。一说,插鸟羽于觞,促人速饮。传杯,宴饮中传递酒杯劝酒。

❾棹:船桨。

❿尔其:连词,表承接。辞赋中常用作更端之词,犹言至于,至如。束素:一束绢帛,常用以形容女子腰肢细柔。战国楚宋玉《登徒子好色赋》:"腰如束素,齿如含贝。嫣然一笑,惑阳城,迷下蔡。"

⓫迁延:徘徊,停留不前貌。顾步:徘徊自顾,回首缓行。

⓬裾:衣服的前后襟,亦泛指衣服的前后部分。

⓭兰桡:木兰作的船桨,此作小舟的美称。

⓮荐:垫席,垫褥。

⓯菊泽:古地名,今不可考。

⓰梧台:战国齐梧宫之台,故址在今山东淄博境内。参见北魏郦道元《水经注·淄水》。

⓱荇:多年生水生草本植物,叶呈对生圆形,嫩时可食。《诗·周南·关

雎》:“参差荇菜,左右流之。”

⑱钏:臂镯的古称。

⑲柏舟:柏木做的船。《诗·邶风·柏舟》:“泛彼柏舟,亦泛其流。”容与:从容闲舒貌。《楚辞·九歌·湘夫人》:“时不可兮骤得,聊逍遥兮容与。”

⑳采莲:采莲曲,乐府清商曲名,本于“江南可采莲,莲叶何田田”的《江南曲》。

㉑碧玉小家女:《乐府诗集·清商曲辞·碧玉歌二》:“碧玉小家女,不敢攀贵德。”碧玉原为南朝宋汝南王妾,后以“小家碧玉”称小户人家的美貌少女。

㉒乱:夹杂。

㉓袭:泛指穿衣。芙蓉裳:用莲花制成的衣裳。

荡妇秋思赋

萧　绎

该篇描写痴情倡女对远行游子的思念，展现其辗转反侧、日渐憔悴的情态。

荡子之别十年[1]，倡妇之居自怜[2]。登楼一望，惟见远树含烟。平原如此，不知道路几千？起得超，语浅而思深，故妙。天与水兮相逼，山与云兮共色。山则苍苍入汉[3]，水则涓涓不测。谁复堪见鸟飞，悲鸣只翼？秋何月而不清，月何秋而不明？况乃倡楼荡妇[4]，对此伤情。

❶荡子：指辞家远出、羁旅忘返的男子。《文选·古诗〈青青河畔草〉》："荡子行不归，空床难独守。"李善注："《列子》曰：有人去乡土游于四方而不归者，世谓之为狂荡之人也。"

❷倡妇：以歌舞为业的倡家妇女。

❸汉：天河，银河。

❹倡楼：倡女所居处。荡妇：指倡妇。

于时露萎庭蕙，霜封阶砌[1]。坐视带长[2]，转看腰细。逼真荡妇情景，琢磨入细。重(chóng)以秋水文波[3]，秋云似罗[4]，日黯黯而将暮，风骚骚而渡河[5]。妾怨回文之锦[6]，君思出塞之歌[7]。相思相望，写出幽愤意，却是可怜。路远如何？鬓飘蓬而渐乱[8]，心怀疑而转叹。愁萦翠眉敛，啼多红粉漫[9]。史称帝不好声色，颇有高名。观此婉丽多情，余未之信。已矣哉！秋风起兮秋叶飞，春花落兮春日晖[10]。春日迟迟犹可至[11]，客子行行终不归[12]。

❶封：覆盖。阶砌：台阶。

❷带长：腰带变长，说明人渐消瘦。

❸重：表示动作行为的重复，相当于“又”。

❹罗：稀疏而轻软的丝织品。

❺骚骚：象声词，形容风声。《文选·张衡〈思玄赋〉》：“寒风凄其永至兮，拂穷岫之骚骚。”李善注：“骚骚，风劲貌。”

❻回文之锦：即织锦回文，用五色丝织成的回文诗图。《晋书·列女传·窦滔妻苏氏》：“窦滔妻苏氏，始平人也，名蕙，字若兰，善属文。滔，苻坚时为秦州刺史，被徙流沙，苏氏思之，织锦为回文旋图诗以赠滔。宛转循环以读之，词甚凄惋。”

❼出塞之歌：《西京杂记》卷一：“（汉）高帝戚夫人，善鼓瑟击筑。帝常拥夫人，倚瑟而弦歌，毕每泣下流涟。夫人善为翘袖折腰之舞，歌《出塞》《入塞》《望归》之曲。侍妇数百皆习之，后宫齐首高唱，声彻云霄。”

❽飘蓬：飘飞的蓬草。此形容乱发之状。

❾红粉：妇女化妆用的胭脂和铅粉。漫：漫漶，模糊。

❿晖：明。

⓫迟迟：阳光温暖、光线充足的样子。《诗·豳风·七月》：“春日迟迟，其采蘩祁祁。”朱熹注：“迟迟，日长而暄也。”

⑫行行：不停地前行。《古诗十九首·行行重行行》："行行重行行，与君生别离。"

恨　赋❶

《恨》、《别》二赋乃文通创格。

江　淹❷

该篇历述帝王诸侯、将帅美女、才人高士含恨而死之状，抒发人生短促、志向难申的感伤。

试望平原，蔓草萦骨❸，拱木敛魂❹。人生到此，天道宁论❺？通篇奇峭有韵，语法俱自千锤百炼中来，然却无痕迹。至分段叙事，慷慨激昂，读之英雄雪涕。于是仆本恨人❻，心惊不已，直念古者❼，伏恨而死❽。

❶《文选》李善注："意谓古人不称其情，皆饮恨而死也。"

❷江淹：444～505年。字文通，考城（今河南兰考）人。早年便以文章著名，晚年所作诗文不如前期，人谓"江郎才尽"。江淹集据《自序传》称凡十卷。《四部丛刊》影印乌程蒋氏密韵楼藏明翻宋本，凡十卷。注本有明代胡之骥《江文通集汇注》，有中华书局1984年排印本。

❸蔓：蔓延，滋长。

❹拱木：径围大如两臂合围的树，泛指大树。《左传·僖公三十二年》："尔何知？中寿，尔墓之木拱矣。"后因称墓旁之木为拱木。

❺宁：岂。

❻恨人:失意抱恨的人。

❼直念:犹遥思。直,长。

❽伏:藏匿,隐含。

至如秦帝按剑[1],帝王之恨。诸侯西驰[2],削平天下,同文共规[3]。华山为城,紫渊为池[4]。雄图既溢[5],武力未毕。方架鼋鼍(yuán tuó)以为梁[6],巡海右以送日[7]。一旦魂断,宫车晚出[8]。

愈说得威赫,愈觉得冷落。笔法简劲,悲思淋漓。

❶秦帝:此指秦始皇。按剑:以手抚剑,预示击剑之势。

❷西驰:西行。秦国位于西方,故云"西驰"。

❸同文共规:《礼记·中庸》:"今天下车同轨,书同文,行同伦。"后以"同文共轨"比喻国家统一。《汉书·艺文志》:"古制,书必同文,不知则阙。"共规,犹共轨,车辙宽度相同。

❹华山二句:汉贾谊《过秦论》:"践华为城,因河为池。"紫渊,水名。《史记·司马相如列传》:"紫渊径其北。"张守节正义:"《山海经》云:'紫渊水出根耆之山,西流注河。'文颖云:'西河谷罗县有紫泽,在县北,于长安为北。'"

❺雄图:宏大广阔的版图。

❻鼋鼍以为梁:《竹书纪年》卷下:"穆王三十七年,伐楚,大起九师,东至于九江,叱鼋鼍以为梁。"鼋鼍,大鳖和猪婆龙。

❼海右:指黄河、东海以西地区。方位以西为右,故称。送日:送太阳西下。《文选》李善注:"《列子》曰:穆王驾八骏之乘,乃西观日所入。"

❽宫车晚出:车驾晚出为古代称帝王死亡的讳辞。《史记·范雎蔡泽列传》:"宫车一日晏驾,是事之不可知者一也。"裴骃集解引韦昭曰:"凡初崩为'晏驾'者,臣子之心犹谓宫车当驾而晚出。"

若乃赵王既虏[1]，列侯之恨。迁于房陵[2]。薄莫心动[3]，昧旦神兴[4]。别艳姬与美女，丧金舆及玉乘(shèng)[5]。置酒欲饮，悲来填膺(yīng)[6]，千秋万岁，为怨难胜[7]。

❶虏：俘获，此指被俘获。

❷若乃二句：《淮南子·泰族训》："赵王迁流于房陵，思故乡，作为山水之讴，闻者莫不殒涕。"房陵，古地名，在今湖北房县境内。

❸薄莫：傍晚。莫，同"暮"。

❹昧旦：天将明未明之时，破晓。《诗·郑风·女曰鸡鸣》："女曰鸡鸣，士曰昧旦。"神兴：精神震动。

❺金舆：帝王乘坐的车轿。《史记·礼书》："人体安驾乘，为之金舆错衡，以繁其饰。"玉乘：玉辂，帝王所乘之车。

❻填膺：充塞于胸膛。膺，胸。

❼胜：尽。

至于李君降北[1]，名将之恨。名辱身冤，拔剑击柱[2]，吊影惭魂[3]。情往上郡[4]，心留雁门。此段可与苏子卿《黄鹄》一诗并读。裂帛系书[5]，誓还汉恩[6]。朝露溘(kè)至[7]，握手何言[8]？

❶李君：李陵，西汉将领。李广孙，字少卿，陇西成纪(今甘肃静宁西南)人。天汉二年(前99)九月，奉命率部出塞，察视匈奴动静，行至浚稽山，被匈奴单于围困。突围未成，投降匈奴。李陵在匈奴二十余年，为单于重用，直至病亡。降北，投降败逃。

❷拔剑击柱：语出《史记·刘敬叔孙通列传》："高帝悉去秦苛仪法，为简易。群臣饮酒争功，醉或妄呼，拔剑击柱，高帝患之。"

❸吊影：对影自怜。惭魂：谓有愧于心魂。语本《晏子春秋·外篇下

四》:"君子独立不惭于影,独寝不惭于魂。"

❹上郡:郡名,战国魏文侯置,位于北方边区,秦始皇时蒙恬统兵三十万屯此以御匈奴。

❺裂帛:撕裂缯帛,指裁帛作书。系书:缚帛书于雁足以传音信。《汉书·苏武传》:"(常惠)教使者谓单于,言天子射上林中,得雁,足有系帛书,言武等在某泽中。"

❻汉恩:汉室的恩典。

❼朝露溘至:《汉书·李陵传》:"(李陵谓苏武)人生如朝露,何久自苦如此?"溘,忽然。

❽握手何言:指李陵送别苏武归汉时的情景。

若夫明妃去时❶,美人之恨。仰天太息❷。紫台稍远❸,关山无极❹。摇风忽起❺,白日西匿。陇雁少飞❻,代云寡色❼。独怜青冢,幽恨谁知?文语语凄绝。望君王兮何期?终芜绝兮异域❽。

❶明妃:汉元帝宫人王嫱字昭君,晋代避司马昭(文帝)讳,改称明君,后人又称之为明妃。

❷太息:大声长叹,深深地叹息。

❸紫台:犹紫宫,指帝王所居。稍:渐,逐渐。

❹无极:无穷尽,无边际。

❺摇风:即扶摇风,盘旋而上的暴风。

❻陇:山名,指今甘肃一带地方。

❼代:古国名,在今河北蔚县东北。此指今山西、河北北部地区。寡色:无色。《文选》张铣注:"雁南飞将尽,明妃见而怀乡,仰视云气皆无色。陇、代并山名。"

❽芜绝:废弃隔绝。

至乃敬通见抵❶，才士之恨。罢归田里。闭关却扫❷，塞门不仕。左对孺人❸，右顾稚子。脱略公卿❹，跌宕文史❺。赍(jī)志没地❻，长怀无已。

❶敬通：冯衍，字敬通，东汉京兆杜陵（今陕西西安东南）人。幼有奇才，二十岁便博通群书。王莽时，不肯出仕。义军起，投更始帝。后降刘秀，不被重用，出为曲阳县令。在此期间，由于结交外戚，迁为司隶从事，亦由此而得罪，免官归里。建武末年曾上疏自陈，犹不被任用，作《显志赋》以自励。见：被，受到。抵：排挤，诋毁。

❷却扫：不再扫径迎客，谓闭门谢客。

❸孺人：古代称大夫的妻子，亦通用为妇人的尊称。《礼记·曲礼下》："天子之妃曰后，诸侯曰夫人，大夫曰孺人，士曰妇人，庶人曰妻。"

❹脱略：简易疏略。

❺跌宕：纵情，沉溺，耽嗜。

❻赍：携带，怀着。没地：人死埋葬于地下，借指寿终。语本《左传·隐公十一年》："若寡人得没于地，天其以礼悔祸于许，无宁兹许公复奉其社稷"。

及夫中散下狱❶，高人之恨。神气激扬。浊醪(láo)夕引❷，素琴晨张❸。秋日萧索，浮云无光。郁青霞之奇意❹，入修夜之不旸(yáng)❺。如此埋没者，不知凡几？一叹。

❶中散：中散大夫的省称。三国魏嵇康曾任中散大夫，世以"中散"称之。嵇康（223～263），字叔夜，谯国铚（今安徽宿州）人。"竹林七贤"之一。后因得罪钟会，为其诬陷，被害。

❷醪：汁渣混合的酒，又称浊酒，也称醪糟。

❸素琴：不加装饰的琴。张：安上弓弦或拉紧弓弦，引申指拉紧乐器上

的弦。

❹郁:引申为不通,不明。《汉书·宣帝纪》:"朕不明六艺,郁于大道。"青霞:犹青云。

❺修:长。旸:日出。

或有孤臣危涕,贫困之恨。孽子坠心❶。迁客海上❷,流戍陇阴❸。此人但闻悲风汩(yù)起❹,血下沾衿(jīn)❺;亦复含酸茹叹❻,销落湮沉❼。

❶孤臣、孽子,指孤立无助的远臣和贱妾所生的庶子,引申为不容于当政者但心怀忠诚的人。《孟子·尽心上》:"独孤臣孽子,其操心也危,其虑患也深,故达。"朱熹集注:"孤臣,远臣。孽子,庶子。皆不得于君而常有疢疾者也。"危涕:因忧虑而哭泣。坠心:痛心。

❷迁客:指遭放逐之人。海上:指海滨。

❸流戍:此指有罪过被遣送到荒远地区守边的人。陇阴:即陇西,今甘肃一带。《文选》李善注引《史记》:"娄敬,齐人也。戍陇西。"

❹但:只,仅。汩:迅疾貌。《楚辞·离骚》:"汩余若将不及兮,恐年岁之不吾与。"

❺血:指因悲痛而流的泪。《易·屯》:"乘马班如,泣血涟如。"衿:古代衣服的交领。

❻茹:吃,吞咽,引申为忍受。

❼销落:凋谢,引申为衰落。湮沉:埋没,沉沦。

若乃骑叠迹,荣华之恨。车屯(tún)轨❶;黄尘匝地❷,歌吹四起。无不烟断火绝❸,闭骨泉里❹。

❶屯:聚集。

❷匝地：遍地。
❸烟断火绝：指人烟灭绝。《文选》李善注："烟断火绝，喻人之死也。"
❹泉里：黄泉之下，墓中。

已矣哉！春草莫兮秋风惊，秋风罢兮春草生。绮罗毕兮池馆尽，琴瑟灭兮丘垄平。自古皆有死，莫不饮恨而吞声。世事循环无端，枯荣同归一尽。亟读数过，不异冷水浇背，热心顿解。

别 赋立格与《恨赋》同，前以激昂胜，此以柔婉胜。

江 淹

该篇历述锦衣玉食的贵族、感恩报德的剑客、从戎戍边的将士、败军没番的贰臣、薄宦远仕的官员、服食求仙的道士、陌上桑间的情侣黯然伤别的场景。作品文辞富丽华滋，句法错综跌宕。

黯然销魂者，起四字无限凄凉，一篇之骨。唯别而已矣！况秦吴兮绝国❶，复燕宋兮千里。或春苔兮始生，乍秋风兮蹔起❷。是以行子肠断，行子。百感凄恻❸。风萧萧而异响，云漫漫而奇色❹。舟凝滞于水滨，车逶(wēi)迟于山侧❺。棹容与而讵前❻？马寒鸣而不息。确是欲别未别光景，但即眼前意，无不入妙。掩金觞而谁御❼？横玉柱而沾(shì)轼❽。居人愁卧❾，居人。怳若有亡❿。日下壁而沉彩，月上轩而飞光。夕阳之凄，月色之苦，痴心梦想，居人往往有此。见红兰之受露⓫，望青楸(qiū)之罹(lí)霜⓬。巡层楹而空掩⓭，抚锦幕而虚凉。知离梦之踯(zhí)躅(zhú)⓮，意别魂之飞扬⓯。

❶绝国：极其辽远之邦国。《史记·卫将军骠骑列传》："因前使绝国功，封骞博望侯。"

❷暂：初，刚。

❸凄恻：因情景凄凉而悲伤。

❹漫漫：遍布貌。

❺逶迟：徐行貌，徘徊貌。

❻容与：徘徊犹豫，踌躇不前貌。

❼金觞：金制的酒杯，精美珍贵的酒杯。御：使用。《荀子·礼论》："文饰粗恶，声乐哭泣，恬愉忧戚，是反也，然而礼兼而用之，时举而代御。"杨倞注："御，进用也。"

❽玉柱：筝瑟等乐器上玉质的系弦柱。轼：古代设在车箱前供立乘者凭扶的横木。

❾居人：家居的人。

❿亡：丢失，丧失。

⓫红兰：兰草的一种。

⓬楸：落叶乔木，叶子三角状卵形或长椭圆形。罹：遭受。

⓭巡：巡阅，巡行。层楹：指高楼大厦。

⓮离梦：离人的梦。踯躅：徘徊不进貌。

⓯意：意料，猜测。别魂：离别的情思。

故别虽一绪❶，事乃万族❷。至若龙马银鞍❸，富贵别。以下七段，极摹"黯然销魂"四字，状景写物，缕缕入情。醴陵于六朝是凿山通道巨手。朱轩绣轴❹，帐饮东都❺，送客金谷❻。琴羽张兮箫鼓陈❼，燕赵歌兮伤美人❽。珠与玉兮艳莫秋❾，罗与绮兮娇上春❿。惊驷马之仰秣（mò），耸渊鱼之赤鳞⓫。造分手而衔涕⓬，感寂寞而伤神。

❶绪：丝头，此处指端绪。

❷族：品类，种类。

❸龙马：《周礼·夏官·廋人》："马八尺以上为龙。"因以"龙马"指骏马。

❹朱轩：红漆的车子，古代为显贵所乘。汉应劭《风俗通·过誉·汝南陈茂》："朱轩驾驷，威烈赫奕。"轩，古代一种前顶较高而有帷幕的车子，供大夫以上乘坐。

❺帐饮：谓在郊野张设帷帐，宴饮送别。

❻金谷：指晋石崇所筑的金谷园。

❼羽：五色羽毛，多用来装饰乐器木架。《诗·周颂·有瞽》："设业设虡，崇牙树羽。"孔颖达疏："设其横者之业，又设其植者之虡，其上刻为崇牙，因树置五采之羽以为之饰。"张：张设，陈设。

❽燕赵：指战国时燕、赵二国，亦泛指其所在地区，即今河北北部及山西西部一带。《古诗十九首·东城高且长》有"燕赵多佳人，美者颜如玉"句，后因以"燕赵"指美女或舞女歌姬。

❾珠与玉：珍珠和玉，比喻丰姿俊秀的人。《晋书·卫玠传》："骠骑将军王济，玠之舅也，每见玠辄叹曰：'珠玉在侧，觉我形秽。'"莫秋：即"暮秋"。

❿上春：孟春，指农历正月。

⓫惊驷马二句：晋左思《吴都赋》："其奏乐也……军马弭髦而仰秣，渊鱼竦鳞而上升。"惊，振奋。驷马，指驾一车之四马。仰秣，谓马听见美妙的音乐，竟反常地昂起头吃饲料。耸，往上跳，向上动。

⓬造：到。《周礼·地官·司门》："凡四方之宾客造焉，则以告。"郑玄注："造，犹至也。"

乃有剑客惭恩，任侠别。少年报士[1]。韩国赵厕[2]，吴宫燕市[3]。割慈忍爱[4]，离邦去里。沥泣共诀[5]，抆血相视[6]。驱征马而不顾，见行尘之时起。方衔感于一剑[7]，非买价于泉里[8]。金石震而色变[9]，骨肉悲而心死[10]。肝胆相酬，有一往无前之概。

❶报士:报答施恩之士。

❷韩国:《文选》李善注:"《史记》:聂政者,轵深井里人也。濮阳严仲子事韩哀侯,与韩相侠累有郤。严仲子告聂政而言臣有仇,闻足下高义,故进百金以交足下之欢。聂政拔剑至韩,直入上阶,刺杀侠累。"赵厕:指豫让藏身厕所谋刺赵襄子一事。《文选》李善注:"《史记》:豫让者,晋人也,事智伯,智伯甚尊宠之。赵襄子灭智伯,让乃变姓名为刑人,入宫涂厕,欲刺襄子,故言赵厕。"

❸吴宫:《文选》李善注:"《史记》:专诸者,棠邑人也。吴公子光具酒请王僚,酒既酣,使专诸置匕首鱼炙之腹中而进,既至王前,专诸以匕首刺王僚,王僚立死。"燕市:《文选》李善注:"《史记》:荆轲者,卫人也。至燕,与高渐离饮于燕市。后荆轲为燕太子丹献燕地图,图穷匕首见,因以匕首揕秦王。"

❹割慈:谓子女同父母生离死别。忍爱:狠心地对待自己所爱的人。忍,狠心,残忍。

❺沥:下滴。诀:将远离或久别而告别,多指生死告别。

❻抆血:擦拭血泪,表示极其哀痛。

❼衔感于一剑:《文选》李善注:"言衔感恩遇,故效命于一剑。"衔感,心怀感激。

❽买价:购买身价,意谓博取名声。

❾金石震而色变:《文选》李善注:"燕丹太子曰:'荆轲与武阳入秦,秦王陛戟而见燕使,既鼓钟并发,武阳大恐,面如死灰。'"金石,指钟磬发出的乐声。

❿骨肉悲而心死:《文选》李善注引《史记》:"聂政刺韩相侠累死,因自破面、决眼、屠腹而死,莫知其谁。韩取政尸暴于市,能知者与千金,久之

莫知。政姊曰:‘何爱妾之身而不扬吾弟之名于天下哉?’乃之韩市,抱尸而哭,曰:‘此妾弟,轵深井里聂政。’自杀于尸旁。”心死,谓哀痛至极。

或乃边郡未和,从军别。负羽从军[1]。辽水无极[2],雁山参云[3]。闺中风暖,陌上草薰[4]。高旷有余,全不雕琢,而雕琢者莫能及。日出天而曜景[5],露下地而腾文[6]。镜朱尘之照烂[7],袭青气之烟煴(yīn yūn)[8]。攀桃李兮不忍别,送爱子兮沾罗裙[9]。

❶负羽:背负羽箭,谓从军出征。汉扬雄《羽猎赋》:“贲育之伦,蒙盾负羽,杖镆邪而罗者以万计。”

❷辽水:辽河,中国东北地区南部大河。无极:没有边际。

❸雁山:即雁门山。参:并立。

❹陌:田间小路。薰:香草名,引申指香,发出香气。

❺景:日光。

❻腾文:呈现文采。

❼镜:映,照。朱尘:红尘,车马扬起的飞尘。照烂:犹灿烂。汉司马相如《子虚赋》:“众色炫耀,照烂龙鳞。”

❽青气:谓春天的气氛。烟煴:元气弥漫貌。

❾爱子:所爱的男子。

至如一赴绝国,绝国别。讵(jù)相见期[1]?视乔木兮故里[2],决北梁兮永辞[3]。左右兮魂动[4],亲宾兮泪滋[5]。可班荆兮赠恨[6],唯尊酒兮叙悲[7]。摹想尊酒泣别情状,百般呜咽,历历如绘。值秋雁兮飞日,当白露兮下时。怨复怨兮远山曲(qū)[8],去复去兮长河湄(méi)[9]。折腰句酝酿有味。

❶讵：表示反诘，相当于“岂”、“难道”。

❷乔木兮故里：《孟子·梁惠王下》：“所谓故国者，非谓有乔木之谓也，有世臣之谓也。”赵岐注：“所谓是旧国也者，非但见其有高大树木也，当有累世修德之臣，常能辅其君以道，乃为旧国可法则也。”后因以“乔木”为形容故国或故里的典实。

❸北梁：在北边的桥，古多指送别之地。汉王褒《九怀·陶壅》：“济江海兮蝉蜕，绝北梁兮永辞。”

❹左右：近臣，侍从。

❺亲宾：亲戚与宾客。滋：润泽，湿润。

❻班荆：谓朋友相遇，共坐谈心。赠恨：向人诉说（别离之际的）遗憾心情。

❼尊酒：杯酒。

❽曲：弯曲的地方，指隐蔽、偏僻的地方。

❾湄：岸边，水和草相接的地方。

又若君居淄右❶，伉俪别。妾家河阳❷，同琼佩之晨照❸，共金炉之夕香。君结绶(shòu)兮千里❹，惜瑶草之徒芳❺。惭幽闺之琴瑟❻，晦高台之流黄❼。春宫閟(bì)此青苔色❽，秋帐含兹明月光。夏簟(diàn)清兮昼不莫❾，冬釭(gāng)凝兮夜何长❿？从军别单拈春，绝国别单拈秋。此则四时具备，乃古人用意变换处。织锦曲兮泣已尽，回文诗兮影独伤⓫。

❶淄：水名，即今山东的淄河。

❷家：名词作动词，定居。河阳：黄河北岸。阳，山的南面或水的北面。

❸琼佩：玉制的佩饰。

❹结绶:佩系印绶,谓出仕为官。《汉书·萧育传》:“(萧育)少与陈咸、朱博为友,著闻当世。往者有王阳、贡公,故长安语曰:‘萧朱结绶,王贡弹冠’,言其相荐达也。”

❺瑶草:传说中的香草。

❻琴瑟:乐器,琴和瑟。《诗·周南·关雎》:“窈窕淑女,琴瑟友之。”后比喻夫妇间感情和谐。

❼晦:昏暗,不明亮。高台:高的楼台。流黄:褐黄色。《文选》李善注引《环济要略》:“间色有五:绀、红、缥、紫、流黄也。”此指黄色的绢。《乐府诗集·相和歌辞九·相逢行》:“大妇织绮罗,中妇织流黄。”

❽宫:古代对房屋、居室的通称。闷:掩蔽,隐藏。

❾簟:供坐卧铺垫用的苇席或竹席。莫:同“暮”。

❿釭:灯。凝:冰冻,结冰。

⓫织锦回文,用五色丝织成的回文诗图。用晋窦滔妻苏氏事。

傥有华阴上士❶,方外别。服食还仙❷。术既妙而犹学,道已寂而未传❸。守丹灶而不顾❹,炼金鼎而方坚❺。驾鹤上汉❻,骖(cān)鸾腾天❼。卓荦有奇气。蹔游万里,少别千年。唯世间兮重别❽,谢主人兮依然❾。

❶傥:倘若,或者。华阴:地名,因位于华山北面而得名。上士:道德高尚的人。《老子》:“上士闻道,勤而行之。”

❷服食:服用丹药。道家养生术之一。《古诗十九首·驱车上东门》:“服食求神仙,多为药所误。”仙:升天。《庄子·天地》:“千岁厌世,去而上仙。”

❸寂:李善注引僧肇《维摩经注》:“寂,谓寂灭常静之道。”传:传扬,流布,传播。

❹丹灶:炼丹用的炉灶。

❺金鼎:特指道士炼丹之鼎炉。

❻驾鹤:据汉刘向《列仙传·王子乔》载,王子乔从浮丘公学道,三十余年后,人见其乘白鹤驻缑氏山巅,数日而去。后因以"驾鹤"比喻得道成仙。汉:天河,银河。

❼骖鸾:谓仙人驾驭鸾鸟云游。骖,同驾一车的三匹马,引申指乘,驾驭。

❽重别:重视离别。

❾谢:辞别。依然:形容思念、依恋的情态。

下有芍药之诗[1],狭邪别。佳人之歌[2],桑中卫女[3],上宫陈娥[4]。春草碧色,春水绿波。送君南浦[5],伤如之何[6]?极自然,极幽秀,有渊涵不尽之致,想是笔花入梦时也。至乃秋露如珠,秋月如珪[7]。明月白露,光阴往来。与子之别,思心徘徊[8]。

❶芍药之诗:《诗·郑风·溱洧》:"维士与女,伊其相谑,赠之以勺药。""勺药"即芍药。后因以"芍药"表示男女爱慕之情,或以指文学中言情之作。

❷佳人之歌:《汉书·外戚传上》:"延年侍上起舞,歌曰:'北方有佳人,绝世而独立,一顾倾人城,再顾倾人国。宁不知倾城与倾国,佳人难再得!'"

❸桑中卫女:《诗·鄘风·桑中》:"云谁之思?美孟姜矣。期我乎桑中,要我乎上宫,送我乎淇之上矣。"朱熹集传:"桑中、上宫、淇上,又沬乡之中小地名也……卫俗淫乱,世族在位,相窃妻妾。故此人自言将采唐于沬,而与其所思之人相期会迎送如此也。"后因以指私奔幽会之处。

❹上宫陈娥:《诗·鄘风·桑中》:"期我乎桑中,要我乎上宫。"毛传:"桑中、上宫,所期之地。"上宫,地名,为古代男女约会之处。陈娥,陈国少女。

❺南浦：南面的水边，后常用称送别之地。《楚辞·九歌·河伯》："子交手兮东行，送美人兮南浦。"

❻如之何：怎么办。

❼珪：瑞玉，常作祭祀、朝聘之用。

❽思心：思念之情。徘徊：流连，留恋。

是以别方不定，别理千名，有别必怨，有怨必盈。总论。使人意夺神骇❶，心折骨惊❷。一气呵成，有天骥下峻阪之势。虽渊云之墨妙❸，严乐之笔精❹。金闺之诸彦❺，兰台之群英❻，赋有凌云之称❼，辩有雕龙之声❽，谁能摹暂离之状，写永诀之情者乎❾？言尽意不尽。

❶夺：犹乱。

❷心折：中心摧折，形容伤感到极点。骨惊：谓内心极度惊骇。

❸渊云：汉王褒和扬雄的并称。褒字子渊，雄字子云，皆以赋著称。汉班固《西都赋》："秦汉之所极观，渊云之所颂叹。"墨妙：精妙的文章。

❹严乐：严安、徐乐的并称。汉武帝时二人上书言事，皆拜郎中。见《史记·平津侯主父列传》。笔精：谓笔墨神妙。

❺金闺：指金马门，汉代宫门名，学士待诏之处。《史记·滑稽列传》："金马门者，宦署门也。门傍有铜马，故谓之曰'金马门'。"彦：贤士，俊才。《诗·郑风·羔裘》："彼其之子，邦之彦兮。"

❻兰台：汉代宫内收藏典籍之处。

❼赋有凌云之称：《史记·司马相如列传》："相如既奏《大人》之颂，天子大说，飘飘有凌云之气，似游天地之闲意。"

❽辩有雕龙之声：《史记·孟子荀卿列传》："驺衍之术迂大而闳辩，奭也文具难施，淳于髡久与处，时有得善言。故齐人颂曰：'谈天衍，雕龙奭，炙

毂过髡。'"裴骃集解引刘向《别录》:"驺奭修衍之文,饰若雕镂龙文,故曰'雕龙'。"

❾写:倾吐,发抒。

丽人赋

沈　约[1]

该篇惟妙惟肖地刻画了一位美艳绝伦的风尘女子。

有客弱冠未仕[2]，缔交戚里[3]。驰骛王室[4]，遨游许史[5]。归而称曰：狭邪才女[6]，铜街丽人[7]。亭亭似月[8]，嬿(yàn)婉如春[9]。凝情待价[10]，思尚衣巾[11]。芳逾散麝[12]，色茂开莲[13]。陆离羽佩[14]，杂错花钿(diàn)[15]。响罗衣而不进，隐明灯而未前。中步檐而一息[16]，顺长廊而迴归。曼声柔调，顾盼有情，自是六朝之俊。池翻荷而纳影，风动竹而吹衣。薄暮延伫[17]，宵分乃至[18]。出暗入光[19]，含羞隐媚。垂罗曳锦[20]，鸣瑶动翠[21]。来脱薄妆，去留余腻。沾粉委露[22]，理鬓清渠。意态曲尽，即常情便有无限风致。名手擅场，必以此法。落花入领，微风动裾(jū)[23]。戛然而止，局段自高。

❶沈约：441～513年。字休文，吴兴武康(今浙江德清)人。历仕宋、齐、梁三朝。沈约是当时的文坛领袖，是讲求声律的“永明体”的创始人之

一。存世之作，张溥辑为《沈隐侯集》，收入《汉魏六朝百三家集》。

❷弱冠：古时以男子二十岁为成人，初加冠，因体犹未壮，故称弱冠。

❸缔交：接交。戚里：帝王外戚聚居的地方，借指外戚。

❹驰骛：奔走，奔竞。《史记·李斯列传》："今秦王欲吞天下，称帝而治，此布衣驰骛之时而游说者之秋也。"

❺遨游：奔走周旋。许史：汉宣帝时外戚许伯和史高的并称。《汉书·盖宽饶传》："上无许史之属，下无金张之托。"颜师古注引应劭曰："许伯，宣帝皇后父。史高，宣帝外家也。"后借指权门贵戚。

❻狭邪：小街曲巷，引申指妓院。

❼铜街：洛阳铜驼街的省称，借指闹市。

❽亭亭：明亮美好貌。

❾嫵婉：美好貌。

❿凝情待价：情意专注地等待被人赏识。凝情，情意专注。待价，"待价而沽"的省称，等待善价出售，亦比喻怀才待用或待时而行。语本《论语·子罕》："子贡曰：'有美玉于斯，韫椟而藏诸？求善贾而沽诸？'子曰：'沽之哉，沽之哉！我待贾者也。'"

⓫思尚衣巾：谓注重服饰。衣巾，衣服和佩巾。语本《诗·郑风·出其东门》："缟衣綦巾。"

⓬麝：指麝香。

⓭茂：美好。

⓮陆离：光彩绚丽貌。羽佩：以翠羽为饰的佩带。黎经诰注："羽佩者，交趾有鸟名翡翠，其羽或用为饰。"

⓯钿：用金、银、玉、贝等制成的花朵状的首饰。

⓰步檐：檐下的走廊。

⓱薄暮延伫：指男方。薄暮，傍晚。延伫，引颈企立，形容盼望之切。

⓲宵分乃至：指女方。宵分，夜半。

⓳出暗入光：出入明暗之间。

⑳曳:穿着。

㉑翠:指翠鸟的羽毛,古代多用作饰物。

㉒沾粉委露:倒装句,即委露沾粉。下滴的露水沾湿了妆粉。

㉓裾:衣服的前后襟。

小园赋

骈语至兰成，所谓采不滞骨，隽而弥絜，余子只蝇鸣蚓窍耳。乃唐令狐德棻等撰信本传，诋为淫放轻险，词赋罪人。何愚不自量至此，诗家如少陵，且极推重，况模范是出者，安得不俯首邪？

庾　信❶

该篇情景并茂地描画了自家园林，流露出深沉的乡关之思、无奈之叹。

若夫一枝之上，巢父得安巢之所❷；一壶之中，壶公有容身之地❸。况乎管宁藜(lí)床❹，虽穿而可坐；嵇康锻灶❺，既暖而堪眠。岂必连闼(tà)洞房❻，南阳樊重之第❼；绿墀(chí)青琐❽，西汉王根之宅❾？

❶庾信：513～581年。字子山，南阳新野（今属河南）人。仕北周官至骠骑大将军、开府仪同三司，故人称"庾开府"。庾信奉梁元帝命出使北朝被留，文风感染北方雄浑豪迈之气，是南北朝时期文学的集大成者。有《庾子山集》传世。庾信的文集据宇文逌所作序言说原有二十卷，《隋书·经籍志》著录为二十一卷。今存《庾子山集》为后人搜辑遗文重编，以《四部丛刊》影印明代屠隆本为最早。明代张溥所刻《汉魏六朝百三家集》本，称《庾开府集》。庾信集较早的注释本是清代吴兆宜的十卷本。稍后有倪璠注本十六卷。

❷巢父：传说为尧时的隐士。晋皇甫谧《高士传·巢父》："巢父者，尧时

隐人也，山居不营世利，年老以树为巢而寝其上，故时人号曰巢父。”一说巢父为许由之号。

❸壶公：传说中的仙人，记载不一。北魏郦道元《水经注·汝水》：“昔费长房为市吏，见王壶公悬壶于市，长房从之，因而自远，同入此壶，隐沦仙路。”《云笈七签》卷二八引《云台治中录》：“施存，鲁人。夫子弟子，学大丹之道……常悬一壶如五升器大，变化为天地，中有日月，如世间，夜宿其内，自号‘壶天’，人谓曰‘壶公’。”

❹管宁藜床：《三国志·魏书·管宁传》裴松之注引《高士传》：“管宁自越海及归，常坐一木榻，积五十余年，未尝箕股，其榻上当膝处皆穿。”管宁(158～241)，字幼安，东汉末年人，操守严肃。藜床，藜茎编的床榻，泛指简陋的坐榻。

❺嵇康锻灶：倪璠《庾子山集》注引《文士传》：“嵇康性绝巧，能锻铁。家有盛柳树，激水以圜之，夏天甚清凉，恒居其下傲戏，乃身自锻。”锻灶，打铁用的炉子，亦指打铁的场所。

❻连闼：一重接一重的门，形容房屋深邃。晋左思《魏都赋》：“禁台省中，连闼对廊。”闼，内门，小门。洞房：连接相通的房间。晋陆云《登台赋》：“蒙紫庭之芳尘兮，骇洞房之回飙。”

❼南阳樊重之第：南阳人樊重，东汉光武帝之舅，富有田产，并善于经商，家里建造房屋，皆为重堂高阁。见《后汉书·樊宏传》。

❽墀：古代殿堂上涂饰过的地面。

❾西汉王根之宅：《汉书·元后传》：“曲阳侯王根骄奢僭上，赤墀青锁。”

余有数亩敝庐❶，寂寞人外，聊以拟伏腊❷，聊以避风霜。虽复晏婴近市，不求朝夕之利❸；潘岳面城，且适闲居之乐❹。况乃黄鹤戒露❺，非有意于轮轩❻；爰(yuán)居避风❼，本无情于钟鼓。陆机则兄弟同居❽，韩康则舅甥不别❾。蜗角蚊睫⑩，又足相容者也。此赋前半俱从小园落想，后半以乡关之思为哀怨之词。近人模拟是题，一味写景赋物，失之远已。

❶敝庐：破旧的房子。此作谦辞。

❷拟：准备。伏腊：古代两种祭祀的名称。“伏”在夏季伏日，“腊”在农历十二月。又指伏祭和腊祭之日，或泛指节日。

❸虽复二句：《左传·昭公三年》载，齐景公欲为晏婴更换居宅，曰：“子之宅近市，湫隘嚣尘，不可以居，请更诸爽垲者。”辞曰：“君之先臣容焉，臣不足以嗣之，于臣侈矣。且小人近市，朝夕得所求，小人之利也，敢烦里旅。”公笑曰：“子近市，识贵贱乎。”对曰：“既利之，敢不识乎？”公曰：“何贵何贱？”是时，景公繁于刑，有鬻踊者。故对曰：“踊贵屦贱。”……景公为是省于刑。君子曰：“仁人之言，其利博哉。晏子一言而齐侯省刑。”

❹潘岳二句：意谓虽然房屋面对城市，不如潘岳的住处之幽静，但也可以得到闲居之乐。潘岳《闲居赋》：“退而闲居于洛之汜，陪京泝伊，面郊后市。”

❺戒露：犹警露，因白露降临而相警戒。相传鹤性机警，“至八月白露降，流于草上，滴滴有声，因即高鸣相警，移徙所宿处，虑有变害”。见《艺文类聚》卷九〇引晋周处《风土记》。后因以“警露”作为咏鹤的典故。

❻轮轩：古代一种供显贵乘的轻便车，喻禄位。

❼爰居：海鸟名。《左传·文公二年》：“作虚器，纵逆祀，祀爰居。”杜预注：“海鸟曰爰居。”

❽陆机则兄弟同居：《世说新语·赏誉》：“蔡司徒在洛，见陆机兄弟住参佐廨中，三间瓦屋，士龙住东头，士衡住西头。”陆机与弟陆云合称“二陆”。

❾韩康则舅甥不别：《晋书·殷浩传》：“浩虽被黜放，口无怨言，夷神委命，谈咏不辍，虽家人不见其有流放之戚。但终日书空，作‘咄咄怪事’四字而已。浩甥韩伯，浩素赏爱之，随至徙所。经岁还都，浩送至渚侧，咏曹

颜远诗云：'富贵他人合，贫贱亲戚离。'因而泣下。"韩康，《晋书·韩伯传》："韩伯，字康伯，颍川长社人也。"

⑩蜗角：蜗牛的触角，比喻微小之地。《庄子·则阳》："有国于蜗之左角者曰触氏，有国于蜗之右角者曰蛮氏，时相与争地而战，伏尸数万，逐北旬有五日而后反。"蚊睫：蚊虫的眼睫毛，比喻极小的处所。《晏子春秋·外篇下十四》："东海有虫，巢于蚊睫，再乳再飞，而蚊不为惊。"

尔乃窟室徘徊[1]，聊同凿坏[2]。桐间露落，柳下风来。琴号珠柱[3]，书名《玉杯》[4]。有棠梨而无馆，足酸枣而非台[5]。犹得攲侧八九丈[6]，纵横数十步，榆柳两三行，梨桃百余树。拨蒙密兮见窗[7]，行攲斜兮得路[8]。蝉有翳兮不惊[9]，雉无罗兮何惧[10]？草树混淆，枝格相交[11]。山为篑覆[12]，地有堂坳[13]。突接得宕远之神。藏狸并窟[14]，乳鹊重巢[15]。连珠细菌[16]，长柄寒匏[17]，可以疗饥，可以栖迟[18]。崎岖兮狭室，穿漏兮茅茨[19]。檐直倚而妨帽，户平行而碍眉。坐帐无鹤[20]，支床有龟[21]。鸟多闲暇，花随四时。极意修饰，而仍不黏滞。此境惟兰成独擅。心则历陵枯木[22]，发则睢阳乱丝[23]。非夏日而可畏[24]，异秋天而可悲。一寸二寸之鱼，三竿两竿之竹。二句乃叠股法，读之骚逸欲绝。云气荫于丛蓍[25]，金精养于秋菊[26]。枣酸梨酢，酢，仓故切。味之酸酽者也。醋，在各切。客酌主人也。凡醯醋之醋当用酢，酬酢之酢当用醋。自唐以后，互误难改。今人更梦梦矣。桃榹李薁[27]。落叶半床，狂花满屋。名为野人之家[28]，是谓愚公之谷[29]。

❶窟室：地下室。《左传·襄公三十年》："郑伯有耆酒，为窟室，而夜饮酒，击钟焉，朝至未已。"后借指畅饮欢娱之所。

❷凿坏：谓隐居不仕。语本《淮南子·齐俗训》："颜阖，鲁君欲相之而不肯，使人以币先焉，凿培而遁之。"培，通"坏"，屋后墙。

❸珠柱：以明珠为饰的琴柱，借指精美的琴。

❹玉杯：《汉书·董仲舒传》："说《春秋》事得失，《闻举》、《玉杯》、《蕃露》、《清明》、《竹林》之属，复数十篇。"颜师古注："皆其所著书名也。"后因泛称重要著作为"玉杯"。

❺有棠梨二句：谓园中虽种有棠梨、酸枣，却没有台观、宫馆等建筑。棠梨馆，又名棠梨宫，汉宫名。《三辅黄图·甘泉宫》："棠梨宫在甘泉苑垣外云阳三十里。"足酸枣而非台，《水经注·济水》载，酸枣县(今河南延津北)城西有酸枣寺，寺外有韩王望气台。

❻攲侧：邪曲不正。

❼蒙密：覆盖稠密(的草木)。

❽攲斜：邪曲不正。

❾翳：用羽毛做的华盖，引申指遮蔽。

❿雉：即野鸡。雄者羽色美丽，尾长，可做装饰品。雌者尾较短，灰褐色。善走，不能远飞。罗：捕鸟的网。《诗·王风·兔爰》："有兔爰爰，雉离于罗。"

⓫格：树的长枝条。

⓬山为篑覆：《书·旅獒》："为山九仞，功亏一篑。"篑，盛土的竹筐。覆，倾倒。

⓭堂坳：犹坳堂，堂的低处，泛指低洼之处。《庄子·逍遥游》："且夫水之积也不厚，则其负大舟也无力，覆杯水于坳堂之上，则芥为之舟，置杯焉则胶，水浅而舟大也。"

⑭狸：豹猫，也称野猫、山猫。

⑮乳：幼小。

⑯细菌：细小的菌子。

⑰匏：葫芦的一种，即瓠。《诗·邶风·匏有苦叶》："匏有苦叶，济有深涉。"

⑱栖迟：游息。《诗·陈风·衡门》："衡门之下，可以栖迟。"朱熹集传："栖迟，游息也。"

⑲茅茨：茅草盖的屋顶，亦指茅屋，引申指简陋的居室。茨，蒺藜。

⑳坐帐无鹤：借用三国介象成仙故事，以喻己思归无术。葛洪《神仙传》："介象者，字元则，会稽人也。吴主闻之，征至武昌，甚敬贵之，称为介君，为起宅，以御帐给之，赐遗前后累千金，从象学蔽形之术。后告言病，帝以美梨一奁赐象。象食之，须臾便死。帝埋葬之。以日中死，晡时已至建邺，所赐梨付苑吏种之。吏后以表闻，先主即发棺视之，唯一符耳。帝思之，与立庙，时时躬往祭之。常有白鹤来集座上，迟回复去。"言己羁绁异邦，无介象之仙术可还建康（梁都城）。

㉑支床有龟：《史记·龟策列传》："南方老人用龟支床足，行二十余岁。老人死，移床，龟尚不死。"言己久羁北朝，若支床之龟。

㉒历陵枯木：《宋书·五行志》："永嘉六年七月，豫章郡有樟树久枯，是月忽更荣茂。"历陵，地名，汉属豫章。

㉓睢阳乱丝：《吕氏春秋·当染》："墨子见染素丝者而叹。"睢阳，地名，故属宋国。墨翟，宋人。乱丝，喻指散乱的头发。

㉔夏日而可畏：《左传·文公七年》"赵衰，冬日之日也；赵盾，夏日之日也"晋杜预注："冬日可爱，夏日可畏。"后常以比喻人的作风严厉，难以亲近。

㉕丛蓍：丛生的蓍草。《淮南子·说山训》："千年之松，下有伏苓，上有兔丝，上有丛蓍，下有伏龟。"蓍，草名，古代常用它的茎占卜。

㉖金精：甘菊的别称。倪璠《庾子山集》注引《玉函方》："甘菊，九月上

寅日采，名曰金精。”

㉗榹：山桃。《文选·左思〈蜀都赋〉》：“榹桃函列，梅李罗生。”薁：酸李。《汉书·司马相如传上》：“隐夫薁棣。”颜师古注：“薁，即今之郁李也。”

㉘野人：上古谓居国城之郊野的人，与“国人”相对，泛指村野之人，农夫。

㉙愚公谷：在今山东淄博北。汉刘向《说苑·政理》：“齐桓公出猎，逐鹿而走入山谷之中，见一老公而问之曰：‘是为何谷？’对曰：‘为愚公之谷。’桓公曰：‘何故？’对曰：‘以臣名之……臣故畜牸牛，生子而大，卖之而买驹。少年曰：牛不能生马！遂持驹去。傍邻闻之，以臣为愚，故名此谷为愚公之谷。’”后以喻隐居之地，亦省称“愚谷”。

试偃息于茂林[1]，乃久羡于抽簪[2]。虽有门而长闭[3]，实无水而恒沉[4]。三春负鉏(chú)相识[5]，五月披裘见寻[6]。问葛洪之药性[7]，访京房之卜林[8]。草无忘忧之意[9]，花无长乐之心[10]。鸟何事而逐酒[11]，鱼何情而听琴[12]？此段自伤屈体魏周，至于疾病。其眷眷故国之思，蔼然言外。加以寒暑异令[13]，乖违德性[14]。崔骃(yīn)以不乐损年[15]，吴质以长愁养病[16]。镇宅神以埋石[17]，埋石見《准南子》，此即《急就篇》所称石敢当也。厌(yā)山精而照镜[18]。屡动庄舄(xì)之吟[19]，几行魏颗之命[20]。薄晚闲闺[21]，老幼相携。蓬头王霸之子[22]，椎髻梁鸿之妻[23]。燋(jiāo)麦两瓮(wèng)[24]，寒菜一畦(qí)[25]。子山当日，提挈老幼，并在于周，故其言如此。风骚骚而树急[26]，天惨惨而云低[27]。聚空仓而雀噪[28]，惊懒妇而蝉嘶[29]。

❶偃息:敛藏退息。

❷抽簪:谓弃官引退。古时作官的人须束发整冠,用簪连冠于发,故称引退为“抽簪”。

❸虽有门而长闭:陶渊明《归去来兮辞》:“门虽设而常关。”

❹实无水而恒沉:《庄子·则阳》:“方且与世违而心不屑与之俱,是陆沉者也。”郭象注:“人中隐者,譬无水而沉也。”陆沉,陆地无水而沉,比喻隐居。

❺三春负锄:皇甫谧《高士传》卷上:“林类者,魏人也。年且百岁,底春披裘,拾遗穗于故畦,并歌并进。孔子适卫,望之于野,顾谓弟子曰:‘彼叟可与言者’。”三春,指春季的第三个月,暮春。锄,锄头。

❻五月披裘:汉王充《论衡·书虚》:“传言延陵季子出游,见路有遗金。当夏五月,有披裘而薪者。季子呼薪者曰:‘取彼地金来!’薪者投镰于地,瞋目拂手而言曰:‘何子居之高,视之下,仪貌之壮,语言之野也?吾当夏五月,披裘而薪,岂取金者哉!’”后遂以“披裘负薪”为高士孤高清廉,隐逸贫居之典。

❼葛洪:284～364年。字稚川,自号抱朴子。东晋道教学者、炼丹家、医药学家。晋丹阳郡句容(今江苏句容)人。

❽京房:西汉《易》学家。著有《周易占》十二卷、《周易守林》三卷、《周易集林》十二卷、《周易飞候》九卷,后世合称“卜林”。今皆佚。

❾忘忧草,萱草的别名。《太平御览》卷九九六引南朝梁任昉《述异记》:“萱草,一名紫萱,又呼曰忘忧草,吴中书生呼为疗愁花。”

❿长乐花,亦作“长乐华”,又称紫花、月月红。晋傅玄《紫华赋》序:“紫华,一名长乐华。旧生于蜀,其东界特饶。”

⓫鸟何事而逐酒:《庄子·至乐》:“昔者海鸟止于鲁郊,鲁侯御而觞之庙。鸟眩视悲忧,不敢饮一杯,三日而死。”

⓬鱼何情而听琴:《文选》李善注引《韩诗外传》:“昔伯牙鼓琴而渊鱼出听。”

⑬令：时令，季节。

⑭德性：指人的自然之性。《礼记·中庸》："故君子尊德性而道问学。"

⑮崔骃以不乐损年：东汉车骑将军窦宪擅权骄恣，其主簿崔骃数谏之。宪不能容，使出为长岑长。骃不愿去远方作地方官，遂不赴任，忧郁而死。

⑯吴质以长愁养病：建安二十二年(217)，魏国瘟疫流行。太子曹丕给吴质写信，质回信云："质已四十二矣，白发生鬓，所虑日深，实不复若平日之时也。但欲保身勑行，不蹈有过之地，以为知己之累耳。游宴之欢，难可再遇，盛年一过，实不可追。"吴质，三国魏人，以文名重于时。文帝为太子时，与之过从甚密。见《三国志》本传。

⑰镇宅神以埋石：倪璠《庾子山集注》引《淮南万毕术》："埋石四隅，家无鬼。"宅神，住宅里的神鬼。

⑱厌山精而照镜：《抱朴子·登涉》："万物之老者，其精悉能假托人形，以眩惑人目而尝试人，唯不能于镜中易其真形耳。是以古之入山道士，皆以明镜九寸以上悬于背后，则老魅不敢近。"厌，以迷信的方法，镇服或驱避可能出现的灾祸。山精，传说中的山间怪兽。

⑲庄舄：战国时越国人。仕于楚，病中思越而吟越声。见《史记·张仪列传》。后以"庄舄越吟"指怀乡之咏与感伤之情。

⑳魏颗之命：春秋晋魏颗不从父以嬖妾殉葬之命而遣嫁之，后与秦将杜回战于辅氏，"颗见老人结草以亢杜回，杜回踬而颠，故获之。夜梦之曰：'余，而所嫁妇人之父也……余是以报。'"见《左传·宣公十五年》。

㉑薄：逼近，靠近。

㉒蓬头王霸之子：《后汉书·列女传》载，王霸，东汉太原人，隐士。初与令狐子伯交好，后子伯为楚相，令其子为王霸送信。子伯之子车马随从仪容文雅。王霸之子自田中耕作回，见子伯之子，甚为惭愧。王霸亦因儿子不知礼节、不修边幅而惭愧不已，卧床不起。其妻责以应保持高节，不慕荣利。于是王霸笑而起身。蓬头，头发蓬乱。

㉓椎髻梁鸿之妻：《后汉书·逸民传》载，梁鸿择孟光而娶。及嫁，始以

装饰入门，七日而鸿不答。孟光讯因，知梁鸿有志遁隐，不喜孟光傅粉墨。孟光曰："以观夫子之志耳。妾自有隐居之服。"乃更为椎髻，着布衣，操作而前。鸿大喜曰："此真梁鸿妻也，能奉我矣！"椎髻，一撮之髻，其形如椎。后遂以"椎髻"形容为妻贤良，衣饰简朴，与夫共志。

㉔燋：干枯。瓮：小口大腹的陶制汲水罐。

㉕寒菜：越冬的菜蔬。畦：古代土地面积单位，通常为五十亩。

㉖骚骚：象声词，风声。一说，风强劲貌。

㉗惨惨：昏暗貌。

㉘聚空仓而雀噪：晋苏伯玉妻《盘中诗》："空仓鹊，常苦饥。"

㉙懒妇：三国吴陆玑《毛诗草木鸟兽虫鱼疏》卷下："（蟋蟀）幽州人谓之趣织……里语曰'趋织鸣，懒妇惊'是也。"后因以"懒妇"为蟋蟀别名。

昔早滥于吹嘘[1]，藉《文言》之庆余[2]。门有通德[3]，家承赐书[4]。或陪玄武之观[5]，时参凤凰之墟[6]。观受釐(xī)于宣室[7]，赋《长杨》于直庐[8]。此叙述在梁时官居侍从。时际承平，或陪侍于玄武湖之观，或参从于凤凰台之墟，如宣室之召贾谊，长杨之献扬雄，却极一时之盛。遂乃山崩川竭[9]，冰碎瓦裂，大盗潜移[10]，长离永灭[11]。摧直辔于三危[12]，碎平途于九折[13]。荆轲有寒水之悲[14]，苏武有秋风之别[15]。此言侯景之乱。"大盗"指侯景，"长离"指梁武帝子孙。"三危"、"九折"本险地，而"直辔"以往，视若"平途"，致遭摧碎，指梁武纳侯景之降，以有此乱。"荆轲"、"苏武"指奉使西魏事。琐陈缕述，悲感淋漓，穷途一恸。《关山》则风月凄怆[16]，《陇水》则肝肠断绝[17]。龟言此地之寒[18]，鹤讶今年之雪[19]。百龄兮儵(shū)忽[20]，菁华兮已晚[21]。不雪雁门之踦(jī)[22]，先念鸿陆之远[23]。非淮海兮可变[24]，非金丹兮能转[25]。不暴骨于龙门[26]，终低头于马阪[27]。谅天造兮昧昧[28]，嗟生民兮浑浑[29]。

❶滥于吹嘘:《韩非子·内储说上》:“齐宣王使人吹竽,必三百人,南郭处士请为王吹竽,宣王说之,廪食以数百人。宣王死,愍王立,好一一听之,处士逃。”

❷《文言》之庆余:《易·乾卦·文言》:“积善之家,必有余庆。”庆余,谓先世积善的遗泽。

❸通德门:东汉时为表彰郑玄之德在其故乡所造之门。《后汉书·郑玄传》:“昔东海于公仅有一节,犹或戒乡人侈其门闾,矧乃郑公之德,而无驷牡之路!可广开门衢,令容高车,号为‘通德门’。”

❹家承赐书:汉代班嗣、班彪兄弟二人,甚友爱,学识渊博,皇帝曾赐给他们书籍。此处以班氏兄弟比喻伯父庾於陵和父亲庾肩吾。

❺玄武观:即玄武阙,汉未央宫北面的楼台名。

❻凤凰:帝王宫中的池台楼阁及宫殿名。

❼受釐:汉制祭天地、五畤,皇帝派人祭祀或郡国祭祀后,皆以祭余之肉归致皇帝,以示受福,叫受釐。“釐”即“胙”,祭余之肉。宣室:古代宫殿名。指汉代未央宫中之宣室殿。

❽长杨:汉扬雄所作《长杨赋》的省称。直庐:旧时侍臣值宿之处。

❾山崩川竭:《史记·周本纪》:“山崩川竭,亡国之征也。”

❿大盗潜移:指侯景之乱。侯景于太清二年(548)叛梁,次年攻破建康,囚禁并饿死梁武帝萧衍,立太子萧纲为帝,旋废之,又立豫章王萧栋。同年,侯景称帝,国号汉,改元太始。大盗,指窃国篡位者。

⓫长离:即凤,古代传说中的灵鸟。《汉书·司马相如传下》:“左玄冥而在黔雷兮,前长离而后矞皇。”颜师古注:“长离,灵鸟也。”借喻帝王。

⓬直辔:径直驾车行驶。三危:即三危山,在甘肃敦煌东南。三峰耸峙,其势欲坠,故名。

⓭九折：指九折阪。《汉书·王尊传》言益州邛郲有九折阪，地形险恶。王阳为益州刺史，畏惧不敢前。《水经注》卷三三："南山有九折阪，夏则凝冰，冬则毒寒，王阳按辔处也。"

⓮荆轲有寒水之悲：荆轲入秦行刺秦王，燕太子丹饯别于易水。荆轲歌曰："风萧萧兮易水寒，壮士一去兮不复还。"

⓯苏武有秋风之别：苏武出使匈奴被困，不畏逼诱，拒不降服。当时汉将李陵已降匈奴，苏武归国时，李陵赠诗曰："欲因晨风发，送子以贱躯。"

⓰关山：关隘山岭。《乐府诗集·横吹曲辞三·关山月》题解："《乐府解题》曰：'《关山月》，伤离别也，古《木兰诗》曰："万里赴戎机，关山度若飞。朔气传金柝，寒光照铁衣。"'按相和曲有《度关山》，亦类此也。"此指乐曲。

⓱陇水：河流名，源出陇山，因名。唐李白《秋浦歌》之二："青溪非陇水，翻作断肠流。"王琦注引《陇头歌》："陇头流水，鸣声幽咽，遥望秦川，肝肠断绝。"此指乐曲。

⓲龟言此地之寒：借用客龟思归江南之事，喻己不欲埋骨异乡。郦道元《水经注》引车频《秦书》："苻坚建元十二年，高陆县民穿井得龟，大二尺六寸，背文负八卦古字。坚以石为池养之，十六年而死。取其骨以问吉凶，名为客龟。大卜佐高梦龟言：'我将归江南，不遇，死于秦。'高于梦中自解曰：'龟三万六千岁而终。终，必亡国之征也。'为谢玄破于淮肥，自缢新城浮图中，秦祚因即沦矣。"

⓳鹤讶今年之雪：借用仙禽之语，以喻梁元帝之崩逝。刘敬叔《异苑》："晋太康二年冬，大寒，南洲人见二白鹤语于桥下曰：'今兹寒不减尧崩年也。'于是飞去。"按承圣三年十一月，西魏攻陷江陵，元帝出降，十二月被杀。此以元帝死比之尧崩，而江陵陷落及元帝被杀均在冬季，故云"鹤讶今年之雪"。

⓴百龄兮儵忽：谓人生短暂。百龄，犹百年，指长久的岁月，亦指人的一生。儵忽，同"倏忽"，顷刻，指极短的时间。

㉑菁华兮已晚：谓青春已逝。

㉒雁门之踦:《汉书·段会宗传》:"段会宗,字子松,天水上邽人也。竟宁中以杜陵令,五府举为西域都护、骑都尉、光禄大夫,西域敬其威信。三岁,更尽还,拜为沛郡太守。以单于当朝,徙为雁门太守。数年,坐法免。西域诸国上书愿得会宗,阳朔中复为都护。会宗为人好大节,矜功名。与谷永相友善,谷永闵其老复远出,予书戒曰:'足下以柔远之令得复典都护之重职,甚休甚休!若子之材,可优游都城而取卿相,何必勒功昆山之仄,总领百蛮,怀柔殊俗?子之所长愚无以喻,虽然,朋友以言赠行,敢不略意。方今汉德隆盛,远人宾服,傅、郑、甘、陈之功没齿不可复见,愿吾子因循旧贯,毋求奇功,终更亟还,亦足以复雁门之踦。'"踦,数奇,谓命运不好。

㉓鸿陆之远:《易·渐》:"鸿渐于陆,夫征不复。"鸿陆,《易·渐》:"鸿渐于陆,其羽可用为仪,吉。"王弼注:"进处高絜,不累于位,无物可以屈其心而乱其志。"后遂以"鸿陆"指高位。

㉔淮海兮可变:《国语·晋语九》:"赵简子叹曰:雀入于海为蛤,雉入于淮为蜃。鼋鼍鱼鳖莫不能化,唯人不能,哀夫!"

㉕转:道家炼丹的次数叫转。晋葛洪《抱朴子·金丹》:"其一转至九转,迟速各有日数,多少以此知之耳。其转数少,其药力不足,故服之用日多,得仙迟也。"

㉖龙门:即禹门口。在山西河津西北和陕西韩城东北。黄河至此,两岸峭壁对峙,形如门阙,故名。《书·禹贡》:"导河积石,至于龙门。"《艺文类聚》卷九六引辛氏《三秦记》:"河津一名龙门,大鱼集龙门下数千,不得上,上者为龙,不上者鱼,故云曝鳃龙门。"

㉗马阪:指吴阪,古地名,即虞阪,在春秋虞国(今山西平陆)境内,又称颠軨阪。道狭而险。

㉘谅:确实,委实。天造兮昧昧:倪璠《庾子山集》注:"《易》曰:'天造草昧。'《淮南子》曰:'茫茫昧昧,从天之道。'又曰:'浑浑沉沉,孰知其前。'言天道昧昧,不可问也。"天造,谓天之创始。昧昧,昏乱,模糊不清。

㉙生民:人民。浑浑:纷乱貌。

春　赋[1]

六朝小赋每以五、七言相杂成文，其品致疏越，自然远俗，初唐四子颇效此法。

庾　信

该篇描绘王侯贵戚春游之际的赏心乐事。作品辞藻绚烂，对偶工整，多用七言句。

宜春苑中春已归[2]，披香殿里作春衣[3]。新年鸟声千种啭(zhuàn)[4]，二月杨花满路飞[5]。河阳一县并是花[6]，金谷从来满园树[7]。一丛香草足碍人，数尺游丝即横路[8]。

❶倪璠《庾子山集》注:"《春赋》以下庾子山仕南朝时为东宫学士之文也。……且子山自入魏而后,大抵皆离愁之作,触景伤怀。似此诸赋,辞伤轻艳,恐非羁臣所宜。观其文气,略与梁朝诸君相似,晋安、湘东所赋题颇类之,盖当时宫体之文,徐、庾并称者也。至其历魏仕周,闵姬思亳,得南朝之精微,穷北方之枝叶,盖有骚人之风,非孝穆所能及也。……梁简文帝集中有《晚春赋》,元帝集有《春赋》,赋中多有类七言诗者。唐王勃、骆宾王亦尝为之,云效庾体,明是梁朝宫中庾子山创为此体也。"

❷宜春苑:古代苑囿名。秦时在宜春宫之东,汉称宜春下苑,即后所称曲江池者。故址在今陕西西安南。

❸披香:汉宫殿名。《文选·班固〈西都赋〉》:"披香发越。"李善注:"汉宫阙名。长安有合欢殿、披香殿。"

❹啭:鸟鸣。

❺杨花:指柳絮。

❻河阳一县并是花:晋潘岳任河阳(今河南孟州西)县令,于一县遍种桃李,传为美谈。北周庾信《枯树赋》:“若非金谷满园树,即是河阳一县花。”《白氏六帖·县令》:“潘岳为河阳令,树桃李花,人号曰‘河阳一县花。’”

❼金谷:古地名,在今河南洛阳西北。此指晋石崇所筑的金谷园。

❽游丝:指蜘蛛等布吐的飘荡在空中的丝。

开上林而竞入❶,拥河桥而争渡❷。出丽华之金屋❸,下飞燕之兰宫❹。钗朵多而讶重❺,髻鬟高而畏风。眉将柳而争绿❻,面共桃而竞红。影来池里,花落衫中。秀句如绣,顾盼生姿,不啻桃花醺面,令人肤泽光悦。苔始绿而藏鱼,麦才青而覆雉。吹箫弄玉之台❼,鸣佩凌波之水❽。

❶上林:古宫苑名。秦旧苑,汉初荒废,至汉武帝时重新扩建。故址在今西安西及周至、户县界。

❷河桥:古代桥名,故址在今河南孟州西南黄河上。

❸丽华:姓阴,东汉光武帝皇后。《后汉书·光烈皇后传》:“初光武闻后美,叹曰:‘娶妻当得阴丽华。’”金屋:暗用汉武帝金屋藏娇事,此处泛指华美之屋。

❹飞燕:指汉成帝赵皇后。《汉书·外戚传下·孝成赵皇后》:“孝成赵皇后,本长安宫人……学歌舞,号曰飞燕。”兰宫:芳香高雅的居室,或指妇女的居室。

❺钗朵:钗头镶饰的珠宝。讶:惊诧,疑怪。

❻将:共,与。

⑦吹箫弄玉之台：汉刘向《列仙传·萧史》："萧史者，秦穆公时人也。善吹箫，能致孔雀、白鹤于庭。穆公有女字弄玉好之，公遂以女妻焉。遂教弄玉作凤鸣。为作凤凰台，夫妇止其上，一旦随凤凰去。"

⑧鸣佩：指佩玉。《文选·谢朓〈直中书省〉诗》："兹言翔凤池，鸣佩多清洁。"李周翰注："鸣佩，所佩玉也。"凌波：行于水波之上，形容女子步履轻盈。三国魏曹植《洛神赋》："凌波微步，罗袜生尘。"

移戚里而家富[1]，入新丰而酒美[2]。石榴聊泛[3]，蒲桃酦（pō）醅（pēi）[4]。芙蓉玉碗，莲子金杯。新芽竹笋，细核杨梅。绿珠捧琴至[5]，文君送酒来[6]。

❶移戚里而家富：《史记·万石张叔列传》："于是高祖召其姊为美人，以奋为中涓，受书谒，徙其家长安中戚里。"司马贞索隐引颜师古曰："于上有姻戚者皆居之，故名其里为戚里。"

❷入新丰而酒美：汉高祖定都关中，其父太上皇居长安宫中，思乡心切，郁郁不乐。高祖乃依故乡丰邑街里房舍格局改筑骊邑，并迁来丰民，改称新丰。据说士女老幼各知其室，从迁犬羊鸡鸭亦竞识其家。太上皇居新丰，日与故人饮酒高会，心情愉快。后乃用作新兴贵族游宴作乐及富贵后与故人聚饮叙旧之典。

❸石榴：石榴酒。泛：漂浮，此指泛酒。古代习俗，每逢夏历三月上巳日（三国魏以后定为夏历三月初三日），于水边相聚宴饮，可祓除不祥。后人仿行，于曲水旁宴集，上流放置酒杯，任其顺流而下，杯停在谁的面前，谁就取饮。又称为"流觞曲水"。

❹蒲桃：即葡萄，指葡萄酒。酦醅：重酿未滤的酒。

❺绿珠：人名。晋石崇爱妾，美而艳，善吹笛，后为孙秀所逼，坠楼而死。后诗文中泛指美女。

❻文君：指卓文君。汉临邛富翁卓王孙之女，貌美，有才学。司马相如

饮于卓氏，文君新寡，相如以琴曲挑之，文君遂夜奔相如。后曾与相如经营酒肆。见《史记·司马相如列传》。后以指代美女。

玉管初调[1]，鸣弦暂抚[2]，《阳春》《渌水》之曲[3]，对凤回鸾之舞[4]。更炙笙簧[5]，还移筝柱[6]。月入歌扇[7]，花承节鼓[8]。 生绽可喜。

❶玉管：玉制的古乐器，用以定律，泛指管乐器。调：调试，演奏。

❷鸣弦：指琴、瑟、琵琶等弦乐器。暂：初，刚。抚：拨弹，弹奏。

❸阳春：战国时楚国的高雅歌曲名。渌水：古曲名。《文选·马融〈长笛赋〉》：“中取度于《白雪》、《渌水》。”李周翰注：“《白雪》、《渌水》，雅曲名。”

❹回鸾：古代舞曲名。

❺笙簧：指笙。簧，笙中之簧片。

❻移筝柱：转动筝上的弦柱以调节音高。筝柱，筝上的弦柱。每弦一柱，可移动以调定声音。

❼歌扇：歌舞时用的扇子。

❽节鼓：古代乐器，状如博局，中开圆孔，恰容其鼓，击之以节乐。

协律都尉[1]，射雉中郎[2]。停车小苑，连骑长杨[3]。金鞍始被，柘弓新张[4]。拂尘看马埒(liè)[5]，分朋入射堂[6]。马是天池之龙种[7]，带乃荆山之玉梁[8]。艳锦安天鹿[9]，新绫织凤皇。

句亦如天鹿锦、凤皇绫，多从组织得来。

❶协律都尉：古乐官名，又称协律校尉、协律郎。此指汉李延年。

❷射雉中郎：指晋潘岳，著有《射雉赋》。射雉，射猎野鸡，古代的一种田猎活动。

❸连骑：多形容骑从之盛。《战国策·秦策一》："当秦之隆，黄金万镒为用，转毂连骑，炫熿于道。"长杨：长杨宫的省称。

❹柘弓：柘木做的弓。柘树枝长而坚，宜做弓。

❺马埒：习射之驰道。两边有界限，使不致跑出道外。

❻分朋：分群，分组。射堂：古时习射的场所。

❼天池：海，大湖。龙种：指骏马。

❽带：腰带。荆山：山名。在今湖北南漳西部。山有抱玉岩，传为楚人卞和得璞处。玉梁：古代服带上的玉饰。

❾天鹿：传说中灵兽名，一名天禄。

三日曲水向河津❶，日晚河边多解神❷。树下流杯客❸，沙头渡水人❹，镂薄窄衫袖❺，穿珠帖领巾❻。百丈山头日欲斜，三晡(bū)未醉莫还家❼。池中水影悬胜镜❽，屋里衣香不如花。一结窅邈。

❶河津：河边的渡口。

❷解：消解，引申指向鬼神祈祷消除灾祸。

❸流杯：犹流觞。

❹沙头：沙滩边，沙洲边。

❺镂薄：镂刻金箔。

❻穿珠：穿成串的珠子。领巾：围在领子四周的图案形装饰性织品。

❼三晡：晡为申时，一般分上晡、中晡、下晡，故又称三晡。

❽悬：悬殊，差别大。

镜　赋

选声炼色，此造极巅。吾于子山，无复遗恨矣。

庾　信

该篇主要描写传世古镜，以及内宫群姬对镜施妆之际的娇情媚态。

天河渐没[1]，日轮将起[2]。燕噪吴王[3]，乌惊御史[4]。玉花簟(diàn)上[5]，金莲帐里。始折屏风，新开户扇。朝光晃眼，早风吹面。临桁(hàng)下而牵衫[6]，就箱边而着钏[7]。宿鬟尚卷[8]，残妆已薄。无复唇珠，才余眉萼。靥(yè)上星稀[9]，黄中月落[10]。旖语闲情，纷蕤相引。如入石季伦锦步障中，令人心醉目炫。

❶天河：即银河。

❷日轮：太阳。日形如车轮而运行不息，故名。

❸燕噪吴王：汉袁康《越绝书》卷二："阖庐之时大霸，筑吴越城……东宫周一里，二百七十步路。西宫在长秋，周一里，二十六步。秦始皇帝十一年，守宫者照燕失火烧之。"吴王，指阖庐。

❹乌惊御史：《汉书·朱博传》："是时御史府吏舍百余区井水皆竭，又其府中列柏树，常有野乌数千栖宿其上，晨去暮来，号曰'朝夕乌'。"

❺簟：供坐卧铺垫用的苇席或竹席。

❻桁:衣架。

❼就:趋,趋向。钏:臂镯。

❽宿鬟:隔夜的发髻。

❾靥:面颊上的微窝,俗称酒窝,泛指面颊。

❿黄:额黄,六朝妇女施于额上的黄色涂饰。

镜台银带，本出魏宫❶。能横却月，巧挂回风。龙垂匣外，凤倚花中。刻画细致。镜乃照胆照心❷，难逢难值。镂五色之盘龙，刻千年之古字。山鸡看而独舞❸，海鸟见而孤鸣❹。临水则池中月出，照日则壁上菱生❺。

❶镜台二句:《初学记》卷二五引《魏武杂物疏》:“镜台出魏宫中,有纯银参带镜台一,纯银七子贵人公主镜台四。”镜台,上面装着镜子的梳妆台。

❷照胆照心:《西京杂记》卷三:“(咸阳宫)有方镜,广四尺,高五尺九寸,表里有明。人直来照之,影则倒见,以手扪心而来,则见肠胃五脏,历然无碍。人有疾病在内,则掩心而照之,则知病之所在。又,女子有邪心,则胆张心动。秦始皇常以照宫人,胆张心动者则杀之。”

❸山鸡看而独舞:宋刘敬叔《异苑》卷三:“山鸡爱其毛羽,映水则飞。魏武时,南方献之。公子苍舒令置大镜其前,鸡鉴形而舞,不知止,遂乏死。”

❹海鸟见而孤鸣:《太平御览》卷九一六引南朝宋范泰《鸾鸟诗》序:“昔罽宾王结罝峻祁之山,获一鸾鸟,王甚爱之,欲其鸣而不致也。乃饰以金樊,飨以珍羞。对之逾戚,三年不鸣。夫人曰:‘闻鸟见其类而后鸣,何不县镜以映之!’王从言。鸾睹影感契,慨焉悲鸣,哀响中霄,一奋而绝。”

❺菱:古有菱花镜,镜多为六角形或背面刻有菱花者名菱花镜。

暂设装奁(lián)[1]，还抽镜屉(xuán)[2]。竞学生情，争怜今世[3]。鬓齐故略，眉平犹剃。*婉约微妙，妩媚可怜。昔人评开府文，谓其“辞生于情，气余于采”。信然。*飞花塼(tuán)子[4]，次第须安。朱开锦踏[5]，黛蘸油檀[6]。脂和甲煎[7]，泽渍香兰[8]。量髻鬓之长短，度(duó)安花之相去[9]。县媚子于搔头[10]，拭钗梁于粉絮[11]。*娟丽无匹，体贴入微。*梳头新罢照着衣，还从妆处取将归[12]。暂看弦系[13]，县知缬缦(xié màn)[14]。衫正身长[15]，裙斜假襻(pàn)[16]。*极锤炼，亦极波峭。*真成个镜特相宜[17]，不能片时藏匣里，暂出园中也自随[18]。

❶暂：初，刚。奁：古代盛梳妆用品的器具。

❷还：迅速，立即。

❸怜：疼爱。

❹飞花塼子：此用比喻的手法描绘女子化妆中的两种方法。飞花，落花飘飞。塼，通“抟”，揉捏。《荀子·正论》：“譬之，是犹以砖涂塞江海也。”子，植物的种子、果实。

❺踏：此作名词，犹路。

❻黛：青黑色的颜料，古时女子用以画眉。檀：指檀粉，化妆用的香粉。

❼脂：指面脂、唇脂一类的化妆品。甲煎：香料名。以甲香和沉麝诸药花物制成，可作口脂及焚爇，也可入药。

❽泽：化妆用的脂膏。

❾度：丈量，计算。

❿县：同“悬”。媚子：首饰名。搔头：簪的别称。

⓫钗梁：钗的主干部分。倪璠《庾子山集》注：“言钗梁用粉絮拭之，其色光明也。”

⑫取将:拿取。

⑬弦系:此指衣衫上的丝带。

⑭县知:即“悬知”,料想,预知。缬:染有彩文的丝织品。缦:无文饰的缯帛。

⑮衫正身长:谓衣衫的长度正合身。

⑯裙斜假襻:谓裙子斜了,需凭借系裙的带子来维系。假,凭借,依靠。襻,系衣裙的带。

⑰真成个镜特相宜:这个镜子真是太合适了。真成,真是,实是。个,指示代词,这,那。

⑱自随:跟随在自己身边,随身携带。

灯　赋

庾　信

该篇主要描摹宫中华灯之美。

九龙将暝❶，三爵行栖❷。琼钩半上❸，若木全低❹。烘染蕴藉。窗藏明于粉壁❺，柳助暗于兰闺❻。翡翠珠被❼，流苏羽帐❽。舒屈膝之屏风❾，掩芙蓉之行障❿。卷衣秦后之床⓫，送枕荆台之上⓬。

❶九龙将暝：谓宫中即将入夜。九龙，以九龙为饰之物，指宫殿。张衡《东京赋》："九龙之内，寔曰嘉德。"薛综注："九龙，本周时殿名也。"《三国志·魏志·明帝纪》："命有司复崇华，改名九龙殿。"也可指九龙烛。又，九龙又或指烛龙。《山海经·大荒北经》："西北海之外，赤水之北，有章尾山。有神，人面蛇身而赤，直目正乘，其暝乃晦，其视乃明，不食不寝不息，风雨是谒。是烛九阴，是谓烛龙。"《楚辞·天问》："日安不到，烛龙何照？"王逸注："言天之西北有幽冥无日之国，有龙衔烛而照之也。"

❷三爵行栖：谓宴饮行将结束。三爵，三杯酒。爵，雀形酒杯。《左传·宣公二年》："臣侍君宴，过三爵，非礼也。"

❸琼钩：喻新月。

❹若木：古代神话中的树名。《山海经·大荒北经》："大荒之中，有衡石山、九阴山、泂野之山，上有赤树，青叶，赤华，名曰若木。"郭璞注："生昆仑西附西极，其华光赤下照地。"常借指落日的余晖。

❺粉壁：指白色墙壁。

❻兰闺：汉代后妃宫室。《后汉书·皇后纪赞》："班政兰闺，宣礼椒屋。"李贤注："班固《西都赋》曰：'后宫则掖庭椒房，后妃之室，兰林、蕙草，披香、发越。'兰林，殿名，故言兰闺。"

❼珠被：泛指华贵的被子。《楚辞·招魂》："翡翠珠被，烂齐光些。"

❽流苏：用彩色羽毛或丝线等制成的穗状垂饰物，常饰于车马、帷帐等物上。羽帐：以翠羽为饰之帐。

❾屈膝：即屈戌，门窗、橱柜和屏风上的环纽、搭扣。

❿行障：围屏之属，因其可以移动，故称。置于室中，以为屏障。

⓫卷衣：谓君王赠衣与所爱女子。语出乐府古题《秦王卷衣曲》。

⓬送枕：犹荐枕。进献枕席，借指侍寝。荆台：指阳台，男女合欢之处。典出宋玉《高唐赋》。

乃有百枝同树❶，四照连盘。香添然蜜，气杂烧兰❷。烬长宵久❸，光青夜寒。音简韵健，光采焕鲜，六朝中不可多得。秀华掩映❹，蚖(wán)膏照灼❺。动鳞甲于鲸鱼，焰光芒于鸣鹤。蛾飘则碎花乱下❻，风起则流星细落。风致洒然，句法为唐人所祖。

❶百枝：形容灯烛繁多，亦指繁多的灯光。

❷香添二句：互文见义。意谓燃烧的蜜蜡和兰草香气弥漫。然，同"燃"。蜜，蜜蜡。

❸烬：指灯花，烛花。

❹掩映：谓或遮或露，时隐时现。

❺蚖膏:蚖的油脂,旧时用以点灯。蚖,蝮蛇之属。照灼:光芒四射,闪耀。

❻碎花乱下:指飞蛾身上飘落的粉尘。

况复上兰深夜[1],中山醑(xǔ)清[2]。楚妃留客[3],韩娥合声[4]。低歌着节[5],《游弦》绝鸣[6]。辉辉朱烬,焰焰红荣[7]。乍九光而连彩[8],或双花而并明。寄言苏季子,应知余照情[9]。收束妙有含蓄。

❶况复:何况,况且。上兰:宫观名,在上林苑中。

❷中山:《周礼·天官·酒正》"三曰清酒"汉郑玄注:"清酒,今之中山冬酿接夏而成者是也。"晋张华《博物志》卷五:"刘元石于中山酒家酤酒,酒家与千日酒饮之,忘言其节度。归至家大醉,不醒数日,而家人不知,以为死也,具棺殓葬之。酒家计千日满,乃忆元石前来酤酒,醉当醒矣。往视之,云:'元石亡来三年,已葬。'于是开棺,醉始醒。"后因以"中山"作为美酒的代称。醑,酒,美酒。

❸楚妃:楚国的王妃。《文选·陆机〈吴趋行〉》:"楚妃且勿叹,齐娥且莫讴。四座并清听,听我歌《吴趋》。"李善注:"楚妃,樊姬。"此指楚庄王妃樊妃。

❹韩娥:相传为古代韩国的善歌者。《列子·汤问》"昔韩娥东之齐,匮粮,过雍门,鬻歌假食,既去,而余音绕梁欐,三日不绝。"张湛注:"韩国善歌者也。"后因以"韩娥"指善歌者,亦借指歌妓。合声:谓声音符合节奏。

❺低歌:即低唱,轻柔地歌唱。着:依。节:一种古乐器。用两圆竹编成,上合下开,形似箕,可以拍之成声以节乐。

❻游弦:古琴曲名。《文选·嵇康〈琴赋〉》:"《飞龙》,《鹿鸣》,《鹍鸡》,《游弦》。"

❼荣:草木的花。

❽九光:四射的光芒,绚烂的光芒。

❾余照:谓多余之光,亦作“余光”、“余明”。《战国策·秦策二》:“甘茂亡秦且之齐,出关,遇苏子曰:‘……夫江上之处女,有家贫而无烛者,处女相与语,欲去之。家贫无烛者将去矣,谓处女曰:‘妾以无烛,故常先至,扫室布席。何爱余明之照四壁者,幸以赐妾,何妨于处女?妾自以为有益于处女,何为去我?处女相语,以为然而留之。’”比喻惠而不费的照顾。苏秦,字季子。

对烛赋

庾　信

该篇主要描写宫中烛台、烛火之美。

龙沙雁塞甲应寒[1]，天山月没客衣单[2]。灯前桁(hàng)衣疑不亮[3]，月下穿针觉最难。轩然而来，笔力峭秀。刺取灯花持桂烛[4]，还却灯檠(qíng)下烛盘[5]。

❶龙沙:即白龙堆,沙漠名,在新疆天山南路,泛指塞外漠北边塞之地,荒漠。雁塞:指雁门关。

❷天山:山名,一名燕然山。客衣:指客行者的衣着。

❸桁衣:犹穿衣。桁,衣架,此作动词。疑:畏惧。

❹刺:探取。桂烛:用桂膏制的烛,亦泛指烛。倪璠《庾子山集》注:"《王子年拾遗记》曰:'王母取绿桂之膏,然以照夜。'"

❺还:旋转。《庄子·庚桑楚》:"夫寻常之沟,巨鱼无所还其体。"却:指撤去,收掉。檠:烛台,灯台。下:置放。烛盘:带底盘的烛台,可兼盛烛泪。

铸凤衔莲，图龙并眠。烬高疑数翦(shuò)[1]，心湿暂难然[2]。铜荷承泪蜡[3]，铁铗(jiá)染浮烟[4]。清澈之调，复有藻语润饰，故足凌跨一时。

本知雪光能映纸❺，复讶灯花今得钱❻。莲帐寒檠窗拂曙❼，筠(yún)笼熏火香盈絮❽。兰麝可渝，芳词靡歇，骈枝家言，此焉高唱矣。旁垂细溜，上绕飞蛾。光清寒入，焰暗风过。

❶烬：指烛花。疑：通"拟"，打算，将要。数：屡次。

❷心：指烛芯，蜡烛中心用以点火的灯草、纱线等。然：同"燃"。

❸铜荷：铜制的呈荷叶状的烛台。泪蜡：蜡烛燃烧时滴下的油。

❹铗：用来剪烛的类似剪刀的工具。

❺雪光能映纸：晋孙康，京兆人。家贫好学，常映雪读书。事见《初学记》卷二引《宋齐语》。

❻灯花：灯心燃烧时所结成的花状物，旧时迷信者以为是喜事的预兆。

❼拂：触到，接近。

❽筠笼：罩在火炉上的竹笼。熏火：熏香之火。

楚人缨脱尽❶，燕君书误多❷。夜风吹，香气随。郁金苑❸，芙蓉池。秦皇辟恶不足道❹，汉武胡香何物奇❺？晚星没，芳芜歇❻，还持照夜游❼，讵减西园月❽？

❶楚人缨脱：据汉刘向《说苑·复恩》载，楚庄王宴群臣，日暮酒酣，灯烛灭。有人引美人之衣。美人援绝其冠缨，以告王，命上火，欲得绝缨之人。王不从，令群臣尽绝缨而上火，尽欢而罢。后三年，晋与楚战，有楚将奋死赴敌，卒胜晋军。王问之，始知即前之绝缨者。

❷燕君书误：《绎史·韩非刑名之学下》："郢人有遗燕相国书者，夜书，火不明，因谓持烛者曰，举烛云，而过书举烛，举烛非书意也。燕相受书而说之，曰：'举烛者，尚明也。尚明也者，举贤而任之。'燕相白王，大说，国以治，治则治矣，非书意也。今世学者多似此类。"

❸郁金：植物名，古人用作香料，泡制郁鬯，或浸水作染料。

❹辟恶：即辟恶车。秦代仪卫车，因用以祓除不祥，故称。晋崔豹《古今注·舆服》："辟恶车，秦制也。桃弓苇矢，所以祓除不祥也。太仆令一人，在车前，执弓箭。"

❺汉武胡香：《博物志》卷二："汉武帝时，弱水西国有人乘毛车以渡弱水来献香者，帝谓是常香，非中国之所乏，不礼其使。留久之，帝幸上林苑，西使至乘舆间，并奏其香。帝取之看，大如鸾卵三枚，与枣相似。帝不悦，以付外库。后长安中大疫，宫中皆疫病，帝不举乐，西使乞见，请烧所贡香一枚以辟疫气。帝不得已听之，宫中病者即日并差，长安中百里咸闻香气，芳积九十余日，香犹不歇。帝乃厚礼发遣饯送。一说汉制献香不满斤，西使临去乃发香物如大豆者，拭着宫门，香气闻长安数十里，经数月乃歇。"

❻芜：丛生的草。

❼持照夜游：《古诗十九首》："昼短苦夜长，何不秉烛游。"

❽西园月：三国魏曹植《公宴诗》："清夜游西园，飞盖相追随。"谢庄《月赋》假托曹植与王粲夜游咏月，以描绘秋夜月景。西园，园林名，传为曹操所建。

詔

文体名。皇帝下达的命令。南朝梁萧统《〈文选〉序》：“诏诰教令之流，表奏笺记之列……篇辞引序，碑碣志状，众制锋起，源流间出。”北齐颜之推《颜氏家训·文章》：“夫文章者，原出五经：诏命策檄，生于《书》者也。”

敕(chì)条制禁奢靡诏[1]

语质而厚，汉诏之遗。

萧　赜(zé)[2]

该篇是皇帝发布的旨在禁止奢靡的命令。

三季浇浮[3]，旧章陵替[4]。吉凶奢靡[5]，动违矩则[6]。或裂锦曳绣[7]，诸选本并脱“曳”字，从旧刻《古文管窥》补。以竞车服之饰[8]；涂金镂石[9]，以穷茔(yíng)域之丽[10]。至斑白不婚[11]，露棺累叶[12]。苟相姱袨(xuàn)[13]，罔(wǎng)顾大典[14]。风俗之敝，古今一辙，读此为之慨然。可明为条制，严勒所在[15]，悉使画一[16]。如复违犯，依事纠奏[17]。

❶敕：诫饬，告诫。条制：条例制度。

❷萧赜：440～493年。南朝齐第二任皇帝。字宣远，齐高帝萧道成长子，母昭皇后刘智容。482年至493年在位。庙号世祖，谥武皇帝。

❸三季：指夏、商、周三代的末期。《国语·晋语一》：“虽当三季之王，不亦可乎？”韦昭注：“季，末也。三季王，桀、纣、幽王也。”浇浮：犹浇薄，指社会风气浮薄。

❹旧章：昔日的典章。陵替：衰败，衰落。

❺吉凶：指吉事和丧事。

❻动:动辄。矩则:规矩法则。

❼裂锦:撕开丝织品。曳:穿着。

❽车服:车舆礼服。《书·舜典》:“敷奏以言,明试以功,车服以庸。”孔传:“功成则赐车服以表显其能用。”孔颖达疏:“人以车服为荣,故天子之赏诸侯,皆以车服赐之。”

❾涂金:涂抹黄金。镂石:在石上雕刻。

❿茔域:墓地。《周礼·春官·肆师》“掌兆中庙中之禁令”汉郑玄注:“兆坛,茔域。”

⓫斑白:头发黑白相杂,谓年老。《礼记·祭义》:“斑白者不以其任行乎道路。”郑玄注:“斑白者,发杂色也。”

⓬露棺:暴露棺椁,指死而不葬。累叶:犹累世。《后汉书·耿弇传论》:“三世为将,道家所忌,而耿氏累叶以功名自终。”

⓭苟:随便。姱衒:夸耀,炫耀,卖弄。

⓮罔:不。

⓯勒:约束,抑制。所在:所处之地。

⓰画一:一致,一律。《史记·萧相国世家》:“萧何为法,颟若画一。”司马贞索隐:“小颜云:画一,言其法整齐也。”

⓱依事:按事。纠奏:谓举察其罪,上奏朝廷。

举贤诏 魏帝能文章者，仅孝文尔。句法历落，并无堆垛装点，视南五朝蔑如矣。

拓跋宏[1]

该篇是皇帝发布的关于举荐人才的命令。

炎阳爽节[2]，秋零卷澍(shù)[3]。在予之责，实深悚栗[4]。故辍膳三晨[5]，以命上诉[6]。灵鉴诚款[7]，曲流云液[8]。虽休弗休[9]，宁敢愆(qiān)怠[10]？将有贤人湛(zhàn)德[11]，高士凝栖[12]，虽加诠采[13]，未能招致。其精访幽谷[14]，举兹贤彦(yàn)[15]。直言极谏[16]，匡(kuāng)予不及[17]。文人之笔，帝王之度，只如此便佳。

❶拓跋宏：467～499年。北魏皇帝，献文帝拓跋弘长子。在位期间大力施行民族融合政策。庙号高祖，谥孝文皇帝。

❷爽：差失，不合。《诗·卫风·氓》："女也不爽，士贰其行。"朱熹集传："爽，差。"节：节令。古以立春、立夏、立秋、立冬及春分、秋分、夏至、冬至为八节，后分一年为二十四节。

❸零：雨徐徐而下。此作名词，谓小雨。卷：收起。澍：雨，多指时雨。《淮南子·泰族训》："若春雨之灌万物也，浑然而流，沛然而施，无地而不澍，无物而不生。"

❹悚栗：恐惧战栗。

❺辍：中途停止，中断。

❻上诉：谓向神祇、君王或官府诉说冤情。《文选·班固〈东都赋〉》："下民号而上诉，上帝怀而降鉴，乃致命乎圣皇。"

❼鉴：照察，审辨。诚款：真诚，诚恳。

❽曲：表敬或表谦之词，表示对方降低身分，或自己高攀，犹"枉"。云液：指雨水、露水。

❾虽休弗休：虽然是美事，但不敢自以为美。弗休，不以为喜庆。

❿宁敢：岂敢。愆怠：过失和懈怠。

⓫将：连词，抑或。湛：深，浓。

⓬凝：坚定。《荀子·王制》："知强大者不务强也，虑以王命，全其力，凝其德。力全则诸侯不能弱也，德凝则诸侯不能削也。"杨倞注："凝，定也。定其德谓不轻举也。"栖：居住，停留。

⓭诠：通"铨"，选授官职。

⓮其：副词，表示祈使。

⓯兹：此，这。彦：贤士，俊才。《诗·郑风·羔裘》："彼其之子，邦之彦兮。"毛传："彦，士之美称。"

⓰极谏：尽力规劝，古多用于臣下对君主。

⓱匡：纠正，扶正。不及：犹未达，不足。

与太子论彭城王诏❶

高祖不豫，托勰国事，勰苦辞求退。世宗为太子，高祖手诏言之。

拓跋宏

该篇是皇帝下达给太子，旨在协调皇室关系的命令。

汝第六叔父勰(xié)，清规懋(mào)赏❷，与白云俱洁；厌荣舍绂(fú)❸，以松竹为心。吾少与绸缪❹，提携道趣(qū)❺。每请解朝缨❻，恬真丘壑❼。吾以长兄之重，未忍远离。何容仍屈素业❽，长婴世网❾？吾百年之后，其听勰辞蝉舍冕❿，遂其冲挹之性⓫。无使成王之朝，翻疑姬旦之圣⓬，不亦善乎？汝为孝子，勿违吾敕。训子全弟，具是数言，深致亮怀，蔼乎如见。

❶太子：元恪(483～515)，北魏第八位皇帝，孝文帝元宏(拓跋宏)次子，母文昭皇后高照容，499年至515年在位。庙号世宗，谥宣武皇帝。彭城王：元勰(473～508)，本名拓跋勰，字彦和，北魏献文帝第六子，北魏孝文帝异母弟。受到宣武帝及宣武帝舅舅高肇的猜忌，后为宣武帝所杀。谥武宣。其子元子攸即帝位，追尊为文穆帝，庙号肃祖。

❷清规：谓供人遵循的规范。懋赏：勉励以奖赏。《书·仲虺之诰》："德懋懋官，功懋懋赏。"孔传："勉于功者，则勉之以赏。"

❸厌荣舍绂:指厌弃官爵富贵。绂,系官印的丝带。

❹绸缪:情意殷切。汉李陵《与苏武诗》之二:“独有盈觞酒,与子结绸缪。”

❺提携道趣:谓携手同行。提携,携手,合作。道趣,行路的方向。

❻每:常常,屡次。解朝缨:指辞官。缨,结冠的带子。

❼恬:安静,平静。《庄子·缮性》:“古之治道者,以恬养知。”成玄英疏:“恬,静也。”真:本性。

❽素业:清白的操守。

❾婴:纠缠,羁绊。《韩非子·解老》:“祸害至而疾婴内。”世网:比喻社会上法律礼教、伦理道德对人的束缚。

❿听:听从,接受。蝉:古代侍从官的冠饰。《后汉书·舆服志下》:“侍中、中常侍加黄金珰,附蝉为文,貂尾为饰,谓之‘赵惠文冠’。”刘昭注:“说者蝉取其清高,饮露而不食。”后泛指高官。冕:古代天子、诸侯、卿、大夫等行朝仪、祭礼时所戴的礼帽。《左传·桓公二年》:“衮、冕、黻、珽。”孔颖达疏:“冠者,首服之大名。冕者,冠之别号……《世本》云:‘黄帝作冕。’宋仲子云:‘冕,冠之有旒者。’”

⓫遂:如愿,顺从。冲挹:谦抑。

⓬无使二句:《诗·豳风·鸱鸮·序》孔颖达疏:“武王既崩,周公(姬旦)摄政。管、蔡流言以毁周公,又导武庚与淮夷叛而作乱,将危周室。周公东征而灭之,以救周室之乱也。于是之时,成王仍惑管、蔡之言,未知周公之志,疑其将篡,心益不悦。”成王,即周成王,武王之子。姬旦,周武王之弟,成王之叔,亦称叔旦。因其采邑在周地(今陕西岐山北),故后世称周公。

禁浮华诏

高　洋[1]

该篇是皇帝发布的旨在禁止奢华的命令。

顷者风俗流宕[2]，浮竞日滋。家有吉凶[3]，务求胜异[4]。婚姻丧葬之费，车服饮食之华[5]，动竭岁资[6]，以营日富。又奴仆带金玉，婢妾衣罗绮。始以创出为奇，后以过前为丽。洞彻末流恶习，大似箴铭格言，谁谓齐梁间尽靡靡之奏邪？今之士大夫当书此于门屏几席，可以起废疾，针膏肓矣。上下贵贱，无复等差[7]。今运属维新[8]，思蠲(juān)往弊[9]。反朴还淳，纳民轨物[10]。可量事具立条式[11]，使俭而获中[12]。陡住绝奇。

❶高洋:526～559年。北齐开国皇帝。字子进,庙号显祖,谥文宣皇帝。
❷顷者:近来。流宕:放纵,无节制。
❸吉凶:指吉事和丧事。
❹胜异:奇妙出众。
❺车服:车舆礼服。
❻动:动辄。资:货物,钱财。

❼等差:等级次序,等级差别。

❽维新:谓乃始更新。《诗·大雅·文王》:“周虽旧邦,其命维新。”毛传:“乃新在文王也。”陈奂传疏:“维,犹乃也,维新,乃新也……言周至文王而始新之。”此指北齐代东魏。

❾蠲:除去,减免。

❿轨物:轨范制度。《左传·隐公五年》:“君将纳民轨物者也。”

⓫量:裁度,测断。条式:条文法规。

⓬俭而获中:俭朴而适中。

敕

文体名。在汉朝至晋朝期间泛指长辈或官吏对后辈或幕僚的告诫，自南北朝起专指皇帝写给臣僚的诏书（敕书是诏书的一种，敕书不等于诏书）。

与臧焘敕[1]

焘为太学博士，参右将军何无忌军事，随府转镇南将军。高祖镇京口，与焘敕。

刘　裕[2]

该篇是皇帝下达给臣子，旨在繁荣教育的文书。

顷学尚废弛[3]，后进颓业[4]，衡门之内[5]，清风辍响[6]。良由戎车屡警[7]，礼乐中息，浮夫近志[8]，情与事染[9]。岂可不敷崇坟籍[10]，敦厉风尚[11]？此境人士，子侄如林[12]。明发搜访[13]，想闻令轨[14]。然荆玉含宝[15]，要俟(sì)开莹[16]；幽兰怀馨，事资扇发[17]。丽语能朴，隽语能淳，忘其骈偶。诰敕之文如此，奈何轻议六朝？独习寡悟，义著周典[18]。今经师不远[19]，而赴业无闻[20]。非唯志学者鲜[21]，或是劝诱未至邪[22]？想复宏之[23]。

❶臧焘：353～422年。字德仁，东莞莒（山东莒县）人。《南史·臧焘传》言其“少好学，善《三礼》，贫约自立”。后虽为“外戚贵显，而弥自冲约。茅屋蔬飧，不改其旧”。仕晋为国学助教。入宋，官至光禄大夫。

❷刘裕：363～422年。南朝宋开国皇帝。字德舆，小名寄奴。曾两度北伐，收复洛阳、长安等地。永初元年（420），废晋自立。庙号高祖，谥武

皇帝。

❸顷:近来。学尚:学问,学识。废弛:废弃懈怠,谓应施行而未施行。

❹后进:后辈,亦指学识或资历较浅的人。《论语·先进》:“先进于礼乐,野人也;后进于礼乐,君子也。”邢昺疏:“后进,谓后辈仕进之人也。”颓业:废弃学业。

❺衡门:横木为门,指简陋的房屋。《诗·陈风·衡门》:“衡门之下,可以栖迟。”

❻清风:《诗·大雅·烝民》:“吉甫作诵,穆如清风。”指清惠的风化。

❼良由:确实是由于。戎车:兵车。《书·牧誓》:“武王戎车三百两,虎贲三百人。”

❽浮夫:轻浮的人。

❾情与事染:人情与事故相互影响。

❿敷崇:犹广兴。《晋书·儒林传·杜夷》:“汉武钦贤,俊彦响应,故能允协时雍,敷崇盛化。”

⓫敦厉:劝勉,勉励。

⓬子侄:儿子与侄子辈的统称。

⓭明发:谓查明发现。《后汉书·循吏传序》:“明发奸伏,吏端禁止。”

⓮令轨:良好的法度、制度。

⓯荆玉:荆山之玉,即和氏璧。此喻美质贤才。

⓰俟:等待。莹:磨治。

⓱资:凭借,依靠。扇发:指播扬,宣扬。

⓲独习二句:独自学习少有领悟,这个道理记载于周代的典籍。

⓳经师:汉代讲授经书的学官,泛指传授经书的大师或师长。

⓴赴业:前往求学。

㉑志学:专心求学。语本《论语·为政》:“吾十有五而志于学。”

㉒劝诱:劝勉诱导。

㉓宏:光大。

为武帝与谢朏敕[1]

天监初，朏与何允、何点并征不至，逃窜年余。一旦轻舟自诣阙下，时即以为司徒、尚书令。乃复不省职事，众颇失望。然则朏盖守节不终者。既拜新命，且不称职，亦何足当此敕邪？

沈　约

该代拟之作是皇帝下达给隐者，令其出仕的文书。

吾以菲德[2]，属(zhǔ)当期运[3]。鉴与吾贤[4]，思隆治道[5]。而明不远烛[6]，所蔽者多[7]。实寄贤能[8]，匡其寡暗[9]。尝谓山林之志，上所宜宏。激贪厉薄[10]，义等为政。自居元首，临对百司[11]。虽复执文经武，各修厥(jué)职[12]，群才竞爽[13]，以致和美，而镇风静俗，变教论道，自非箕颍高人[14]，莫膺兹寄[15]。

❶谢朏：441～506年。字敬冲，陈郡阳夏人。早年担任抚军法曹行参军，迁升为太子舍人，历官中书郎，卫将军袁粲长史，官至尚书令。南朝梁时，辞官隐居。

❷菲：微薄。

❸属：正，恰。《国语·鲁语上》："匠师庆言于公曰：'……今先君俭而君侈，令德替矣。'公曰：'吾属欲美之。'"韦昭注："属，适也。"期运：机运，际会。

❹鉴：此字意义不明。

❺治道：治理国家的方针、政策、措施等。

❻明：圣明，明智，明察。烛：照亮，照见。《庄子·天运》："吾又奏之以阴阳之和，烛之以日月之明。"

❼蔽：蒙蔽，壅蔽。

❽寄：依赖。

❾匡：纠正，扶正。寡暗：犹寡昧，知识浅陋，不明事理。

❿激：阻挡水流。《孟子·告子上》："今夫水搏而跃之，可使过颡，激而行之，可使在山。"引申指阻挡。厉：指讽劝。

⓫百司：即百官。《书·立政》："大都，小伯，艺人，表臣，百司。"

⓬厥：其。

⓭竞爽：精明强干。《左传·昭公三年》："齐公孙灶卒。司马灶见晏子曰：'又丧子雅矣。'晏子曰：'惜也，子旗不免，殆哉！姜族弱矣，而妫将始昌。二惠竞爽，犹可，又弱一个焉，姜其危哉！'"林尧叟注："子雅、子尾皆齐惠公之孙。竞，强也，爽，明也。言子雅、子尾二惠强明，犹可以为国。"

⓮箕颍：箕山和颍水。相传尧时，贤者许由曾隐居箕山之下，颍水之阳。后因以"箕颍"指隐居者或隐居之地。

⓯膺：承受。《书·毕命》："予小子永膺多福。"

是用虚心侧席[1]，属(zhǔ)想清尘[2]，不得不屈兹独往[3]，同此濡足[4]。便望释萝袭衮[5]，出野登朝。必不以汤有惭德[6]，武未尽善[7]，不降其身，不屈其志，使璧帛虚往[8]，蒲轮空归[9]。倾首东路[10]，望兼立表[11]。羲轩邈矣[12]，古今殊事[13]。宕起极有意致，令人不可捉摸。不获总驾崆峒[14]，依风问道[15]。今方复引领云台[16]，虚己宣室[17]。纡贤之愧[18]，纡，诎也。见《说文解字》。载结寝兴⑲。

❶是用：因此。侧席：指谦恭以待贤者。《后汉书·章帝纪》："朕思迟直士，侧席异闻。"李贤注："侧席，谓不正坐，所以待贤良也。"

❷属想：犹寄思，寄情。清尘：比喻清静无为的境界，清高的遗风，高尚的品质。《楚辞·远游》："闻赤松之清尘兮，愿承风乎遗则。"

❸独往：犹言孤往独来，谓超脱万物，独行己志。三国魏嵇康《四言赠兄秀才入军》之十七："含道独往，弃智遗身。"

❹濡足：弄湿了脚，指被沾污。《楚辞·九章·思美人》："因芙蓉而为媒兮，惮褰裳而濡足。"

❺释萝袭衮：指放弃隐居而为官。《晋书·谢安传论》："褫薜萝而袭朱组，去衡泌而践丹墀。"

❻汤有惭德：《书·仲虺之诰》："成汤放桀于南巢，惟有惭德，曰：'予恐来世以台为口实。'"惭德，因言行有缺失而自惭。

❼武未尽善：《论语·八佾》："谓《武》尽美矣，未尽善也。"《武》，周代贵族用于祭祀的"六舞"之一，是颂扬周武王战胜商纣王的乐舞。

❽璧帛：璧玉与丝绢，谓用来征辟贤士的礼物。

❾蒲轮：指用蒲草裹轮的车子。转动时震动较小，古时常用于封禅或迎接贤士，以示礼敬。《史记·平津侯主父列传》："始以蒲轮迎枚生，见主父而叹息。"

❿倾首：仰头，表示敬仰。

⓫望兼立表：形容极切盼望。《史记·司马穰苴列传》："穰苴先驰至军，立表下漏待贾。"司马贞索隐："立表，谓立木为表以视日景。下漏，谓下漏水以知刻数也。"

⓬羲轩：伏羲氏和轩辕氏（黄帝）的并称。

⓭殊事：不同的情况。《淮南子·本经训》："五帝三王殊事而同指，异路而同归。"

⑭总驾:驰驱马车。崆峒:山名,在今甘肃平凉西。相传是黄帝问道于广成子之所。也称空同、空桐。《庄子·在宥》:“黄帝立为天子,十九年,令行天下,闻广成子在于空同之上,故往见之。”

⑮依风问道:《庄子·在宥》:“广成子南首而卧,黄帝顺下风膝行而前,再拜稽首而问曰:‘闻吾子达于治道,敢问治身奈何而可以长久?’”依,向着。

⑯引领:伸颈远望,多以形容期望殷切。云台:汉宫中高台名。汉光武帝时,用作召集群臣议事之所。后用以借指朝廷。

⑰虚己:犹虚心。《韩诗外传》卷二:“君子盛德而卑,虚己以受人。”宣室:原指汉代未央宫中之宣室殿,此泛指帝王所居的正室。

⑱纡:屈抑。

⑲载:助词,用在句首或句中,起加强语气的作用。《诗·鄘风·载驰》:“载驰载驱,归唁卫侯。”结:形容忧愁、气愤积聚不得发泄。寝兴:睡下和起床,泛指日夜或起居。

令

文体名。形式上等同于诏。汉代起诸侯王、皇后、太子的诏书皆可称“令”，以别于天子之诏。

与湘东王论王规令[1]

规，字威明。简文为晋安王，规为长史，及立为太子，规为太子中庶人。大同二年卒，简文出临哭，与湘东王此令。刘子谓中庶子遵也，先规一年卒。诸选本以简文为昭明，刘为孝绰，并误。

萧　纲[2]

该篇旨在伤悼旧属。

威明昨宵，奄复殂（cú）化[3]，甚可痛伤。其风韵遒（qiú）上[4]，神采标映[5]，千里绝迹[6]，百尺无枝[7]。文辨纵横[8]，才学优赡[9]。跌宕之情弥远[10]，濠梁之气特多[11]。斯实俊民也[12]。一尔过隙[13]，永归长夜。金刀掩芒，长淮绝涸[14]。去岁冬中[15]，已伤刘子；今兹寒孟[16]，复悼王生。俱往之伤，信非虚说。

❶王规:488～536年。字戚明，琅邪临沂人。袭封南昌县侯，除中书黄门侍郎，累官左民尚书。曾隐居钟山。

❷萧纲:503～551年。南朝梁皇帝。字世缵，南兰陵(今江苏常州)人，梁武帝萧衍第三子，昭明太子萧统同母弟。太清三年(549)，侯景之乱，梁武帝被囚饿死，萧纲即位。大宝二年(551)为侯景所杀。庙号太宗，谥简文皇帝。

❸奄:忽然，骤然。殂化:逝世。

❹遒上：超佚不群。

❺标映：显明光耀。

❻千里绝迹：曹植《与杨修书》："飞轩绝迹，一举千里。"

❼百尺无枝：枚乘《七发》："龙门之桐，百尺无枝。"

❽纵横：雄健奔放。

❾优赡：渊博丰富。

❿跌宕：放荡不拘。

⓫濠梁：犹濠上。梁，桥梁。《庄子·秋水》记庄子与惠子游于濠梁之上，见鯈鱼出游从容，因辩论鱼知乐否。后多用"濠梁"、"濠上"比喻别有会心、自得其乐之地。

⓬俊民：贤人。

⓭一尔：顷刻之间。《三国志·吴志·刘繇传》："常愿渝平更成，复践宿好。一尔分离，款意不昭，奄然殂殒，可为伤恨。"过隙：喻时间短暂，光阴易逝。《庄子·知北游》："人生天地之间，若白驹之过郤，忽然而已。"

⓮金刀二句：该篇是萧纲为太子时所作。当时其东宫有两属官，太子中庶子刘遵和太子中庶子王规。刘遵前一年去世，次年王规去世。此处"金刀"指刘遵，"长淮"指王规。金刀掩芒，《汉书·王莽传》："今百姓咸言皇天革汉而立新，废刘而兴王。夫'刘'之为字'卯、金、刀'也，正月刚卯，金刀之利，皆不得行。"又："及王莽篡位，忌恶刘氏，以钱文有金刀，故改为货泉。"长淮绝涸，《晋书·王导传》："初，导渡淮，使郭璞筮之，卦成，璞曰：'吉，无不利。淮水绝，王氏灭。'其后子孙繁衍竟如璞言。"

⓯冬中：犹中冬，指冬季的第二个月。

⓰寒孟：即孟冬，阴历十月。

答群下劝进初令❶

萧　绎元帝性好矫饰，始居文宣太后忧，依丁兰作木母。及武帝崩，秘丧逾年，乃发凶问。狡人好语，固不足信也。

该篇旨在拒绝属下拥己登基的建议。

孤以不德❷，天降之灾。枕戈饮胆❸，扣心泣血❹。风树之酷❺，万始莫追❻；霜露之哀❼，百忧总萃❽。甫闻伯升之祸❾，弥切仲谋之悲❿。若封豕既歼⓫，长蛇即戮⓬，方欲追延陵之逸轨⓭，继子臧之高让⓮。岂资秋亭之坛⓯？安事繁阳之石⓰？侯景⓱，项籍也⓲；萧栋⓳，殷辛也⓴。赤泉未赏㉑，刘邦尚曰汉王㉒；白旗弗县㉓，周发犹称太子㉔。引古立案，构思精而撰语峭。飞龙之位㉕，孰谓可跻(jī)㉖？附凤之徒㉗，既闻来仪㉘。群公卿士，其喻孤之志㉙。无忽㉚。

❶群下：泛指僚属或群臣。劝进：指劝登帝位。

❷孤：古代诸侯君王的自称。春秋时诸侯自称寡人，有凶事则称孤，后渐无区别。

❸枕戈:枕着兵器,形容杀敌报国心切。《晋书·刘琨传》:“吾枕戈待旦,志枭逆虏,常恐祖生先吾着鞭。”饮胆:同“尝胆”。谓刻苦自励,志图复兴。语本《史记·越王句践世家》:“吴既赦越,越王句践反国,乃苦身焦思,置胆于坐,坐卧即仰胆,饮食亦尝胆也。曰:‘女忘会稽之耻邪?’”

❹扣心:捶胸,形容心情迫切或悲愤。泣血:无声痛哭,泪如血涌,形容极度悲伤。《易·屯》:“乘马班如,泣血涟如。”

❺风树之酷:《韩诗外传》卷九:“皋鱼曰:‘……树欲静而风不止,子欲养而亲不待也。’”后因以“风树”为父母死亡,不得奉养之典。

❻始:谋划。《诗·大雅·绵》:“爰始爰谋,爰契我龟。”马瑞辰通释:“始亦谋也。爰始爰谋,犹言是究是图也。”

❼霜露之哀:《礼记·祭义》:“霜露既降,君子履之,必有凄怆之心,非其寒之谓也。”郑玄注:“非其寒之谓,谓凄怆及怵惕,皆为感时念亲也。”后因以“霜露之感”指对父母或祖先的怀念。

❽总萃:会合聚集。

❾甫:方才,刚刚。伯升:刘演,字伯升,南阳蔡阳人,汉光武帝刘秀兄长。新朝末年,他与刘秀等起义。更始政权建立后,任大司徒,封为汉信侯。后被更始帝刘玄猜忌并杀害。刘秀建立东汉后,追谥齐武王。

❿切:深,深切。仲谋:孙权之字。其兄孙策,字伯符。在狩猎中为刺客所伤,不久身亡,年仅二十六岁。孙权称帝后,追谥长沙桓王。

⓫封豕:大猪,比喻贪暴者。《左传·昭公二十八年》:“(伯封)实有豕心,贪惏无餍,忿纇无期,谓之封豕。”

⓬长蛇:喻指贪残凶暴者。

⓭延陵:春秋吴邑,公子季札因让国避居(一说受封)于此,故址在今江苏常州。此借指季札。逸轨:高洁的轨范。

⓮子臧:公子欣时,字子臧,曹宣公之子。前578年,曹宣公随晋国在外出征,中途去世。子臧送葬。公子负刍在国内杀太子,即位,为曹成公。前576年,晋国扣留曹成公,诸侯欲立子臧为君,子臧推辞,逃奔宋国。高

让:高拱其手以示相让。

⑮资:凭借,依靠。秋亭:即千秋亭,亭名,在今河北内丘。汉光武帝登基之处。《后汉书·光武帝纪上》:“光武于是命有司设坛场于鄗南千秋亭五成陌。”

⑯事:从事。繁阳:地名,魏文帝受禅让之处。《三国志·魏志·文帝本纪》:“汉帝以众望在魏,使兼御史大夫张音持节奉玺绶禅位。乃为坛于繁阳,庚午,王升坛即阼。”

⑰侯景:字万景,朔方人。梁武帝太清元年(547)率部降梁。后叛变,立宗室萧正德为梁帝。太清三年(549)攻破建康,囚禁并饿死梁武帝萧衍,立太子萧纲为帝,旋废之,又立豫章王萧栋。同年,侯景称帝,国号汉,改元太始。552年,被陈霸先、王僧辩击败后为部下所杀。

⑱项籍:前232～前202年。字羽,下相(今江苏宿迁西南)人。秦二世元年(前209)随叔父项梁起兵反秦。秦亡后,项羽自立为西楚霸王。汉王二年(前205)三月,汉王刘邦率诸侯联军攻楚。后被汉军围困于垓下(今安徽灵璧南)。溃围而出,自刎于乌江。

⑲萧栋:字元吉,南朝梁第三代皇帝。史称豫章王、淮阴王。昭明太子萧统之孙,豫章王萧欢之子。551年,被侯景立为帝,旋又废为淮阴王,后为梁元帝所杀。

⑳殷辛:亦称帝辛,即商纣,商代末代君主,以残暴著称。《史记·殷本纪》:“帝乙崩,子辛立,是为帝辛,天下谓之纣。”

㉑赤泉未赏:意谓尚未击败项羽。赤泉,指赤泉侯杨喜(?～前168),字幼罗,号德嘉。因斩杀项羽有功而封赤泉侯。

㉒汉王:秦末项羽入关后刘邦的封号。《史记·高祖本纪》:“负约,更立沛公为汉王,王巴、蜀、汉中,都南郑。”

㉓白旗弗县:意谓殷军尚未投降。白旗,战败投降或要求停战的旗。县,同“悬”。

㉔周发:即周武王,名发。

㉕飞龙：比喻帝王。

㉖跻：升登，达到。

㉗附凤：语本《后汉书·光武帝纪上》："天下士大夫捐亲戚，弃土壤，从大王于矢石之间者，其计固望其攀龙鳞，附凤翼，以成其所志耳。"后因以"附凤"指依附帝王以成就功业。

㉘来仪：谓凤凰来舞而有容仪，古人以为瑞应。语出《书·益稷》："箫韶九成，凤皇来仪。"孔颖达疏："箫韶之乐作之九成，以致凤皇来而有容仪也。"

㉙喻：知晓，明白。《论语·里仁》："子曰：'君子喻于义，小人喻于利。'"

㉚忽：忽略，不经心。《书·周官》："蓄疑败谋，怠忽荒政。"

教

文体的一种。为官府或长上的告谕。

建平王聘隐逸教

宋建平王景素，文帝第七子宏之子也。位南徐州刺史，加都督。好文章书籍，招集才异之士。时废帝不道，内外皆属意景素，而杨运长等深忌之。元徽四年，或告景素台城已溃，景素即举兵，为台军所杀。

江　淹

该代拟之作旨在求贤招隐。

府、州、国纪纲[1]：夫妫(guī)夏已没[2]，大道不行[3]。虽周惠之富[4]，犹有渔潭之士[5]；汉教之隆[6]，亦见栖山之夫[7]。迹绝云气，意负青天，皆待绛螭(jiàng chī)驤(xiāng)首，翠虬(qiú)来仪[8]。处处矜炼窅邈，绝非肥艳浓香，故妙。是以遗风独扇百代，余烈激厉后生[9]。斯乃王教之助[10]，古人之意焉。吾税驾旧楚[11]，憩乘汀(shèng tīng)潭[12]。挹於(wū)陵之操[13]，想汉阴之高[14]。而山川遐久[15]，流风亡沫(mò)[16]。养志数人[17]，并未征采[18]。善操将弃[19]，良用慨然[20]。宜速详旧礼[21]，各遣纁(xūn)招[22]。庶畅此幽襟[23]，以旌蓬荜[24]。

[1]纪纲：指州郡掾属。

[2]妫夏：指有虞氏和夏代。妫，本水名。《说文》："虞舜居妫汭，因以为氏。"此指舜所建立有虞氏。

❸大道：正道，常理，指最高的治世原则，包括伦理纲常等。

❹周惠：周朝的恩惠。

❺渔潭：谓在江河深水处捕鱼，指隐居。

❻汉教：汉代的教化

❼栖山：栖息于山，指隐遁。

❽皆待二句：喻贤君出世。绛螭，赤色的龙，古代谶纬家附会为以火德王者的祥瑞。此指皇帝。骧首，抬头。汉邹阳《上书吴王》："臣闻蛟龙骧首奋翼，则浮云出流，雾雨咸集。"翠虬，青龙。虬，传说中的一种无角龙。《楚辞·离骚》："驷玉虬以乘鹥兮，溘埃风余上征。"王逸注："有角曰龙，无角曰虬。"来仪，原指凤凰来舞而有容仪，此处指龙。

❾余烈：遗留下来的功绩、功业。汉贾谊《过秦论上》："及至始皇，奋六世之余烈，振长策而御宇内，吞二周而亡诸侯。"

❿王教：王者的教化。

⓫税驾：犹解驾，谓休息或归宿。税，通"挩"、"脱"。《史记·李斯列传》："物极则衰，吾未知所税驾也。"司马贞索隐："税驾，犹解驾，言休息也。李斯言己今日富贵已极，然未知向后吉凶，止泊在何处也。"

⓬憩乘：停车。汀：水边平地，小洲。

⓭挹：通"揖"。《荀子·议兵》："汤武之诛桀纣也，拱挹指麾。"王念孙《读书杂志·荀子五》："揖与挹通……晏子《谏篇》：'晏子下车挹之。'挹即揖字，诸本皆作挹。"引申指推崇。於陵：地名。此借指陈仲子，因居於陵，故称。战国时隐逸之士。或称於陵子仲。《史记·鲁仲连邹阳列传》："於陵子仲辞三公，为人灌园。"《孟子·滕文公下》："匡章曰：'陈仲子岂不诚廉士哉？居於陵，三日不食，耳无闻，目无见也。'"

⓮汉阴：指汉阴丈人。《庄子·天地》："子贡南游于楚，反于晋，过汉阴，见一丈人方将为圃畦。凿隧而入井，抱瓮而出灌，搰搰然，用力甚多而见功寡。子贡曰：'有械于此，一日浸百畦，用力甚寡而见功多，夫子不欲乎为？'圃者卬而视之曰：'奈何。'曰：'凿木为机，后重前轻，挈水若抽，数如

泆汤，其名为槔。'为圃者忿然作色而笑曰：'吾闻之吾师，有机械者必有机事，有机事者必有机心，机心存于胸中则纯白不备，纯白不备则神生不定，神生不定者，道之所不载也。吾非不知，羞而不为也。'"

⑮遐久：长久。

⑯流风：前代流传下来的风气，多指好的风气。《孟子·公孙丑上》："纣之去武丁未久也，其故家遗俗，流风善政，犹有存者。"沫：终止。《楚辞·离骚》："芳菲菲而难亏兮，芬至今犹未沫。"王逸注："沫，已也。"

⑰养志：保摄志气，指培养、保持不慕荣利的志向，多指隐居。《庄子·让王》："故养志者忘形，养形者忘利。"

⑱征采：征招录用。

⑲善操：良好的操行。

⑳用：以。慨然：感慨貌。

㉑详：慎重。《书·蔡仲之命》："详乃视听，罔以侧言改厥度。"孔传："详审汝视听，非礼义勿视听。"蔡沈集传："详，审也。"

㉒纁招：《后汉书·逸民传·严光》："（严光）少有高名，与光武同游学。及光武即位，乃变名姓，隐身不见。帝思其贤，乃令以物色访之。后齐国上言：'有一男子，披羊裘钓泽中。'帝疑其光，乃备安车玄纁，遣使聘之。三反而后至。"后因谓招聘隐士出仕为"纁招"。纁，浅绛色的布帛，后世帝王用作延聘贤士的礼品。

㉓庶：希望，但愿。幽襟：隐藏在内心的情感。

㉔旌：表彰。蓬荜："蓬门荜户"的省语，用草、树枝等做成的门户。多形容穷苦人家或隐士所住的简陋房屋。

永嘉郡教❶ 武帝时，迟为永嘉太守，今浙江温州府。

丘　迟❷

该篇训责了永嘉当时民惰农荒的不良风气。

贵郡控带山海❸，利兼水陆，实东南之沃壤，一都之巨会❹。而曝(pù)背拘(jú)牛❺，屡空于畎亩❻；绩(jī)麻治丝❼，无闻于窐(wā)巷❽。钟嵘评其诗"点缀映媚，似落花依草"，观此益信。其有耕灌不修❾，桑榆靡树，遨游廛里❿，酣(pú)酺卒岁⓫，越伍乖邻⓬，流宕忘返⓭。才异相如，而四壁独立⓮；高惭仲蔚，而三径没人⓯。典质既胜，不事丽采，近人何从梦见？虽谢文翁之正俗⓰，庶几龚遂之移风⓱。

❶永嘉：郡名。东晋太宁元年(323)分临海郡置，治所在永宁(今浙江温州)。

❷丘迟：464～508年。字希范，吴兴乌程(今浙江湖州)人。张溥辑《丘司空集》，收入《汉魏六朝百三家集》。

❸控带：萦带。

❹巨会：大城市，大都会。

❺曝背：背朝烈日。汉贾谊《新书·春秋》："夫百姓煦牛而耕，曝背而耘，苦勤而不敢惰者，岂为鸟兽也哉？"借指耕作。揭牛：牵牛耕地。揭，执，持。

❻畎亩：田地，田野。《国语·周语下》："天所崇之子孙，或在畎亩，由欲乱民也。"韦昭注："下曰畎，高曰亩。亩，垄也。"

❼绩麻：缉麻，把麻析成细缕捻接起来。《诗·陈风·东门之枌》："不绩其麻，市也婆娑。"

❽窒巷：深巷。

❾耕灌：耕种灌溉。

❿遨游：游乐，嬉游。廛里：古代城市居民住宅的通称，亦泛指市肆区域。

⓫酣酺：畅饮，纵饮。酺，古指国有喜庆，特赐臣民聚会饮酒。

⓬越伍乖邻：指离开乡里。伍，古代民户编制单位，五家编为一伍。《左传·襄公三十年》："田有封洫，庐井有伍。"杜预注："使五家相保。"邻，古代行政单位，八家为邻。《尚书大传》卷四："古者处师，八家为邻，三邻而为朋。"

⓭流宕：谓远游。

⓮四壁独立：《史记·司马相如列传》："文君夜亡奔相如，相如乃与驰成都。家居徒四壁立。"后以"四壁"形容家境贫寒，一无所有。

⓯仲蔚：晋皇甫谧《高士传》："张仲蔚者，平陵人也，与同郡魏景卿俱修道德，隐身不仕。明天官，博物，善属文，好赋诗。常居穷素，所处蓬蒿没人，闭门养性，不治荣名，时人莫识，惟刘、龚知之。"三径：汉赵岐《三辅决录》："蒋诩字元卿，隐于杜陵。舍中三径，惟裘仲、羊仲从之游。"后因以"三径"指归隐者的家园。

⓰文翁：汉庐江舒人。景帝末，为蜀郡守，"仁爱好教化"，在成都市中起学官，入学者免除徭役，成绩优者为郡县吏，每出巡视，"益从学官诸生

明经饬行者与俱,使传教令”。蜀郡自是文风大振,教化大兴。见《汉书·文翁传》。后世用为称颂循吏的典故。谢:逊让,不如。正俗:匡正风俗。

⑰庶几:希望,但愿。龚遂:字少卿,山阳南平阳(今山东邹城)人。汉宣帝时,任渤海太守,逢饥荒,农民暴动,盗贼纷起。龚遂开仓济贫,鼓励农桑。不数年,渤海大治。后官至水衡都尉,卒于任上。

策問

古代考试中要求应试者回答的问题，以皇帝的名义问及有关经义或政事等。

永明九年策秀才文

此专以劝农为主。援古证今，立言不苟，开唐宋人表启碑序法门。

王　融[1]

该代拟之作就重农励耕所面临的困境提出问题。

问：昔周宣惰千亩之礼，虢公纳谏[2]；汉文缺三推之仪[3]，贾生置言[4]。良以食惟民天[5]，农为政本。金汤非粟而不守[6]，水旱有待而无迁[7]。朕式照前经[8]，宝兹稼穑[9]。祥正而青旗肃事[10]，土膏而朱纮戒典[11]。将使杏花菖叶[12]，耕获不愆；清畎泠风[13]，述遵无废[14]。秀语。而释耒佩牛[15]，相沿莫反；兼贫擅富[16]，浸以为俗[17]。若爰井开制[18]，爰，易也。見贾逵《国语注》。惧惊扰愚民；舄卤可腴[19]，恐时无史白[20]。史起引漳水溉田，民歌之曰“终古舄卤兮稻粱”。白公引泾水溉田，因名“白渠”。并见《史记》。兴废之术，矢陈厥谋[21]。

❶王融：466～493年。字元长，琅邪临沂(今属山东)人。“竟陵八友”之一。所存诗文，明代张溥辑为《王宁朔集》，收在《汉魏六朝百三家集》中。

❷周宣惰千亩之礼:《国语·周语上》:“宣王即位,不藉千亩。虢文公谏曰:‘夫民之大事在农。’”千亩,指代天子、诸侯征用民力耕种的田。

❸三推:古代帝王亲耕之礼。天子于每年正月亲临藉田,扶耒耜往还三度,以示劝农,称三推。《礼记·月令》:“(孟春之月)乃择元辰,天子亲载耒耜……帅三公、九卿、诸侯、大夫,躬耕帝藉,天子三推,三公五推,卿诸侯九推。”

❹贾生置言:《西汉会要·食货一》:“文帝时,民近战国,背本趋末。贾谊说上曰:‘一夫不耕,或受之饥;一女不织,或受之寒。生之有时而用之亡度,则物力必屈。古之治天下至孅至悉也,故其畜积足恃。今背本而趋末,食者甚众,是天下之大残也。’”

❺良:确实,果然。

❻金汤:金城汤池。金属造的城,沸水流淌的护城河,形容城池险固。

❼待:等候,引申指防备。迁:徙居,此指逃荒。

❽式:效法。前经:以前的经典。

❾稼穑:耕种和收获,泛指农业劳动。《书·无逸》:“厥父母勤劳稼穑,厥子乃不知稼穑之艰难。”

❿祥正:“农祥晨正”之省。农祥,房星(天驷)。晨正,晨时正中。谓正月初,房星见于南方,为农事之最佳时刻。

⓫朱纮戒典:《礼记·祭义》:“昔者天子为藉田千亩,冕而朱纮,躬秉耒。”朱纮,古代天子冠冕上的红色系带。戒,谨慎。

⓬杏花:《齐民要术·耕田》:“杏始华荣,辄耕轻土、弱土;望杏花落,复耕,耕辄蔺之。草生,有雨泽,耕,重蔺之,土甚轻者,以牛羊践之。如此则土强,此谓土弱而强之也。”菖叶:《吕氏春秋·任地》:“冬至后五旬七日,菖始生。菖者,百草之先生者也。于是始耕。”

⓭清甽:《吕氏春秋·辩土》:“亩欲广以平,甽欲小以清。”甽,同“畎”,田间小水沟。泠风:小风,和风。《吕氏春秋·任地》:“子能使子之野尽为泠风乎?”高诱注:“泠风,和风,所以成谷也。”

⑭述遵:遵循。

⑮释耒:放下农具,谓停止耕作。《史记·淮阴侯列传》:“(将军)名闻海内,威震天下,农夫莫不辍耕释耒,褕衣甘食,倾耳以待命者。”佩牛:佩带刀剑。西汉时渤海郡农民因饥荒而骚乱。宣帝命龚遂为太守,往治其事。遂不用暴力,唯劝导说服。见有带刀持剑者,使卖剑买牛,卖刀买犊,曰:“何为带牛佩犊?”后世因以为农民被迫弃农暴乱之典。

⑯兼贫:兼并贫者(的产业)。擅:独揽。

⑰浸:渐进,逐渐。

⑱爰:改易,更换。井:井田。

⑲舄卤:含有盐碱的瘠土。《汉书·沟洫志》:“渠成而用溉注填阏之水,溉舄卤之地四万余顷,收皆亩一钟。”腴:谓土地肥沃。

⑳史白:史起和白公。史起,战国时人。仕于魏,魏襄王时任邺令。他在西门豹兴修水利的基础上,进一步加修水利工程,引漳水溉田,使农业生产得到发展,当地人民歌颂他为“贤令”。白公,汉赵中大夫。太始二年(前95),时郑国渠多年失修,效益大减,长安粮荒严重。白公奏请在郑国渠以南再穿凿管道灌溉农田。该渠被命名为“白公渠”。

㉑矢:陈述,陈献。《书·大禹谟序》:“皋陶矢厥谟。”

天监三年策秀才文[1]

此专以训学为主。萧老公喜事铺张，故其臣亦每为夸饰。

任　昉[2]

该代拟之作就兴教劝学所面临的困难提出问题。

问：朕本自诸生[3]，弱龄有志[4]。闭户自精，开卷独得。九流七略[5]，颇尝观览；六艺百家[6]，庶非墙面[7]。虽一日万机，早朝晏罢[8]，听览之暇[9]，三余靡失[10]。

❶秀才：汉时开始与孝廉并为举士的科名。

❷任昉：460～508年。字彦昇，祖籍乐安博昌（今山东寿光）。"竟陵八友"之一。明代张溥辑有《任彦昇集》，收入《汉魏六朝百三家集》。

❸诸生：众儒生。

❹弱龄：弱冠之年，泛指幼年、青少年。

❺九流：先秦的九个学术流派。《汉书·叙传下》："刘向司籍，九流以别。"颜师古注引应劭曰："儒、道、阴、阳、法、名、墨、从横、杂、农，凡九家。"七略：本书名，汉刘歆撰。我国最早的图书目录分类著作，分《辑略》、《六艺略》、《诸子略》、《诗赋略》、《兵书略》、《术数略》和《方技略》。《汉书·艺文志》即据《七略》为蓝本。此用以泛指各类著作。

❻六艺：指儒家的"六经"，即《礼》、《乐》、《书》、《诗》、《易》、《春秋》。百

家：指学术上的各种派别。

❼墙面：谓面对墙壁，目无所见，比喻不学无术或一无所知。《书·周官》："蓄疑败谋，怠忽荒政，不学墙面，莅事惟烦。"

❽晏：晚，迟。

❾听览：听事览文，谓处理政务。

❿三余：《三国志·魏志·王肃传》"明帝时大司农弘农董遇等，亦历注经传，颇传于世"裴松之注引三国魏鱼豢《魏略》："遇言：'（读书）当以三余。'或问三余之意。遇言'冬者岁之余，夜者日之余，阴雨者时之余也'。"后以"三余"泛指空闲时间。

上之化下，草偃风从❶。惟此虚寡，弗能动俗。昔紫衣贱服，犹化齐风❷；长缨鄙好，且变邹俗❸。虽德惭往贤，业优前事。且夫搢绅道行❹，禄利然也❺。朕倾心骏骨❻，非惧真龙❼，辎(zī)軿(píng)青紫❽，如拾地芥❾。宕逸泓蔚，雅有真致。而惰游废业❿，十室而九。鸣鸟蔑闻⓫，《子衿》不作⓬。宏奖之路⓭，斯既然矣。犹其寂寞，应有良规⓮。

❶草偃风从：《论语·颜渊》："君子之德风，小人之德草，草上之风，必偃。"比喻在上者能以德化民，则民之向化，犹风吹草仆，相率从善。

❷紫衣贱服，犹化齐风：《韩非子·右经》："齐桓公好服紫，一国尽服紫。当是时也，五素不得一紫。桓公患之，谓管仲曰：'寡人好服紫，紫贵甚，一国百姓好服紫不已，寡人奈何？'管仲曰：'君何不试勿衣紫也，谓左右曰：吾甚恶紫之臭。于是左右适有衣紫而进者，公必曰：少却，吾恶紫臭。'公曰：'诺。'于是日，郎中莫衣紫；其明日，国中莫衣紫；三日，境内莫衣紫也。"

❸长缨鄙好，且变邹俗：《韩非子·右经》："邹君好服长缨，左右皆服，长缨甚贵。邹君患之，问左右，左右曰：'君好服，百姓亦多服，是以贵。'君因先自断其缨而出，国中皆不服长缨。"

❹搢绅道行：官宦、儒者其道得行。搢绅，插笏于绅，后用为官宦或儒者的代称。

❺禄利然也：这是禄利使其如此。

❻骏骨：据《战国策·燕策一》载，郭隗用买马作喻，说古有用五百金买千里马头骨，因而在一年内就得到三匹千里马者，劝燕昭王厚币以招贤。后因以"骏骨"喻杰出的人才。

❼惧真龙：汉刘向《新序·杂事五》："叶公子高好龙，钩以写龙，凿以写龙，屋室雕文以写龙。于是天龙闻而下之，窥头于牖，施尾于堂。叶公见之，弃而还走，失其魂魄，五色无主。是叶公非好龙也，好夫似龙而非龙者也。"

❽辎軿：辎车和軿车的并称，后泛指有屏蔽的车子。《汉书·张敞传》："礼，君母出门则乘辎軿。"青紫：本为古时公卿绶带之色，因借指高官显爵。

❾如拾地芥：《汉书·夏侯胜传》："胜每讲授，常谓诸生曰：'士病不明经术，经术苟明，其取青紫如俯拾地芥耳。'"地芥，地上的杂草，喻易得之物。

❿惰游：游手好闲。

⓫鸣鸟：指凤凰。《书·君奭》："耇造德不降，我则鸣鸟不闻。"此喻德才兼备的人。

⓬子衿：《诗·郑风》篇名。《诗序》以为刺"学校废"，谓"乱世则学校不修焉"。

⓭宏奖：弘扬奖励。

⓮良规：有益的规谏。

表

文体名。奏章的一种，多用于陈请谢贺。《释名·释书契》："下言上曰表，思之于内表施于外也。"汉蔡邕《独断》卷上："凡群臣上书于天子者有四名，一曰章，二曰奏，三曰表，四曰驳议……表者不需头，上言'臣某言'，下言'臣某诚惶诚恐，顿首顿首，死罪死罪'，左方下附曰'某官臣某甲上'。文多用编两行，文少以五行。"

为宋公至洛阳谒五陵表[1]

《晋书》：义熙十二年，洛阳平，裕命修五陵，置守备。

傅　亮[2]

晋安帝义熙十二年（416），刘裕率军北伐至洛阳。该篇主要描写大军收复旧都，及修缮、拜谒先王陵墓的情景。

臣裕言：近振旅河湄[3]，扬旌西迈[4]，将届旧京[5]，威怀司雍[6]。雍，于用切。司雍，司州、雍州也。河流遄(chuán)疾[7]，道阻且长。加以伊洛榛芜[8]，津涂久废[9]，伐木通径，淹引时月[10]。始以今月十二日，次故洛水浮桥。山川无改，城阙为墟。宫庙隳(huī)顿[11]，钟簴(jù)空列[12]。观宇之余，鞠为禾黍[13]。廛里萧条，鸡犬罕音。感旧永怀，痛心在目。以深婉之思，写悲凉之态，低回百折，真令人一读一击节也。

❶宋公：刘裕（363～422），南朝宋开国皇帝。字德舆，小名寄奴。曾两度北伐，收复洛阳、长安等地。永初元年（420），废晋自立。庙号高祖，谥武皇帝。五陵：此指晋代五位帝王的陵墓。

❷傅亮：374～426年。字季友。祖籍北地泥阳。明人张溥辑有《傅光

禄集》，收入《汉魏六朝百三家集》。

❸振旅：整顿部队，操练士兵。《国语·晋语五》："乃使旁告于诸侯，治兵振旅，鸣钟鼓，以至于宋。"河湄：黄河岸边。《诗·秦风·蒹葭》："所谓伊人，在水之湄。"孔颖达疏："谓水草交际之处，水之岸也。"

❹迈：远行，行进。

❺届：至，到。《书·大禹谟》："惟德动天，无远弗届。"孔传："届，至也。"旧京：旧都。

❻威怀：威服和怀柔，谓威德并用。司雍：司州和雍州。

❼遄疾：急速。

❽伊洛：伊水与洛水。两水汇流，多连称，亦指伊洛流域，西晋都城洛阳所在。榛芜：草木丛杂，形容荒凉的景象。

❾津涂：道路。

❿淹引：迁延，延误。

⓫隳顿：毁坏，废弃。

⓬簴：悬挂钟磬的立柱。

⓭鞠：通"鞫"，穷，引申为荒僻，荒芜。《诗·小雅·小弁》："踧踧周道，鞫为茂草。"毛传："鞫，穷也。"禾黍：禾与黍，泛指黍稷稻麦等粮食作物。《诗·王风·黍离序》："《黍离》，闵宗周也。周大夫行役至于宗周，过故宗庙宫室，尽为禾黍。闵宗周之颠覆，彷徨不忍去而作是诗也。"后以"禾黍"为悲悯故国破败或胜地废圮之典。

以其月十五日奉谒五陵❶。坟茔(yíng)幽沦❷，百年荒翳(yì)❸。天衢开泰❹，情礼获申❺。故老掩涕，三军凄感。瞻拜之日，愤慨交集。不甚斲削，然曲折有劲气。六朝章奏，季友不愧专门。行河南太守毛修之等❻，既开翦荆棘，缮修毁垣(yuán)❼。职司既备❽，蕃卫如旧[9]。伏惟圣怀[10]，远慕兼慰[11]，不胜下情[12]。谨遣传诏殿中中郎臣某[13]，奉表以闻。

❶奉谒:进往拜见。

❷坟茔:坟墓。幽沦:陷没。

❸翳:遮蔽,隐藏,隐没。

❹天衢:京都。《文选·张衡〈西京赋〉》:“岂伊不虔思于天衢,岂伊不怀归于枌榆。”刘良注:“天衢,洛阳也。”开泰:指重见光明。泰,《易》卦名,为上下交通之象,引申为平安。

❺申:引申,舒展,引申指抒发。

❻行:谓兼摄官职。《后汉书·陈俊传》:“是时太山豪杰多拥众与张步连兵,吴汉言于帝曰:‘非陈俊莫能定此郡。’于是拜俊太山太守,行大将军事。”

❼毁垣:被破坏的城墙。

❽职司:主管某职的官员。

❾蕃:同“藩”,篱笆,引申为保护,捍卫。

❿伏惟:下对上的敬词,多用于奏疏或信函,谓念及,想到。

⓫慕:思念。《孟子·万章上》:“人少则慕父母。”慰:问候。

⓬不胜下情:谓在下的心理无法承担。胜,能够承受,禁得起。下情,谦词,指自己的心情或情况。

⓭传诏:传达诏命的官员。

为萧拜太尉扬州牧表[1] 太尉，齐明帝萧鸾也，高帝犹子，尝为扬州刺史。

江　淹

该代拟之作着力表现萧鸾在荣承王命之际，惶恐惭惑、感激谦抑的情绪。

玄文既降[2]，雕牒增辉[3]。礼蔼前英[4]，宠华昔典[5]。仰震威容，俯惭陋识，心魂战栗，若殒若殡（bìn）[6]。臣景能验才[7]，无假外镜[8]；撰己练志[9]，久测内涯[10]。琢采秀削，别开奥窔。昔人讥其句句生涩，余谓醴陵佳处，即在生涩上。故让不饰迹，辞非谦距。寸亮尺素[11]，频触瑶纩（kuàng）[12]；丹情实理，备尘珠冕[13]。“寸亮”四句，言其重让不允也。而神居寂阻，九重严绝[14]。徒怀汉臣伏阙之诚[15]，竟无鲁人回日之感[16]。所以回惧鸿威[17]，后奔殊令者也[18]。

❶萧：指萧鸾（452～498），字景栖，小名玄度，南兰陵（今江苏常州西北）人。南朝齐第五任皇帝，494至498年在位，庙号高宗，谥号明皇帝。始安王萧道生之子、齐高帝萧道成之侄。曾任扬州刺史。太尉：官名。秦至西汉设置，为全国军政首脑，与丞相、御史大夫并称三公。汉武帝时改称大司马。东汉时太尉与司徒、司空并称三公。历代亦多曾沿置，但渐变为

加官，无实权。扬州牧：官名，扬州的军政长官。

❷玄文：朝廷的诏令或圣旨。

❸雕牒：指朝廷赐官的簿录。

❹蔼：繁盛。《楚辞·九辩》："离芳蔼之方壮兮，余萎约而悲愁。"洪兴祖补注："蔼，繁茂也。"前英：前贤。

❺华：光华，光彩，引申指显贵，显耀。昔典：旧时的典章制度。

❻殒：死亡。殡：死者入殓后停柩以待葬。

❼景能验才：考察能力，验证才能。景，照，此喻考察。

❽无假外镜：不需要凭借外在的镜子。

❾撰己：犹言把握自己。撰，持，握。《楚辞·九歌·东君》："撰余辔兮高驼翔，杳冥冥兮以东行。"练：详熟，熟悉。

❿内涯：指自身的底细。臣景能四句：谓对自己的才能、志向有自知之明。

⓫寸亮尺素：指微小的情意。亮，诚信。《孟子·告子下》："孟子曰：君子不亮，恶乎执？"赵岐注："亮，信也。"素，通"愫"，真情。

⓬瑶纩：对黈纩的美称。黄绵所制的小球。悬于冠冕之上，垂两耳旁，以示不欲妄听是非。此指代君主。

⓭备尘珠冕：意谓全部为君主知悉。尘，谦辞，污染，使受污辱。珠冕，本天子之冠，此指代君主。

⓮九重：指宫门。严绝：严密隔绝。

⓯伏阙：拜伏于宫阙下，多指直接向皇帝上书奏事。

⓰鲁人回日：却日回行。语出《淮南子·览冥训》："鲁阳公与韩构难，战酣日暮，援戈而抝之，日为之反三舍。"此指改变君主之意。

⓱回：避让，回避。鸿威：指君主的威严。

⓲后奔殊令：后来遵从于特殊恩宠的命令。

既而永鉴隆魏，缅思宏晋❶，国之大政，在功与位。故静民纽乱[2]，纽，擘也。见《广雅·释言》不处舆台之下[3]；去勋舍德，宁班衮(gǔn)司之上[4]？咸以休对性业，裁成器灵[5]。讵有移风变范，克耀伦序者乎[6]？

❶缅：远。

❷纽乱：控制平息动乱

❸舆台：古代十等人中两个低微等级的名称，舆为第六等，台为第十等。泛指操贱役者，奴仆。《文选·张衡〈东京赋〉》："发京仓，散禁财，赉皇僚，逮舆台。"

❹班：排列等级，排列。衮司：指三公的职位。《文选·王俭〈褚渊碑文〉》："今之尚书令，古之冢宰，虽秩轻于衮司，而任隆于百辟。"李善注："衮司，三公也。"

❺咸以二句：互文见意，意谓休对、裁成性业和器灵。休对，完善。性业，心性和功业。裁成，成就。器灵，才能和性灵。

❻伦序：流辈，等类。

今臣绩不炤(zhào)民，忠岂宜国？名爵赫曦[1]，僶俛(mǐn miǎn)优忝[2]。陛下久超异礼之荣，越次殊常之秩[3]。虽寝寐矜战[4]，曲垂哀亮[5]；而玺册冲正[6]，愈赐砥砺[7]。奥思奇兀，独具炉锤。今便肃顺天诰[8]，恭闻睿典[9]。审躬酌私[10]，必跋危挠[11]。将恐氓(méng)俗由此方扰[12]，轨训以之交芜[13]。臣岂不勉智罄忠？未知所以报奉渊圣[14]，输感霄极[15]。造句精绝。取诸微躬[16]，长为惭荷(hè)[17]。

❶赫曦：显耀，显赫。

❷僶俛：勉强。优忝：忝列于优厚之位。

❸越次:越出序列,越出位次。秩:官职,品位。

❹矜战:畏惧戒慎。

❺曲垂哀亮:(君主)对下级表示同情谅解。亮,通“谅”,谅解。

❻玺册:玉玺和册命文书。冲正:中和雅正。

❼愈赐砥砺:使我更加鼓舞奋进。

❽天诰:指诏书。

❾闻:接受。《史记·绛侯周勃世家》:“军中闻将军令,不闻天子之诏。”睿典:指任命。

❿躬:自身,自己。酌:斟酌,考虑取舍。

⓫必跋危挠:必然遭受阻挠。

⓬氓俗:民众。氓,民,百姓。

⓭轨训:轨范法则。交:俱,皆。芜:杂乱。

⓮报奉:报答。渊圣:对皇帝的尊称。《后汉书·陈元传》:“采孔子拜下之义,卒渊圣独见之旨。”

⓯输感:献纳感激。霄极:天空的最高处,喻朝廷。

⓰微躬:谦词,卑贱的身子。

⓱惭荷:羞惭地承受,向对方表示感谢之词。

为萧骠骑谢被侍中慰劳表[1]

齐明帝尝为骠骑大将军。

江　淹

该代拟之作渲染军中将士的昂扬斗志，以及接受慰问时的感奋之情。

臣某言：即日侍中秘书监臣戢至[2]，奉宣诏旨慰劳[3]。便受毂(gǔ)中帷，练甲外垒[4]。旌旄蔽景，舆徒竞气[5]。人怀秋严，士蓄霜断[6]。用笔深刻，布采陆离。或谓其琢削过甚，少灏达之风。然此乃作者结构苦心，非好为艰深也。晦魄已掩，氛竖未县[7]。稽钺伫威[8]，寝兴震慨[9]。今王人临郊[10]，皇华降庭[11]。辉耀望实[12]，将激威武。载鹖(hé)之夫[13]，迎光蹀(dié)恩[14]；投石之师[15]，攀炤竦惠[16]。楚纩(kuàng)越醪(láo)[17]，方兹惭润[18]。臣忝属阃(kǔn)私[19]，弥抱渥洽[20]，不任下情[21]。

❶萧骠骑：指齐明帝萧鸾。曾任骠骑大将军。侍中：古代职官名。秦始置，两汉沿置，为正规官职外的加官之一。因侍从皇帝左右，出入宫廷，与闻朝政，逐渐变为亲信贵重之职。晋以后，曾相当于宰相。

❷即日：近日。

❸奉宣:奉命宣布帝王的命令。

❹便受毂二句:谓接受皇帝派遣驻军于外。受毂,接受军车。古有帝王任命将帅时有“推毂”之礼。中帷,屋中帷幔,此指朝廷。练甲外垒,谓在外操练军队。

❺舆徒:车马徒众。竞气:形容人人争先的昂扬士气。

❻人怀二句:形容士兵抱着严惩敌人的决心。秋严,如秋天般的严厉。霜断,如冰霜般的判断。

❼晦魂二句:意谓阴邪的敌人已经掩埋,但凶邪的小人尚未被诛。晦魂、氛竖,皆指昏聩、凶恶的小人。此处指沈攸之(? ~478),字仲达,吴兴武康(今浙江德清)人,刘宋大将。昇明元年(477),举兵反萧道成,二年(478)正月,为柳世隆所破,败还江陵(今属湖北)后自缢。晦,昏聩,愚昧。氛,古代迷信指预示吉凶的云气,多指凶象之气。竖,对人的鄙称。县,同“悬”,指悬首。

❽稽:通“棨”,有缯衣的戟,古代官吏出行的仪仗。

❾寝兴:睡下和起床,泛指日夜或起居。震慨:愤慨。

❿王人:指天子的使臣。

⓫皇华:《诗·小雅》中的篇名。《序》谓:“《皇皇者华》,君遣使臣也。送之以礼乐,言远而有光华也。”《国语·鲁语下》:“《皇皇者华》,君教使臣曰:每怀靡及,诹谋度询,必咨于周。”后因以“皇华”为赞颂奉命出使或出使者的典故。

⓬辉耀:光辉照耀。望实:名声和实际,威望和实力。

⓭鹖:雉属。较雉为大,黄黑色,头有毛角如冠,性猛好斗,至死不却。此处指鹖冠,乃武官之冠。《后汉书·舆服志下》:“武冠,俗谓之大冠,环缨无蕤,以青系为绲,加双鹖尾,竖左右,为鹖冠云。”

⓮蹀恩:因受恩惠而起舞。蹀,蹈,踏,此指舞蹈。

⓯投石:投石超距之省称,古代军中的习武操练活动。

⓰竦惠:企待恩惠。竦,引颈踮足而立,引申为企待。

⑰楚纩:楚地的丝绵。《左传·宣公十二年》:“冬,楚子伐萧……申公巫臣曰:‘师人多寒。’王巡三军,拊而勉之,三军之士皆如挟纩。遂傅于萧。”后因以“楚纩”指君上的赐与,有被德感恩之意。越醪:《列女传》:“客有献醇酒一器者,王(越王勾践)使人注江之上流,使士卒饮其下流,味不及加美,而卒战自五也。”醪,汁渣混合的酒,又称浊酒,也称醪糟。

⑱惭润:惭愧于沾惠。润,滋润,引申为沾惠。

⑲闱私:指亲属。

⑳渥洽:恩泽的浸润。《楚辞·九辩》:“愿衔枚而无言兮,尝被君之渥洽。”

㉑不任下情:谓在下的心理无法承担。

经通天台奏汉武帝表❶

荆州陷，炯为西魏所虏，以母老在东，恒思归国。尝独行经汉武帝通天台，为表奏之，陈己思归之意。其夜，梦有宫禁之所，兵卫甚严，便以情事陈诉。闻有人言：“甚不惜放卿还，几时可至？”少日，果与王克等并获东归

沈　炯❷

该篇描述汉武帝生前辉煌和身后凄凉，并吐露南冠缧臣的首丘之愿。

臣闻桥山虽掩，鼎湖之灵可祠❸；有鲁遂荒❹，大庭之迹无泯❺。伏惟陛下，降德猗兰❻，纂灵丰谷❼。汉道既登❽，神仙可望。射之罘（fú）于海浦❾，礼日观而称功❿；横中流于汾河⓫，指柏梁而高宴⓬。何其甚乐，岂不然与？

❶通天台：台名，在今陕西淳化西北甘泉山故甘泉宫中。《汉书·武帝纪》：“（元封）二年冬十月……作甘泉通天台。”颜师古注：“通天台者，言此台高，上通于天地。《汉旧仪》云高三十丈，望见长安城。”

❷沈炯：503～561年。字初明，一作礼明。南朝梁武康（今浙江德清）人。有文集二十卷，已佚。《汉魏六朝百三家集》辑有《沈炯集》。

❸臣闻二句：《史记·封禅书》：“北巡朔方，还，祭黄帝冢桥山。”又：“黄帝采首山铜，铸鼎于荆山下。鼎既成，有龙垂胡须下迎黄帝，黄帝上骑，群臣、后宫从上龙七千余人。……后世因名其处曰鼎湖。”又：“李少君亦以

祠灶、谷道、却老方见上。……言上曰：'祠灶则致物，致物而丹沙可化为黄金，黄金成以为饮食器则益寿，益寿而海中蓬莱仙者乃可见，见之以封禅则不死，黄帝是也。'……于是天子始亲祠灶。"桥山，山名，在今陕西黄陵西北，相传为黄帝葬处。沮水穿山而过，山状如桥，故名。鼎湖，地名，古代传说黄帝在鼎湖乘龙升天。

❹有鲁：鲁国。此指鲁城，即曲阜。曲阜曾为鲁国都城。有，名词词头。

❺大庭：古国名，在鲁城内。泯：尽，灭。

❻猗兰：汉殿名。相传汉武帝诞生前，父景帝梦赤彘从云中而下，入崇兰阁，因改阁名为猗兰殿。后武帝生于此殿。见旧题汉郭宪《洞冥记》。

❼纂：继承。《礼记·祭统》："子孙纂之，至于今不废。"丰谷：汉高祖故乡。

❽登：成就。《诗·大雅·崧高》："王命召伯定申伯之宅，登是南邦，世执其功。"

❾之罘：山名，也作芝罘，在今山东烟台北。

❿日观：泰山峰名，为著名的观日出之处。

⓫横中流于汾河：汉武帝《秋风辞》："泛楼船兮济汾河，横中流兮扬素波。"横，横渡。汾，水名，即汾河。源出山西宁武管涔山，至河津西入黄河。

⓬指柏梁而高宴：南朝梁沈约《八咏诗·解佩去朝市》："充待诏于金马，奉高宴于柏梁。"柏梁，汉代台名，故址在今陕西西安西北长安故城内。《三辅黄图》："柏梁台，武帝元鼎二年春起此台，在长安城中北门内。《三辅旧事》云：以香柏为梁也，帝尝置酒其上，诏群臣和诗，能七言者乃得上。太初中台灾。"高宴，盛大的宴会。

既而运属上仙[1]，道穷晏驾[2]。甲帐珠帘[3]，一朝零落。茂陵玉碗，遂出人间[4]。凌云故基[5]，与原田而朊朊(wǔ)[6]；扶风余趾❼，带陵阜而茫茫❽。羁旅缧臣❾，能不落泪？

❶上仙：道家谓升天成仙。《庄子·天地》："千岁厌世，去而上仙。"此用作帝后死亡的婉称。

❷晏驾：车驾晚出，古代称帝王死亡的讳辞。

❸甲帐：汉武帝所造的帐幕。《北堂书钞》卷一三二引《汉武帝故事》："上以琉璃珠玉，明月夜光杂错天下珍宝为甲帐，次为乙帐。甲以居神，乙以自居。"

❹茂陵二句：《汉武故事》："有一人于市货玉杯，吏疑其御物，欲捕之，因忽不见。县送其器，推问，又茂陵中物也。光自呼吏问之，说市人形貌如先帝。"茂陵，汉武帝的陵墓，在今陕西兴平东北。

❺凌云：楼台名。

❻朊朊：肥沃。《诗·大雅·绵》："周原朊朊，堇荼如饴。"

❼扶风：古郡名，旧为三辅之地，茂陵在其境内。余趾：遗址。

❽陵阜：丘陵。

❾缧臣：古代被拘系于异国的臣子对所在国国君自称，亦泛指被拘系之臣。《左传·僖公三十三年》："孟明稽首曰：'君之惠，不以累臣衅鼓，使归就戮于秦，寡君之以为戮，死且不朽。'"

昔承明既厌，严助东归❶；驷马可乘，长卿西返❷。恭闻故实❸，窃有愚心❹。黍稷非馨❺，敢望徼福❻。汉武帝辟疆开宇，宏拓郡县，厥功甚伟，而后世以神仙、征伐之事概没其迹，独此文可称知己。但雀台之吊，空怆魏君❼；雍丘之祠，未光夏后❽。瞻仰烟霞，伏增凄恋❾。

❶昔承明二句：《汉书·严助传》："上问所欲，对愿为会稽太守。于是拜

为会稽太守。数年,不闻问。赐书曰:‘制诏会稽太守:君厌承明之庐,劳侍从之事,怀故土,出为郡吏。’”

❷驷马二句:《华阳国志·蜀志》:“城北十里有升仙桥,有送客桥,汉代司马相如初入长安,题其门曰:‘不乘高车驷马,不过汝下’也。”长卿,司马相如字。

❸故实:有参考或借鉴意义的旧事。《国语·周语上》:“赋事行刑,必问于遗训而咨于故实。”韦昭注:“故实,故事之是者。”

❹愚心:愚拙之心。

❺黍稷非馨:《书·君陈》:“黍稷非馨,明德惟馨。”黍稷,黍和稷,为古代主要农作物,可用于祭祀。

❻徼:招致,求取。

❼雀台:铜雀台。汉末建安十五年冬曹操所建。故址在今河北临漳西南古邺城西北隅。《邺都故事》曰:“魏武帝遗命诸子曰:‘吾死之后,葬于邺之西岗上,与西门豹祠相近,无藏金玉珠宝。余香可分诸夫人,不命祭吾。妾与伎人,皆着铜雀台,台上施六尺床,下繐帐,朝晡上酒脯粻糒之属。每月朝十五,辄向帐前作伎,汝等时登台,望吾西陵墓田。’”

❽雍丘:古县名,治所在今河南杞县。《山堂肆考》卷五引《陈留风俗记》云:“雍丘县有夏后祠,中有神井能兴云雾。”夏后:夏王朝,此指禹。

❾凄恋:伤感而眷恋。

为陈六宫谢表[1]

江　总[2]

该代拟之作着力渲染皇后幸承龙恩之际羞惭感愧的心绪。

鹤籥(yuè)晨启[3]，雀钗晓映[4]。恭承盛典[5]，肃荷(hè)徽章[6]。步动云袿(guī)[7]，香飘雾縠(hú)[8]。愧缠艳粉，无情拂镜；愁萦巧黛[9]，息意临窗[10]。妾闻汉水赠珠[11]，人间绝世；洛川拾翠[12]，仙处无双。一意雕绘，语语精绝。恨不唤起十三行妙手，玉版书之。或有风流行雨[13]，窈窕初日[14]，声高一笑[15]，价起两环[16]，长其声价，固当一字一缣。乃可桂殿迎春[17]，兰房侍宠[18]。借班姬之扇[19]，未掩惊羞；假蔡琰之文[20]，宁披悚戴[21]？

[1]六宫：古代王后的寝宫，正寝一，燕寝五，合为六宫。《礼记·昏义》："古者，天子后立六宫，三夫人、九嫔、二十七世妇、八十一御妻，以听天下之内治，以明章妇顺，故天下内和而家理。"郑玄注："天子六寝，而六宫在后，六官在前，所以承副施外内之政也。"因用以称后妃或其所居之地。

[2]江总：519～594年。字总持。祖籍济阳考城（今河南兰考）。《陈书·

江总传》载有集三十卷,今存明代张溥《汉魏六朝百三家集》中所辑《江令君集》一卷。

❸鹤籥:犹鹤禁,太子所居之处。此泛指宫禁。

❹雀钗:妇女首饰名,有雀形饰物的钗。

❺盛典:隆重的恩典。

❻荷:承受,承蒙。徽章:指褒崇封赠的策命。

❼袿:古代妇女的上等上衣。

❽縠:薄且轻的细帛。

❾巧:美好貌。《诗·卫风·硕人》:“巧笑倩兮,美目盼兮。”黛:青黑色的颜料,古时女子用以画眉。此为妇女眉毛的代称。

❿息意临窗:意谓没心思化妆。

⓫赠珠:传说周代郑交甫至汉皋,遇江妃两女,解佩两珠与之。交甫受而怀之,行数十步,两女不见,珠亦随失。见《列仙传·江妃二女》。

⓬拾翠:拾取翠鸟羽毛以为首饰,后多指妇女游春。语出三国魏曹植《洛神赋》:“或采明珠,或拾翠羽。”

⓭行雨:《文选·宋玉〈高唐赋序〉》:“玉曰:昔者先王尝游高唐,怠而昼寝,梦见一妇人,曰:‘妾巫山之女也,为高唐之客。闻君游高唐,愿荐枕席。’王因幸之。去而辞曰:‘妾在巫山之阳,高山之阻。旦为朝云,暮为行雨,朝朝暮暮,阳台之下。’”李善注:“朝云行雨,神女之美也。”因以“行雨”比喻美女。

⓮窈窕:美好貌。《诗·周南·关雎》:“窈窕淑女,君子好逑。”初日:光彩照人的女子。宋玉《神女赋》:“其始来也,耀乎若白日初出照屋梁。”

⓯一笑:宋玉《登徒子好色赋》:“嫣然一笑,惑阳城,迷下蔡。”

⓰两环:《左传·昭公十六年》:“宣子有环,其一在郑商(指春秋郑国商人弦高)。”环,璧的一种,圆圈形的玉器。

⓱桂殿:指后妃所住的深宫。

⓲兰房:犹香闺,旧时妇女所居之室。侍宠:依仗宠爱。侍,通“恃”。

《左传·定公四年》:“无怙富,无恃宠。”

⑲班姬之扇:汉成帝妃班倢妤失宠后,作《团扇》诗(亦称《怨歌行》),以秋扇见弃自喻。后以“班姬扇”比喻失宠者或废弃之物。

⑳蔡琰:字文姬,陈留圉(今河南杞县)人,蔡邕之女。博学有才,通音律,是建安时期著名的女诗人。

㉑悚戴:欢欣奉戴。

疏

文体名。奏章的一种。分条记录或分条陈述。

与赵王伦荐戴渊疏[1]

戴渊少时游侠，不治行检。陆机赴假还洛，辎重甚盛，渊使少年掠劫。渊在岸上，据胡床指麾左右，皆得其宜。机于船屋上遥谓之曰："卿才如此，亦复作劫耶？"渊便泣涕投剑归机。机弥重之，定交，作笔荐焉。

陆　机[2]

该篇旨在旌善荐贤。

盖闻繁弱登御[3]，然后高墉(yōng)之功显[4]；孤竹在肆[5]，然后降神之曲成[6]。是以高世之主[7]，必假远迩(ěr)之器[8]；蕴匮之才[9]，思托大音之和[10]。伏见处士广陵戴若思[11]，年三十。清冲履道[12]，德量允塞[13]。思理足以研幽[14]，才鉴足以辨物。安穷乐志[15]，无风尘之慕[16]；砥(dǐ)节立行[17]，有井渫(xiè)之洁[18]。寥寥数语，大旨已得，不似后人铺张扬厉，称过其实，以此益见晋人之高。诚东南之遗宝，宰朝之奇璞(pú)也[19]。若得托迹康衢[20]，则能结轨騄(lù)駬[21]；曜质廊庙[22]，必能垂光玙璠(yú fán)矣[23]。惟明公垂神采察[24]，不使忠允之言[25]，以人而废。

❶戴渊：269～322年。字若思，广陵郡（今江苏扬州）人。东晋大臣、名士。年轻时受陆机推荐，在东海王司马越幕府任职，累官散骑侍郎，封秣陵侯。后渡江归附琅玡王司马睿，任镇东将军右司马，后历任前将军、尚书、中护军等职。太兴四年（321），任征西将军，都督六州军事、假节，加散骑常侍，出镇合肥。王敦之乱时，任骠骑将军，率军勤王，兵败后与周𫖮皆为王敦所害。王敦之乱平定后，赠右光禄大夫、仪同三司，谥号简。

❷陆机：261～303年。字士衡，吴郡吴县（今江苏苏州）人。与其弟陆云合称“二陆”，又与潘岳同为西晋诗坛的代表，世有”潘江陆海“之称。明人张溥所辑《汉魏六朝百三家集》有《陆平原集》。

❸繁弱：古良弓名。《左传·定公四年》：“分鲁公以大路、大旂，夏后氏之璜、封父之繁弱。”杜预注：“繁弱，大弓名。”登御：举用。汉蔡邕《释诲》：“倕氏兴政于巧工，造父登御于骅骝。”

❹高墉之功：《易·解》：“上六，公用射隼于高墉之上，获之，无不利。”墉，墙垣。

❺孤竹：古代的一种管乐器。因用孤竹（独生的竹）制成，故名。晋葛洪《抱朴子·博喻》：“峄阳孤桐，不能无弦而激哀响；大夏孤竹，不能莫吹而吐清声。”肆：指成组的钟磬。《周礼·春官·小胥》：“凡县钟磬，半为堵，全为肆。”郑玄注：“钟磬者，编县之二八十六枚而在一虡谓之堵，钟一堵、磬一堵谓之肆。”

❻降神之曲：《汉书·礼乐志》：“高祖时，叔孙通因秦乐人制宗庙乐。大祝迎神于庙门，奏《嘉至》，犹古降神之乐也。”

❼高世：高超卓绝，超越世俗。《战国策·赵策二》：“夫有高世之功者，必负遗俗之累。”

❽远迩：犹远近。

❾蕴匮之才：《论语·子罕》：“子贡曰：‘有美玉于斯，韫椟而藏诸？求善贾而沽诸？’子曰：‘沽之哉，沽之哉！我待贾者也。’”匮，匣子。

❿大音：《老子》：“大方无隅，大器晚成，大音希声。”希声，无声，意谓至

大之音则不辨宫商,犹如无声。后以“大音”指美妙的乐音。

⓫处士:本指有才德而隐居不仕的人,后亦泛指未做过官的士人。《孟子·滕文公下》:“圣王不作,诸侯放恣,处士横议,杨朱、墨翟之言盈天下。”

⓬清冲:清高淡泊。履道:践行正道。

⓭德量:道德涵养和气量。允塞:充实。《书·禹贡》:“浚哲文明,温恭允塞。”

⓮思理:思辨能力。南朝宋刘义庆《世说新语·品藻》:“庾道季云:‘思理伦和,吾愧康伯。’”

⓯安穷乐志:安贫乐道。《论语·雍也》:“贤哉回也! 一箪食,一瓢饮,在陋巷。人不堪其忧,回也不改其乐。”何晏集解引孔安国曰:“颜渊乐道,虽箪食在陋巷,不改其所乐。”

⓰风尘:尘世,纷扰的现实生活境界。

⓱砥节:砥砺气节。

⓲井渫:谓井已浚治,比喻洁身自持。《宋书·刘义庆传》:“处士南郡师觉,才学明敏,操介清修,业均井渫,志固冰霜。”语出《易·井》:“井渫不食,为我心恻。”渫,清除污秽。

⓳宰:治理。奇璞:珍奇的美玉,比喻才智出众的人。

⓴康衢:四通八达的大路,喻指进身之路。

㉑结轨:轨迹连结。骥騄:骏马,喻指人才。

㉒曜质:显示自己的才能。廊庙:殿下屋和太庙,指朝廷。《国语·越语下》:“谋之廊庙,失之中原,其可乎? 王姑勿许也。”

㉓玙璠:美玉。《左传·定公五年》:“季平子行东野,还未至,丙申,卒于房,阳虎将以玙璠敛。”杜预注:“玙璠,美玉,君所佩。”

㉔惟:愿,希望。明公:旧时对有名位者的尊称。垂神:犹留神。采察:采纳察知,查访。

㉕忠允:忠实公允。

啓

文体名。古代奏疏、公文、书函都可称为“启”。《太平御览》卷五九五引汉服虔《通俗文》：“官信曰启。”南朝梁刘勰《文心雕龙·奏启》：“至魏国笺记，始云启闻。奏事之末，或云谨启……必敛饬入规，促其音节，辨要轻清，文而不侈，亦启之大略也。”

为卞彬谢修卞忠贞墓启[1]

忠贞，名壸，字望之，晋尚书令。永嘉中，苏峻称兵，六军败绩，壸赴贼，二子昣、盱随从，俱为贼所害。赠侍中、开府，谥忠贞。后七十余年，盗发其墓，尸僵如生，须发苍然，爪甲穿手背。安帝赐钱十万封之。入梁复毁，武帝又加修治。

任　昉

该代拟之作自叹无能以致祖坟荒毁，并对朝廷代为修缮的恩遇感激涕零。

臣彬启：伏见诏书，并郑义泰宣敕[2]，当赐修理臣亡高祖晋故骠骑大将军[3]、建兴忠贞公壸坟茔（kǔn yíng）[4]。臣门绪不昌[5]，天道所昧[6]，忠构身危，孝积家祸。名教同悲[7]，隐沦惆怅[8]。而年世贸迁[9]，孤裔沦塞[10]，遂使碑表芜灭[11]，丘树荒毁[12]，狐兔成穴，童牧哀歌[13]。感慨自哀，日月缠迫[14]。彦昇文简炼入韵，绝无畦町可窥，所谓秀采外扬，深衷内朗，其体格当在休文之上。

❶卞彬：？～约500年。字士蔚，济阴冤句（今山东菏泽）人。其祖卞嗣之，曾任中领军。其父卞延之，为人刚强，曾任上虞县令。卞忠贞：卞壸（281～328），字望之，济阴冤句人。东晋名臣、书法家。以礼法自居，纠正当世，不畏强权。苏峻之乱，奋力抵抗，终战死。后追赠侍中、骠骑将军，开府仪同三司，谥忠贞。

❷宣敕：发布命令。

❸当：副词，相当于将。高祖：曾祖的父亲。

❹建兴：县名。卞壶曾因功被封为建兴县公。

❺门绪：家门的世系。

❻昧：暗，不察。

❼名教：指礼教，整个社会人伦秩序。

❽隐沦：指隐者。

❾贸迁：变换，改变。

❿孤裔：指家境败落的子孙后代。沦塞：沉沦阻塞。

⓫碑表：即墓表。芜灭：芜没。

⓬丘树：犹丘木，植于墓地以庇兆域的树木。《礼记·曲礼下》："君子虽贫……为宫室不斩于丘木。"

⓭童牧：牧童。

⓮缠迫：谓日月运行，岁月迫人，有时光迅速，或余日无多之意。

陛下弘宣教义❶，非求效于方今❷；壶余烈不泯，固陈力于异世❸。但加等之渥❹，近阙于晋典；樵苏之刑❺，远流于皇代❻。臣亦何人？敢谢斯幸❼。不任悲荷（hè）之至❽，谨奉启事以闻❾。谨启❿。

❶弘宣：弘扬。教义：礼教、名教的旨意。

❷方今：现今，而今。

❸陈力：贡献、施展才力。异世：后代，后世。

❹渥：恩泽。

❺樵苏之刑：《山堂肆考·地理》引《战国策》云："昔秦王攻齐，令曰：'敢有去柳下季陇五十步樵采者，罪死不赦。'"苏，取草，割草。

❻皇代:对自己所处朝代的美称。

❼谢:推辞,拒绝。幸:宠爱。

❽悲荷:悲凉地承受。

❾启事:陈述事情的奏章,函件。

❿启:启奏,禀告。

送橘启

刘　峻❶

该篇言柑橘之美。

南中橙柑，青鸟所食❷。始霜之旦❸，采之风味照座❹，劈之香雾噀(xùn)人❺。皮薄而味珍，脉不黏肤❻，食不留滓(zǐ)❼。结画短篇，朗润芬烈，读之觉生香如挹纸上。甘逾萍实❽，冷亚冰壶❾。可以熏神❿，可以芼(mào)鲜⓫，可以渍蜜⓬。毡乡之果⓭，宁有此邪？

❶刘峻：463～522年。字孝标。祖籍平原（今属山东）。曾为《世说新语》作注，诗文多有佳作。死后门人谥曰“玄静先生”。

❷南中二句：《吕氏春秋·本味》：“箕山之东，青鸟之所，有甘栌焉。”青鸟，神话传说中为西王母取食传信的神鸟。南中，指川南和云贵一带，泛指南方地区。

❸始霜之旦：刚开始下霜的早晨。

❹风味：美味。《晋书·王彬传》：“彬为人朴素方直，乏风味之好，虽居显贵，常布衣蔬食。”

❺噀：含在口中而喷出。

❻脉：指橘肉外附着的白色茎状物。肤：指橘肉。

❼滓：渣，沉淀的杂质。

❽萍实：汉刘向《说苑·辨物》："楚昭王渡江，有物大如斗，直触王舟，止于舟中。昭王大怪之，使聘问孔子。孔子曰：'此名萍实，令剖而食之，惟霸者能获之，此吉祥也。'"后遂以"萍实"谓甘美的水果。

❾亚：次于，逊于。冰壶：盛冰的玉壶。

❿熏神：散发香气以歆神灵。

⓫芼：杂，拌和。

⓬渍蜜：制成蜜饯。

⓭毡乡：指我国古代北方游牧民族所居的地区，因其以毡帐为居室，故称。南朝宋鲍照《瓜步山楬文》："北眺毡乡，南晒炎国。"

谢始兴王赐花纨簟(diàn)启❶ 萧憺，字僧达，文帝第十一子。天监元年，封始兴郡王。

刘孝仪❷

该篇美化一领纹席，进而表达对赠者的铭感。

丽兼桃象❸，周洽昏明❹。便觉夏室已寒，冬裘可袭❺。虽九日煎沙❻，香粉犹弃❼；三旬沸海❽，团扇可捐❾。绮藻宣茂，不滞于俗。

❶始兴王：萧憺(479～522)，字僧达，谥忠武，南朝梁文帝萧顺之第十一子。天监元年(502)为荆州刺史，封始兴郡王，十八年升为侍中、中抚将军、开府仪同三司、领军将军。簟：供坐卧铺垫用的苇席或竹席。

❷刘孝仪：484～550年。名潜，以字行。《隋书·经籍志》有《刘孝仪集》二十卷，今佚。明张溥辑有《刘孝仪孝威集》，收在《汉魏六朝百三家集》中。

❸丽兼桃象：意谓兼具桃枝制的席子和象牙制的席子的美丽。

❹周洽昏明：意谓适宜于任何时间。周洽，适合，符合。昏明，昏暗和明亮，黑夜和白昼。

❺袭：指穿衣，穿戴。

❻九日：九个太阳。古代神话，谓天有十日，九日居大木之下枝，一日居上枝，尧使后羿射之，中九日。见《楚辞·招魂》、《山海经·海外东经》。

煎沙：形容天气炎热。汉贾谊《旱云赋》："隆盛暑而无聊兮，煎沙石而烂熠。"

❼香粉：搽脸或身体的芳香的粉。

❽三旬：犹三伏，即初伏、中伏、末伏。沸海：使海沸腾，形容天气炎热。

❾捐：放弃，舍弃。

谢东宫赉(lài)内人春衣启[1]

庾肩吾[2]

该篇美化一领春衣，进而表达对赠者的感佩。

阶边细草，犹推緑(lì)叶之光[3]；户前桃树，翻讶蓝花之色[4]。遂得裾飞合燕，领斗分鸾[5]。穷状物之妙，尽摛词之致。试顾采薪，皆成留客[6]。

❶东宫：太子所居之宫，亦指太子。赉：赏赐，赐予。内人：古代泛指妻妾。春衣：春季穿的衣服。

❷庾肩吾：487～551年。字子慎，一作慎之。南阳新野（今属河南）人。世居江陵。《隋书·经籍志》载有《梁度支尚书庾肩吾集》十卷。明代张溥辑有《庾度支集》，收入《汉魏六朝百三家集》。

❸推：推重，推许。緑叶：指绿色的叶。緑，一种绿色的草，可作染料。

❹蓝花：指蓝色的花。蓝，植物名，叶可制蓝色染料。

❺遂得二句：互文见意，言裾领摆动如鸾燕翻飞。斗，相对。

❻试顾二句：意谓穿上所赐的春衣，袖袂飘飘，魅力非凡，令人看得不忍离去。《乐府诗集·相和歌辞三·陌上桑》："行者见罗敷，下担捋髭须。少年见罗敷，脱帽着帩头。耕者忘其犁，锄者忘其锄。来归相怨怒，但坐观

罗敷。”采薪，砍柴。留客，使人留连忘返。《楚辞·大招》：“长袂拂面，善留客只。”王逸注：“言美女工舞，揄其长袖，周旋屈折，拂拭人面，芬香流衍，众客喜乐，留不能去也。”

谢明皇帝赐丝布等启[1] 明皇帝，周世宗宇文毓也。文帝长子，闵帝庶兄。

庾 信

该篇自表受赏之际欢天喜地、感恩戴德的心情。

臣某启：奉敕垂赐杂色丝布绵绢等三十段[2]，银钱二百文。某比年以来[3]，殊有缺乏。白社之内[4]，拂草看冰；灵台之中[5]，吹尘视甑(zèng)[6]。举体皆奇，扫除庸响。唐人自玉溪、金荃而下，不能拟只字。怼(duì)妻狠妾[7]，既嗟且憎；瘠子羸(léi)孙[8]，虚恭实怨。

❶明皇帝：宇文毓(534～560)，北周文帝宇文泰庶长子，北周第二位皇帝，556年至560年在位。谥号明皇帝，庙号世宗。

❷奉敕：奉皇帝的命令。垂赐：施与，赐予。

❸某：自称之词，指代"我"或本名。比年：近年。

❹白社：地名，在河南洛阳东。晋葛洪《抱朴子·杂应》："洛阳有道士董威辇常止白社中，了不食。陈子叙共守事之，从学道。"借指隐士或隐士所居之处。

❺灵台：东汉第五颉客居之所。《后汉书·第五伦传》"少子颉嗣……卒官"李贤注引《三辅决录注》："颉字子陵……洛阳无主人，乡里无田宅，客止灵台中，或十日不炊。"后因用为居处僻陋之典。

❻甑：蒸食炊器，其底有孔，古用陶制，殷周时代有以青铜制，后多用木制。

❼怼妻狠妾：心怀怨恨的妻妾。

❽瘠子羸孙：瘦弱的儿孙。

王人忽降[1]，大赉(lài)先临[2]。天帝赐年[3]，无逾此乐；仙童赠药[4]，未均斯喜[5]。张袖而舞，玄鹤欲来；抚节而歌，行云几断[6]。所谓舟楫无岸[7]，海若为之反风[8]；荠(jì)麦将枯[9]，山灵为之出雨。况复全抽素茧[10]，云版疑倾[11]；并落青凫(fú)[12]，银山或动[13]。极华赡而不嫌于纤，故妙。是知青牛道士，更延将尽之命[14]；白鹿真人，能生已枯之骨[15]。

❶王人：本周王室之微官，后因以指天子使臣。

❷大赉：丰厚的赏赐。

❸天帝赐年：《礼记·文王世子》："文王谓武王曰：'女何梦矣？'武王对曰：'梦帝与我九龄。'文王曰：'女以为何也？'武王曰：'西方有九国焉，君王其终抚诸。'文王曰：'非也。古者谓年龄，齿亦龄也。我百，尔九十，吾与尔三焉。'文王九十七乃终，武王九十三而终。"

❹仙童赠药：吴兆宜《徐孝穆集笺注》引《颜修内传》："桥顺二子曰璋、曰瑞，师事仙人卢子基于隆虑山栖霞谷，服飞龙药一丸，千年不饥。"曹丕《折杨柳行》："西山一何高，高高殊无极。上有两仙童，不饮亦不食。与我一丸药，光耀有五色。服药四五日，身体生羽翼。"

❺均：等同。

❻抚节二句：《列子·汤问》："薛谭学讴于秦青，未穷青之技，自谓尽之，遂辞归。秦青弗止，饯于郊衢，抚节悲歌，声振林木，响遏行云。薛谭乃谢

求反，终身不敢言归。”抚节，击节。

❼舟楫：《诗·卫风·竹竿》“桧楫松舟”毛传：“楫所以棹舟，舟楫相配，得水而行。”后以“舟楫”泛指船只。

❽海若：传说中的海神。《楚辞·远游》：“使湘灵鼓瑟兮，令海若舞冯夷。”王逸注：“海若，海神名也。”洪兴祖补注：“海若，庄子所称北海若也。”反风：风向倒转。

❾荠：荠菜。

❿况复：何况，况且。抽：指抽丝。素茧：素丝。

⓫云版：绘有云形图案的小板，古代用为车饰。此代指车辆。

⓬青凫：旧题汉郭宪《洞冥记》卷四：“帝升望站台，时瞑望南端，有三青鸭群飞，俄而止于台……青鸭化为三小童，皆着青绮文襦，各握鲸文大钱五枚，置帝几前。身止影动，因名轻影钱。”后因以“青凫”指钱。

⓭银山：《灵异经·南荒经》：“南方有银山，长五十里，高百余丈，悉是白银。”

⓮是知二句：青牛道士，汉方士封君达的别号。《后汉书·方术传下·封君达》“君达号‘青牛师’”李贤注引《汉武帝内传》：“封君达，陇西人。初服黄连五十余年，入鸟举山，服水银百余年，还乡里，如二十者。常乘青牛，故号‘青牛道士’。闻有病死者，识与不识，便以要间竹管中药与服，或下针，应手皆愈。”

⓯白鹿二句：倪璠《庾子山集》注引《神仙传》：“中山卫叔卿常乘云车，驾白鹿见汉武帝，帝将臣之，叔卿不言而去。武帝悔，求其子度世，令追其父。度世登华山见父与数人博石上，敕度世令还山。”又引《古乐府》：“仙人骑白鹿，发短耳何长？导我上太华，揽芝获赤幡。来到主人门，奉药一玉箱。主人服此药，身体日康强。发白复更黑，延年寿命长。”

虽复拔山超海❶，负德未胜❷；垂露悬针❸，书恩不尽。蓬莱谢恩之雀，白玉四环❹；汉水报德之蛇，明珠一寸❺。如比目鱼，两两相对，可谓工巧无敌。某之观此，宁无愧心？直以物受其生，于天不谢[6]。谨启。

❶拔山超海:《孟子·梁惠王上》:“挟太山以超北海,曰:‘我不能。’是诚不能也。”

❷负德:承受恩德。胜:能够承受,禁得起。

❸垂露悬针:两种书体名。《隋书·经籍志一》:“汉时以六体教学童,有古文、奇字、篆书、隶书、缪篆、虫鸟,并槁书、楷书、悬针、垂露、飞白等二十余种之势,皆出于上六书,因事生变也。”

❹蓬莱二句:南朝梁吴均《续齐谐记》载,杨宝年九岁,至华阴山,见黄雀为鸱枭所搏,坠地。宝取归,置巾箱中,唯食黄花,百余日,毛羽成,乃飞去。其夜有黄衣童子向宝曰:“吾西王母使者,君仁爱救拯,实感成济。”以白玉环四枚与之。曰:“令君子孙洁白,位登三公,事如此环矣。”后以“黄雀报”指感恩图报。

❺汉水二句:相传春秋时隋侯出行,见大蛇被伤中断,使人以药傅之,蛇乃能行。岁余,蛇衔明珠以报之。谓之“隋侯珠”,亦曰“灵蛇珠”。事见晋干宝《搜神记》卷二〇。

❻直以二句:谓生物获得生命,是不会向上天报答的。直,只不过。

谢赵王赉丝布启[1]

赵王，名招。周文帝第七子。博涉群书，好属文，学开府体。武成初，封赵国公，后进爵为王。史称赵、滕诸王与信周旋款至，有若布衣之交。

庾　信

该篇自表受赏之际感念不已的心情。

某启：奉教垂赉杂色丝布三十段[2]。去冬凝闭[3]，今春严劲[4]。霰(xiàn)似琼田[5]，凌如盐浦[6]。张超之壁，未足障风[7]；袁安之门，无人开雪[8]。覆鸟毛而不暖，然兽炭而逾寒[9]。

❶赵王：宇文招（？～580），北周文帝宇文泰第七子。北周宗室，大臣。曾封赵国公，后进爵为王。

❷奉教：接受命令。垂赉：施与，赐予。

❸凝闭：冰冻封闭。

❹严：凛冽，形容极寒。劲：风势强劲。

❺霰：雪珠，多在下雪前或下雪时降落。琼田：即玉田，传说中产玉之田。杨伯雍于无终山汲水作义浆，有一人就饮，送石子一斗，云种之可产美玉，后当得佳妇。伯雍种其石，果有玉生石上，因取玉聘徐氏女为妻。后称种玉处为“玉田”。参见晋干宝《搜神记》卷十一。

❻凌：冰。盐浦：海滨出盐处。

❼张超二句：倪璠《庚子山集》注："未详。《后汉书·文苑传》曰：'张超，字文并，河间郑人也。有文才，又善于草书。'疑即是人，或其家贫，不足郿风耶？"

❽袁安二句：《后汉书·袁安传》李贤注引晋周斐《汝南先贤传》："时大雪积地丈余，洛阳令身出案行，见人家皆除雪出，有乞食者。至袁安门，无有行路。谓安已死，令人除雪入户，见安僵卧。问何以不出。安曰：'大雪人皆饿，不宜干人。'令以为贤，举为孝廉。"

❾然：同"燃"。兽炭：做成兽形的炭，亦泛指炭或炭火。《晋书·外戚传·羊琇》："琇性豪侈，费用无复齐限，而屑炭和作兽形以温酒，洛下豪贵咸竞效之。"

远降圣慈[1]，曲垂矜赈[2]。谕其蚕月，殆罄桑车[3]；津实秉杼(zhù)，几空织室[4]。遂令新市数钱[5]，忽疑贩彩；平陵月夜，惊闻捣衣[6]。赋物典核而意趣仍复洒然，自是启笺妙手。妾遇新缣(jiān)[7]，自然心伏[8]；妻闻裂帛，方当含笑[9]。庄周车辙，实有涸鱼[10]；信陵鞭前，元非穷鸟[11]。仰蒙经济[12]，伏荷圣慈。

❶圣慈：圣明慈祥。此指赵王的旨意。

❷矜赈：怜悯赈济。

❸谕其二句：（赵王）在蚕忙时期下令，几乎用尽了运载桑叶的车子。蚕月，蚕忙时期。《诗·豳风·七月》："蚕月条桑，取彼斧斨，以伐远扬，猗彼女桑。"高亨注："蚕月，即夏历三月，养蚕的月份，所以叫蚕月。"倪璠《庚子山集》注引《蚕书》："月当大火，则浴其种。"

❹津实二句："津实"二字疑误。倪璠《庚子山集》注："《三辅黄图》：'织室，在未央宫。又有东西织室。'言所赉之多也。"杼，梭子。织室，汉代宫中掌管丝帛礼服等织造之机构。此指织女织作处。

❺遂令四句：倪璠《庾子山集》注："《郡国志》：'新市，属江夏。平陵，属右扶风。'江夏，梁之郢州，子山故国也。后周都长安，京兆、冯翊、扶风，汉之三辅。言己本羁旅，得此丝布，忽疑新市贩彩而来在此。平陵惊闻捣帛裁衣，若将寄远也。"

❻平陵二句：谓自己受赐丝布过多而有愧于那些制作军装的妇女，故言"惊"。平陵，西汉五陵之一，汉昭帝陵墓，在今陕西省咸阳西北。此借指京都，即作者羁宦处。捣衣，古时衣服常由纨素一类织物制作，质地较为硬挺，故而制衣前须将布帛先置石上以杵反复舂捣，使之柔软，称为"捣衣"。

❼缣：双丝织的浅黄色细绢。

❽心伏：犹心服。

❾妻闻裂帛：吴兆宜《庾开府集笺注》引《史记·周本纪》："褒姒好闻裂缯声。"裂帛，指撕裂缯帛发出的清厉声。

❿庄周二句：《庄子·外物》："周昨来，有中道而呼者。周顾视车辙中，有鲋鱼焉。周问之曰：'鲋鱼来，子何为者耶？'对曰：'我东海之波臣也。君岂有斗升之水而活我哉？'"车辙，车轮碾过的痕迹。

⓫信陵二句：《艺文类聚》卷九一引《列士传》："魏公子无忌方食，有鸠飞入案下。公子使人顾望，见一鹞在屋上，飞去。公子乃纵鸠，鹞逐而杀之。公子暮为不食，曰：'鸠避患归无忌，竟为鹞所得，吾负之，为吾捕得此鹞者，无忌无所爱。'于是左右宣公子慈声旁国，左右捕得鹞二百余头，以奉公子。公子欲尽杀之，恐有辜，乃自按剑至其笼上，曰：'谁获罪无忌者耶？'一鹞独低头不敢仰视，乃取杀之，尽放其余。名声流布，天下归焉。"

⓬经济：筹划接济。

谢赵王赉白罗袍袴启

庾　信

该篇美化一套白罗袍，进而表达对赠者之感恩。

某启：垂赉白罗袍袴（kù）一具[2]。程据上表，空谕雉头[3]；王恭入雪，虚称鹤氅（chǎng）[4]。未有悬机巧绁（xiè）[5]，变缀（niè）奇文[6]，凤不去而恒飞，花虽寒而不落。葩采迅发，情韵欲流。披千金之暂暖[7]，弃百结之长寒[8]。永无黄葛之嗟[9]，方见青绫之重[10]。对天山之积雪，尚得开衿；冒广厦之长风[11]，犹当挥汗。白龟报主[12]，终自无期；黄雀谢恩[13]，竟知何日。属对精致。

❶倪璠《庾子山集》注："赵王所赉白罗袍袴皆冬时具也，览启内便知。"

❷具：量词，用于完整对象，犹"套"。袴："绔"的古字，亦作"裤"。

❸程据二句：《晋书·武帝纪》："太医司马程据献雉头裘，帝以奇技异服典礼所禁，焚之于殿前。诏中外，自今毋献奇技异服。"雉头裘，以雉头羽毛织成之裘。

❹王恭二句：南朝宋刘义庆《世说新语·企羡》："孟昶未达时，家在京口。尝见王恭乘高舆，被鹤氅裘。于时微雪，昶于篱间窥之，叹曰：'此真

神仙中人。'"鹤氅,鸟羽制成的裘,用作外套。

❺緤:端绪。

❻缀:丝接歧。

❼千金:即千金裘,珍贵的皮衣。语出《史记·孟尝君列传》:"此时孟尝君有一狐白裘,直千金,天下无双。"

❽百结:用碎布缀成的衣服。《艺文类聚》卷六七引晋王隐《晋书》:"董威辇每得残碎缯,辄结以为衣,号曰百结。"

❾黄葛之嗟:指对女红辛劳的嗟叹。《吴越春秋》卷五:"越王曰:'吴王好服之离体,吾欲采葛使女工织细布献之,以求吴王之心,于子何如?'群臣曰:'善。'乃使国中男女入山采葛以作黄丝之布,欲献之。……采葛之妇伤越王用心之苦,乃作《苦之何》诗,曰:'葛不连蔓叶台台,我君心苦命更之。尝胆不苦甘如饴,令我采葛以作丝。女工织兮不敢迟,弱于罗兮轻霏霏,号絺素兮将献之。越王悦兮忘罪除,吴王欢兮飞尺书,增封益地赐羽奇。机杖茵褥诸侯仪,群臣拜舞天颜舒,我王何忧能不移。"黄葛,葛之一种,茎皮纤维可织葛布。

❿青绫:青色的有花纹的丝织物。

⓫广厦:高大的房屋。长风:大风。

⓬白龟:白色的龟,古人以为瑞物。传说晋咸康中,豫州刺史毛宝戍邾城,有军人于市买得一白龟子长四五寸,养之渐大,放诸江中。邾城之败,养龟人自投于水中,觉如堕一石上,视之,乃先所养白龟,长五六尺,送至东岸,徐游而去。事见晋陶潜《搜神后记》卷一〇。

⓭黄雀谢恩:此用杨宝救治黄雀,黄雀衔环报恩事。详见南朝梁吴均《续齐谐记》。

谢滕王赍马启❶

滕王，名逌，周文帝第十三子。少好经史，解属文。开府集序系逌所撰。初封滕国公，进爵为王。

庾 信

该篇美化一匹乌骝马，进而表达对赠者的感德。

某启：奉教垂赍乌骝(liú)马一匹❷。柳谷未开❸，翻逢紫燕❹；陵源犹远，忽见桃花❺。流电争光，浮云连影❻。张敞画眉之暇，直走章台❼；王济饮酒之欢，长驱金埒(liè)❽。幽峭雅至，斯为六朝碎金。

❶滕王：宇文逌，字尔固突。北周文帝子。少好经史，解属文。武成初，封滕国公，进爵为王。天和末，拜大将军。

❷骝：红身黑鬃尾的马，泛指骏马。

❸柳谷：晋干宝《搜神记》卷七载，张掖之柳谷有开石，其文有五马，为魏晋代兴之符。

❹翻：反而。紫燕：古代骏马名。《西京杂记》卷二："文帝自代还，有良马九匹，皆天下之骏马也……一名紫燕骝。"

❺陵源二句：倪璠《庾子山集》注："《尔雅》'黄白杂毛，駓'郭璞注：'即今之桃花马也。'言马名桃花，即类武陵源矣。"陵源，指陶渊明笔下的武陵桃花源。桃花，指桃花马。

❻流电二句:《西京杂记》卷二:"(汉)文帝自代还,有良马九匹,皆天下之骏马也。一名浮云,一名赤电。"

❼张敞二句:《汉书·张敞传》:"敞无威仪……时罢朝会,过走马章台街,使御史驱,自以便面拊马……又为妇画眉,长安中传张京兆眉怃。有司以奏敞。上问之,对曰:'臣闻闺房之内,夫妇之私,有过于画眉者。'"章台,汉长安街名。

❽王济二句:南朝宋刘义庆《世说新语·汰侈》:"于时人多地贵,济(王济)好马射,买地作埒,编钱匝地竟埒。时人号曰'金埒'。"徐震堮校笺:"谓筑短垣,围之以为界埒。"

箋

文体名。书札、奏记一类。奏笺多用以上皇后、太子、诸王。《北堂书钞》卷七九引汉应劭《汉官仪》：“孝廉年未五十，先试笺奏。”

辞随王子隆笺❶

随郡王萧子隆，齐武帝第八子，为都督、荆州刺史，好词赋。朓为子隆镇西功曹，转文学，尤被赏爱。长史王秀之以朓年少，密启闻武帝。朓知之，因事求还，笺辞子隆，执笔便成，文无点易。通篇情思宛妙，绝去粉饰肥艳之习，便觉浓古有余味。

谢　朓(tiǎo)❷

该篇主要抒发对故主知遇之恩的无尽感慕。

故吏文学谢朓❸，死罪死罪。即日被尚书召❹，以朓补中军新安王记室参军❺。朓闻潢污(wū)之水❻，愿朝宗而每竭❼；驽蹇之乘(shèng)❽，希沃若而中疲❾。何则❿？皋壤摇落⓫，对之惆怅；歧路西东，或以呜唈(yì)⓬。况乃服义徒拥⓭，归志莫从⓮。邈若坠雨⓯，翩似秋蒂⓰。

❶随王子隆：萧子隆(474～494)，字云兴，南兰陵人。南朝齐武帝第八子，封随郡王。

❷谢朓：464～499年。字玄晖。陈郡阳夏(今河南太康)人。《隋书·经籍志》有《谢朓集》十二卷，《谢朓逸集》一卷，均佚。通行本有《四部丛刊》影明抄本。今人郝立权有《谢宣城诗注》。

❸文学：官名。汉代于州郡及王国置文学，或称文学掾，或称文学史，

为后世教官所由来。三国魏武帝置太子文学,魏晋以后有文学从事。

❹即日:近日。

❺补:谓官有缺位,选员补充,亦指官员调任。记室参军:官名,掌章表书记文檄。

❻潢污:聚积不流之水。南朝宋鲍照《拜侍郎上疏》:"潢污流藻,充金鼎之实。"

❼朝宗:古代诸侯春、夏朝见天子,后泛称臣下朝见帝王。此处比喻小水流注大水。《书·禹贡》:"江汉朝宗于海。"孔颖达疏:"朝宗是人事之名,水无性识,非有此义。以海水大而江汉小,以小就大,似诸侯归于天子,假人事而言之也。"

❽驽蹇之乘:指劣马。蹇,跛。

❾沃若:驯顺貌。《诗·小雅·皇皇者华》:"我马维骆,六辔沃若。"

❿何则:为什么,多用于自问自答。

⓫皋壤:泽边之地,亦指隐居之地。摇落:凋残,零落。

⓬呜唈:呜咽。《淮南子·览冥训》:"孟尝君为之增欷呜唈,流涕狼戾不可止。"

⓭服义徒拥:意谓空抱服膺正义之念。拥,抱,怀。

⓮归志莫从:意谓未能达成以志相归之愿。

⓯邈若坠雨:像下落的雨点般远离。

⓰翩似秋蒂:像秋季的花蒂般飘零。

朓实庸流,行能无算[1]。属天地休明[2],山川受纳,褒采一介[3],搜扬小善[4],故舍耒(lěi)场圃[5],奉笔兔园[6]。东乱三江[7],西浮七泽[8]。契阔戎旃(zhān)[9],从容燕语[10]。长裾日曳,后乘(shèng)载脂[11]。荣立府庭,恩加颜色[12]。沐发晞阳[13],未测涯涘(sì)[14];

抚臆论报⑮，早誓肌骨。

❶行能：品行与才能。无算：不成数目，表示甚少。

❷休明：美好清明。

❸褒采：嘉许采纳。一介：自称谦词。

❹搜扬：访求举拔。

❺舍：舍弃，耒：古代一种可以脚踏的木制翻土农具。场圃：农家收打作物和种菜蔬的地方。

❻奉笔：以文笔侍奉。兔园：西汉梁孝王所建的园林。梁孝王在其中广纳宾客，当时名士司马相如、枚乘、邹阳等均为座上客。

❼乱：横渡。《诗·大雅·公刘》："涉渭为乱，取厉取锻。"孔颖达疏："水以流为顺，横渡则绝其流，故为乱。"三江：古代各地众多水道的总称。《书·禹贡》："三江既入，震泽底定。"《周礼·夏官·职方氏》："其川三江。"汉以后有多种解释。

❽七泽：相传古时楚有七处沼泽。后以"七泽"泛称楚地诸湖泊。

❾契阔：相交，相约。《梁书·萧琛传》："上答曰：'虽云早契阔，乃自非同志。勿谈兴运初，且道狂奴异。'"戎旃：军旗，借指战事、军队。

❿燕语：闲谈。

⓫长裾二句：意谓每天穿着长衣，乘坐从臣的车马。形容悠游安适的食客、从臣生活。长裾日曳，《汉书·邹阳传》："饰固陋之心，则何王之门不可曳长裾乎？"后以"曳裾王门"比喻在王侯权贵门下作食客。后乘，从臣的车马，亦泛指随从在后面的车马。载脂，抹油于车轴上，谓准备起程。《诗·邶风·泉水》："载脂载舝，还车言迈。"

⓬恩加颜色：恩惠地给予面子。颜色，面子，光彩。

⓭沐发晞阳：《楚辞·远游》："朝濯发于汤谷，夕晞余身乎九阳。"晞阳，晒太阳。

⓮未测涯涘：意犹不知深浅。涯涘，岸边，引申为边际。

⓯抚臆:以手按胸,表示诚意。论报:谓报答恩情。

不寤沧溟未运❶,波臣自荡❷;渤澥(xiè)方春❸,旅翮(hé)先谢❹。清切藩房,寂寥旧荜❺,轻舟反溯,吊影独留❻。白云在天❼,龙门不见❽。去德滋永❾,思德滋深。

❶寤:醒悟,明白。《楚辞·离骚》:"闺中既以邃远兮,哲王又不寤。"沧溟:大海。运:动。

❷波臣:指水族。古人设想江海的水族也有君臣,其被统治的臣隶称为"波臣"。《庄子·外物》:"周顾视车辙中,有鲋鱼焉。周问之曰:'鲋鱼来,子何为者邪?'对曰:'我,东海之波臣也。君岂有斗升之水而活我哉?'"荡:震动。

❸渤澥:渤海。

❹旅翮:迁飞的鸟。翮,本指鸟羽的茎,此指鸟。谢:离开。

❺清切二句:追忆以前的生活场景。清切,清贵而切近,指清贵而接近君上的官职。藩房,犹藩邸。李善注:"藩房,王府。"荜,荆条竹木之属,指代荜庐。

❻轻舟二句:意谓乘坐的小船已经返航,留下我独自一人,顾影自怜。吊影,对影自怜,喻孤独寂寞。

❼白云在天:《艺文类聚》卷四三:"西王母为天子谣曰:'白云在天,上陵自出。道里悠远,山川间之。将子无死,尚能复来。'"常表达惜别、怀远之意。

❽龙门:喻声望高的人的府第。南朝宋刘义庆《世说新语·德行》:"李元礼风格秀整,高自标持,欲以天下名教是非为己任。后进之士,有升其堂者,皆以为登龙门。"

❾去德滋永:离开恩德越长久。

唯待青江可望❶，候归艎(huáng)于春渚❷；朱邸方开❸，效蓬心于秋实❹。姿采幽茂，古力蟠注，乃六朝人真实本领。如其簪履或存，衽(rèn)席无改❺，虽复身填沟壑❻，犹望妻子知归❼。揽涕告辞❽，悲来横集❾。不任犬马之诚❿。

❶青江：指水色清澈的江河。

❷艎：一种木制大船，常用作渡船。

❸朱邸：汉诸侯王第宅，以朱红漆门，故称朱邸。后泛指贵官府第。

❹蓬心：《庄子·逍遥游》："今子有五石之瓠，何不虑以为大樽而浮乎江湖，而忧其瓠落无所容？则夫子犹有蓬之心也夫！"成玄英疏："蓬，草名。拳曲不直也……言惠生既有蓬心，未能直达玄理。"比喻知识浅薄，不能通达事理。后亦常作自喻浅陋的谦词。秋实：秋季成熟的谷物及果实，比喻人的德行成就。

❺如其二句：意谓如果还有我这旧臣的存身之地。《魏书·于忠传》："皇太后圣善临朝，衽席不遗，簪屦弗弃。"簪履，簪笄和鞋子，常以喻卑微旧臣。衽席，床褥与莞簟，泛指卧席。

❻虽复：犹纵令。身填沟壑：指死无葬身之地。沟壑，借指野死之处。

❼妻子知归：《文选》李善注引《东观汉记》："张湛谓朱晖曰：'愿以妻子托朱生。'"

❽揽涕：揽物以掩涕。语出《楚辞·离骚》："揽茹蕙以掩涕兮，沾余襟之浪浪。"揽，执持。

❾横集：纵横交集。

❿犬马：旧时臣子对君上的自卑之称。

書

文体名。先秦时“书”为书信总名，臣下向君上进言，亲朋之间来往信件，皆可称为“书”。后使用范围缩小。亦称为“尺牍”、“书牍”、“信札”等。

登大雷岸与妹书❶

照妹名令晖。照尝答孝武云："臣妹才自亚左芬，臣才不及太冲耳。"大雷在今安庆府望江县，《水经注》所谓"大雷口"也。

鲍　照

该篇肆力刻画旅途中雄奇壮丽的景色。作品铺陈夸饰，极尽渲染。

吾自发寒雨，全行日少❷。加秋潦(lǎo)浩汗❸，山溪猥(wěi)至❹。渡溯(sù)无边❺，险径游历。栈石星饭❻，结荷水宿。旅客贫辛，波路壮阔。始以今日食时❼，仅及大雷。涂登千里❽，日逾十晨。严霜惨节❾，悲风断肌❿。去亲为客，如何如何⓫？首述羁旅之苦，意多郁结而气自激昂。

❶大雷：地名，在今安徽望江。晋置大雷戍，刘裕讨卢循，自雷池进军大雷，即此。

❷吾自发二句：我在寒雨之际出发，全天行进的日子很少。

❸秋潦：秋季因久雨而形成的大水。浩汗：水势盛大貌。

❹猥：多，引申指一起。汉王充《论衡·宣汉》："周有三圣，文王、武王、周公，并时猥出。"

❺渡溯：横渡和逆流而上。无边：犹无穷。

❻栈石：构石成棚。栈，棚，此作动词。星饭：在星下吃饭。

❼食时：特指进早餐的时刻。

❽登：升，引申为增加，积累。

❾严霜：凛冽的霜，形容极寒。惨节：隆冬季节。南朝宋鲍照《野鹅赋》："于是流岁遂远，惨节方崇。"惨，寒冷。

❿悲风：凄厉的寒风。肌：皮肤。

⓫如何：奈何。

向因涉顿❶，凭观川陆❷，遨神清渚❸，流睇(dì)方曛(xūn)❹。东顾五洲之隔❺，西眺九派之分❻，窥地门之绝景❼，望天际之孤云，总挈有法。长图大念❽，隐心者久矣❾。南则积山万状，争气负高，含霞饮景❿，参差代雄⓫，凌跨长陇，前后相属，带天有匝(zā)⓬，横地无穷；历言形胜之奇，运意深婉，铸词精craft。东则砥原远隰(xí)⓭，亡端靡际⓮，寒蓬夕卷，古树云平，旋风四起，思鸟群归⓯，静听无闻，极视不见；北则陂池潜演⓰，湖脉通连，苎(zhù)蒿攸积⓱，菰芦所繁⓲，鲜脆已极，食哀家梨，想亦不过尔尔。栖波之鸟，水化之虫⓳，智吞愚，强捕小，号噪惊聒(guō)⓴，纷牣(rèn)其中㉑；西则回江永指，长波天合，滔滔何穷，漫漫安竭㉒？创古迄今㉓，舳舻相接㉔。思尽波涛，悲满潭壑，沉郁语，非身历其境者不知。烟归八表㉕，终为野尘㉖，而是注集㉗，长写不测，修灵浩荡㉘，知其何故哉？西南望庐山，又特惊异。

基压江潮，峰与辰汉连接[29]。上常积云霞，雕锦缛[30]，若华夕曜[31]，岩泽气通，传明散彩，赫似绛天[32]。左右青霭，表里紫霄[33]。从岭而上，气尽金光；半山以下，纯为黛色。烟云变灭，尽态极妍。即使李思训数月之功，亦恐画所难到。信可以神居帝郊[34]，镇控湘汉者也[35]。

❶向：刚才。涉顿：过河间隙。顿，留，逗留。

❷凭观：据高观望。

❸遨神：神游。

❹流睇：转目斜视，流盼。曛：黄昏，傍晚。

❺五洲：地名，在今湖北浠水西南长江中。钱振伦注："《水经注》：'江水又东径轪县故城南，城在山之阳，南对五洲也。江中有五洲相接，故以五洲为名。宋孝武举兵江州，建牙洲上，有紫云荫之，即是洲也。'"一说此"五洲"疑指"五湖"而言，见钱仲联补注。

❻九派：长江在湖北、江西一带，分为很多支流，因以九派称这一带的长江。

❼地门：古人谓大地的门户，亦泛称大地。绝景：落晖。

❽长图大念：指深广之思。

❾隐心：忧心。

❿含霞饮景：含纳云霞，吞饮日光。

⓫参差：不齐貌。代：更迭，交替。雄：称雄。

⓬匝：周，圈。

⓭砥：平坦。隰：低湿的地方。

⓮亡端靡际：没有开端和边际。

⓯思鸟：思侣之鸟。晋陆机《赴洛诗》之二："亹亹孤兽骋，嘤嘤思鸟

吟。”

⑯潜演：水流经地下。《文选·左思〈蜀都赋〉》：“演以潜沫，浸以绵雒。”刘逵注：“水潜行曰演。此二水伏流，故曰‘演以潜沫’。”

⑰苎：苎麻，多年生草本植物。蒿：蒿草。

⑱菰：多年生草本植物，生长在池沼里，地下茎白色，地上茎直立，开紫红色小花。嫩茎基部即平时食用的茭白。芦：芦苇。

⑲化：化育。

⑳惊聒：受惊而鸣噪。

㉑纷：杂多。牣：盈满，充塞。《诗·大雅·灵台》：“王在灵沼，于牣鱼跃。”

㉒漫漫：广远无际貌。

㉓创古迄今：从古至今。

㉔舳舻：船头和船尾的并称，多泛指前后首尾相接的船。

㉕八表：八方之外，指极远的地方。

㉖野尘：《庄子·逍遥游》：“野马也，尘埃也。生物之以息相吹也。”

㉗是：此，这里。注集：灌注汇集。

㉘修灵：指神灵。浩荡：广大旷远。

㉙辰汉：大辰与银河。大辰，指房宿、心宿、尾宿。

㉚雕：装饰。

㉛若华：古代神话中若木的花，常借指落日的余晖。《楚辞·天问》：“羲和之未扬，若华何光？”王逸注：“言日未出之时，若木何能有明赤之光华乎。”

㉜赫：红色鲜明貌。

㉝霄：云气。

㉞神居：像神一样地处于。帝郊：指天国的郊野。《楚辞·九歌·少司命》：“夕宿兮帝郊，君谁须兮云之际。”

㉟镇控：镇守控制。

若潀(cóng)洞所积[1]，溪壑所射，鼓怒之所豗(huī)击[2]，涌澓(fú)之所宕涤[3]，则上穷荻(dí)浦[4]，下至豨(xī)洲[5]，南薄燕爪[6]，北极雷淀[7]，削长埤(pí)短[8]，埤，益也。见《广雅·释诂》。可数百里[9]。其中腾波触天，高浪灌日。惊涛骇浪，恍然在目。吞吐百川，泻泄万壑。轻烟不流，华鼎振涾(tà)[10]；弱草未靡(mǐ)[11]，洪涟陇蹙(cù)[12]。散涣长惊[13]，电透箭疾；穹溘(kè)崩聚[14]，坻(chí)飞岭覆[15]。句句锤炼无渣滓，真是精绝。回沫冠山，奔涛空谷。碪(zhēn)石为之摧碎[16]，碕(qí)岸为之韲(jī)落[17]。“韲”即“齑”字。《周礼·醢人》注：“凡醢酱所和细切为韲。”案：此处当训碎。《庄子·大宗师》“韲万物而不为义”《释文》引司马注：“韲，碎也。”仰视大火[18]，俯听波声，愁(jiū)魄胁息[19]，心惊慓(piāo)矣[20]！至于繁化殊育[21]，诡质怪章[22]，则有江鹅、海鸭、鱼鲛(jiāo)[23]、水虎之类[24]；豚首、象鼻、芒须、针尾之族；石蟹[25]、土蚌、燕箕[26]、雀蛤之俦[27]；坼(chè)甲[28]、曲牙、逆鳞[29]、反舌之属；掩沙涨[30]，被(bèi)草渚[31]，浴雨排风[32]，吹涝弄翮[33]。夕景欲沉，晓雾将合，孤鹤寒啸，览景述事，意调悲凉。游鸿远吟，樵苏一叹[34]，舟子再泣，诚足悲忧，不可说也。

❶潀洞：急流。

❷鼓怒：鼓荡激动，气势很盛。《文选·郭璞〈江赋〉》：“激逸势以前驱，乃

鼓怒而作涛。”慼击：撞击，相斗。

❸涌：水向上喷。澓：水回流。《文选·郭璞〈江赋〉》：“迅澓增浇，涌湍迭跃。”宕涤：荡涤，冲刷。

❹荻浦：长有芦荻的水边。

❺豨洲：生有野猪的沙洲。

❻薄：逼近，靠近。燕爪：地名，未详。

❼雷淀：湖名，即雷池，在今安徽望江南，紧靠长江北岸。

❽埤：增益，增补。

❾可：大约。

❿华鼎振涾：华丽鼎中的水振动沸溢，形容水势汹涌。

⓫弱草：小草。未：原作“朱”，意不可解，与上句“不”字亦不对偶。当为“未”字之讹，今改。靡：披靡，倒下。

⓬陇：通“陇”，聚集。蹙：聚拢，皱缩。

⓭散涣长惊：形容浪流四散，水面下陷的样子。散涣，四散的水流。

⓮穹溘崩聚：形容浪流聚集，水面拱起的样子。溘，波浪。

⓯坻：涯岸。

⓰碪：疑当作“磡”，岩崖下边的地方。

⓱碕：曲折的河岸。齏：同“齑”，用醋、酱拌和，切成碎末的菜或肉。此指细碎。

⓲大火：星宿名，即心宿。

⓳愁魄：收缩魂魄，形容惊惧。愁，通“揫”，敛束。胁息：敛缩气息，后多表示恐惧。

⓴心惊慓：谓心跳加速。慓，急疾。

㉑繁化殊育：形容纷繁奇特的生命形态。

㉒诡质怪章：形容奇形怪状的生物体貌。质，内在的质地、主体。章，外在的花纹、图案。

㉓鲛：古代传说谓鱼二千斤为鲛。《淮南子·说山训》：“一渊不两鲛。”高

诱注："鱼二千斤为鲛。"

㉔水虎：传说中的水兽。

㉕石蟹：溪蟹的俗称。产溪涧石穴中，体小壳坚。

㉖燕箕：《格致镜原》卷九二引《兴化府志》："魟鱼，头圆秃如燕，其身圆褊如簸箕，又曰燕魟鱼。"

㉗雀蛤：《淮南子·时则训》："雀入大水为蛤。"

㉘坼甲：指龟鳖之类。

㉙逆鳞：鲫鱼的别名。清厉荃《事物异名录·水族·鲫》："鲫鱼一名鲋，熊氏谓之逆鳞。"

㉚掩：覆盖。《汉书·叙传下》："掩有东土，自岱徂海。"沙涨：有沙岸的水域。

㉛被：覆盖，引申指遍布。

㉜排：批，分开。

㉝涝：大波。《文选·木华〈海赋〉》："飞涝相磢，激势相沏。"翮：指鸟的翅膀。

㉞樵苏：砍柴刈草，此处指打柴砍草的人。

风吹雷飙(biāo)❶，夜戒前路❷，下弦内外❸，望达所届❹。寒暑难适，汝专自慎❺。夙夜戒护❻，勿我为念。恐欲知之，聊书所睹。临涂草蹙❼，辞意不周。明远骈体，高视六代。文通稍后出，差足颉颃，而奇峭幽洁不逮也。

❶风吹雷飙：犹风吹电闪。飙，迅疾。

❷夜戒前路：意谓天未亮就开始准备上路。戒，准备。《诗·小雅·大田》："既种既戒，既备乃事。"朱熹集传："戒，饬其具也。"

❸下弦：下弦月，指农历每月二十三四日。内外：犹上下，左右，表示概数。

❹届:至,到。《书·大禹谟》:“惟德动天,无远弗届。”孔传:“届,至也。”
❺汝专自慎:你要注意自我保重。专,专一,专心。
❻夙夜:朝夕,日夜。戒护:戒备防护。
❼草蹙:草率急促。

答新渝侯和诗书

新渝侯名映，始兴忠武王憺子。聪慧能文，特被东宫友爱。

萧 纲

该篇褒美了萧映的三首宫体诗。

垂示三首❶，风云吐于行间，珠玉生于字里，跨蹑（niè）曹左❷，含超潘陆❸。双鬓向光，风流已绝；九梁插花❹，步摇为古❺。高楼怀怨❻，结眉表色❼；长门下泣❽，破粉成痕。貌无停趣，态有遗妍，眉色粉痕，至今尚留纸上。设与美人晨妆、娼妇怨情诸什连而读之，当如荀令君坐席，三日犹香。复有影里细腰，令与真类❾；镜中好面，还将画等。此皆性情卓绝，新致英奇❿。故知吹箫入秦，方识来凤之巧⓫；鸣瑟向赵，始睹驻云之曲⓬。手持口诵，喜荷（hè）交并也⓭。

❶垂示：犹言赐示。
❷跨蹑：跨越。曹左：曹植和左思。
❸潘陆：潘岳和陆机。
❹九梁：朝冠装饰的九条横脊。

❺步摇：古代妇女附在簪钗上的一种首饰。《释名·释首饰》："步摇上有垂珠，步则摇动也。"

❻高楼怀怨：曹植《七哀诗》："明月照高楼，流光正徘徊。上有愁思妇，悲叹有余哀。"

❼结眉：皱眉。

❽长门下泣：汉司马相如《长门赋》序："孝武皇帝陈皇后时得幸，颇妒，别在长门宫，愁闷悲思。闻蜀郡成都司马相如天下工为文，奉黄金百斤，为相如、文君取酒，因于解悲愁之辞。而相如为文以悟主上，陈皇后复得亲幸。"后以"长门"借指失宠女子居住的寂寥凄清的宫院。

❾复有二句：汉李延年妹妙丽善舞，得幸于汉武帝。早卒，帝乃图其形，挂于甘泉宫，思念不已。方士少翁言能致其神，夜张灯设帏，令帝坐他帐中遥望，见一妙龄女子如李夫人貌。见《汉书·外戚传上·孝武李夫人》。

❿新致：新颖的情致。英奇：优美杰出。

⓫故知二句：汉刘向《列仙传·萧史》："萧史者，秦穆公时人也，善吹箫，能致孔雀、白鹤于庭。穆公有女字弄玉好之，公遂以女妻焉。遂教弄玉作凤鸣。为作凤凰台，夫妇止其上，一旦随凤凰去。"

⓬鸣瑟二句：戚夫人（？～前194），定陶（今属山东）人，汉高祖刘邦宠妃。多才多艺，会鼓琴。赵王刘如意生母。刘邦死后，被吕后虐杀。驻云，形容音乐美妙响亮。《列子·汤问》："薛谭学讴于秦青，未穷青之技，自谓尽之，遂辞归。秦青弗止，饯于郊衢，抚节悲歌，声振林木，响遏行云。薛谭乃谢求反，终身不敢言归。"

⓭喜荷：欢喜地承受。

与萧临川书

萧子显、子云并为临川内史，此书当是与子云者。考梁普通四年，简文徙雍州刺史，三年立为皇太子，故书有“黑水初旋”、“桂宫既启”云云，而子云迁临川内史适当是时。若子显则先子云为临川，简文为太子时，已历侍中、国子祭酒矣。

萧　纲

该篇主要抒写思友之情。

零雨送秋❶，轻寒迎节❷。江枫晓落，林叶初黄。登舟已积❸，殊足劳止❹。解维金阙❺，定在何日？八区内侍❻，厌直御史之庐❼；九棘外府❽，且息官曹之务❾。应分竹南川❿，剖符千里⓫。但黑水初旋⓬，未申十千之饮⓭；桂宫既启⓮，复乖双阙之宴⓯。文雅纵横⓰，即事分阻。清夜西园⓱，眇然未克⓲。想征舻(lú)而结叹⓳，望横席而沾襟⓴。

❶零雨：慢而细的小雨。《说文·雨部》：“零，徐雨也。”

❷节：节令。

❸积：长久。《管子·四时》：“治积则昌，暴虐积则亡。”

❹劳止：辛劳，劳苦。《诗·大雅·民劳》：“民亦劳止，汔可小康。”郑玄笺：“今周民罢劳矣，王几可以小安之乎？”止，语气助词，用于句末，表确定

语气。

❺解维：解开缆索，指开船。维，系物之大绳。金阙：指天子所居的宫阙。

❻八区：指汉代的八宫院，泛指宫院。

❼厌直御史之庐：《汉书·严助传》："上问所欲，（严助）对愿为会稽太守。于是拜为会稽太守。数年，不闻问。赐书曰：'制诏会稽太守：君厌承明之庐，劳侍从之事，怀故土，出为郡吏。'"

❽九棘：古代群臣外朝之位，树九棘为标识，以区分等级职位。《周礼·秋官·朝士》："左九棘，孤、卿、大夫位焉……右九棘，公、侯、伯、子、男位焉。"郑玄注："树棘以为立者，取其赤心而外刺，像以赤心三刺也。"后因以九棘为九卿的代称。外府：古官名，掌国内财货的出纳。《周礼·天官·外府》："外府掌邦布之入出，以共百物，而待邦之用。"

❾官曹：官吏办事机关。

❿分竹：给予作为权力象征的竹使符，谓封官授权。南川：泛指南方地区。

⓫剖符：犹剖竹。古代帝王分封诸侯、功臣时，以竹符为信证，剖分为二，君臣各执其一。后因以"剖符"、"剖竹"为分封、授官之称。

⓬黑水初旋：意谓刚从雍州返回（萧纲曾任雍州刺史）。黑水，古水名。《书·禹贡》："黑水西河惟雍州。"孔颖达疏："计雍州之境，被荒服之外，东不越河，而西逾黑水。王肃云'西据黑水、东距西河'，所言得其实也。"

⓭申：舒展，引申指实现。十千：一万，极言其多。此指钱多。

⓮桂宫既启：言己已被立为太子。桂宫，宫名，汉武帝太初四年（前101）建，故址在今陕西西安西北。此指太子居处。

⓯乖：违。双阙：古代宫殿、祠庙、陵墓前两边高台上的楼观。借指宫门。

⓰文雅：此指代作者与友人。纵横：分散貌。南朝宋鲍照《代陈思王京洛篇》："琴瑟纵横散，舞衣不复缝。"

⑰西园：园林名，在河北临漳邺县旧治北，传为曹操所建。三国魏曹植《公宴诗》："清夜游西园，飞盖相追随。"

⑱眇然：久远貌。克：能。

⑲舻：船头。《汉书·武帝纪》："舳舻千里，薄枞阳而出。"颜师古注引李斐曰："舳，船后持柂（舵）处也。舻，船前头刺棹处也。"此指船。

⑳席：船帆。南朝宋谢灵运《游赤石进帆海》诗："扬帆采石华，挂席拾海月。"

若使弘农书疏，脱还邺(yè)下❶；河南口占❷，傥归乡里。必迟青泥之封❸，且觏(gòu)《朱明》之诗❹。白云在天❺，苍波无极，瞻之歧路，眷慨良深。爱护波潮❻，敬勖(xù)光采❼。风骨翘秀，须韵人辨之。

❶若使二句：黎经诰按："魏曹植留守邺，数与弘农杨修书，修亦答书焉。"弘农，地名，即弘农郡，杨氏郡望。此指杨修。书疏，奏疏，信札。脱：假使，表示假设。邺下，即邺，古都邑名。汉建安十八年(213)，曹操为魏王，定都于此。曹丕代汉，定都洛阳，邺仍与洛阳、长安、谯、许昌合称五都。

❷河南口占：《汉书·游侠传·陈遵》："陈遵为河南太守，召善书吏十人于前，治私书，谢京师故人。遵冯几，口占书吏，且省官事，书数百封，亲疏各有意，河南大惊。"口占，谓口授其辞。

❸迟：等待。青泥之封：信件。古代信件以青泥封口，故称。

❹觏：遇见，看见。朱明：汉郊祀歌名。《史记·乐书》："春歌《青阳》，夏歌《朱明》，秋歌《西皞》，冬歌《玄冥》。"《后汉书·祭祀志中》："立夏之日，迎夏于南郊，祭赤帝祝融，车旗服饰皆赤，歌《朱明》。"

❺白云在天：《艺文类聚》卷四三："西王母为天子谣曰：'白云在天，上

陵自出。道里悠远,山川间之。将子无死,尚能复来。'”常表达惜别、怀远之意。

❻爱护波潮:谓在航程中多加保重。

❼勖:勉励。

与刘孝绰书

孝绰，本名冉，彭城人。辞藻为后进所宗。累迁尚书吏部郎，坐事左迁临贺王长史，卒。

萧 纲

该篇主要抒写思友之情。

执别灞浐(bà chǎn)❶，嗣音阻阔❷。合璧不停❸，旋灰屡徙❹。玉霜夜下，旅雁晨飞。想凉燠(yù)得宜❺，时候无爽❻。既官寺务烦❼，簿领殷凑❽，“官寺”二句，诸选家多误作“既官时务，烦簿殷凑”。今据旧刻《古文管窥》正。等张释之条理❾，同于公之明察❿。雕龙之才本传⓫，灵蛇之誉自高⓬。颇得暇逸于篇章⓭，从容于文讽⓮。

❶执别：谓握手告别。灞浐：灞水和浐水的合称。《文选·司马相如〈上林赋〉》：“终始灞浐，出入泾渭。”郭璞注引张揖曰：“灞浐二水，终始尽于苑中，不复出也。”

❷嗣音：指连续传寄的音信。阻阔：阻隔，隔绝。

❸合璧：喻指日月。

❹旋灰屡徙：指节令不断迁移。灰，指葭莩之灰。古人烧苇膜成灰，置于律管中，放密室内，以占气候。某一节候到，某律管中葭灰即飞出，示该节候已到。

❺燠：暖，热。

❻时候：季节，节候。爽：差失，不合。

❼官寺：官署。寺，衙署。《文选·左思〈吴都赋〉》："列寺七里，侠栋阳路。"刘逵注："府寺相属，侠道七里也。"李善注引《风俗通》："今尚书、御史、谒者所止皆曰寺。"

❽簿领：谓官府记事的簿册或文书。殷凑：丛集。

❾张释之条理：《汉书·张释之传》："张释之，字季，南阳堵阳人也。……当是时，中尉条侯周亚夫与梁相山都侯王恬启见释之持议平，乃结为亲友，张廷尉繇此天下称之。"

❿于公之明察：《汉书·于定国传》："于定国，字曼倩，东海郯人也。其父于公为县狱史，郡决曹，决狱平，罗文法者于公所决皆不恨。郡中为之生立祠，号曰'于公祠'。"

⓫雕龙：雕镂龙纹，比喻善于修饰文辞或刻意雕琢文字。语出《史记·孟子荀卿列传》："驺衍之术迂大而闳辩，奭也文具难施，淳于髡久与处，时有得善言。故齐人颂曰：'谈天衍，雕龙奭，炙毂过髡。'"裴骃集解引刘向《别录》："驺奭修衍之文，饰若雕镂龙文，故曰'雕龙'。"

⓬灵蛇：传说中衔珠报答随侯的蛇。亦指灵蛇之珠，乃珍奇的宝物。比喻胸中藏有锦绣文才的人。

⓭暇逸：闲散安逸。语本《书·酒诰》："惟御事厥棐有恭，不敢自暇自逸。"孔传："不敢自宽暇自逸豫。"

⓮讽：背诵。《周礼·春官·大司乐》："以乐语教国子兴、道、讽、诵、言、语。"郑玄注："倍文曰讽，以声节之曰诵。"

顷拥旄(máo)西迈❶，载离寒暑❷。晓河未落❸，拂桂棹而先征❹；夕鸟归林，县孤帆而未息。深情婉致，娓娓动人。吕仲悌与嵇叔夜书"鸣鸡"一联，是其所祖。足使边心愤薄❺，乡思邅(zhān)回❻。但离阔已久❼，载劳寤寐❽。伫闻还驿❾，以慰相思。

❶拥旄：持旄，借指统率军队。《文选·丘迟〈与陈伯之书〉》："朱轮华毂，拥旄万里，何其壮也。"李善注："班固《涿邪山祝文》：'杖节拥旄，征人伐鼓。'"旄，古代用牦牛尾做竿饰的旗子。

❷载离寒暑：《诗·小雅·小明》："二月初吉，载离寒暑。"载，助词，用在句首或句中，起加强语气的作用。离，经历，经过。

❸晓河：拂晓时的银河。

❹桂棹：桂木制的划船工具。《楚辞·九歌·湘君》："桂棹兮兰枻，斲冰兮积雪。"

❺边心：筹划边境事务之心。愤薄：懑闷急迫。晋潘岳《寡妇赋》："气愤薄而乘胸兮，涕交横而流枕。"

❻邅回：萦绕。

❼离阔：犹阔别。

❽寤寐：醒与睡，常用以指日夜。《诗·周南·关雎》："窈窕淑女，寤寐求之。"

❾伫闻：肃立恭听，敬闻。还驿：指回信。驿，驿马。

追答刘秣陵沼书

沼，字明信，终秣陵令。峻以不得志，著《辨命论》，沼致书难之，往反非一。其后沼作书未出而卒，有人于沼家得书以示峻，峻乃作此书答之。

刘　峻

该篇旨在悼惜忘友。

刘侯既重(chóng)有斯难(nàn)❶，值余有天伦之戚❷，竟未之致也❸。寻而此君长逝❹，化为异物❺。绪言余论❻，蕴而莫传❼。或有自其家得而示余者，余悲其音徽未沫❽，而其人已亡；青简尚新❾，宿草将列❿。泫然不知涕之无从也⓫。

❶难：责难，诘问。

❷天伦之戚：指近亲逝世。

❸致：获得。

❹寻：不久，随即。

❺异物：指已死的人。《史记·屈原贾生列传》："化为异物兮，又何足患！"司马贞索隐："谓死而形化为鬼，是为异物。"

❻绪言：已发而未尽的言论。《庄子·渔父》："曩者先生有绪言而去。"

❼传：传达。

❽音徽：指琴上供按弦时识音的标志，亦指琴或乐曲。此指他人的言

辞话语。沫：终止。《楚辞·离骚》："芳菲菲而难亏兮，芬至今犹未沫。"

❾青简：竹简，借指著作。

❿宿草：来年的草。《礼记·檀弓上》："朋友之墓，有宿草而不哭焉。"孔颖达疏："宿草，陈根也。草经一年则根陈也。朋友相为哭一期，草根陈乃不哭也。"后多用为悼亡之辞。

⓫涕之无从：《礼记·檀弓上》："予乡者入而哭之，遇于一哀而出涕，予恶夫涕之无从也。"朱彬训纂："从者，以外物副其内诚之谓。有哀涕而无赙物，是涕之无从也。"泫然：水珠或泪珠下垂貌。

虽隙驷不留❶，尺波电谢❷，而秋菊春兰，英华靡绝。答死者书，甚是创格。属词特凄楚缠绵，俯仰裴回，无限痛切。故存其梗概，更酬其旨❸。若使墨翟(dí)之言无爽❹，宣室之谈有征❺。冀东平之树，望咸阳而西靡❻；盖山之泉，闻弦歌而赴节❼。但悬剑空垄❽，有恨如何❾？结得婉，有味外味。

❶隙驷：《礼记·三年问》："则三年之丧，二十五月而毕，若驷之过隙。"郑玄注："驷之过隙，喻疾也。"孔颖达疏："驷谓驷马，隙谓空隙。驷马峻疾，空隙狭小，以峻疾而过狭小，言急速之甚。"后因以"隙驷"比喻易逝的光阴。

❷尺波：微波，尺水，亦以喻人世的短暂。《文选·陆机〈长歌行〉》："寸阴无停晷，尺波岂徒旋。"李善注："言日无停景，川不旋波，以喻年命流行，曾无止息也。"电谢：像电一样迅速消失。

❸酬：答复。

❹墨翟之言：《文选》李善注引《墨子》："昔周宣王杀其臣杜伯而不辜，杜伯曰：'吾君杀我而不辜，若以死者为无知，则止矣；若死而有知，不出三年，必使吾君知之。'期三年，周宣王合诸侯而田于圃，车数百乘，从数千

人，满野。日中，杜伯乘白马素车，朱衣冠，执朱弓，挟朱矢，追宣王，射之车上，中心折脊，殪车中，伏弢而死。”

❺宣室之谈：《汉书·贾谊传》：“上(汉文帝)方受釐坐宣室，上因感鬼神事而问鬼神之本，谊具道所以然之故。”

❻冀东平二句：《汉书·东平思王刘宇传》“(东平思王刘宇)立三十三年薨”颜师古注引三国魏刘劭王象《皇览》：“东平思王冢在无盐，人传言王在国思归京师，后葬，其冢上松柏皆西靡也。”后因以“东平之树”谓人死后犹不泯眷恋故国之情。

❼盖山二句：《太平御览》卷七〇引《宣城记》：“临城县南四十里盖山，登百许步，有舒姑泉。昔有舒氏女与其父斫薪，于泉处坐，牵挽不动，父还告家。比还，唯见清泉。女母曰：‘吾女本好音乐。’乃弦歌，泉涌洄流，见朱鲤一双。今作乐嬉戏，泉故涌出。”赴节，应和着节拍。

❽但：徒然，白白地。悬剑空垄：《史记·吴太伯世家》：“季札之初使，北过徐君。徐君好季札剑，口弗敢言。季札心知之，为使上国，未献。还至徐，徐君已死，于是乃解其宝剑，系之徐君冢树而去。从者曰：‘徐君已死，尚谁予乎?’季子曰：‘不然，始吾心已许之，岂以死倍吾心哉!’”

❾如何：奈何。

答谢中书书

中书名微，或云徵，字元度，陈郡阳夏人。好学，善属文。尝为安成王法曹，累迁中书、鸿胪。

陶弘景❶

该篇状山川之美。

山川之美，古来共谈。高峰入云，清流见底，两岸石壁，五色交辉，青林翠竹，四时俱备。晓雾将歇，猿鸟乱鸣；夕日欲颓，沉鳞竞跃。演迤潝沱，萧然尘壒之外。得此一书，何谓白云不堪持赠？实是欲界之仙都❷，自康乐以来❸，未复有能与(yù)其奇者❹。

❶陶弘景：456～536年。字通明，号华阳隐居，人称“山中宰相”，南朝梁时丹阳秣陵(今江苏南京)人。卒谥贞白先生。

❷欲界：原为佛教语，三界之一，包括地狱、人间和六欲天等。以贪欲炽盛为其特征。后用以指尘世。

❸康乐：谢灵运，东晋时世袭为康乐公，世称谢康乐。

❹与：称赞，赞扬。《论语·述而》：“与其进也，不与其退也。”

为衡山侯与妇书

萧恭，字敬范，封衡山县侯。

何　逊[1]

该代拟之作抒写与妻离别后的相思之苦。

昔人遨游洛汭(ruì)[2]，会遇阳台[3]，神仙髣髴[4]，有如今别。虽帐前微笑，涉想犹存[5]；而幄里余香，从风且歇。寄书闺阁，倩作固奇，而“微笑”、“余香”，代人涉想，尤为奇之奇者。水部风情，于斯概见。掩屏为疾，引领成劳[6]。镜想分鸾[7]，琴悲《别鹤》[8]。心如膏火，独夜自煎[9]；思等流波，终朝不息[10]。婉娈极艳，情绪绵牵。当与陈伏知道《为王宽与妇义安主书》、北周庾信《为梁上黄侯世子与妇书》并称香奁绝作。始知萋萋萱(xuān)草[11]，忘忧之言不实；团团轻扇，合欢之用为虚[12]。路迩(ěr)人遐[13]，音尘寂绝[14]。一日三秋[15]，不足为喻。聊陈往翰[16]，宁写款怀[17]？迟枉琼瑶[18]，慰其杼轴[19]。

[1]何逊：？～518年。字仲言，东海郯(今山东郯城)人。后人称“何记室”或“何水部”。《何逊集》据《梁书·何逊传》载共八卷，《隋书·经籍志》所

著录者为七卷。中华书局有排印本《何逊集》。

❷邀游洛汭:曹植《洛神赋》:“尔乃税驾乎蘅皋,秣驷乎芝田,容与乎阳林,流眄乎洛川。于是精移神骇,忽焉思散。俯则未察,仰以殊观。睹一丽人,于岩之畔。乃援御者而告之曰:‘尔有觌于彼者乎?彼何人斯,若此之艳也!’御者对曰:‘臣闻河洛之神,名曰宓妃。然则君王所见,无乃是乎?其状若何,臣愿闻之。’”汭,河流会合或弯曲的地方。《书·禹贡》:“东过洛汭。”孔传:“洛汭,洛入河处。”

❸阳台:战国楚宋玉《高唐赋》序:“昔者先王尝游高唐,怠而昼寝,梦见一妇人,曰:‘妾巫山之女也,为高唐之客,闻君游高唐,愿荐枕席。’王因幸之。去而辞曰:‘妾在巫山之阳,高丘之岨,旦为朝云,暮为行雨,朝朝暮暮,阳台之下。’”后遂以“阳台”指男女欢会之所。会遇:并列结构,遇见。

❹髣髴:同“仿佛”,似有若无貌。

❺涉想:念及,想象。

❻引领:伸颈远望,多以形容期望殷切。

❼镜想分鸾:《太平御览》卷九一六引南朝宋范泰《鸾鸟诗》序:“昔罽宾王结罝峻祁之山,获一鸾鸟,王甚爱之,欲其鸣而不致也。乃饰以金樊,飨以珍羞。对之逾戚,三年不鸣。夫人曰:‘闻鸟见其类而后鸣,何不县镜以映之!’王从言。鸾睹影感契,慨焉悲鸣,哀响中霄,一奋而绝。”后常以“分鸾”、“离鸾”、“孤鸾”喻指夫妻分离。

❽别鹤:即《别鹤操》,乐府琴曲名。晋崔豹《古今注》卷中:“《别鹤操》,商陵牧子所作也。娶妻五年而无子,父兄将为之改娶。妻闻之,中夜起,倚户而悲啸。牧子闻之,怆然而悲,乃歌曰:‘将乖比翼隔天端,山川悠远路漫漫,揽衣不寝食忘餐!’后人因为乐章焉。”后常指夫妻分离。南朝齐谢朓《琴》诗:“是时操《别鹤》,淫淫客泪垂。”

❾心如二句:《庄子·人间世》:“山木自寇也,膏火自煎也。”膏火,照明用的油火。独夜,一人独处之夜。

❿思等二句:《论语·子罕》:“子在川上曰:‘逝者如斯夫!不舍昼夜。’”

⓫萋萋：草木茂盛貌。萱草：植物名。俗称金针菜、黄花菜。多年生宿根草本，其根肥大。花漏斗状，橘黄色或橘红色。古人以为种植此草，可以使人忘忧，因称忘忧草。《太平御览》卷九九六引南朝梁任昉《述异记》：“萱草，一名紫萱，又呼曰忘忧草，吴中书生呼为疗愁花。”

⓬团团二句：汉班婕妤《怨歌行》：“裁为合欢扇，团团似明月”。团团，圆貌。合欢，指男女交欢。

⓭迩：近。

⓮音尘：音信，消息。

⓯一日三秋：《诗·王风·采葛》：“彼采萧兮，一日不见，如三秋兮。”孔颖达疏：“年有四时，时皆三月，三秋谓九月也。”

⓰陈：上言，述说。翰：书信。

⓱款怀：诚意。

⓲迟枉琼瑶：指书信延迟。枉，谦词，谓使对方受屈。琼瑶，指书信。《诗·木瓜》：“投我以木桃，报之以琼瑶。”

⓳慰其杼轴：慰问妻子持家之劳。杼轴，织布机上的两个部件，即用来持纬（横线）的梭子和用来承经（直线）的筘。此处指女子纺织持家之劳。

北使还与永丰侯书❶ 萧撝，字智遐，在梁封永丰侯。

刘孝仪

该篇叙述出使北地的艰辛及归来之后的欣慰。

足践寒地，身犯朔风❷。暮宿客亭❸，晨炊谒舍❹。飘飖辛苦，迄(qì)届毡(zhān)乡❺。杂种覃(tán)化❻，颇慕中国。兵传李绪之法❼，楼儗(nǐ)卫律所治❽。而毳(cuì)幕难淹❾，酪(lào)浆易餍❿。绝妙一帧子卿归国图。写行役景象，酸凉满目。王程有限⓫，时及玉关⓬。射鹿胡奴⓭，乃共归国；刻龙汉节⓮，还持入塞。马衔苜蓿，嘶立故墟；人获蒲萄，归种旧里⓯。恻怆之情，都在言外。稚子出迎，善邻相劳(lào)⓰。倦握蟹螯，亟覆虾碗⓱，未改朱颜，略多白醉⓲。用此终日⓳，亦以自娱。

❶北使：出使北国。

❷朔风：北风，寒风。

❸客亭：犹驿亭，古代迎送官员或宾客的处所。

❹谒舍：客舍。

❺迄届:至,到。毡乡:我国古代北方游牧民族所居地区。此为对北朝蔑称。

❻杂种:古代对少数民族的蔑称。覃化:广延教化,指北朝为南朝教化所及。

❼李绪:西汉塞外都尉,后投降匈奴,为匈奴训练士兵。

❽儗:比拟。卫律:约活动于汉武帝、昭帝时期。与协律都尉李延年交好,延年曾举荐其出使匈奴。后李延年兄弟因罪被灭族,卫律怕被株连,投降匈奴,多次对抗汉朝军队。封为丁灵王。治:作,为。

❾毳幕:游牧民族居住的毡帐。淹:滞留。

❿酪:用牛羊马等的乳汁炼制成的食品,有干湿二种,干者成块,湿者为浆。《后汉书·乌桓传》:"食肉饮酪,以毛毳为衣。"餍:嫌恶。

⓫王程:奉公命差遣的行程。

⓬玉关:即玉门关。汉武帝置,因西域输入玉石时取道于此而得名。汉时为通往西域各地的门户。故址在今甘肃敦煌西北小方盘城。

⓭胡奴:为奴的胡人。

⓮汉节:汉天子所授予的符节。此指使者所持之节。《汉书·苏武传》:"(苏武)杖汉节牧羊,卧起操持,节旄尽落。"

⓯马衔四句:《汉书·西域传上·大宛国》:"汉使采蒲陶、目宿种归。"《史记·大宛列传》:"俗嗜酒,马嗜苜蓿。蒲萄,即葡萄。明李时珍《本草纲目·果五·葡萄》:"葡萄……可以造酒……《汉书》言张骞使西域还,始得此种,而《神农本草》已有葡萄,则汉前陇西旧有,但未入关耳。"

⓰劳:慰劳。《诗·魏风·硕鼠》:"三岁贯女,莫我肯劳。"

⓱亟:屡次。《左传·成公十六年》:"吾先君之亟战也,有故。"杜预注:"亟,数也。

⓲白醉:浮白酒醉。晋葛洪《抱朴子·疾谬》:"于是腊鼓垂,无赖之子白醉耳热之后,结党合群,游不择类。"按:浮白,汉刘向《说苑·善说》:"魏文侯与大夫饮酒,使公乘不仁为觞政,曰:'饮不釂者,浮以大白。'文侯饮而

不尽嚼，公乘不仁举白浮君……君曰：'善。'举白而饮。"原意为罚饮一满杯酒，后亦称满饮或畅饮酒为浮白。

⑲用：以。终日：度过时日。

与宋元思书

吴　均❶

该篇以清新的笔触描绘娟秀淡雅的江南山水。

风烟俱净，天山共色。从流飘荡，任意东西。自富阳至桐庐❷，一百许里❸，奇山异水，天下独绝。水皆缥(piǎo)碧❹，千丈见底，游鱼细石，直视无碍。急湍甚箭，猛浪若奔。夹岸高山，皆生寒树，扫除浮艳，澹然无尘。如读靖节《桃花源记》、兴公《天台山赋》。此费长房缩地法，促长篇为短篇也。负势竞上❺，互相轩邈❻，争高直指，千百成峰。泉水激石，泠泠作响；好鸟相鸣，嘤嘤成韵。蝉则千转不穷❼，猿则百叫无绝。鸢(yuān)飞戾天者❽，望峰息心❾；经纶世务者❿，窥谷忘反。横柯上蔽⓫，在昼犹昏；疏条交映⓬，有时见日。幽邃。

❶吴均：469～520年。字叔庠，吴兴故鄣(今浙江安吉)人。《隋书·经籍志》录有《吴均集》二十卷，已佚。明人张溥辑有《吴朝请集》，收在《汉魏六

朝百三家集》中。

❷富阳：古县名，在今浙江杭州西南。桐庐：古县名，位于浙江西北部，地处钱塘江中游，富春江斜贯县境。

❸许：表约略估计数。

❹缥碧：浅青色。晋左思《吴都赋》："紫贝流黄，缥碧素玉。"

❺负势：凭借地势。

❻轩邈：谓上举远扬。

❼转：通"啭"，婉转发声。

❽鸢飞戾天者：此指有远大事业心的人。《诗·大雅·旱麓》："鸢飞戾天，鱼跃于渊。"戾，至，到达。

❾息心：排除俗念。

❿经纶：整理丝缕，理出丝绪和编丝成绳，统称经纶，引申为筹划治理国家大事。《易·屯》："云雷屯，君子以经纶。"孔颖达疏："经谓经纬，纶谓纲纶，言君子法此屯象有为之时，以经纶天下，约束于物。"

⓫柯：草木的枝茎。

⓬条：细长的树枝。

与顾章书

吴　均

该篇状林泉之幽景，发隐沦之闲情。

仆去月谢病❶，还觅薜(bì)萝❷。梅溪之西，有石门山者，森壁争霞❸，孤峰限日，幽岫(xiù)含云❹，深溪蓄翠。简澹高素，绝去饾饤艰涩之习。吾于六朝，心醉此种。蝉吟鹤唳(lì)❺，水响猿啼。英英相杂❻，绵绵成韵❼。既素重幽居❽，遂葺(qì)宇其上❾。幸富菊花，偏饶竹实❿。山谷所资⓫，于斯已办⓬。仁智所乐(yào)⓭，岂徒语哉？

❶仆：自称谦词。谢病：托病引退或谢绝宾客。

❷薜萝：薜荔和女萝。两者皆野生植物，常攀缘于山野林木或屋壁之上。借指隐者或高士的住所。

❸森：高耸。

❹岫：山洞，有洞穴的山。晋陶潜《归去来辞》："云无心以出岫，鸟倦飞而知还。"

❺唳：鹤鸣。

❻英英:形容音声和盛。《吕氏春秋·古乐》:"乃令鱓先为乐倡,鱓乃偃寝,以其尾鼓其腹,其音英英。"

❼绵绵:连续不断貌。

❽素:平素,向来。幽居:隐居,不出仕。

❾葺:用茅草覆盖房屋。宇:屋檐,引申指房屋,住所。

❿竹实:竹子所结的子实,形如小麦。《韩诗外传》卷八:"凤乃止帝东园,集帝梧桐,食帝竹实,没身不去。"

⓫资:赖以生活的来源。

⓬办:成。

⓭仁智所乐:《论语·雍也》:"知者乐水,仁者乐山。知者动,仁者静。"乐,喜好。

与詹事江总书[1] 宣帝时，总为太子詹事。

陈叔宝[2]

该篇扬故人、追往昔，对陆瑜之死深感怆惋。

管记陆瑜[3]，陆瑜，字干玉，吴郡人。仕陈，累官太子洗马中舍人，与兄炎并以才学侍东宫。奄(yǎn)然殂化[4]，悲伤悼惜，此情何已[5]？吾生平爱好，卿等所悉。自以学涉儒雅，不逮(dài)古人[6]，钦贤慕士，是情尤笃(dǔ)[7]。梁室乱离[8]，天下糜沸[9]。书史残缺，礼乐崩沦[10]。晚生后学，匪(fěi)无墙面[11]，卓尔出群，斯人而已。

❶詹事:官名。秦始置,职掌皇后、太子家事。东汉废,魏晋复置。

❷陈叔宝:553～604年。即陈后主,南朝陈最后一位皇帝。字元秀,小字黄奴。582年至589年在位。在位时生活奢侈,不理朝政,日夜与妃嫔、文臣游宴,制作艳词。祯明三年(589),隋军攻入建康,被俘。后在洛阳病死,追赠大将军、长城县公,谥号炀。

❸管记:古代对书记、记室参军等文翰职官的通称。陆瑜:字干玉,吴郡吴县(今江苏苏州)人,陆琰之弟。约生于梁武帝大同七年,约卒于陈宣帝太建六年。

❹奄然：忽然，骤然。殂化：逝世。

❺已：停止。

❻逮：及得上，比得上。

❼笃：固，坚实。

❽梁室：梁王朝。

❾糜沸：比喻世事混乱之甚，如糜粥之沸于釜中。汉扬雄《长杨赋》："豪俊糜沸云扰，群黎为之不康。"

❿崩沦：塌毁。

⓫匪：同"非"，不，不是。墙面：谓面对墙壁，目无所见，比喻不学无术或一无所知。《书·周官》："蓄疑败谋，怠忽荒政，不学墙面，莅事惟烦。"孔传："人而不学，其犹正墙面而立。"孔颖达疏："人而不学，如面向墙，无所睹见。"

吾识览虽局[1]，未曾以言议假人[2]。简质有余，亦苍然有色，别成一种笔法。至于片善小才，特用嗟（jiē）赏[3]，况复洪识奇士。此故忘言之地[4]。论其博综子史[5]，谙究儒墨，经耳无遗，触目成诵。一褒一贬，一激一扬，语玄析理，披文摘句[6]，未尝不闻者心伏[7]，听者解颐[8]。会意相得[9]，自以为布衣之赏。

❶局：局促，狭隘。

❷言议：评论。此指对人的品评。假人：让人。南朝宋刘义庆《世说新语·方正》："孝武问王爽：'卿何如卿兄？'王答曰：'风流秀出，臣不如恭，忠孝亦何可假人！'"

❸用：以。嗟赏：叹赏。

❹忘言：谓心中领会其意，不须用言语来说明。语本《庄子·外物》："言者所以在意，得意而忘言。"

❺博综：博通。

❻披文：披阅文章。摘句：摘录文章诗歌之句。

❼心伏：犹心服。

❽解颐：谓开颜欢笑。语出《汉书·匡衡传》："无说《诗》，匡鼎来。匡说《诗》，解人颐。"

❾相得：彼此投合。

吾监抚之暇[1]，事隙之辰，颇用谈笑娱情，琴尊闲作。雅篇艳什[2]，迭互锋起[3]。每清风朗月，美景良辰，对群山之参差，望巨波之滉瀁(huàng yǎng)[4]。或玩新花，时观落叶；既听春鸟，又聆秋雁。未尝不促膝举觞，连情发藻[5]，且代琢磨[6]，间以嘲谑(xuè)[7]。俱怡耳目，并留情致。直抒胸臆，全不雕琢，由气格清华，故无一笔生涩。不图亡主竟获如此佳文，我斥其人，我不能不怜其才也。

❶监抚：监察抚慰。

❷艳什：艳美的诗篇。

❸迭互：交互，轮流。锋起：通"蜂起"。喻纷纷发生。

❹滉瀁：水深广貌。《三国志·吴志·薛综传》："加又洪流滉瀁，有成山之难，海行无常，风波难免。"

❺发藻：显示文采。汉班固《答宾戏》："近者陆子优游，《新语》以兴，董生下帷，发藻儒林。"

❻代：更迭，交替。《楚辞·离骚》："日月忽其不淹兮，春与秋其代序。"王逸注："代，更也。"琢磨：道德学问方面互相研讨勉励。语本《诗·卫风·淇奥》："有匪君子，如切如磋，如琢如磨。"

❼间:间杂,夹杂。嘲谑:调笑戏谑。

自谓百年为速,朝露可伤❶。岂谓玉折兰摧❷,遽(jù)从短运❸。为悲为恨,当复何言?遗迹余文,触目增泫(xuàn)❹。绝弦投笔❺,恒有酸恨❻。情哀理感,能令铁石人动心。以卿同志,聊复叙怀。涕之无从,言不写意。

❶朝露可伤:《汉书·苏武传》:"人生如朝露,何久自苦如此!"颜师古注:"朝露见日则晞,人命短促亦如之。"朝露,比喻存在时间短促。

❷玉折兰摧:比喻贤者丧亡。南朝宋刘义庆《世说新语·言语》:"毛伯成既负其才气,常称'宁为兰摧玉折,不作萧敷艾荣'。"

❸遽:疾速。短运:短命

❹泫:水下滴。此指流泪。

❺绝弦:断绝琴弦。《吕氏春秋·本味》:"伯牙鼓琴,钟子期听之。方鼓琴而志在太山,钟子期曰:'善哉乎鼓琴,巍巍乎若太山。'少选之间,而志在流水,钟子期又曰:'善哉乎鼓琴,汤汤乎若流水。'钟子期死,伯牙破琴绝弦,终身不复鼓琴,以为世无足复为鼓琴者。"后遂以"绝弦"喻失去知音。

❻酸恨:悲痛遗憾。

为王宽与妇义安主书 王宽，琅玡临沂人，固子。官至司徒左长史、侍中。

伏知道[1]

该代拟之作抒写别妻后缠绵悱恻的相思。

昔鱼岭逢车[2]，芝田息驾[3]，虽见妖婳(yáo)[4]，终成挥忽[5]。遂使家胜阳台[6]，为欢非梦；人惭萧史[7]，相偶成仙。轻扇初开[8]，欣看笑靥；长眉始画，愁对离妆。柔情绮语，黯然魂销。

❶伏知道：南朝陈人。祖籍平昌安丘（今属山东）。生卒年不详。

❷鱼岭逢车：《搜神记》卷一："弦超，字义起。以嘉平中夜独宿，梦有神女来从之。自称天上玉女，东郡人，姓成公，字知琼。……遂为夫妇。……后人怪问，漏泄其事，玉女遂求去……去后五年。超奉郡使至洛，到济北鱼山下，陌上西行，遥望曲道头有一马车，似知琼。驱驰至前，果是也。"

❸芝田息驾：三国魏曹植《洛神赋》："尔乃税驾乎蘅皋，秣驷乎芝田。"芝田，传说中仙人种灵芝的地方。

❹妖婳：艳丽。此借指美女。

❺挥忽：舞动迅速，引申为迅速或飘忽的样子。

❻阳台：指男女欢会之所。

❼萧史：传说中人物名。相传为春秋秦穆公时人，善吹箫，能致孔雀白鹤于庭。穆公以女弄玉妻之。萧史日教弄玉吹箫作凤鸣，后凤凰来集其屋。穆公筑凤台，使萧史夫妇居其上。数年后，皆随凤凰飞去。见汉刘向《列仙传》。

❽轻扇初开：古代行婚礼时新妇用扇遮脸，交拜后去之。

犹闻徙佩[1]，顾长廊之未尽；尚分行幰(xiǎn)，冀迴陌之难回[2]。广摄(zhé)金屏[3]，莫令愁拥[4]；恒开锦幔(màn)[5]，速望人归。镜台新去，应余落粉；熏炉未徙，定有余烟。泪滴芳衾，锦花常湿；愁随玉轸[6]，琴鹤恒惊。几回搔首，一声长叹，凄绝媚绝。

❶犹闻徙佩：还能听到移动时佩带上饰物发出的声响。

❷尚分二句：车辆离去时，道路遥远而难以回还。“冀”字疑误。幰，车帷。此指幰车，施有帘幔的车子。

❸摄：折叠。《仪礼·士昏礼》：“纳征，执皮摄之，内文，兼执足。”

❹拥：聚，聚集。

❺幔：垂直悬挂作遮挡用的大块帷幕。

❻轸：弦乐器上系弦线的小柱，可转动以调节弦的松紧。

已觉锦水丹鳞，素书稀远[1]；玉山青鸟[2]，仙使难通。彩笔试操[3]，香笺遂满；行云可托[4]，梦想还劳[5]。九重千日[6]，讵忆倡家；单枕一宵，便如荡子[7]。当令照影双来，一鸾羞镜[8]；弗使窥窗独坐，嫦娥笑人[9]。未免有情，谁能遣此？

❶锦水二句：汉蔡邕《饮马长城窟行》：“呼儿烹鲤鱼，中有尺素书。长跪读素书，书中竟何如？”锦水，即锦江。素书，古人以白绢作书，故以称

书信。

❷玉山:古代传说中的仙山。青鸟:神话传说中为西王母取食传信的神鸟。《山海经·西山经》:“又西二百二十里,曰三危之山,三青鸟居之。”郭璞注:“三青鸟主为西王母取食者,别自栖息于此山也。”后遂以“青鸟”为信使的代称。

❸彩笔:《南史·江淹传》:“又尝宿于冶亭,梦一丈夫自称郭璞,谓淹曰:‘吾有笔在卿处多年,可以见还。’淹乃探怀中得五色笔一以授之。尔后为诗绝无美句,时人谓之才尽。”后遂以“彩笔”称五色笔,比喻美妙文才。

❹行云:用巫山神女之典。语本战国楚宋玉《高唐赋序》:“旦为朝云,暮为行雨。”谓神女,亦比喻所爱悦的女子。

❺梦想还劳:谓梦中思念,心神为之疲劳。

❻九重:指宫禁,朝廷。

❼荡子:指辞家远出、羁旅忘返的男子。

❽一鸾羞镜:《太平御览》卷九一六引南朝宋范泰《鸾鸟诗》序:“昔罽宾王结罝峻祁之山,获一鸾鸟,王甚爱之,欲其鸣而不致也。乃饰以金樊,飨以珍羞。对之逾戚,三年不鸣。夫人曰:‘闻鸟见其类而后鸣,何不县镜以映之!’王从言。鸾睹影感契,慨焉悲鸣,哀响中霄,一奋而绝。”后常以“分鸾”、“离鸾”、“孤鸾”喻指夫妻分离。

❾嫦娥:《淮南子·览冥训》:“羿请不死之药于西王母,姮娥窃以奔月。”高诱注:“姮娥,羿妻。羿请不死之药于西王母,未及服之,姮娥盗食之,得仙,奔入月中,为月精也。”嫦娥奔月后亦孑然一身,故相嗤笑。

复王少保书[1] 少保，名褒，字子渊。姓名字与汉王褒并同，惟里居各异，汉为蜀郡人，此则琅玡人也。近人每多沿误。

周弘让[2]

该篇追忆昔欢、感慨流年，表达对远方故人的思念和宽慰。

甚矣悲哉！此之为别也。云飞泥沉[3]，金铄(shuò)兰灭[4]。玉音不嗣[5]，瑶华莫因[6]。家兄至自镐京[7]，致来书于穷谷[8]。故人之迹，有如对面。开题申纸[9]，流脸沾膝[10]。

❶王少保：王褒，字子渊，琅邪临沂人，王规之子。约卒于周武帝天和末年，年六十四岁。曾为太子舍人。少保：指太子少保，辅导太子的官。

❷周弘让：约498～577年。字不详，汝南安城(今河南汝南东南)人。

❸云飞泥沉：比喻显达和沉沦。云飞谓友，泥沉谓己。《后汉书·逸民传·矫慎》："(吴苍)遗书以观其志曰：'仲彦足下，勤处隐约，虽乘云行泥，栖宿不同，每有西风，何尝不叹！'"云在天，泥在地，后因用"云泥"比喻两物相去甚远，差异很大。

❹金铄：谓金为火所销熔。语本《史记·天官书》："火与水合为焠，与金合为铄，为丧，皆不可举事。"

❺玉音：对别人言辞的敬称。三国魏曹植《七启》："将敬涤耳，以听玉音。"

❻瑶华：比喻诗文的珍美，亦用以对人诗文的美称。因：沿袭，承袭。

❼家兄：对人称己兄。至自镐京：谓从镐京来到这里。镐京，古都名，西周国都，故址在今陕西西安西南沣水东岸。此代指北周都城长安。

❽致：送达。

❾题：特指在书札的封口上签押。申：伸展，展开。

❿流脸沾膝：形容眼泪奔流的样子。

江南燠（yù）热❶，橘柚冬青；渭北沍寒❷，杨榆晚叶。情在景中，丽而不缛。土风气候❸，各集所安❹。餐卫适时❺，寝兴多福❻。甚善甚善。与弟分袂西陕❼，言反东区（ōu）❽，虽保周陂❾，还依蒋径❿。三荆离析⓫，二仲不归⓬。麋鹿为曹⓭，更多悲绪。丹经在握⓮，贫病莫谐⓯，芝（zhú）术可求⓰，聊因采缀⓱。

❶燠热：炎热。

❷沍寒：寒气凝结，谓极为寒冷。

❸土风：当地的风俗。

❹集：栖息，引申指居住。

❺餐卫：谓饮食调养。

❻寝兴：睡下和起床，泛指日夜或起居。

❼分袂：离别。西陕：即陕西。《公羊传·隐公五年》："自陕而东者，周公主之，自陕而西者，召公主之。"

❽言：助词。无义。东区：犹东瓯，温州及浙江省南部沿海地区的别称。

❾周陂：《后汉书·周燮传》："燮生而钦（曲貌）颐折頞（鼻梁），丑状骇人。……有先人草庐结于冈畔，下有陂田，常肆勤以自给，非身所耕渔则不食也。乡党、宗族希得见者，举孝廉、贤良方正、特征，皆以疾辞。延光二年，安帝以玄纁羔币聘燮，及南阳冯良二郡各遣丞掾致礼，宗族更劝之

曰：'夫修德立行，所以为国，自先世以来，勋宠相承，君独何为守东冈之陂乎？'夔曰：'吾既不能隐处巢穴，追绮季之迹，而犹显然不远父母之国，斯固以滑泥扬波同其流矣。'"

❿蒋径：汉赵岐《三辅决录》载，蒋诩归乡里，荆棘塞门，舍中有三径，不出，唯裘仲、羊仲从之游。后因以"三径"指归隐者的家园。

⓫三荆：一株三枝的荆树。《艺文类聚》卷八九引周景式《孝子传》："古有兄弟，忽欲分异，出门见三荆同株，接叶连阴，叹曰：'木犹欣聚，况我而殊哉！'还为雍和。"诗文中常以喻同胞兄弟。晋陆机《豫章行》："三荆欢同株，四鸟悲异林。"

⓬二仲：指汉羊仲、裘仲。晋陶潜《与子俨等疏》："但恨邻靡二仲，室无莱妇，抱兹苦心，良独内愧。"

⓭曹：指相偶，相匹。

⓮丹经：讲述炼丹术的专书。

⓯谐：和合。《书·舜典》："八音克谐，无相夺伦，神人以和。"

⓰芝术：药草名，南朝宋谢灵运《昙隆法师诔》："茹芝术而共饵，披法言而同卷。"术，草名，多年生草本，有白术、苍术等数种。根茎可入药。芝，灵芝。

⓱聊因：姑以。缀：连接，这里有"集"的意思。

昔吾壮日，及弟富年❶，俱值邕熙❷，并欢衡泌(bì)❸。《南风》雅操，清商妙曲❹。弦琴促坐❺，无乏名晨❻；玉沥(lì)金华❼，冀获难老❽。婉转流利。不虞一旦❾，翻覆波澜❿，吾已愒(kài)阴⓫，弟非茂齿⓬。禽尚之契⓭，各在天涯。永念生平，难为胸臆⓮。

❶富年：《文选·枚乘〈七发〉》："今时天下安宁，四宇和平，太子方富于

年。”李善注：“凡人之幼者，将来之岁尚多，故曰富也。”后因以“富年”指少壮之时。

❷邕熙：和洽兴盛，指太平盛世。邕，通“雍”。

❸衡泌：谓隐居之地。语本《诗·陈风·衡门》：“衡门之下，可以栖迟，泌之洋洋，可以乐饥。”朱熹集传：“此隐居自乐而无求者之词。言衡门虽浅陋，然亦可以游息；泌水虽不可饱，然亦可以玩乐而忘饥也。”

❹南风二句：《后汉书·仲长统传》：“弹《南风》之雅操，发清商之妙曲。”南风，古代乐曲名，相传为虞舜所作。《礼记·乐记》：“昔者舜作五弦之琴，以歌《南风》。”雅操，雅正的乐曲。

❺弦：弹奏弦乐。《诗·郑风·子衿》“子宁不嗣音”毛传：“古者教以诗乐，诵之，歌之，弦之，舞之。”孔颖达疏：“弦之，谓以琴瑟播之。”

❻无乏名晨：不详。

❼玉沥：玉膏，传说服之即得仙道。北周庾信《周谯国公夫人步陆孤氏墓志铭》：“是以天厉之疾，遂成沉痼。玉沥难开，金膏实远。”倪璠《庾子山集》注：“玉沥，玉膏也。”金华：指色彩金黄艳丽的花朵。《抱朴子》：“肘后丹法以金华和丹，向日和之，光与日连，服之长生。”

❽难老：犹长寿，多用作祝寿之辞。《诗·鲁颂·泮水》：“既饮旨酒，永锡难老。”郑玄笺：“已饮美酒，而长赐其难使老。难使老者，最寿考也。”

❾虞：猜度，料想。

❿翻覆波澜：喻祸福无常。晋陆机《君子行》：“休咎相乘蹑，翻覆若波澜。”

⓫愒阴：荒废光阴，引申指暮年。

⓬茂齿：壮年。

⓭禽尚：禽庆和尚长。《后汉书·向长传》：“向长字子平，河内朝歌人也。隐居不仕，性尚中和，好通《老》、《易》。贫无资食，好事者更馈焉，受之，取足而反其余。……建武中男女娶嫁既毕，敕断家事勿相关，当如我死也。于是遂肆意与同好北海禽庆俱游五岳名山，竟不知所终。”《高士

传》"向"字作"尚"。

⑭难为胸臆:难以为情。

正当视阴数箭[1],排愁破涕。人生乐耳,忧戚何为[2]?愤激无聊,不可一切。读此则笔可掷,砚可焚矣。岂能遽悲次房[3],游魂不返;远伤金彦[4],骸柩无托。但愿爱玉体,珍金相[5],保期颐[6],享黄发[7]。犹冀苍雁赪鲤,时传尺素[8];清风朗月,俱寄相思[9]。情款异常,语不靡激。子渊子渊,长为别矣。握管操觚(gū)[10],声泪俱咽。

①视阴数箭:意谓珍惜光阴。阴,日影。箭,古代置定时器漏壶下用以指示时刻之物。

②人生二句:活着是为了行乐而已,为何要忧伤呢?

③次房:汉温序字。据《后汉书·独行列传》载,温序字次房,太原祁人。迁护羌校尉。行部至襄武,为隗嚣别将苟宇所拘劫。宇迫之降,不从,遂伏剑而死。光武闻而怜之,命其从事忠送丧到洛阳,赐城傍为冢地。长子寿,服竟为邹平侯相。梦序告之曰:"久客思乡里。"寿即弃官,上书乞骸骨归葬。帝许之。

④金彦:原作"金产",今改。据《后汉书·独行列传》载,王忳字少林,广汉新都人。忳尝诣京师,于空舍中见一书生疾困。书生谓忳曰:"我当到洛阳,而被病,命在须臾。腰下有金十斤,愿以相赠,死后乞藏骸骨。"忳即鬻金营葬,余金悉置棺下。后偶遇其父,其父曰:"是我子也。姓金名彦。前往京师,不知所在,何意卿乃葬之。"

⑤金相:指对方身体,意近"玉体"。《诗·大雅·棫朴》:"追琢其章,金玉其相。"毛传:"相,质也。"南朝梁刘勰《文心雕龙·辨骚》:"金相玉式,艳溢

锱毫。”

❻期颐：一百岁。语本《礼记·曲礼上》：“百年曰期颐。”

❼黄发：指老年。《书·秦誓》：“虽则云然，尚猷询兹黄发，则罔所愆。”

❽犹冀二句：旧有鱼雁传书之说。《汉书·苏武传》：“（常惠）教使者谓单于，言天子射上林中，得雁，足有系帛书，言武等在某泽中。”汉蔡邕《饮马长城窟行》：“呼儿烹鲤鱼，中有尺素书。长跪读素书，书中竟何如？”尺素，小幅的绢帛。

❾清风二句：刘义庆《世说新语·德行》：“清风朗月，辄思玄度。”

❿握管：执笔，谓书写或作文。操觚：执简，谓写作。《急就篇》卷一：“急就奇觚与众异。”颜师古注：“觚者，学书之牍，或以记事，削木为之，盖简之属也……其形或六面，或八面，皆可书。觚者，棱也，以有棱角，故谓之觚。”

与阳休之书

休之，字子烈，右北平无终人。初仕魏，历齐及周，累官纳言、太子少保，除和州刺史，隋开皇二年罢任。

祖鸿勋❶

该篇自表出世之怀，并对朋友沽名钓誉的行径深表反感与不屑。

阳生大弟❷：吾比以家贫亲老❸，时还故郡。在本县之西界，有雕山焉。其处闲远，水石清丽，高岩四匝，良田数顷。家先有野舍于斯，而遭乱荒废，今复经始❹。即石成基，凭林起栋。萝生映宇，泉流绕阶。月松风草，缘庭绮合❺；日华云实❻，旁沼星罗❼。衰乱之世，能息心岩岫，甚不可多得。文亦幽峭玲珑，饶有两晋风力。檐下流烟，共霄气而舒卷；园中桃李，杂松柏而葱蒨❽。

❶祖鸿勋：北魏时人，生卒年不详。涿郡范阳（今北京）人。曾辞官，寄情山水。后任高阳太守。为官清正，为时人所称。信奉老庄思想。

❷大弟：对朋辈中年龄小于己者的亲切称呼。

❸比：近日，近来。

❹经始：开始营建。《诗·大雅·灵台》："经始灵台，经之营之。"

❺绮合:如各色锦绮会合在一起。
❻日华:阳光下的花朵。云实:生于山巅多云处的果实。
❼旁沼星罗:依傍池沼像星辰一样散布。旁,同“傍”。
❽葱蒨:草木青翠茂盛貌。

时一牵裳涉涧[1],负杖登峰。心悠悠以孤上[2],身飘飘而将逝。杳然不复自知在天地间矣[3]。旷怀雅量,弥率弥真。若此者久之,乃还所住。孤坐危石,抚琴对水;独咏山阿(ē)[4],举酒望月。听风声以兴思,闻鹤唳(lì)以动怀[5]。企庄生之逍遥[6],慕尚子之清旷[7]。首戴萌蒲[8],身衣缊(yùn)袯(bó)[9],出艺粱稻[10],归奉慈亲。缓步当车,无事为贵。斯已适矣,岂必抚麈(zhǔ)哉[11]?一清闲如此,一喧闹如彼,不可以道里计矣。

❶牵裳:撩起下衣。
❷孤上:犹孤高。
❸杳然:犹悠然。
❹阿:大的丘陵。《诗·小雅·菁菁者莪》:“菁菁者莪,在彼中阿。”
❺唳:鹤鸣。
❻企:盼望,希望。庄生:即庄周。
❼尚子:指东汉尚长。李善注引嵇康《高士传》:“尚长,字子平,河内人。隐居不仕。为子嫁娶毕,敕家事断之:勿复相关,当如我死矣。”清旷:清明旷达。
❽萌蒲:竹笠。
❾缊袯:指粗陋的防雨衣。
❿艺:种植。

⓫麈：鹿类。此为“麈尾”的省称。古人闲谈时执以驱虫、掸尘的一种工具，在细长的木条两边及上端插设兽毛，或直接让兽毛垂露外面，类似马尾松。古人清谈时必执麈尾，相沿成习，为名流雅器，不谈时，亦常执在手。

而吾子既系名声之缰锁，就良工之剞劂(jī jué)❶。振佩紫台之上❷，鼓袖丹墀(chí)之下❸。采金匮之漏简❹，访玉山之遗文❺，敝精神于丘坟❻，尽心力于河汉❼。摛(chī)藻期之鞶(pán)绣❽，发议必在芬芳。

❶剞劂：刻镂的刀具。《楚辞·严忌〈哀时命〉》：“握剞劂而不用兮，操规矩而无所施。”洪兴祖补注引应劭曰：“剞，曲刀。劂，曲凿。”

❷紫台：犹紫宫，指帝王所居。

❸丹墀：指宫殿的赤色台阶。

❹金匮：铜制的柜，古时用以收藏文献或文物。

❺玉山：指群玉之山。《穆天子传》卷二：“天子北征，东还，乃循黑水，癸巳，至于群玉之山……先王之所谓策府。”郭璞注：“言往古帝王以为藏书册之府，所谓藏之名山者也。”

❻丘坟：传说中的古代典籍《九丘》《三坟》的简称，后泛指典籍。

❼河汉：汉王充《论衡·案书》：“汉作书者多，司马子长、扬子云，河汉也，其余泾渭也。”此指文章辞赋。

❽摛藻：铺陈辞藻，意谓施展文才。汉班固《答宾戏》：“虽驰辩如涛波，摛藻如春华，犹无益于殿最也。”鞶绣：汉扬雄《法言·寡见》：“今之学也，非独为之华藻也，又从而绣其鞶帨。”后以“鞶绣”形容事物绚丽、华美。鞶，古代男子束衣的腰带，革制，常用佩玉饰。

兹自美耳❶，吾无取焉。尝试论之，夫昆峰积玉，光泽者前毁；瑶山丛桂[2]，芳茂者先折。此一服清凉散耳，彼营营于名缰利锁者，其肯尝之否耶？是以东都有挂冕之臣[3]，南国见捐情之士[4]。斯岂恶粱锦[5]，好蔬布哉[6]？盖欲保其七尺[7]，终其百年耳[8]。非一味矫情，只是勘破名根耳。老年奔走宦途，不知止足，读此当颜变愧生矣。

❶自美：自以为美。《庄子·山木》："其美者自美，吾不知其美也。"

❷瑶山：传说中的仙山。

❸挂冕：即"挂冠"。晋袁宏《后汉纪·光武帝纪五》："（逢萌）闻王莽居摄，子宇谏，莽杀之。萌会友人曰：'三纲绝矣，祸将及人。'即解衣冠，挂东都城门，将家属客于辽东。"

❹捐情：舍弃私欲。

❺粱锦：指精美的衣食。

❻蔬布：指粗略的衣食。

❼七尺：指身躯。人身长约当古尺七尺，故称。南朝梁沈约《齐太尉王俭碑铭》："倾方寸以奉国，忘七尺以事君。"

❽百年：一生，终身。

今弟官位既达，声华已远[1]。象由齿毙[2]，膏用明煎[3]。既览老氏谷神之谈[4]，应体留侯止足之逸[5]。若能翻然清尚[6]，解佩捐簪[7]，则吾于兹山庄可办[8]。一得把臂入林[9]，挂巾垂枝；携酒登巘（yǎn）[10]，舒席平山[11]。蓬山此去无多路。道素志[12]，论旧款[13]，访丹法，语玄书[14]，斯亦乐矣，何必富贵乎？

❶声华：美好的名声。

❷象由齿毙：《左传·襄公二十四年》："象有齿以焚其身，贿也。"后以

“象齿焚身”比喻以财宝招祸。

❸膏用明煎:《庄子·人间世》:“山木自寇也,膏火自煎也。”喻人因有才能或有财产而得祸。

❹老氏:指老子。谷神:古代道家用语。《老子》:“神得一以灵,谷得一以盈。”又:“谷神不死。”《列子·天瑞》引“谷神不死”句,谓出自黄帝书。谷,山谷;神,一种渺茫恍惚无形之物。谷神即指空虚无形而变化莫测、永恒不灭的“道”。《老子》“谷神不死”三国魏王弼注:“谷中央无谷也。无形无影,无逆无违,处卑不动,守静不衰,谷以之成而不见其形,此至物也。”

❺留侯止足:《史记·留侯世家》:“留侯乃称曰:‘家世相韩。及韩灭,不爱万金之资为韩报雠强秦,天下振动。今以三寸舌为帝者师,封万户,位列侯,此布衣之极,于良足矣。愿弃人间事,欲从赤松子游耳。’”留侯即张良。

❻翻然:迅速转变貌。清尚:清白高尚。

❼解佩:佩是古代文官朝服上的饰物,因谓脱去朝服辞官为“解佩”。捐簪:意谓辞官。

❽办:置办,筹措。

❾一得:一旦得以。把臂入林:谓与友人一同归隐。南朝宋刘义庆《世说新语·赏誉》:“谢公道:‘豫章若遇七贤,必自把臂入林。’”七贤,指竹林七贤。

❿巘:上大下小的山。

⓫舒席平山:铺陈的座垫与山齐平,意谓在山巅坐卧。

⓬素志:平素的志愿。

⓭旧款:旧情。

⓮玄书:指道家典籍。

去矣阳子❶,途乖趣别。缅寻此旨❷,杳若天汉❸。热病无一人不染,冷药无一人肯服,有心者恒代为滋泪也。已矣哉!书不尽言。

❶去矣:走开吧。

❷缅:远。

❸天汉:银河。《诗·小雅·大东》:“维天有汉,监亦有光。”毛传:“汉,天河也。”

与周弘让书

观弘让答书，音节哀亮，同此一辙。所谓伯仲伊吕，未可轻为抑扬也。

王　褒[1]

该篇怀旧伤今，嗟老悲遥，抒发对远人的深切思念。

嗣宗穷途[2]，杨朱歧路[3]。征蓬长逝[4]，流水不归[5]。舒惨殊方，炎凉异节[6]。木皮春厚[7]，桂树冬荣[8]。想摄卫惟宜[9]，动静多豫[10]。贤兄入关[11]，敬承款曲[12]。犹依杜陵之水[13]，尚保池阳之田[14]。铲迹幽溪[15]，销声穷谷。峭炼。何其愉乐！幸甚幸甚。

❶王褒:字子渊,琅邪临沂人。约卒于周武帝天和末年。

❷嗣宗穷途:《晋书·阮籍传》:“(籍)时率意独驾,不由径路,车迹所穷,辄痛哭而返。”嗣宗为阮籍之字。

❸杨朱歧路:《荀子·王霸》:“杨朱哭衢涂,曰:‘此夫过跬步而觉跌千里者夫!’哀哭之。”衢涂,指歧路。

❹征蓬:犹飘蓬,比喻飘泊的旅人。

❺流水不归:《后汉书·何进传》:“国家之事,亦何容易!覆水不可收。宜深思之。”

❻舒惨二句：意谓寒暑不一，时令不同。意在说明两人天各一方。舒惨，语出《文选·张衡〈西京赋〉》："夫人在阳时则舒，在阴时则惨。"薛综注："阳谓春夏，阴谓秋冬。"李善注引《春秋繁露》："春之言犹偆也，偆者，喜乐之貌也。秋之言犹湫也，湫者，忧悲之状也。"后以"舒惨"作为表示"苦乐"、"好坏"、"阴晴"、"丰歉"等两个对立概念并举的词语。殊方，不同的地方。

❼木皮春厚：《汉书·晁错传》："胡貉之地，积阴之处也。木皮三寸，冰厚六尺。"木皮，树皮。

❽桂树冬荣：《楚辞·远游》："嘉南州之炎德兮，丽桂树之冬荣。"冬荣，草木冬季茂盛或开花。

❾摄卫：摄食保养。

❿豫：安乐，安逸。

⓫贤兄：尊称他人之兄。

⓬敬承款曲：恭敬地接受(对方的)心意。款曲，心曲，内心深处。

⓭杜陵：地名，在今陕西西安东南。古为杜伯国。秦置杜县。汉宣帝筑陵于东原上，因名杜陵，并改杜县为杜陵县。汉蒋诩曾隐居于此。

⓮池阳：《汉书·沟洫志》："田于何所？池阳谷口。郑国在前，白渠起后。"池阳，古县名，治所在今陕西泾阳西北。

⓯铲：铲除，消灭。

弟昔因多疾，亟(qì)览九仙之方❶；晚涉世途，常怀五岳之举❷。同夫关令，物色异人❸；譬彼客卿，服膺高士❹。上经说道❺，屡听玄牝(pìn)之谈❻；中药养神❼，每禀丹砂之说❽。顷年事遒尽❾，容发衰谢。芸(yùn)其黄矣❿，零落无时⓫。还念生涯，繁忧总集。视阴愒(kài)日⓬，犹赵孟之徂(cú)年⓭；负杖行吟，同刘琨之积惨[14]。河阳北临[15]，空思巩县[16]；霸陵南望，还见长安[17]。所冀书生之魂，来依旧壤；射声之鬼，无恨他乡[18]。数语酸凄入骨，情何以堪？白云在天[19]，长离别矣，会见之期，邈无日矣。援笔揽纸[20]，龙钟横集[21]。

❶亟：屡次，一再。九仙之方：泛指各类仙方。

❷五岳之举：《后汉书·向长传》："向长隐居不仕，与同好北海禽庆俱游五岳名山，不知所终。"《高士传》"向"字作"尚"。

❸同夫二句：《史记·老子韩非列传》："（老子）至关，关令尹喜曰：'子将隐矣，强为我著书。'"裴骃集解引《列仙传》："关令尹喜者，周大夫也……老子西游，喜先见其气，知真人当过，候物色而迹之，果得老子。老子亦知其奇，为著书。与老子俱之流沙之西，服巨胜实，莫知其所终。"物色，辨认。

❹譬彼二句：《史记·蔡泽传》："蔡泽者，燕人也。游学干诸侯，小大甚众，不遇，而从唐举相，曰：'吾闻先生相李兑曰：百日之内持国秉政，有之乎？'曰：'有之。'曰：'若臣者何如？'唐举孰视而笑曰：'先生曷鼻、巨肩、魋颜、蹙齃、膝挛，吾闻圣人不相，殆先生乎。'……秦昭王召见与语，大说之，拜为客卿。"客卿指燕人蔡泽，高士指唐举。

❺上经：上乘的经典。

❻玄牝：道家指孳生万物的本源，比喻道。《老子》："玄牝之门，是谓天地之根。"苏辙解："玄牝之门，言万物自是出也，天地自是生也。"

❼中药：平和的药物。三国魏嵇康《养生论》："故神农曰：'上药养命，中药养性'者，诚知性命之理，因辅养以通也。"

❽禀：领受，承受。丹砂：即朱砂。

❾顷：近来。年事：年岁，年纪。遒：迫近。《楚辞·招魂》："分曹并进，遒相迫些。"

❿芸其黄矣:《诗·小雅·苕之华》:“苕之华,芸其黄矣。”芸黄,草木枯黄貌。

⓫无时:没有多久了。

⓬阴:日影。愒:荒废。

⓭赵孟之徂年:《左传·召公元年》:“(秦后子)见赵孟。……赵孟曰:‘秦君何如?’对曰:‘无道。’赵孟曰:‘亡乎?’对曰:‘何为? 一世无道,国未艾也,国于天地有与立焉,不数世淫,弗能毙也。’赵孟曰:‘天乎?’对曰:‘有焉。’赵孟曰:‘其几何?’对曰:‘针闻之,国无道而年谷和熟,天赞之也,鲜不五稔。’赵孟视荫曰:‘朝夕不相及,谁能待五?’后子出而告人曰:‘赵孟将死矣,主民,玩岁而愒日,其与几何?’”徂年,逝去的年华,此指度日。

⓮负杖二句:刘琨《答卢谌书》:“块然独立,则哀愤两集,负杖行吟,则百忧俱至。”惨,忧愁。

⓯河阳:县名,故址在今河南孟州西。晋潘岳曾任河阳令。

⓰巩县:《文选·潘岳〈西征赋〉》“眷巩洛而掩涕,思缠绵于坟茔。”李善注:“巩洛,二县名也。《河南郡图经》曰:‘潘岳父冢,巩县西南二十五里。’”

⓱霸陵二句:《文选·王粲〈七哀诗〉》:“南登霸陵岸,回首望长安。”霸陵,古地名,即灞陵,故址在今陕西西安东。汉文帝葬于此,故称。

⓲射声二句:《后汉书·班超传》:“超自以久在绝域,年老思土。十二年,上疏曰:‘……常恐年衰奄忽僵仆,孤魂弃捐。昔苏武留匈奴中尚十九年,今臣幸得奉节带金银护西域,如自以寿终屯部,诚无所恨……’帝感其言乃征超还。……拜为射声校尉。”射声,汉代武官,射声校尉的简称。

⓳白云在天:《艺文类聚》卷四三:“西王母为天子谣曰:‘白云在天,上陵自出。道里悠远,山川间之。将子无死,尚能复来。’”

⓴援:执,持。

㉑龙钟:沾湿貌。汉蔡邕《琴操·信立退怨歌》:“紫之乱朱,粉墨同兮,空山嘘唏,涕龙钟兮。”

为梁上黄侯世子与妇书[1] 萧悫，字仁祖，梁宗室上黄侯通明之子。齐武定中，为太子洗马，后主时为齐州录事参军，待诏文林馆。

庾 信

该代拟之作抒写回肠断魂的思妻之情。

昔仙人导引，尚刻三秋[2]；神女将梳[3]，犹期九日[4]。未有龙飞剑匣[5]，鹤别琴台[6]，莫不衔怨而心悲，闻猿而下泪[7]。人非新市，何处寻家[8]？别异邯郸，那应知路[9]。想镜中看影，当不含啼[10]；栏外将花，居然俱笑。分杯帐里[11]，却扇床前[12]。故是不思，何时能忆[13]？艳极韵极，恐被鸳鸯妒矣。当学海神，逐潮风而来往[14]；勿如织女，待填河而相见[15]。

❶倪璠《庾子山集》注："《北齐书》曰：萧悫，字仁祖，梁上黄侯晔之子。天保中入国，武平太子洗马。悫工于诗咏，曾秋夜赋诗云：'芙蓉露下落，杨柳月中疏。'为知音所赏，颜氏爱其萧散，宛然在目。颍川荀仲举、琅琊诸葛汉亦以为尔。按，此知悫亦善属文者也。昔陆机入洛有代彦先之词，何逊裁书有为衡山之札，才子词人自能挥翰，而夫妻致词间多代作，此亦感其燕婉之情，代传别恨，可以葛龚无去者也。悫本梁朝宗室，疑江陵陷后随例入关，若非隔绝，即是俘虏。此书摹暂离之状，写永诀之情，茹恨吞

悲，无所投诉，殆亦《江南赋》中‘临江愁思’之类也。”

❷昔仙人二句：干宝《搜神记》卷一：“汉时有杜兰香者，自称南康人氏。以建业四年春，数诣张传。传年十七，望见其车在门外，婢通言：‘阿母所生，遗授配君，可不敬从？’……至其年八月旦，复来。……出薯蓣子三枚，大如鸡子，云：‘食此，令君不畏风波，辟寒温。’”导引，导气引体，古医家、道家的养生术。刻，限定。三秋，指秋季。文中云“其年八月旦”，正是秋季。

❸梳：黎经诰注：“疑作疏。”

❹神女二句：《搜神记》卷一：“弦超，字义起，以嘉平中夜独宿，梦有神女来从之。自称天上玉女，东郡人，姓成公，字知琼。……遂为夫妇。……后人怪问，漏泄其事，玉女遂求去……去后五年。超奉郡使至洛，到济北鱼山下，陌上西行，遥望曲道头有一马车，似知琼。驱驰至前，果是也。……克复旧好。至太康中，犹在。但不日日往来，每于三月三日，五月五日，七月七日，九月九日旦，十五日辄下，往来经宿而去。”九日，指农历九月九日重阳节。

❺龙飞：据《晋书·张华传》载：晋代张华见斗、牛二星之间常有紫气，推知豫章丰城有宝剑。张华派雷焕到丰城，掘狱屋基，得宝剑二把。张华和雷焕各得其一。后张华被诛，其剑顿失。雷焕卒，雷焕之子持剑行经延平津，剑忽于腰间跃出堕水。使人下水取剑，不见剑，但见两龙各长数丈，蟠萦有文章，光彩照水，化而逝去。

❻鹤别：晋崔豹《古今注》卷中：“《别鹤操》，商陵牧子所作也。娶妻五年而无子，父兄将为之改娶。妻闻之，中夜起，倚户而悲啸。牧子闻之，怆然而悲，乃歌曰：‘将乖比翼隔天端，山川悠远路漫漫，揽衣不寝食忘餐！’后人因为乐章焉。”后常指夫妻分离。琴台：作为弹琴场所的一种高而平的建筑物。

❼闻猿而下泪：倪璠《庾子山集》注：“《宜都记》曰：‘猿鸣三声泪沾裳。’以上言兰香下嫁之日，尚有三秋可期，智琼求去之后，犹有九日可会，未有

分两龙于剑匣，别双鹤于琴弦，如今之悲泪也。”

❽人非二句：《西京杂记》卷二：“高帝既作新丰，并移旧社，衢巷栋宇，物色惟旧。士女老幼相携路首，各知其室，放犬羊鸡鸭于通涂，亦竞识其家。”这里反用此典来衬托上黄侯世子（萧悫）背井离乡的凄凉境遇。

❾别异二句：《汉书·张释之传》：“是时慎夫人从，上指视慎夫人新丰道，曰：‘此走邯郸道也。’使慎夫人鼓瑟，上自倚瑟而歌，意凄怆悲怀。”张晏《集解》：“慎夫人，邯郸人也。”谓“世子”与慎夫人当年离乡进宫不同，没有人会告诉他归途。

❿镜中二句：《太平御览》卷九一六引南朝宋范泰《鸾鸟诗》序：“昔罽宾王结罝峻祁之山，获一鸾鸟，王甚爱之，欲其鸣而不致也。乃饰以金樊，飨以珍羞。对之逾戚，三年不鸣。夫人曰：‘闻鸟见其类而后鸣，何不县镜以映之！’王从言。鸾睹影感契，慨焉悲鸣，哀响中霄，一奋而绝。”

⓫分杯：古代婚礼中有合卺之礼，剖一瓠为两瓢，新婚夫妇各执一瓢，斟酒以饮。

⓬却扇：古代行婚礼时新妇用扇遮脸，交拜后去之。

⓭故是二句：意谓除了对昔日美好时光的回忆外，还有什么可以思念的呢？

⓮当学二句：《神异经·西荒经》：“西海水上有人，乘白马朱鬣，白衣玄冠，从十二童子，驶马西海水上，如飞如风，名曰河伯使者。”《吴越春秋》卷三：“乃弃其（伍子胥）躯，投之江中，子胥因随流扬波，依潮来往，荡激崩岸。”《水经注·渐江水》“北过余杭，东入于海”郦道元注：“昔子胥亮于吴，而浮尸于江，吴人怜之，立祠于江上，名曰胥山。……文种诚于越，而伏剑于山阴，越人哀之，葬于重山。文种既葬一年，子胥从海上负种俱去，游夫江海。故潮水之前扬波者，伍子胥；后重水者，大夫种。”伍子胥殁后，精魂随潮汐朝夕至，吴人立其为神以祀之。

⓯勿如二句：《岁华纪丽》卷三引汉应劭《风俗通》佚文：“织女七夕当渡河，使鹊为桥。”《月令广义》引南朝梁殷芸《小说》：“天河之东有织女，天帝

之子也。年年机杼劳役，织成云锦天衣，容貌不暇整。帝怜其独处，许嫁河西牵牛郎，嫁后遂废织纴。天帝怒，责令归河东，但使一年一度相会。"填河，指每年七夕牛郎、织女相会，群鹊衔接为桥以渡银河。

召王贞书[1]

贞好学，善属文。尝举秀才，授县尉，谢病于家。暕为齐王，镇江东。闻其名，以书召之。

杨　暕(jiǎn)[2]

该篇极力褒人之美，以示求贤若渴之心。

夫山藏美玉，光照廊庑之间[3]；地蕴神剑，气浮星汉之表[4]。是知毛遂颖脱，义感平原[5]；孙惠文词，来迁东海[6]。顾循寡薄[7]，有怀髦(máo)彦[8]。藉(jí)甚清风[9]，为日久矣。未获披觌(dí)[10]，良深伫迟(zhì)[11]。

❶王贞：字孝逸，梁郡陈留人。生卒年不详，约隋炀帝大业中前后在世。少聪敏好学，无不毕览。好属文，不治产业，每以讽读为娱。

❷杨暕：585～618年。字世朏，小字阿孩。隋炀帝杨广次子，母为皇后萧氏。

❸夫山藏二句：《尹文子·大道上》："魏田父有耕于野者，得宝玉径尺，弗知其玉也，以告邻人。邻人阴欲图之，谓之曰：'怪石也，畜之弗利其家，弗如复之。'田父虽疑，犹录以归置于庑下。其夜玉明，光照一室，田父称家大怖，复以告邻人。曰：'此怪之征，遄弃，殃可销。'于是遽而弃于远野，邻人无何盗之，以献魏王。"廊庑，厅堂周围的屋。

❹地蕴二句：用晋张华、雷焕事。斗牛之间常有紫气，后张华使雷焕为

丰城令，掘地得二剑，一曰龙泉，一曰太阿。详见《晋书·张华传》。

❺是知毛遂二句：《史记·平原君虞卿列传》："平原君曰：'夫贤士之处世也，譬若锥之处囊中，其末立见……'毛遂曰：'臣乃今日请处囊中耳。使遂蚤得处囊中，乃颖脱而出，非特其末见而已。'"后因以"脱颖"比喻人的才能全部显示出来。

❻孙惠二句：《晋书·孙惠传》："孙惠，字德施，吴国富阳人。……时惠又擅杀颖牙门将梁俊，惧罪，因改姓名以遁。后东海王越举兵下邳，惠乃诡称南岳逸士秦秘之，以书干越。……越即以为记室参军，专职文疏，豫参谋议。除散骑郎、太子中庶子，复请补司空从事中郎。越诛周穆等，夜召参军王廙造表，廙战惧，坏数纸不成。时惠不在，越叹曰：'孙中郎在，表久就矣。'越迁太傅，以惠为军咨祭酒，数咨访得失。每造书檄，越或驿马催之，应命立成，皆有文采。"

❼顾循：一边走一边回头看，引申指反省揣摩。南朝梁沈约《和谢宣城》："顾循良菲薄，何以俪玙璠。"

❽髦彦：杰出的人才。晋葛洪《抱朴子·嘉遁》："而多士云起，髦彦鳞萃。"

❾藉甚：繁多盛大。《史记·郦生陆贾列传》："陆生以此游汉廷公卿闲，名声藉甚。"

❿披觌：开诚相见。

⓫良深伫迟：非常期待。伫迟，企盼，期待。

比高天流火❶，早应凉飙(biāo)❷；凌云仙掌❸，方承清露。南北朝文至隋始大坏，初唐始复，亦时运使然尔。此书犹是六朝剩馥，取其疏鬯磊落，宋人四六宗风，实开于此。想摄卫攸宜❹，与时休适❺。前园后圃，从容丘壑之情；左琴右书，萧散烟霞之外❻。茂陵谢病，非无《封禅》之文❼；彭泽遗荣，先有《归来》之作❽。优游儒雅❾，何乐如之?

❶比:近来。流火:《诗·豳风·七月》:"七月流火,九月授衣。"孔颖达疏:"于七月之中,有西流者,是火之星也,知是将寒之渐。"火指大火星(即心宿)。夏历五月的黄昏,火星在中天,七月的黄昏,星的位置由中天逐渐西降。后多借指农历七月暑渐退而秋将至之时。

❷飙:旋风,暴风,泛指风。

❸仙掌:汉武帝为求仙,在建章宫神明台上造铜仙人,舒掌捧铜盘玉杯,以承接天上仙露,后称承露金人为仙掌。汉张衡《西京赋》:"立修茎之仙掌,承云表之清露。"

❹摄卫:饮食保养。

❺休适:美好舒适。

❻萧散:犹萧洒,形容举止、神情、风格等自然,不拘束,闲散舒适。

❼茂陵二句:《史记·司马相如传》:"相如既病免,家居茂陵。天子曰:'司马相如病甚,可往从悉取其书,若不然,后失之矣。'使所忠往,而相如已死,家无书。问其妻,对曰:'长卿固未尝有书也。时时著书,人又取去,即空居。长卿未死时,为一卷书,曰有使者来求书,奏之。无他书。'其遗札书言封禅事,奏所忠。忠奏其书,天子异之。"茂陵,古县名,治在今陕西兴平东北。武帝筑茂陵,置为县,属右扶风。汉司马相如病免后家居茂陵,后因用以指代相如。

❽彭泽二句:陶渊明辞彭泽县令而归隐,赋《归去来兮辞》。彭泽,县名,汉代始设,在今江西北部。晋陶潜曾为彭泽令,因以"彭泽"借指陶潜。遗荣,谓抛弃荣华富贵,超脱尘世。

❾优游:谓从容致力于某事。儒雅:指儒术。

余属当藩屏❶,宣条扬越❷。坐棠听讼❸,事绝咏歌;攀桂摛(chī)词❹,眷言高遁❺。写情如诉,流美不涩。至于扬旌北渚❻,

飞盖西园❼，托乘乏应刘❽，置醴阙申穆❾。背淮之宾❿，徒闻其语；趋燕之客⓫，罕值其人⓬。

❶属：正，恰。藩屏：比喻守卫国家的重臣。

❷宣条：宣谕朝廷的法令条文。扬越：我国古族名，百越的一支。战国至魏晋时为对越人的泛称。时杨暕镇江东，故云。

❸坐棠：传说周武王时，召伯巡行南国，曾憩甘棠树下，听讼决狱，百姓各得其所，赋诗以怀其德。见《诗·召南·甘棠》、汉应劭《风俗通·皇霸》。后以"坐棠"为称颂官吏德政之典。

❹攀桂：攀援或攀折桂枝。语本汉淮南小山《招隐士》："攀援桂枝兮聊淹留。"摛：铺陈。

❺眷言：回顾貌。言，词尾。《诗·小雅·大东》："睠言顾之，潸焉出涕。"睠言，同"眷言"。高遁：高隐。

❻扬旌北渚：曹丕《与吴质书》："时驾言出游，北遵河曲。"扬旌，高扬旌旗，此指出游时飘展的旗罗伞盖。

❼飞盖西园：三国魏曹植《公宴诗》："清夜游西园，飞盖相追随。"飞盖，驱车。西园，园林名，在河北临漳邺县旧治北，传为曹操所建。

❽托乘："托乘后车"的省称，谓充任文学侍从之臣。古代天子车驾出，文学侍从之臣陪乘后车侍宴游，备顾问，故称。应刘：汉末建安文人应玚、刘桢的并称，后亦用以泛称宾客才人。

❾置醴：西汉楚元王刘交敬礼申公、白生、穆生等。穆生不嗜酒，每有宴集，楚元王皆特为穆生置醴。醴，甜酒。后交孙戊嗣立，忘设醴，穆生知其意怠，遂去。见《汉书·楚元王刘交传》。后以"置醴"为崇道尊贤的典实。

❿背淮之宾：邹阳《上吴王书》："臣所以立数王之朝，背淮千里而自致者，非恶臣国而乐吴民也。"背，离开。

⓫趋燕之客：《史记·燕召公世家》："燕昭王于破燕之后即位，卑身厚币

以招贤者。谓郭隗曰:‘齐因孤之国乱而袭破燕,孤极知燕小力少,不足以报。然诚得贤士以共国,以雪先王之耻,孤之愿也。先生视可者,得身事之。’郭隗曰:‘王必欲致士,先从隗始。况贤于隗者,岂远千里哉!’于是昭王为隗改筑宫而师事之。乐毅自魏往,邹衍自齐往,剧辛自赵往,士争趋燕。燕王吊死问孤,与百姓同甘苦。”

⓬值:遇到,碰上。

卿道冠鹰扬❶,声高凤举❷,儒墨泉海❸,词章苑囿(yòu)❹。栖迟衡泌(bì)❺,怀宝迷邦❻,徇兹独善❼,良以於邑(wū yì)❽。今遣行人❾,具宣往意❿。侧望起予⓫,甚于饥渴。想便轻举⓬,副此虚心⓭。无信投石之谈⓮,空慕凿坏(péi)之逸⓯。不甚斲削,然却有劲气。书不尽言,更惭词费。

❶道冠:以道术称冠。鹰扬:大展雄才。三国魏曹植《与杨德祖书》:“昔仲宣独步于汉南,孔璋鹰扬于河朔。”

❷凤举:飘然高举。汉刘歆《甘泉宫赋》:“回天门而凤举,蹑黄帝之明庭。”

❸泉海:犹渊海,深渊和大海,多比喻事物包容深广或荟萃之处。

❹苑囿:古代畜养禽兽供帝王玩乐的园林,多比喻学术文艺荟萃之处。

❺栖迟衡泌:《诗·陈风·衡门》:“衡门之下,可以栖迟,泌之洋洋,可以乐饥。”朱熹集传:“此隐居自乐而无求者之词。言衡门虽浅陋,然亦可以游息;泌水虽不可饱,然亦可以玩乐而忘饥也。”

❻怀宝迷邦:比喻有才德而不为国用。语本《论语·阳货》:“怀其宝而迷其邦,可谓仁乎?”朱熹集注:“怀宝迷邦,谓怀藏道德,不救国之迷乱。”

❼独善:“独善其身”之略语。此指注重自身修养,保持节操。

❽於邑:呜咽。此指叹息。

❾行人:使者的通称。

❿往意:前来的意图。

⓫侧:用作谦词。起予:《论语·八佾》:“子曰:‘起予者,商也,始可与言《诗》已矣。’”何晏集解引包咸曰:“孔子言子夏能发明我意,可与共言《诗》。”后因用为启发自己之意。

⓬想:希望。轻举:轻车行动。

⓭副:相称,符合。虚心:一心向往。

⓮投石:以水投石的省称。比喻意见相左,不能为对方所接受。三国魏李康《运命论》:“张良受黄石之符,诵《三略》之说,以游于群雄。其言也,如以水投石,莫之受也;及其遭汉祖,其言也,如以石投水,莫之逆也。”

⓯凿坏之逸:破墙逃逸。《淮南子·齐俗训》:“颜阖,鲁君欲相之而不肯,使人以币先焉,凿培而遁之。”培,通“坏”,后墙。

移文

指行于不相统属的官署间的公文，亦泛指平行文书。

北山移文

钟山在今江宁府东北。其先，周彦伦隐此，后应诏出为海盐令。秩满入京，欲却过此山，孔乃假山灵意移之，使不得再至。此六朝中极雕绘之作，炼格炼词，语语精辟，其妙处尤在数虚字旋转得法，当与徐孝穆《玉台新咏序》并为唐人轨范。

孔稚珪[1]

该篇借山灵的口吻讽刺假隐士，揭露其表面清高、内心功利的虚伪嘴脸。

钟山之英，草堂之灵[2]，驰烟驿路[3]，勒移山庭[4]。夫以耿介拔俗之标[5]，萧洒出尘之想，度白雪以方絜[6]，干青霄而直上[7]，吾方知之矣。若其亭亭物表[8]，皎皎霞外[9]，芥千金而不盼[10]，屣(xǐ)万乘其如脱[11]，闻凤吹于洛浦[12]，值薪歌于延濑[13]，固亦有焉。

❶孔稚珪:447～501年。字德璋。会稽山阴(今浙江绍兴)人。据《隋书·经籍志》,有集十卷。明代张溥《汉魏六朝百三家集》中辑有《孔詹事集》一卷。

❷钟山二句:萧纲《草堂传》:“汝南周颙,昔经在蜀,以蜀草堂寺林壑可怀,乃于钟岭雷次宗学馆立寺,因名草堂,亦号山茨。”

❸驰烟:《文选》刘良注:“谓山之英灵驱驰烟雾。”神灵往来必有烟云相

随，故称。驿路：驿道，大道。

❹移：即移文。山庭：山林庭院。

❺耿介：正直特立。拔俗：超出凡俗，超越流俗。标：格调，风度。

❻度：比量。方：比。絜：通“洁”，洁净。

❼干：犯，凌驾。

❽亭亭：独立貌。物表：物外，世俗之外。

❾皎皎：洁白貌。

❿芥千金而不盼：《战国策·赵策三》：“平原君乃置酒。酒酣，起前，以千金为鲁连寿。鲁连笑曰：‘所贵于天下之士者，为人排患释难，解纷乱而无所取也。即有所取者，是商贾之人也，仲连不忍为也。’遂辞平原君而去，终身不复见。”芥，小草。此作意动用法，以……为小草。

⓫屣万乘其如脱：《吕氏春秋·观表》：“窃观公之志，视舍天下若舍屣。”屣，鞋。此作意动用法，以……为破鞋。万乘，周制，天子地方千里，能出兵车万乘，因以“万乘”指天子。

⓬闻凤吹于洛浦：汉刘向《列仙传·王子乔》：“王子乔者，周灵王太子晋也。好吹笙作凤凰鸣。游伊洛间，道士浮丘公接上嵩高山。三十余年后，求之于山上，见柏良曰：‘告我家：七月七日待我于缑氏山巅。’至时，果乘鹤驻山头，望之不可到。举手谢时人，数日而去。”洛浦，洛水之滨。

⓭值薪歌于延濑：汉王充《论衡·书虚》：“传言延陵季子出游，见路有遗金。当夏五月，有披裘而薪者。季子呼薪者曰：‘取彼地金来！’薪者投镰于地，瞋目拂手而言曰：‘何子居之高，视之下，仪貌之壮，语言之野也？吾当夏五月，披裘而薪，岂取金者哉！’”延濑，此指延陵。古邑名，春秋吴邑，公子季札因让国避居（一说受封）于此。

岂期终始参差❶，苍黄翻覆❷。泪翟(dí)子之悲❸，恸朱公之哭❹。乍回迹以心染❺，或先贞而后黩(dú)❻，何其谬哉❼？呜呼！尚生不存[8]，仲氏既往[9]，尚子平、仲长统，并汉隐士。山阿寂寥，千载谁赏？

❶终始：从开头到结局。参差：不一致，矛盾。

❷苍黄：《墨子·所染》："见染丝者而叹曰：染于苍则苍，染于黄则黄，所入者变，其色亦变。"以"苍黄"比喻事物变化不定，反复无常。翻覆：反复无常。

❸泪：名词作动词，哭。翟子：指墨翟，即墨子。

❹朱公：指杨朱。《荀子·王霸》："杨朱哭衢途曰：'此夫过举蹞步而觉跌千里者夫！'哀哭之。"意谓在十字路口错走半步，到觉悟后就已经差之千里了，杨朱为此而哭泣。后常用来表达对世道崎岖，担心误入歧途的感伤忧虑，或在歧路的离情别绪。

❺回迹：犹避迹，避藏形迹。以：表转折，相当于"却"。染：沾染，污染。

❻贞：贞洁。黩：污浊。

❼谬：有意谬误，装假，犹"诈"。

❽尚生：指东汉尚长。《文选·谢灵运〈初去郡〉诗》："毕娶类尚子，薄游似邴生。"李善注引嵇康《高士传》："尚长，字子平，河内人。隐居不仕。为子嫁娶毕，敕家事断之：勿复相关，当如我死矣。"

❾仲氏：指汉末仲长统。《文选》李善注引《后汉书》："仲长统，字公理，山阳人也。性俶傥，默语无常，每州郡命召，辄称疾不就。"

世有周子[1]，俊俗之士[2]，既文既博，亦玄亦史。然而学遁东鲁[3]，习隐南郭[4]，偶吹草堂[5]，滥巾北岳[6]，诱我松桂，欺我云壑。造语精绣，却无一字拾人牙慧。虽假容于江皋[7]，乃缨(yīng)情于好爵[8]。其始至也，将欲排巢父[9]，拉(lā)许由[10]，傲百氏[11]，蔑王侯。风情张(zhàng)日[12]，霜气横秋[13]。将高洁一层极意形容，下半转入正面，愈显得龌龊矣。或叹幽人长往[14]，或怨王孙不游[15]。谈空空于释部[16]，核玄玄于道流[17]，务光何足比[18]？涓子不能俦(chóu)[19]。此段应"先贞"二字。

❶周子：指周颙。字彦伦，汝南安城人。曾于钟山西筑舍居之。

❷俊俗：才智高出世俗。

❸东鲁：原指春秋鲁国。《文选》李善注引《庄子》："鲁君闻颜阖得道人也，使人以币先焉……颜阖对曰：'恐听谬而遗使者罪，不若审之。'使者反审之，复来求之，则不得矣。"

❹南郭：《庄子·齐物论》："南郭子綦隐机而坐，仰天而嘘，荅焉似丧其耦。颜成子游立侍乎前，曰：'何居乎？形固可使如槁木，而心固可使如死灰乎？今之隐机者，非昔之隐机者也。'"成玄英疏："楚昭王之庶弟，楚庄王之司马，字子綦。古人淳质，多以居处为号，居于南郭，故号南郭……其人怀道抱德，虚心忘淡，故庄子羡其清高而托为论首。"后以南郭子綦为物我两忘、清高淡泊的典型。

❺偶吹：合奏（管乐器），用滥竽充数故事。《韩非子·内储说上》："齐宣王使人吹竽，必三百人。南郭处士请为王吹竽，宣王说之，廪食以数百人。宣王死，愍王立，好一一听之，处士逃。"

❻滥巾：僭服隐士的头巾，指冒充隐士。北岳：北山，即钟山。

❼假容：矫饰容态。江皋：江岸，江边。

❽撄：缠绕。好爵：高官厚禄。

❾排：排斥，排挤。巢父：传说为尧时的隐士。晋皇甫谧《高士传·巢父》："巢父者，尧时隐人也，山居不营世利，年老以树为巢而寝其上，故时人号曰巢父。"

❿拉：折，指折辱。许由：传说中的隐士。相传尧让以天下，不受，遁居于颍水之阳，箕山之下。尧又召为九州长，由不愿闻，洗耳于颍水之滨。

事见《庄子·逍遥游》、《史记·伯夷列传》。

⑪百氏：犹言诸子百家。

⑫风情：怀抱，志趣。张：布满，充满。

⑬霜气：喻刚正威肃之气。横：遮盖。

⑭长往：一去不返。

⑮王孙不游：《楚辞·淮南小山〈招隐士〉》："王孙游兮不归，春草生兮萋萋。"王夫之通释："王孙，隐士也。秦汉以上，士皆王侯之裔，故称王孙。"

⑯空空：佛教谓一切皆空而又不执着于空名与空见。

⑰核：查验，核实。玄玄：《老子》"玄之又玄"之省，指道家所称的道。

⑱务光：古代隐士。相传汤让位给他，他不肯接受，负石沉水而死。《庄子·外物》："尧与许由天下，许由逃之。汤与务光，务光怒之。"

⑲涓子：传说中的仙人名。汉刘向《列仙传·涓子》："涓子者，齐人也，好饵术……著《天人经》四十八篇。后钓于荷泽，得鲤鱼，腹中有符。隐于宕山，能致风雨。"俦：同辈，伴侣，引申为相比。

及其鸣驺(zōu)入谷❶，此下应"后騄"二字。鹤书赴陇❷，形驰魄散，志变神动。尔乃眉(mèi)轩席次❸，袂耸筵上❹，焚芰(jì)制而裂荷衣❺，抗尘容而走俗状❻。风云凄其带愤，石泉咽而下怆。瑰迈奇古，真是精绝。望林峦而有失，顾草木而如丧。

❶鸣驺：古代随从显贵出行并传呼喝道的骑卒。

❷鹤书：书体名，也叫鹤头书。古时用于招贤纳士的诏书，亦借指征聘的诏书。《文选》李善注引萧子良《古今篆隶文体》："鹤头书与偃波书，俱诏板所用，在汉则谓之尺一简，仿佛鹄头，故有其称。"

❸尔乃：于是。轩：高扬。席次：坐间，坐席之上。

❹袂：衣袖。

❺芰制：即指荷衣。荷衣：传说中用荷叶制成的衣裳。《楚辞·九歌·少司命》："荷衣兮蕙带，儵而来兮忽而逝。"

❻抗：振，扬。

至其钮金章❶，绾(wǎn)墨绶❷，跨属城之雄❸，冠百里之首❹。张英风于海甸❺，驰妙誉于浙右。说得何等烜赫，仍是可怜。道帙(zhì)长摈(bìn)❻，法筵久埋❼。敲扑諠嚣犯其虑❽，牒诉倥偬(kǒng zǒng)装其怀❾。《琴歌》既断❿，《酒赋》无续⓫，常绸缪于结课⓬，每纷纶于折狱⓭。笼张赵于往图⓮，架卓鲁于前箓(lù)⓯。张敞、赵广汉、卓茂、鲁恭皆汉循吏。希踪三辅豪⓰，驰声九州牧⓱。

❶钮：印鼻，印章上端的雕饰，古代用以分别官印的等级。此作动词。

❷绾：系结。墨绶：结在印钮上的黑色丝带。《汉书·百官公卿表上》："县令、长，皆秦官，掌治其县。万户以上为令，秩千石至六百石，减万户为长，秩五百石至三百石……秩比六百石以上，皆铜印黑绶。"后因以"墨绶"作为县官及其职权的象征。

❸属城：下属的城邑。

❹百里：古时一县所辖之地，因以为县的代称。《汉书·百官公卿表上》："县大率方百里。"

❺海甸：沿海地区。

❻道帙：指道家书籍。摈：排斥，弃绝。

❼法筵：佛教语，指讲经说法者的座席，引申指讲说佛法的集会。

❽敲扑：鞭打的刑具，短曰敲，长曰扑，亦指敲打鞭笞。

❾牒诉：讼辞，诉状。《文选》吕向注："牒，文牒也。诉，告也。"倥偬：事情纷繁迫促。

⑩琴歌：乐府琴曲歌辞之一种。

⑪酒赋：《西京杂记》卷四："梁孝王游于忘忧之馆，集诸游士，各使为赋……邹阳为《酒赋》。"后遂以"酒赋"指喜好饮酒赋诗。

⑫绸缪：紧密缠缚貌。结课：完成税赋。课，税赋。

⑬纷纶：忙碌，忙乱。折狱：裁决诉讼案件。

⑭张赵：汉张敞、赵广汉的并称。二人为地方官，均有治绩。《文选》李善注："《汉书》曰：'张敞，字子高，稍迁至山阳太守。'又曰：'赵广汉，字子都，涿郡人。为阳翟令，以化行尤异，迁京辅都尉。'"图：图册，簿录。

⑮架：超越，胜过。卓鲁：汉卓茂、鲁恭的并称。均以循吏见称，后因以指贤能的官吏。篆：簿籍。

⑯希踪：追慕，追随。三辅：西汉治理京畿地区的三个职官的合称，亦指其所辖地区。汉初京畿官称内史，景帝二年分置左、右内史，与主爵中尉(后改都尉)合称三辅。武帝太初元年更名主爵都尉为右扶风，右内史为京兆尹，左内史为左冯翊，治所皆在长安城中。豪：豪俊。《鹖冠子·博选》："德千人者谓之豪。"

⑰九州牧：泛指天下地方官。牧，指州郡长官。

使我高霞孤映，明月独举[1]；青松落阴，白云谁侣？王介甫喜诵此四语，以为奇绝，可谓先得我心。涧户摧绝无与归[2]，石径荒凉徒延伫[3]。至于还飙入幕[4]，写雾出楹(yíng)[5]，蕙帐空兮夜鹤怨[6]，山人去兮晓猿惊[7]。昔闻投簪逸海岸[8]，今见解兰缚尘缨[9]。于是南岳献嘲，北陇腾笑，列壑争讥，攒(cuán)峰竦诮[10]。写所以勒移之故，字字入人肺腑，我闻此语心骨悲。慨游子之我欺，悲无人以赴吊[11]。故其林惭无尽，涧愧不歇。秋桂遣风[12]，春萝罢月[13]。

骋西山之逸议⓮，驰东皋之素谒⓯。

❶举：升起。

❷涧户：山涧中的陋室。摧：坠毁，毁坏。

❸延伫：久立，久留。《楚辞·离骚》："悔相道之不察兮，延伫乎吾将反。"

❹还飙：回风，旋风。

❺写雾：流泻的雾气。写，通"泻"。楹：厅堂的前柱。

❻蕙帐：帐的美称。

❼山人：隐士。

❽投簪逸海岸：《史记·鲁仲连邹阳列传》："（田单）归而言鲁连，欲爵之。鲁连逃隐于海上，曰：'吾与富贵而诎于人，宁贫贱而轻世肆志焉。'"投簪，丢下固冠用的簪子，比喻弃官。

❾解兰：解去佩兰，谓放弃隐居生活。缚：束，捆绑。尘缨：比喻尘俗之事。

❿攒：簇聚，聚集。竦：企立。《汉书·韩信传》："士卒皆山东人，竦而望归。"颜师古注："竦，谓引领举足也。"诮：嘲笑，讥刺。

⓫吊：慰问，凭吊。

⓬遣：打发。

⓭罢：遣走。

⓮逸议：避世隐居者的议论。

⓯素谒：谓贫素有德者之言。谒，禀告，陈说。

今又促装下邑❶，浪枻(yì)上京❷，虽情投于魏阙❸，或假步于山扃(jiōng)❹。岂可使芳杜厚颜❺，薜荔蒙耻❻，勒移正面。碧岭再辱，丹崖重滓(zǐ)❼，处处总不脱山灵，骨劲气完，刻镂尽态矣。尘游躅(zhuó)于蕙路❽，污渌(lù)池以洗耳❾？宜扃岫(xiù)幌❿，掩云关⓫，敛轻雾，藏鸣湍⓬，截来辕于谷口⓭，杜妄辔(pèi)于郊端⓮。于是丛条瞋胆⓯，叠颖怒魄[16]。或飞柯(kē)以折轮[17]，乍低枝而扫迹，险语破鬼胆。请回俗士驾，为君谢逋(bū)客[18]。

❶促装：谓急忙整理行装。下邑：国都以外的城邑。《春秋·庄公二十八年》“冬，筑郿”晋杜预注：“郿，鲁下邑。”孔颖达疏：“国都为上，邑为下，故云鲁下邑。”

❷浪枻：鼓棹，驾船。上京：古代对国都的通称。

❸魏阙：古代宫门外两边高耸的楼观，楼观下常为悬布法令之所。此借指朝廷。《庄子·让王》：“身在江海之上，心居乎魏阙之下。”

❹山扃：山门。

❺芳杜：指杜若。多年生草本，高一二尺。叶广披针形，味辛香。

❻薜荔：植物名。常绿藤本，蔓生，叶椭圆形，花极小。

❼重滓：再次受到污染。

❽躅：足迹，踪迹。《汉书·叙传上》：“伏周孔之轨躅。”

❾洗耳：表示厌闻污浊之声。晋皇甫谧《高士传·许由》：“尧让天下于许由……由于是遁耕于中岳颍水之阳，箕山之下，终身无经天下色。尧又召为九州长，由不欲闻之，洗耳于颍水滨。”

❿扃：关闭。岫幌：山洞居室的帘幕。

⓫云关：云雾所笼罩的关隘。

⓬湍：有声响的急流。

⓭辕：车前驾牲口用的直木，压在车轴上，伸出车舆的前端。此借指车。

⓮辔：驾驭马的缰绳。此借指马。端：涯涘，边际。

⓯条：细长的树枝。瞋：怒，生气。

⓰颖：禾尾，带芒的谷穗。

⓱柯：草木的枝茎。

⓲君：指北山之灵。谢：拒绝。逋客：逃亡者。此指周颙。

序

文体名。亦称“序文”、“序言”。一般是作者陈述作品的主旨、著作的经过等，如汉司马迁《太史公自序》。他人所作的对著作的介绍评述也称序，如晋皇甫谧《〈三都赋〉序》。

玉台新咏序❶

是书所录为梁以前诗，凡五言八卷，七言一卷，五言二韵一卷。虽皆绮丽之作，尚不失温柔敦厚之旨，未可概以淫艳斥之。或以为选录多闺阁之诗，则是未睹本书而妄为拟议者矣。骈语至徐庾，五色相宣，八音迭奏，可谓六朝之渤澥，唐代之津梁。而是篇尤为声偶兼到之作，炼格炼词，绮绾绣错，几于赤城千里霞矣。

徐　陵❷

该篇是《玉台新咏》一书的序文。作品以绮艳精工之笔描绘宫中嫔妃的生活景象，对其美妍绝伦的姿色、能歌善舞的技艺和逸思雕华的才情予以赞誉，并涉及该书编纂之事由。

凌云概日❸，由余之所未窥❹；万户千门，张衡之所曾赋❺。周王璧台之上❻，汉帝金屋之中❼，玉树以珊瑚作枝❽，珠帘以玳瑁为柙❾。其中有丽人焉。其人也，五陵豪族❿，充选掖庭⓫；四姓良家⓬，驰名永巷⓭。亦有颍川新市⓮，河间观津⓯，本号娇娥⓰，曾名巧笑⓱。楚王宫内，无不推其细腰⓲；魏国佳人，俱言讶其纤手⓳。

❶玉台新咏：东周至南朝梁代的诗歌总集，南朝徐陵在梁中叶时所编。收诗769篇，计有五言诗八卷，歌行一卷，五言四句诗一卷，共为十卷。除第九卷中的《越人歌》相传作于春秋战国之间外，其余都是自汉迄

梁的作品。内容多涉男女之情，刻画出古代女子丰富的感情世界，也展示出深刻的社会背景。

❷徐陵：507～583年。字孝穆。祖籍东海郯(今山东郯城)。梁武帝太清二年(548)，奉命出使东魏，被扣留多年。其诗文喜用典故，注意辞藻、对仗。今存文集六卷。最通行的版本是清人吴兆宜的注本。

❸凌云概日：吴兆宜《徐孝穆集笺注》引《海录碎事》："凌云台，魏文帝黄初三年筑。"又"燕昭王好神仙，仙人甘宙与王登握日之台"。概，量谷物时刮平斗斛的器具，引申为齐平。

❹由余：吴兆宜《徐孝穆集笺注》引《史记·秦本纪》："戎王使由余来聘，穆公示以宫室，引之登三休之台。"

❺万户二句：张衡《西京赋》："闬庭诡异，门千户万。"

❻璧台：台名，周穆王为其妃子盛姬所造。《穆天子传》卷六："天子乃为之台，是曰重璧之台。"郭璞注："言台状如垒璧。"后用"璧台"形容华美的高台。

❼金屋：《汉武故事》："帝以乙酉年七月七日生于猗兰殿。年四岁，立为胶东王。数岁，长公主嫖抱置膝上，问曰：'儿欲得妇不？'胶东王曰：'欲得妇。'长主指左右长御百余人，皆云不用。末指其女问曰：'阿娇好不？'于是乃笑对曰：'好！若得阿娇作妇，当作金屋贮之也。'"

❽《汉武故事》："上(汉武帝)于是于宫外起神明殿九间……前庭植玉树。植玉树之法，葺珊瑚为枝，以碧玉为叶，花子或青或赤，悉以珠玉为之。"

❾柙：通"押"，帘轴，用以镇帘。《汉武故事》："又以白珠为帘，玳瑁押之。"

❿五陵：长陵、安陵、阳陵、茂陵、平陵五县的合称，均在渭水北岸今陕西咸阳附近，为西汉五个皇帝陵墓所在地。汉元帝以前，每立陵墓，辄迁徙四方富豪及外戚于此居住，令供奉园陵，称为陵县。《汉书·游侠传·原涉》："郡国诸豪及长安五陵诸为气节者，皆归慕之。"

⓫掖庭:宫中旁舍,妃嫔居住的地方。

⓬四姓:指四个显贵姓氏。此泛指名门贵族。

⓭永巷:宫中长巷。

⓮颍川:吴兆宜《徐孝穆集笺注》引《晋书》:“明穆庾皇后,颍川鄢陵人。后美姿仪。”又引《后汉书》:“光烈阴皇后,南阳新野人。帝常叹曰:‘娶妻当得阴丽华。’”新市:按《后汉书·州郡志》,中山国、江夏郡皆有新市。此新市当指中山国今河北之新市。《古诗十九首》:“燕赵多佳人,美者颜如玉。”

⓯河间观津:吴兆宜《徐孝穆集笺注》:“《三辅黄图》、《列仙传》曰:‘钩弋夫人,姓赵氏,河间人。右手钩卷,姿色佳丽。武帝反其手得玉钩而手展。’《汉外戚传》:‘孝文窦皇后家在清河,亲早卒,葬观津。’师古曰:‘观津,清河之县也。’”

⓰娇娥:美人,美貌的少女。

⓱曾名巧笑:吴兆宜《徐孝穆集笺注》引《中华古今注》:“殷巧笑,魏文帝宫人,始作紫粉拂面。”巧笑,美好的笑。

⓲楚王二句:《墨子·兼爱中》:“昔者,楚灵王好士细要,故灵王之臣皆以一饭为节。”

⓳魏国二句:《诗·魏风·葛屦》:“掺掺(犹纤纤)女手,可以缝裳。”

阅诗敦礼❶,非直东邻之自媒❷;婉约风流,无异西施之被教❸。弟兄协律❹,自小学歌;少长河阳,由来能舞❺。琵琶新曲,无待石崇❻;箜篌杂引,非因曹植❼。传鼓瑟于杨家❽,得吹箫于秦女❾。

❶敦:督促,勉励。

❷东邻之自媒:战国楚宋玉《登徒子好色赋》序:“天下之佳人,莫若楚

国；楚国之丽者，莫若臣里；臣里之美者，莫若臣东家之子……然此女登墙窥臣三年，至今未许也。”

❸西施之被教：吴兆宜《徐孝穆集笺注》引《越绝书》：“美人宫……句践所习教美女西施、郑旦宫台也。”被教，接受教育。

❹协律：调和音乐律吕，使之和谐。《汉书·公孙弘卜式儿宽传赞》：“协律则李延年，运筹则桑弘羊。”

❺少长二句：《汉书·五行志》：“其后帝为微行出游，常与富平侯张放俱称富平侯家人，过河阳主作乐，见舞者赵飞燕而幸之。”

❻琵琶二句：石崇《王明君辞序》：“昔公主嫁乌孙，令琵琶马上作乐，以慰其道路之思。其送明君亦尔也。其造新曲，多哀怨之声，故序之。”待，须，需要。

❼箜篌二句：曹植有《箜篌引》。箜篌，古代拨弦乐器名，有竖式和卧式两种。杂引，犹杂曲，乐府歌曲名，大多为汉至南北朝时民间作品。《乐府诗集·杂曲歌辞一》宋郭茂倩题解：“杂曲者，历代有之。或心志之所存，或情思之所感，或宴游欢乐之所发，或忧愁愤怨之所兴，或叙离别悲伤之怀，或言征战行役之苦，或缘于佛老，或出自夷虞，兼收并载，故总谓之杂曲。”

❽传鼓瑟于杨家：《汉书·杨恽传》：“恽报孙会宗书曰：‘家本秦也，能为秦声。妇，赵女也，雅善鼓瑟。’”

❾得吹箫于秦女：汉刘向《列仙传·萧史》：“萧史者，秦穆公时人也。善吹箫，能致孔雀、白鹤于庭。穆公有女字弄玉好之，公遂以女妻焉。遂教弄玉作凤鸣。为作凤凰台，夫妇止其上，一旦随凤凰去。”

至若宠闻长乐，陈后知而不平❶；画出天仙，阏氏(yān zhī)览而遥妒❷。且如东邻巧笑❸，来侍寝于更衣❹；西子微颦❺，将横陈于甲帐❻。名妃淑媛，声妓孽妾，搜奇抉奥，了了若数指上螺纹。陪游馺(sà)娑(suō)❼，骋纤腰于《结风》❽；长乐鸳鸯❾，奏新声于度曲❿。

妆鸣蝉之薄鬓[11]，照堕马之垂鬟[12]。反插金钿[13]，横抽宝树[14]。南都石黛，最发双蛾[15]；北地燕脂[16]，偏开两靥(yè)[17]。黛痕欲滴，脂晕微烘，如汰腻妆而出靓面。

❶至若二句：《汉书·外戚列传》："孝武陈皇后，长公主嫖女也。……及帝即位，立为皇后，擅宠骄贵，十余年而无子。闻卫子夫得幸，几死者数焉。"长乐，即长乐宫。为西汉主要宫殿之一，汉初皇帝在此视朝。惠帝后，为太后居地。

❷阏氏览而遥妒：桓谭《新论》："陈平为帝解平城之围，言汉有好丽美女，为道其容貌天下无双，急以进单于。单于见此，必大爱之。爱之则阏氏日以远疏。不如及其未到，令汉得脱去，去亦不持女来矣。阏氏妇女，有妒媢之性，必憎恶而事去之。"阏氏，汉代匈奴单于、诸王妻的统称。

❸巧：美好，美丽。

❹侍寝：陪伴睡觉。更衣：指帝王陵寝的便殿。《后汉书·章帝纪》："臣愚以为更衣在中门之外，处所殊别，宜尊庙曰显宗。其四时禘祫，于光武之堂，闲祀悉还更衣，共进《武德》之舞，如孝文皇帝祫祭高庙故事。"李贤注："更衣者，非正处也。园中有寝，有便殿。寝者，陵上正殿。便殿，寝侧之别殿，即更衣也。"

❺西子微颦：《庄子·天运》："故西施病心而矉(通"颦")其里，其里之丑人见而美之，归亦捧心而矉其里。其里之富人见之，坚闭门而不出，贫人见之，挈妻子而去之走。彼知矉美，而不知矉之所以美。"

❻横陈：横卧，横躺。语本战国楚宋玉《讽赋》："内怵惕兮徂玉床，横自陈兮君之旁。"甲帐：汉武帝所造的帐幕。《北堂书钞》卷一三二引《汉武帝故事》："上以琉璃珠玉，明月夜光杂错天下珍宝为甲帐，次为乙帐。甲以居神，乙以自居。"

❼驱娑：汉宫殿名。《三辅黄图·建章宫》："驱娑宫。驱娑，马行疾貌。

马行迅疾，一日之间遍宫中，言宫之大也。”

❽结风：古歌曲名。《汉书·司马相如传上》：“鄢郢缤纷，《激楚》、《结风》。”

❾鸳鸯：汉武帝时宫殿名。《三辅黄图·未央宫》：“武帝时，后宫八区，有昭阳、飞翔、增成、合欢、兰林、披香、凤皇、鸳鸯等殿。”

❿度曲：按曲谱歌唱。

⓫鸣蝉之薄鬓：晋崔豹《古今注·杂注》：“魏文帝宫人绝所宠者，有莫琼树、薛夜来、田尚衣、段巧笑，日夕在侧。琼树乃制蝉鬓，缥眇如蝉翼，故曰蝉鬓。”

⓬堕马之垂鬟：堕马髻，古代妇女发髻名。《后汉书·五行志一》：“堕马髻者，作一边……始自大将军梁冀家所为，京都歙然，诸夏皆放效。”

⓭反插金钿：吴兆宜《徐孝穆集笺注》引龙辅《女红余志》：“魏文帝陈巧笑，挽髻别无首饰，惟用圆顶金簪一只插之。”

⓮横抽宝树：吴兆宜《徐孝穆集笺注》：“《后汉·舆服志》：‘皇后步摇以黄金为山题，贯白珠为桂枝相缪，一爵九华。’”宝树，古代妇女首饰中的步摇。

⓯南都二句：吴兆宜《徐孝穆集笺注》：“《梁书》：‘天监中，诏宫中作白妆、青黛眉。’樵曰：‘《留青日记》：“广东始兴县溪中出石墨，妇女取以画眉，名画眉石。”’”发，指使显现。

⓰北地燕脂：吴兆宜《徐孝穆集笺注》引《古今注》：“纣以红蓝花汁凝作燕脂，以燕国所生，故曰‘燕脂’。涂之，作桃花妆。”

⓱开：展示，展现。靥：酒窝，也泛指面颊。

亦有岭上仙童，分丸魏帝[1]；腰中宝凤，授历轩辕[2]。金星与婺女争华，麝月共嫦娥竞爽[3]。惊鸾冶袖[4]，时飘韩掾之香[5]；飞燕长裾（jū），宜结陈王之佩[6]。态冶思柔，香浓骨艳，飘飘乎恐留仙裙捉不住矣。虽非图画，入甘泉而不分❼；言异神仙❽，戏阳台而无别❾。真可谓倾国倾城❿，无对无双者也。自“五陵豪族”至此，总为“佳丽如彼”一语，极意形容。

❶亦有二句：吴兆宜《徐孝穆集笺注》引《颜修内传》：“桥顺二子曰璋、曰瑞，师事仙人卢子基于隆虑山栖霞谷，服飞龙药一丸，千年不饥。”曹丕《折杨柳行》：“西山一何高，高高殊无极。上有两仙童，不饮亦不食。与我一丸药，光耀有五色。服药四五日，身体生羽翼。”

❷腰中二句：吴兆宜《徐孝穆集笺注》：“《汉律历志》：‘黄帝使泠纶取竹嶰谷，制十二筒以听凤之鸣，其雄鸣为六，雌鸣亦六，以比黄钟之宫。’”宝凤，指凤凰形的装饰品。授历，颁布历法。

❸金星、麝月：皆为女子面部的装饰。婺女：星宿名，即女宿。

❹惊鸾：形容舞姿轻盈美妙。冶：艳丽，妖媚。

❺韩掾之香：晋韩寿美姿容，贾充辟为司空掾。充少女午见而悦之，使侍婢潜修音问，及期往宿，家中莫知，并盗西域异香赠寿。充僚属闻寿有奇香，告于充。充乃考问女之左右，具以状对。充秘其事，遂以女妻寿。见《晋书·贾谧传》、南朝宋刘义庆《世说新语·惑溺》。

❻飞燕二句：吴兆宜《徐孝穆集笺注》：“《西京杂记》：‘赵飞燕立为皇后，其弟合德上遗织成裾。’陈思王植《洛神赋》：‘愿诚素之先达兮，解玉佩以要之。’”飞燕，指汉成帝赵皇后。裾，衣服的前后襟。陈王，指曹植。

❼虽非二句：汉李延年妹妙丽善舞，得幸于汉武帝。早卒，帝乃图其形，挂于甘泉宫，思念不已。方士少翁言能致其神，夜张灯设帏，令帝坐他帐中遥望，见一妙龄女子如李夫人貌。参阅《汉书·外戚传上·孝武李夫人》。甘泉：宫名，故址在今陕西淳化西北甘泉山。本秦宫，汉武帝增筑扩建，在此朝诸侯王，飨外国宾客，夏日亦作避暑之处。

❽言：助词，无义。

❾阳台:指男女欢会之所。

❿倾国倾城:《汉书·外戚传上·李夫人》:"延年侍上起舞,歌曰:'北方有佳人,绝世而独立。一顾倾人城,再顾倾人国。宁不知倾城与倾国,佳人难再得!'"后因以"倾国倾城"形容女子极其美丽。

加以天情开朗[1],逸思雕华[2],妙解文章,尤工诗赋。琉璃砚匣(xiá)[3],终日随身;翡翠笔床[4],无时离手。清文满箧(qiè)[5],非惟《芍药》之花[6];新制连篇,宁止《蒲萄》之树[7]?拭砚抽毫,骈花俪叶,有才如此,那得不令人羡极生妒邪?九日登高[8],时有缘情之作[9];万年公主,非无诔(lěi)德之辞[10]。其佳丽也如彼,其才情也如此。

❶天情:天然的情性,自然的情感。

❷雕华:斑斓华丽。

❸砚匣:藏砚台的匣子。

❹笔床:卧置毛笔的器具。

❺箧:小箱子,藏物之具。大曰箱,小曰箧。

❻《芍药》之花:傅统妻作有《芍药花颂》。

❼蒲萄:魏钟会、晋荀勖等人都作有《葡萄赋》。

❽九日:指农历九月九日重阳节。魏晋后,习俗于此日登高游宴。

❾缘情:发自于情。

❿万年二句:万年公主,晋武帝司马炎女。万年公主逝世后,晋武帝痛悼不已,下诏贵人左棻为诔,其文甚丽。

既而椒房宛转[1],柘馆阴岑[2],绛鹤晨严[3],铜蠡昼静[4]。三星未夕，不事怀衾[5]；五日犹赊[6]，谁能理曲[7]？优游少托[8]，寂寞多闲，厌长乐之疏钟[9]，劳中宫之缓箭[10]。轻身无力，怯南阳之捣衣[11]；生长深宫，笑扶风之织锦[12]。叙作诗之由，灵折不穷。虽复投壶玉女[13]，为欢尽于百骁[14]；争博齐姬[15]，心赏穷于六箸[16]。无怡神于暇景[17]，惟属意于新诗[18]。可得代彼萱苏[19]，微蠲(juān)愁疾[20]。

❶椒房：汉皇后所居的宫殿。殿内以花椒子和泥涂壁，取温暖、芬芳、多子之义。后泛指后妃居住的宫室。宛转：蜿蜒曲折。

❷柘馆：汉上林苑中嫔妃所居之馆，泛指内宫。阴岑：深邃貌。

❸绛鹤：指门上深红色的鹤形铜锁。严：威严。

❹铜蠡：铜制的螺形铺首。蠡，通“螺”。

❺三星二句：《诗·召南·小星》：“嘒彼小星，三五在东……抱衾与裯，寔命不犹。”三星，天空中明亮而接近的三星，有参宿三星，心宿三星，河鼓三星。怀，拥，抱。

❻五日：吴兆宜《徐孝穆集笺注》：“《初学记》：‘汉律，吏五日得一下沐。’言休息以洗沐也。”赊：时间长久。

❼理曲：弄曲，演奏乐曲。

❽优游：悠闲自得。

❾长乐之疏钟：长乐宫中有钟室。韩信因遭吕后忌，被斩于长乐宫悬钟之室。事见《史记·淮阴侯列传》、《汉书·韩信传》。

❿劳：忧愁。中宫：皇后居住之处，因以借指皇后。《汉书·外戚传下·孝成赵皇后》：“常给我言从中宫来，即从中宫来，许美人儿何从生中？”颜师古注：“中宫，皇后所居。”缓箭：缓慢的银箭，古时用银箭刻漏记时。

⓫南阳之捣衣：荆州秭归县境古有屈原宅，亦有捣衣石。《太平御览》卷

七六二引《荆州记》:“秭归县有屈原宅、女婴庙,捣衣石犹存。”南阳,郡名,秦置,包有河南旧南阳府和湖北旧襄阳府。

⑫扶风之织锦:南朝《晋书·列女传·窦滔妻苏氏》:“窦滔妻苏氏,始平人也,名蕙,字若兰,善属文。滔,苻坚时为秦州刺史,被徙流沙。苏氏思之,织锦为回文旋图诗以赠滔。宛转循环以读之,词甚凄惋。”扶风,古郡名,旧为三辅之地。

⑬投壶玉女:《神异经·东荒经》:“东荒山中有大石室,东王公居焉……恒与一玉女投壶,每投千二百矫……矫出而脱误不接者,天为之笑。”投壶,古代宴会礼制,亦为娱乐活动。宾主依次用矢投向盛酒的壶口,以投中多少决胜负,负者饮酒。

⑭骁:古代投壶游戏,箭从壶中跳出,用手接住再投,屡投屡跃,箭不坠地,称之“骁”。《西京杂记》卷五:“武帝时,郭舍人善投壶,以竹为矢,不用棘也。古之投壶,取中而不求还,故实小豆于中,恶其矢跃而出也。”

⑮争博齐姬:吴兆宜《徐孝穆集笺注》:“《晋胡贵嫔传》:贵嫔讳芳,奋之女也。武帝尝与樗蒱(古代一种博戏),争矢,遂伤上指,帝怒曰:‘此固将种也。’”

⑯心赏:内心赞赏。六箸:古博弈之具。《西京杂记》卷四:“许博昌,安陵人也,善陆博……法用六箸,或谓之究,以竹为之,长六分。”

⑰暇景:空闲的时光。

⑱属:寄托。

⑲萱苏:《初学记》卷二七引三国魏王朗《与魏太子书》:“不遗惠书,所以慰沃。奉读欢笑,以藉饥渴,虽复萱草忘忧,皋苏释劳,无以加也。”后因以“萱苏”为忘忧释劳之典。

⑳蠲:除去,减免。疢:忧虑。

但往世名篇,当今巧制,分诸麟阁❶,散在鸿都❷。不藉篇章,无由披览❸。于是然脂暝写❹,弄墨晨书,撰录艳歌，凡为十卷。曾无参于《雅》《颂》[5]，亦靡滥于风人[6]，泾渭之间[7]，若斯而已。于是丽以金箱[8]，装之宝轴[9]。三台妙迹[10]，龙伸蠖屈之书[11]；五色花笺，河北胶东之纸[12]。纸醉金迷，鲜华朗映，唐人惟王子安有此雕饰。高楼红粉[13]，仍定鲁鱼之文[14]；辟恶生香[15]，聊防羽陵之蠹[16]。《灵飞》《六甲》[17]，高擅玉函；《鸿烈》仙方[18]，长推丹枕[19]。摹儗入骨。

❶麟阁：麒麟阁的省称。汉代阁名，在未央宫中。汉宣帝时曾图霍光等十一功臣像于阁上，以表扬其功绩。《汉书·苏武传》："甘露三年，单于始入朝。上思股肱之美，乃图画其人于麒麟阁。"颜师古注引张晏曰："武帝获麒麟时作此阁，图画其像于阁，遂以为名。"

❷鸿都：汉代藏书之所。《后汉书·儒林传序》："乃董卓移都之际，吏民扰乱，自辟雍、东观、兰台、石室、宣明、鸿都诸藏典策文章，竞共剖散。"

❸披览：翻阅。

❹然脂：犹点灯。然，同"燃"。

❺曾：乃，竟。参：并立。

❻滥：浮华。风人：即风人体，古代民歌的一种体裁。清翟灏《通俗编·识余》："六朝乐府《子夜》、《读曲》等歌，语多双关借意，唐人谓之风人体，以本风俗之言也。"

❼泾渭之间：意谓雅俗、高下介乎中道。泾渭，古人谓泾浊渭清，因常用"泾渭"喻人品的优劣清浊，事物的真伪是非。

❽丽：施，加。《荀子·宥坐》："官致良工，因丽节文。"王先谦集解引王念孙曰："丽者，施也。言因良材而施之以节文也。"

❾宝轴：精致的卷轴。

❿三台妙迹：指蔡邕高妙的书法。蔡邕曾在三日内历任三个官署的职

位。三台,汉因秦制,以尚书为中台,御史为宪台,谒者为外台,合称三台。

⓫龙伸蠖屈:吴兆宜《徐孝穆集笺注》:“《系辞》:‘尺蠖之屈以求伸也,龙蛇之蛰以存身也。’炯曰:‘《宣和书谱》:“皇象,字休明,广陵人,官至侍中。工八分、篆、草,世以书圣称,以比龙蠖蛰启,伸盘腹行。”’”蠖屈,形容像尺蠖一样的屈曲之形。

⓬五色二句:吴兆宜《徐孝穆集笺注》:“《邺中记》:‘石虎诏书以五色纸着凤凰口中,令衔之飞下端门。’《桓玄伪事》:‘诏平准作青赤缥绿桃花纸,使极精,令连作之。’”花笺,精致华美的笺纸。河北,泛指黄河以北的地区。胶东,郡国名。秦置郡,楚汉之际置国,汉初为郡,文帝时复为国。治所在即墨(今山东平度东南)。

⓭高楼红粉:吴兆宜《徐孝穆集笺注》:“《古诗》:‘盈盈楼上女,皎皎当窗牖。娥娥红粉妆,纤纤出素手。’”红粉,借指美女。

⓮鲁鱼:“鲁”“鱼”两字相混,指抄写刊印中的文字讹误。

⓯辟恶:祛除恶气。生香:指芸香。吴兆宜《徐孝穆集笺注》引《典略》:“芸台香辟纸鱼蠹。”

⓰羽陵:古地名。《穆天子传》卷五:“仲秋甲戌,天子东游,次于雀梁,□蠹书于羽陵。”郭璞注:“谓暴书中蠹虫,因云蠹书也。”后以“羽陵”为贮藏古代秘籍之处。

⓱灵飞:道教经典《灵飞经》的省称。六甲:道教符箓名。《云笈七签》卷一四:“若辟除恶神鬼者,书六甲、六乙符持行,并呼甲寅,神鬼皆散走。”

⓲鸿烈:《淮南子》别称《鸿烈解》,又省称《鸿烈》。《淮南子》主道家学说,因用以指道经、道术。

⓳推:排除,除。枕:指枕函,中间可以藏物的枕头。珍藏在枕函中的宝书秘籍称“枕函书”。

至如青牛帐里❶,余曲未终;朱鸟窗前❷,新妆已竟❸。当令西子、南威涤几奉席,安得青琴、绛树拂卷抽缃?方当开兹缥(piǎo)帙❹,散此绦绳[5]，永对玩于书帷[6]，长循环于纤手。岂如邓学《春秋》[7]，儒者之功难习；窦传黄老[8]，金丹之术不成？固胜西蜀豪家，托情穷于《鲁殿》[9]；东储甲观[10]，流咏止于《洞箫》[11]。娈(luán)彼诸姬[12]，聊同弃日[13]；猗(yī)与彤管[14]，丽矣香奁(lián)[15]。

❶青牛帐：吴兆宜《徐孝穆集笺注》："《录异传》：'武都郡立大特祠，是大梓牛神也，今俗画青牛障是。'"

❷朱鸟窗：吴兆宜《徐孝穆集笺注》："《博物志》：'王母降于九华殿，王母索七桃，以五枚与帝，母食二枚。时东方朔窃从殿南厢朱鸟牖下窥母，母谓帝曰："此窥牖小儿，常三来盗我桃。"'"朱鸟，南方之神。《太平御览》卷八八一引《河图》："南方赤帝，神名赤熛怒，精名朱鸟。"亦可理解为有鸟儿声影的窗户。

❸竟：终了，完毕。

❹缥帙：淡青色的书衣，亦指书卷。

❺绦绳：丝带子，此指系书卷或书函的丝带。

❻对玩：谓独自对着景物赏玩。书帷：书斋的帷帐，借指书斋。

❼邓学《春秋》：《后汉书·邓皇后纪》："和熹邓皇后，讳绥。……六岁能史书，十二通《诗》、《论语》。诸兄每读经传，辄下意难问。志在典籍，不问居家之事。"

❽窦传黄老：吴兆宜《徐孝穆集笺注》："《汉书》：'窦皇后，景帝母也。好黄帝、老子之言，帝及诸窦不得不读《老子》，皆遵其术。'晋灼曰：'道家言治丹砂令变化，可铸为黄金。'"

❾固胜二句：吴兆宜《徐孝穆集笺注》："尚瑗曰：'《蜀志》："刘琰为车骑将军，车服饮食皆侈靡。侍婢数十，能为声乐，悉教诵读《鲁灵光殿赋》。"'"汉王延寿《鲁灵光殿赋》序："鲁灵光殿者，盖景帝程姬之子恭王余之所立也……遭汉中微，盗贼奔突，自西京未央、建章之殿皆见隳坏，而灵

光岿然独存。”亦省作“鲁殿”。

❿东储:东宫储君,指皇太子。甲观:汉代楼观名,犹言第一观。为皇太子所居,后泛指太子宫。

⓫流咏止于《洞箫》:《汉书·王褒传》:“元帝为太子,常嘉褒《洞箫颂》,令后宫贵人左右皆诵读之。”

⓬娈:貌美的样子。

⓭弃日:耗费时日。《汉书·司马相如传上》:“于是酒中乐酣,天子芒然而思,似若有亡,曰:‘嗟乎,此大奢侈!朕以览听余闲,无事弃日。’”

⓮猗与:叹词,表示赞美。《诗·周颂·潜》:“猗与漆沮,潜有多鱼。”彤管:杆身漆朱的笔,古代女史记事用。《诗·邶风·静女》:“静女其娈,贻我彤管。”

⓯香奁:妇女妆具,盛放香粉、镜子等物的匣子。凡诗词专以妇女身边琐事为题材,多绮罗脂粉之语者,称“香奁体”。

論

文体名。议论文的一种。三国魏曹丕《典论·论文》："盖奏、议宜雅，书、论宜理。"宋张表臣《珊瑚钩诗话》卷三："言其伦而析之者论也。"

郑众论[1] 众，字仲师。永平初，北匈奴求和亲，显宗遣众持节使匈奴。众至，北庭欲令拜，众不为屈。单于大怒，围守闭之，不与水火，欲胁服众。众拔刀自誓，单于恐而止。

萧　绎

该篇赞扬了郑众在受命出使之际，舍生忘死、不辱使命的气节，并对其所受的待遇提出质疑。

汉世衔命匈奴[2]，困而不辱者，二人而已。子卿手持汉节，卧伏冰霜[3]；仲师固无下拜[4]，隔绝水火。况复风生稽落[5]，日隐龙堆[6]，翰海飞沙[7]，皋兰走雪[8]。“风生”四语，写得浓至有态。睹此光景，焉能不酸鼻痛心？岂不酸鼻痛心，忆洛阳之宫陛[9]；屑泣横悲[10]，想长安之城阙？直以为臣之道[11]，义不为生；事君之节，生为义尽。岂望拔幽泉[12]，出重仞[13]，经长乐[14]，抵未央[15]？及还望塞亭[16]，来依候火[17]；旁观上郡[18]，侧眺云中[19]。虽在己之愿自隆[20]，而于时之报未尽[21]。薄以赏功，节士为之短气。

❶郑众：？～83年。字仲师。河南开封人。官至大司农，后世习称郑

司农。永平七年(64),北匈奴汗国单于要求和亲,明帝命郑众出使。到北匈奴后,匈奴人要求郑众向单于下拜,郑众不肯。单于大怒,将他软禁,并不给食物。郑众宁死不屈,单于无法,只能更派使者随同郑众回洛阳。

❷衔命:接受使命。

❸子卿二句:《汉书·苏武传》:“单于愈益欲降之,乃幽武置大窖中,绝不饮食,天雨雪,武卧啮雪,与旃毛并咽之。……(苏武)杖汉节牧羊,卧起操持,节旄尽落。”子卿,苏武之字。

❹固:一再,执意、坚决地。

❺稽落:稽落山。古山名,在今蒙古国西南部。东汉永元元年(89)窦宪遣将大破北匈奴于此。

❻龙堆:白龙堆的略称。古西域沙丘名。

❼翰海:《史记·卫将军骠骑列传》:“封狼居胥山,禅于孤衍,登临翰海。”司马贞索隐引崔浩曰:“北海名,群鸟之所解羽,故云翰海。”后亦用以泛指戈壁。

❽皋兰:山名,在今甘肃兰州南。《汉书·霍去病传》:“转战六日,过焉支山千有余里,合短兵鏖皋兰下。”

❾陛:台阶。

❿屑泣横悲:眼泪纷纷下落,充满悲伤。《楚辞·刘向〈九叹〉》:“涕渐渐其若屑。”

⓫直:只是。

⓬幽泉:幽深的泉水。

⓭重仞:累仞,数仞,形容高。语出《论语·子张》:“子贡曰:‘譬之宫墙,赐之墙也及肩,窥见室家之好。夫子之墙数仞,不得其门而入,不见宗庙之美,百官之富。’”此指高山。

⓮长乐:即长乐宫。

⓯未央:即未央宫。

⓰亭:古代边境岗亭。

⑰候火：烽火。

⑱上郡：郡名。战国魏文侯置。秦代治所在肤施(今陕西榆林东南)，汉辖境约当今陕西北部及内蒙古乌审旗等地。

⑲云中：古郡名。原为战国赵地，秦时置郡，治所在云中县(今内蒙古托克托东北)。汉代辖境较小。亦泛指边关。

⑳隆：盛，强烈。

㉑于时之报未尽：当时对其报答不足。

銘

文体的一种。古代常刻于碑版或器物，或以称功德，或用以自警。南朝梁刘勰《文心雕龙·铭箴》：“箴全御过，故文资确切；铭兼褒赞，故体贵弘润。”

石帆铭❶

盛弘之《荆州记》："武陵舞阳县有石帆山，若数百幅帆。"

鲍　照

该篇亦今亦古、如真似幻地刻画了石帆山壮伟奇险之境。

应风剖流❷，息石横波❸。下潨(cóng)地轴❹，上猎星罗❺。吐湘引汉，歙(xī)蠡吞沱❻。西历岷冢❼，北泻淮河。眇森宏蔼❽，积广连深；沦天测际❾，亘海穷阴❿。云旌未起，风柯不吟⓫，崩涛山坠，郁浪雷沉⓬。奇突古兀，锤炼异常。昔人论鲍诗谓："得景阳之俶诡，合茂先之靡嫚。"吾于斯铭亦云。

❶石帆：石帆山，在今湖南西南部。

❷应风剖流："应风"，《艺文类聚》卷八引作"应龙"。《太平广记》卷二二六引《水饰图经》："禹治水，应龙以尾画地，导决水之所出。"剖流，分开水流。

❸息石横波：《路史·余论十·息壤》："洪水滔天，鲧窃帝之息壤以堙洪水。息生之土，长而不穷，故有息石。"罗苹注引高子勉《息石诗序》："在江陵庄严寺，或云榅玉。"

❹下潨地轴：形容水深。潨，小水流入大水，也指水流会和处。地轴，

古代传说中大地的轴。

❺上猎星罗：形容山高。猎，经过，掠过。

❻歙：吸。蠡：即彭蠡。古泽薮名。《汉书·地理志》豫章郡彭泽：“《禹贡》彭蠡泽在西。”一般指今江西鄱阳湖。沱：古水名。《书·禹贡》：“沱潜既道，云土梦作乂。”

❼岷冢：岷山和嶓冢。岷山，山名。在四川北部，绵延四川、甘肃两省边境。为长江、黄河分水岭，岷江、嘉陵江支流白龙江发源地。《书·禹贡》：“岷山之阳，至于衡山。”嶓冢，山名。在今甘肃天水与礼县之间。古人误以为是汉水上源。《书·禹贡》：“导嶓冢至于荆山。”

❽眇森宏蔼：形容水道悠远、繁多、浩大。眇，辽远。森，众多貌。蔼，盛多貌。

❾沦天测际：淹没天空，直至天边。沦，淹没。测，尽，极。

❿亘海穷阴：穷极大海和阴山。亘，穷尽，终极。阴，阴山，在今内蒙古。

⓫云旌：似旗帜的云。风柯：风中的树枝。

⓬郁：暴怒。《文选·潘岳〈射雉赋〉》：“郁轩翥以余怒，思长鸣以效能。”徐爰注：“郁，暴怒也。”

在昔鸿荒❶，刊启源陆❷。表里民邦，经纬鸟服❸。瞻贞视悔，坎水巽(xùn)木❹。乃剡(yǎn)乃铲，既刳(kū)既斲(zhuó)❺。飞深浮远，巢潭馆谷❻。涉川之利，谓易则难；临渊之戒，曰危乃安❼。泊潜轻济❽，冥表勤言❾。穆戎遂留❿，“穆戎”二语，诸选家多误作“穆我戎逐，留御不还”，今据宋刻《鲍集》校正。昭御不还⓫，徒悲猿鹤，空驾沧烟。

❶鸿荒：太古，混沌初开之世。

❷刊启源陆：指开荒拓土。刊启，开辟。

❸表里二句：互文见义，意谓开化与未开化之地交相错落。经纬，南北为“经”，东西为“纬”。鸟服，《史记·夏本纪》：“鸟夷皮服。”裴骃集解：“郑玄曰：‘东方之民搏食鸟兽者。’孔安国曰：‘服其皮，明水害除。’”本谓东方海岛居民以鸟兽皮毛为服，后以“鸟服”借指荒远之地。

❹瞻贞二句：描写先民观察自然，以木浮水的经验。《书·洪范》：“曰贞，曰悔。”孔传：“内卦曰贞，外卦曰悔。”《左传·僖公十五年》：“《蛊》之贞，风也；其悔，山也。”杜预注：“内卦为贞，外卦为悔。《巽》为风，秦象。《艮》为山，晋象。”贞，《易》的内卦，即下三爻。悔，《易》卦的外卦，即上三爻。坎，《易》卦名，八卦之一。坎象征险难，代表水，为北方之卦。巽，《易》卦名，八卦之一。巽代表风和木，为东南之卦。

❺乃剡二句：描写先民以木造船的过程。剡，削。《易·系辞下》：“刳木为舟，剡木为楫。”刳，挖，挖空。斲，砍，削。

❻飞深二句：描写先民航行于深远水域，以船为家的生活。巢、馆，名词作动词，居住。

❼涉川四句：句意出自《周易》、《诗经》。涉川之利，《易·需》：“贞吉，利涉大川。”临渊之戒，《诗·小雅·小旻》：“战战兢兢，如临深渊，如履薄冰。”

❽泊潜轻济：不详，疑有误字。

❾冥表勤言：《礼记·祭法》：“冥勤其官而水死。”据郑玄《注》，冥为契六世孙，曾做玄冥（水神）之官，掌管水利之事。

❿穆戎遂留：《艺文类聚》卷九〇引《抱朴子》：“穆王南征，一军皆化。君子为猿为鹤，小人为沙为虫。”戎，戎车。

⓫昭御不还：《左传·僖公四年》：“昭王南征而不复，寡人是问。……对曰：‘昭王之不复，君其问诸水滨。’”杜预注：“昭王，成王孙，南巡守，涉汉，船坏而溺。”

君子彼想❶，祇（zhī）心载惕❷。林简松栝（kuò）❸，水采龙鹢（yì）❹。觇（chān）

气涉潮❺，投祭沉璧❻，揆检含图❼，命辰定历❽。二崤虎口❾，周王夙趋❿；九折羊肠，汉臣电驱⓫。属对固已精核，下字无不钩新，斯可谓摆脱俗儒酸相。潜鳞浮翼⓬，争景乘虚⓭。衡石赪鳐⓮，帝子察殂⓯；青山断河⓰，后父沉躯⓱。川吏掌津⓲，敢告访途⓳。

❶君子以下八句：描写游历此地应作的慎重准备。君子彼想，即想彼君子。

❷祗心载惕：敬心警戒。祗，敬。载，助词，用在句首或句中，起加强语气的作用。惕，警惕，戒慎。

❸林简松栝：在树林中挑选松栝（用以造船）。简，选择，挑选。松栝，此泛指适宜造船的优良木料。栝，木名，即桧。

❹水采龙鹢：下水航行选择龙舟。采，摘取，引申为选择，采取。龙鹢，龙舟，此泛指精良的大船。鹢，水鸟名。古代在船首以彩色画鹢鸟之形，后借指船。

❺觇气：观察气象。涉潮：渡水。

❻投祭沉璧：谓沉璧于河，古代盟誓或祭祀时所举行的一种仪式。

❼揆检含图：《太平御览》卷八一引《春秋运斗枢》："舜以太尉受号，即位为天子。五年二月，至于中月，与三公、诸侯临观。黄龙五彩负图出，置舜前。图以黄玉为匣，如椟，长三尺，广八寸，厚一寸，四合而连有户。白玉检，黄金绳之，为泥封两端。"

❽命辰定历：《通鉴续编》："地皇氏一姓十一人，继天皇氏以治。爰定三辰，是分昼夜，以三十日为一月。"

❾二崤：即崤山。因崤山分为东崤、西崤，故称。在今河南洛宁西北。虎口：老虎之口，比喻危险的境地。

⑩夙:早。趋:疾行,奔跑。

⑪九折:《汉书·王尊传》:"涿郡太守徐明荐尊不宜久在闾巷,上以尊为郿令,迁益州刺史。先是,琅邪王阳为益州刺史,行部至邛郲九折阪,叹曰:'奉先人遗体,奈何数乘此险!'后以病去。及尊为刺史,至其阪,问吏曰:'此非王阳所畏道邪?'吏对曰:'是。'尊叱其驭曰:'驱之!王阳为孝子,王尊为忠臣。'"《水经注》卷三三:"南山有九折阪,夏则凝冰,冬则毒寒。"羊肠:喻指狭窄曲折的小路。

⑫潜鳞浮翼:指水中之鱼和天上之鸟。

⑬景:日光。乘虚:凌空。

⑭衡石:传说中的山名。《山海经·大荒北经》:"大荒之中,有衡石山。"赪鳐:红色的文鳐鱼。

⑮帝子察殂:尧之二女娥皇、女英,为舜妃。相传舜死于苍梧,二妃前往察看并没于湘水,遂为湘水之神。汉刘向《列女传·有虞二妃》:"舜陟方死于苍梧,号曰重华。二妃死于江湘之间,俗谓之湘君。"殂,死亡。

⑯青山断河:《山海经·中山经》:"青要之山,实维帝之密都。北望河曲,是多驾鸟;南望墠渚,禹父之所化。"

⑰后父沉躯:《拾遗记》:"尧命夏鲧治水,九载无绩,鲧自沉于羽渊,化为玄鱼,时扬须振鳞,横修波之上,见者谓为河精。"后父,指鲧。

⑱川吏:掌管水路的官吏。津:渡口。

⑲敢:谦词,犹冒昧。

飞白书势铭[1] 飞白书，后汉蔡邕所作。邕在鸿都门，见匠人施垩帚，遂创意焉。晋刘绍，字彦祖。作《飞白势》。

鲍 照

该篇生动形象地展现了飞白书的艺术魅力。

秋毫精劲[2]，霜素凝鲜[3]。沾此瑶波[4]，染彼松烟[5]。超工八法[6]，尽奇六文[7]。鸟企龙跃，珠解泉分[8]。轻如游雾，重似崩云[9]。绝锋剑摧[10]，惊势箭飞[11]。差池燕起[12]，振迅鸿归[13]。博奥苍坚，声沉旨郁。唐惟柳子厚往往胎息此种。临危制节[14]，中险腾机[15]。主角星芒[16]，明丽烂逸[17]。丝萦发垂，平理端密。盈尺锦两[18]，片字金镒[19]（yì）。锤字坚响。故仙芝烦弱[20]，既匪足双；虫虎琐碎[21]，又安能匹？君子品之，是最神笔[22]。

[1]飞白书：一种特殊的书法。相传东汉灵帝时修饰鸿都门，匠人用刷白粉的帚写字，蔡邕见后，归作“飞白书”。这种书法，笔画中丝丝露白，像枯笔所写。汉魏宫阙题字，曾广泛采用。唐张怀瓘《书断》上：“飞白者，后汉左中郎将蔡邕所作也。王隐、王愔并云飞白，变楷制也。本是宫殿题署，势既径丈，字宜轻微不满，名为飞白。”势：文体名。汉崔瑗有《草书势》

（见南朝梁任昉《文章缘起》），蔡邕有《隶势》、《篆势》。

❷秋毫：鸟兽在秋天新长出来的细毛，此指毛笔。

❸霜素：白色生绢。古人用绢帛书写，故亦以为书籍或信件的代称。鲜：洁净。

❹瑶波：对水波的美称。

❺松烟：松木燃烧后所凝之黑灰，是制松烟墨的原料。此处指墨。

❻八法：汉字笔画有侧（点）、勒（横）、努（直）、趯（钩）、策（斜画向上）、掠（撇）、啄（右边短撇）、磔（捺），谓之八法。

❼六文：六种文字，即古文、奇字、篆书、隶书、缪篆、鸟书。

❽鸟企二句：形容笔法的精奇。鸟企龙跃，蔡邕《隶势》："龙跃鸟震。"

❾崩云：碎裂的云彩，多形容波涛飞洒的样子。

❿绝锋剑摧：断绝的笔锋一如剑落下。

⓫惊势箭飞：运动的笔势如箭飞驰。

⓬差池：犹参差。

⓭振迅：抖动。

⓮制节：克制。

⓯中：及，到达，遭到。机：机巧。

⓰圭角星芒：孔颖达《礼记注疏》卷五九："圭角，谓圭之锋铓有楞角。"庾肩吾《书品》："真草既分于星芒，烈火复成于珠佩。"

⓱烂逸：绚烂光艳。逸，通"昳"。

⓲两：量词，犹匹。用于帛、锦，每两四丈。

⓳片字金镒：秦相吕不韦使门客著《吕氏春秋》，书成，公布于咸阳城门，声言有能增删一字者，赏予千金。见《史记·吕不韦列传》。又汉刘安著《淮南子》，亦悬赏千金，征求士人意见。见汉桓谭《新论·本造》。镒，古代重量单位，合二十两，一说二十四两。

⓴仙芝：两种书体名，仙人书和芝英书。

㉑虫虎：两种书体名，虫书和虎爪书。

㉒神笔：谓神助之笔。

药奁铭

换头紫粉、七返丹砂，此二药世人千百中无一人解作。读是铭如得秘药于孟简，可以悦心脾，可以涤肠胃。即谓明远能为二药，亦何愧焉？

鲍　照

该篇言及医学及养生之道。

岁贾(yǎn)走丸❶，生厌陨墙❷。时无骤得❸，年有遐方❹。水玉出烟❺，《灵飞》生光❻。龟文电衣❼，龙采云裳。九芝八石❽，延正荡斜；二脂六体❾，振衰返华。毛姬饵叶❿，凤子藏花⓫。景绝翠虬⓬，气隐赪(chēng)霞⓭。深神罕别⓮，妙奇不扬。或繁虎杖⓯，或乱蛇床⓰。故不世不可以服⓱，未达不可以尝⓲。眩睛逆目，是乃为良⓳。

❶岁贾走丸：形容时光飞逝。贾，坠落。走丸，语出《汉书·蒯通传》："为君计者，莫若以黄屋朱轮迎范阳令，使驰骛于燕赵之郊，则边城皆将相告曰'范阳令先下而身富贵'，必相率而降，犹如阪上走丸也。"颜师古注："言乘势便易。"后因以"走丸"比喻事势发展顺利而快速。

❷生厌陨墙：《孟子·尽心》："是故知命者不立乎岩墙之下。"陨，崩塌，坠落。

❸时无骤得：《楚辞·湘君》："时不可兮骤得，聊逍遥兮容与。"骤，屡次。

❹遐方：延寿之方。

❺水玉：水晶的古称。《山海经·南山经》："堂庭之山多棪木，多白猿，多水玉，多黄金。"

❻灵飞：道教经典《灵飞经》的省称。

❼龟文：龟背的纹理，此处用来形容衣服。电衣：色彩闪耀的衣服。

❽九芝：《汉书·武帝纪》："甘泉宫内中产芝，九茎连叶。"后泛指灵芝草。八石：古代道家炼丹所常用的朱砂、雄黄、雌黄、空青、云母、硫黄、戎盐、硝石八种石质原料。晋葛洪《抱朴子·勤求》："飞八石，转九丹，冶黄白水。"

❾二脂：未详，疑指石脂和松脂，两药古人皆以为有延年益寿之效。六体：人的头、身和四肢。

❿毛姬：即毛女。传说中得道于华山的仙女。汉刘向《列仙传·毛女》："毛女者，字玉姜。在华阴山中，猎师世世见之，形体生毛，自言秦始皇宫人也。秦坏，流亡入山避难，遇道士谷春，教食松叶，遂不饥寒，身轻如飞，百七十余年，所止岩中有鼓琴声云。"饵：服食，吃。

⓫凤子藏花：《神仙传》卷一："凤纲者，渔阳人也。常采百草花以水渍泥封之。"

⓬景：亮光。

⓭赪霞：红霞。

⓮深神：深邃的神韵。

⓯繁：繁杂。虎杖：草名。《尔雅·释草》："蒤，虎杖。"郭璞注："似红草而麤大，有细刺，可以染赤。"

⓰蛇床：草名，可入药，称蛇床子。

⓱不世不可以服：《周礼·天官·冢宰》："医不三世，不服其药。"

⓲未达不可以尝：《论语·子罕》："丘未达，不敢尝。"

⓳眩晴二句：《书·说命上》："若药弗瞑眩，厥疾弗瘳。"逆目，翻白眼。

团扇铭

庾肩吾

该篇写团扇，用典贴切，妙理暗蕴。

武王玄览，造扇于前[1]；班生赡博，《白绮》仍传[2]。裁筠(yún)比雾[3]，裂素轻蝉[4]。片月内掩[5]，重规外圆[6]。值物赋象，姿致极佳。吾当以新制齐纨，倩羊欣书此。庶几清吹徐来，秀采繁会。炎隆火正[7]，石铄沙煎[8]。清逾苹末[9]，莹等寒泉[10]。恩深难恃(shì)[11]，爱极则迁[12]。秋风飒(sà)至[13]，箧(qiè)笥(sì)长捐[14]。勒铭华扇，敢荐夏筵(yán)[15]。

❶武王二句：陆机《羽扇赋》："昔武王玄览，造扇于前。"玄览，远见。
❷班生：班固作有《白绮扇》之赋。赡博：丰富广博。
❸裁筠比雾：形容制扇之竹削裁精细。筠，竹的青皮，此处指竹子。
❹裂素轻蝉：形容制扇之丝材质轻薄。
❺片月内掩：形容扇子富有光泽，又如一片月光。
❻重规外圆：形容扇子外形圆润。重规，指日月俱圆。
❼火正：指仲夏。古以五行配四时，火旺于夏，故称。
❽石铄沙煎：形容天气炎热。汉贾谊《旱云赋》："隆盛暑而无聊兮，煎

沙石而烂熠。”铄,熔化。

❾苹末:青苹的叶尖,指风所起处。语出战国楚宋玉《风赋》:“夫风生于地,起于青苹之末。”风起则苹叶动,故亦用为微风的代称。

❿莹:光洁透明。

⓫恃:依赖。

⓬极:达到顶点、最高限度。

⓭飒:象声词,风声。

⓮箧笥:藏物的竹器。捐:舍弃。

⓯夏筵:夏天的席子。

后堂望美人山铭

兰成诸铭直可与明远竞爽。明远以峭胜，兰成以秀胜，蹊径自别耳。然兰成要未肯作小巫也。

庾　信

该篇描写禁苑中的秀山美女。

高唐疑雨❶，洛浦无舟❷。何处相望？山边一楼。峰因五妇❸，石是三侯❹。险逾地肺❺，危凌天柱❻。禁苑斜通，春人恒聚❼。树里闻歌，枝中见舞。恰对妆台，诸窗并开。遥看已识，试唤便回。岂同织女，非秋不来？不必作时世妆，挽飞仙髻，而一种妩媚之态，当不减画里唤真真也。

❶高唐：战国时楚国台观名，在云梦泽中。传说楚襄王游高唐，梦见巫山神女，幸之而去。疑：类似，好像。

❷洛浦：曹植《洛神赋》："尔乃税驾乎蘅皋，秣驷乎芝田，容与乎阳林，流眄乎洛川。于是精移神骇，忽焉思散。俯则未察，仰以殊观。睹一丽人，于岩之畔。乃援御者而告之曰：'尔有觌于彼者乎？彼何人斯，若此之艳也！'御者对曰：'臣闻河洛之神，名曰宓妃。然则君王所见，无乃是乎？其状若何，臣愿闻之。'"

❸五妇：《述异记》卷下："秦惠王献五美女于蜀王，王遣五丁迎之。乃

见大蛇入山穴中，五丁曳蛇，山崩。五女上山，皆化为石。”

❹三侯：郦道元《水经注·温水》：“汉武帝时，有竹王兴于豚水。有一女子浣于水滨，有三节大竹流入女子足间，推之不去，闻有声，持归破之，得一男儿，遂雄夷濮，氏竹为姓。所捐破竹，于野成林，今竹王祠竹林是也。王尝从人止大石上，命作羹，从者白无水，王以剑击石出水，今竹王水是也。后唐蒙开牂柯，斩竹王首，夷獠咸怨，以竹王非血气所生，求为立祠。帝封三子为侯，及死，配父庙，今竹王三郎祠，其神也。”

❺地肺：即地肺山，在今陕西商洛东。地形险阻，景色幽胜。秦末汉初四皓曾在此隐居。

❻凌：乘，登，引申为逾越。天柱：山名。

❼春人：游春的人。

至仁山铭

庾 信

该篇描绘山园秋色。

山横鹤岭[1]，水学龙津[2]。瑞云一片，仙童两人[3]。三秋云薄，九日寒新。真花暂落[4]，画树长春。横石临砌[5]，飞檐枕岭。壁绕藤苗，窗衔竹影。菊落秋潭，桐疏寒井。有语必新，无字不隽。吾于开府当铸金事之矣。仁者可乐，将由爱静[6]。

❶鹤岭:仙道所居的山岭。

❷学:如,像。龙津:即龙门。龙门一名河津,故称。

❸吴兆宜《徐孝穆集笺注》引《颜修内传》:“桥顺二子曰璋、曰瑞,师事仙人卢子基于隆虑山栖霞谷,服飞龙药一丸,千年不饥。”曹丕《折杨柳行》:“西山一何高,高高殊无极。上有两仙童,不饮亦不食。与我一丸药,光耀有五色。服药四五日,身体生羽翼。”

❹暂:副词,相当于“忽而”、“时而”。

❺砌:台阶。

❻仁者二句:《论语·雍也》:“知者乐水,仁者乐山。知者动,仁者静。”将由爱静,应该是由于喜欢安静。

梁东宫行雨山铭

庾　信

该篇描写禁苑中美女游春的景象。

山名行雨，地异阳台[1]。佳人无数，神女羞来[2]。翠幔(màn)朝开[3]，新妆旦起。树入床头，花来镜里。草绿衫同，花红面似。亦自华炼而情韵绵牵。山灵有知，想应色然心喜。开年寒尽[4]，正月游春。俱除锦帔(pèi)[5]，并脱红纶[6]。天丝剧藕[7]，蝶粉生尘。横藤碍路，弱柳低人。谁言洛浦，一个河神[8]？

❶山名二句：用高唐神女典。《文选·宋玉〈高唐赋序〉》：“玉曰：昔者先王尝游高唐，怠而昼寝，梦见一妇人，曰：‘妾巫山之女也，为高唐之客。闻君游高唐，愿荐枕席。’王因幸之。去而辞曰：‘妾在巫山之阳，高山之阻。旦为朝云，暮为行雨，朝朝暮暮，阳台之下。’”李善注：“朝云行雨，神女之美也。”

❷佳人二句：谓美女之多，连神女都羞于前来。

❸幔：帐幕，帐篷。

❹开年：一年的开始。

❺帔:古代妇女披在肩上的衣饰。《释名·释衣服》:“帔,披也,披之肩背,不及下也。”

❻纶:巾披。

❼天丝:蜘蛛等昆虫所吐的飘荡在空中的游丝。剧:嬉戏。藕:指荷花。

❽谁言二句:谁说洛浦只有一个河神呢?与前文“佳人无数”呼应。典出曹植《洛神赋》。

碑

文体名。南朝梁刘勰《文心雕龙·诔碑》："夫属碑之体，资乎史才，其序则传，其文则铭。标序盛德，必见清风之华；昭纪鸿懿，必见峻伟之烈。此碑之制也。"

相官寺碑

萧　纲

该篇主要表现对佛教的信仰，以及相官寺的宏大构建。

真人西灭[1]，罗汉东游[2]。五明盛士[3]，并宣北门之教[4]；四姓小臣[5]，稍罢南宫之学[6]。超洙泗（zhū sì）之济济[7]，比舍卫之洋洋[8]。是以高檐三丈，乃为祀神之舍；连阁四周，并非中官之宅[9]。雪山忍辱之草[10]，天宫陀树之花[11]，四照芬吐[12]，五衢异色[13]。随手拈花，千载下见之，无不破颜微笑，不知正法眼藏，可能付迦叶否？能令扶解说法，果出妙衣[14]。鹿苑岂殊[15]，祇林何远[16]？

❶真人：佛教称证真理的人。此指佛陀。

❷罗汉：阿罗汉的省称。小乘的最高果位，称为“无学果”。谓已断烦恼，超出三界轮回，应受人天供养的尊者。此指高僧。

❸五明：佛教所说的古印度五种学问，即声明、工巧明、医方明、因明、内明。见《菩萨地持经》卷三。盛：显赫。

❹宣：布散，引申为宣扬，发扬。北门之教：指学佛修道。典出《方广大庄严经》。佛为太子时，出北门，闻比丘之言，乃决意出家。

❺四姓:原指四种姓,即婆罗门、刹帝利、吠舍、首陀罗。此泛指社会各阶级。小臣:指臣民,相对君主而言。

❻南宫之学:指儒学。南宫,皇室及王侯子弟的学官。《史记·儒林列传》:"高祖过鲁,申公以弟子从师入见高祖于鲁南宫。"张守节正义引《括地志》云:"泮宫在兖州曲阜县西南二百里鲁城内宫之内。郑云:泮之言半也。言其制半于天子之璧雍。"

❼洙泗:洙水和泗水。古时二水自今山东泗水北合流而下,至曲阜北,又分为二水,洙水在北,泗水在南。春秋时属鲁国地。孔子在洙泗之间聚徒讲学。《礼记·檀弓上》:"吾与女事夫子于洙泗之间。"后因以"洙泗"代称孔子及儒家。济济:众多貌。

❽舍卫:舍卫国,佛教圣地。洋洋:众多貌。

❾中官:宫内、朝内之官。

❿忍辱之草:忍辱草。佛经中说雪山有草,名为忍辱,牛羊食之,则成醍醐。见《涅槃经》卷二七引《师子吼菩萨》。

⓫陀树:《酉阳杂俎·贝编》:"拘尼陀树花,见月光即开。"

⓬四照:指光华四照的花。

⓭五衢:谓枝杈五出。《山海经·中山经》:"少室之山,百草木成囷。其上有木焉,其名曰帝休,叶状如杨,其枝五衢。"郭璞注:"言树枝交错,相重五出,有象衢路也。"

⓮能令二句:可使幼儿理解佛祖说法,证得果位是缘于神妙的袈裟。据《百缘经》载,佛陀在世时,波罗奈国梵摩达王有一女儿,名叫伽尸孙陀利,出生时就身披袈裟。随着年龄增长,孙陀利身上袈裟也随之变大。一日到鹿野苑游玩,看见佛陀相貌好,心生喜悦,上前顶礼佛足。孙陀利听闻佛陀开示后,得须陀洹果,后又证得阿罗汉果。有比丘知道了此事而请示世尊,为何孙陀利有这种因缘?佛陀为大众说明:过去加那加牟尼佛,常带领比丘们外出行化众生,当时有一国王女儿,见到佛陀即心生喜悦,发心供佛斋僧外,更供养袈裟。因此功德,多世以来生于尊荣豪贵之家,

常有袈裟随身而生。而此国王女儿即孙陀利比丘尼。扶，犹扶扶，幼小貌。汉扬雄《太玄·礥》:“赤子扶扶，元贞有终。测曰：赤子扶扶，父母詹也。”范望注:“扶扶，幼小之貌也。”一说，依慕之意。司马光集注:“扶扶，扳援依慕之意。”此作名词。果，佛家语，指按佛法修行达到一定的证悟境界。

⑮鹿苑：即鹿野苑。在中天竺波罗奈国。释迦成道后，始来此说四谛憍之法，度憍陈如等五比丘。《杂阿含经》卷二三:“此处仙人园鹿野苑，如来于中为五比丘三转十二行法轮。”

⑯祇林：即祇园，“祇树给孤独园”的简称。相传释迦牟尼成道后，憍萨罗国的给孤独长者用大量黄金购置舍卫城南祇陀太子园地，建筑精舍，请释迦说法。祇陀太子也奉献了园内树木，故以二人名字命名。后用为佛寺的代称。

皇太子萧纲[1]，自昔藩邸[2]，便结善缘[3]。虽银藏盖寡[4]，金地多阙[5]，有惭四事[6]，久立五根[7]。泗川出鼎，尚刻之罘(fú)之石[8]；岷峨作镇，犹铭剑壁之山[9]。着此一联，使上下斗笋，而笔复圆折，那得不令顽石点头？矧(shěn)伊福界[10]，宁无镌刻？

❶萧纲:“纲”原作“纬”。考梁武帝诸子中并无名“纬”者，而立为太子者，仅萧统、萧纲二人。萧统自天监元年(502)武帝代齐之际即被立为太子，中大通三年(531)病逝。自幼居太子之位，中间并无出任藩王的经历。与文中“皇太子萧纬，自昔藩邸，便结善缘”之语不符。而萧纲却曾封晋安王，于中大通三年立为太子。所以此处“萧纬”当是“萧纲”之误。此碑文当为臣下代作，因而避讳作“纬”。

❷藩邸：藩王之第宅。

❸善缘：佛教语，指与佛门的缘分。《法苑珠林》卷三五:“宿造诸善缘，百劫而不朽。”

❹银藏:即银地。佛教谓菩萨所居以琉璃铺地,故称。常借指佛寺。

❺金地:佛教谓菩萨所居以黄金铺地,故称。《释氏要览》卷上:"金地或云金田,即舍卫国给孤长者,侧布黄金,买祇太子园,建精舍,请之居之。"常借指佛寺。"虽银藏"二句,言原先庙宇之简陋。

❻四事:《宝如来三昧经》:"菩萨以四事可知有劳,何谓四事可知有劳?闻无央数人,其心恐怖,是为一劳;闻不可度生死,其心恐怖,是为二劳;闻不可限诸佛智,其心恐怖,是为三劳;闻无央数功德而成一相,其心恐怖,是为四劳。"

❼五根:佛教谓能生一切善法的五种根本法。即信根(信奉佛法),精进根(勤修善法),念根(忆念正法),定根(使心不散),慧根(思维真理)。

❽泗川二句:《史记·秦始皇本纪》:"始皇还过彭城,斋戒祷祠,欲出周鼎泗水,使人没水求之,弗得。"又:"登之罘,刻石。"之罘,山名,在今山东烟台北。

❾岷峨二句:张孟阳《剑阁铭》:"岩岩梁山,积石峨峨。远属荆衡,近缀岷嶓。南通邛僰,北达褒斜。狭过彭碣,高逾嵩华。惟蜀之门,作固作镇。是曰剑阁,壁立千仞。"岷峨,特指峨眉山,以其在岷山之南,故称。镇,古代称一地区内最大最重要的名山,主山。剑壁,即剑阁。古称剑门、剑州。地当秦蜀要冲,因诸葛亮在剑门关凌空凿石修建飞梁阁道而得名。

❿矧:况且,而况。福界:指佛寺。伊:此。

铭曰:洛阳白马[1],帝释天冠[2],开基紫陌[3],峻极云端。实惟爽垲(kǎi)[4],栖心之地。譬若净土,长为佛事。银铺曜色[5],玉础金光[6]。塔如仙掌[7],楼疑凤皇[8]。珠生月魄[9],钟应秋霜[10]。鸟依交露[11],幡承杏梁[12]。窗舒意蕊[13],室度心香[14]。*情思隽逸,华采斒斓。寻绎数四,几有菩提非树,明镜非台之妙。*天琴夜下[15],

绀(gàn)马朝翔⑯。生灭可度⑰，离苦获常⑱。相续有尽⑲，归乎道场⑳。

❶白马:佛寺名,在今河南洛阳东郊。东汉明帝永平十一年建,为佛教在中国最早的寺院。北魏杨衒之《洛阳伽蓝记·白马寺》:"白马寺,汉明帝所立也,佛教入中国之始。"

❷帝释:佛教护法神之一。佛家称其为三十三天(忉利天)之主,居须弥山顶善见城。天冠:佛寺名。梁元帝《荆州长沙寺阿育王像碑》:"才渡莲河,即处天冠之寺。"

❸紫陌:指京师郊野的道路。汉王粲《羽猎赋》:"济漳浦而横阵,倚紫陌而并征。"

❹爽垲:明朗干燥。《左传·昭公三年》:"子之宅近市,湫隘嚣尘,不可以居,请更诸爽垲者。"杜预注:"爽,明。垲,燥。"

❺铺:铺首,着于门上的衔环兽面。

❻础:柱下石礅。

❼塔如仙掌:《洛阳伽蓝记·瑶光寺》:"瑶光寺有五层浮屠一所,去地五十丈,仙掌凌虚,铎垂云表。"

❽疑:类似,好像。凤皇:楼名。《太平御览》卷一七六引《晋宫阁名》:"洛阳有凤凰楼。"

❾珠生月魄:《淮南子·地形训》:"蛤、蟹、珠、龟,与月盛衰。"魄,月初出或将没时的微光。一说,指月初生或圆而始缺时不明亮处。

❿钟应秋霜:《山海经·中山经》:"丰山有九钟焉,是知霜鸣。"郭璞注:"霜降则钟鸣,故言知也。"

⓫交露:指用交错的珠串组成的帷幔。其状若露珠,故称。《无量寿经》卷上:"又讲堂精舍宫殿楼观,皆七宝庄严自然化成。复以真珠、明月、摩尼众宝,以为交露,覆盖其上。"

⓬杏梁:文杏木所制的屋梁,言其屋宇的高贵。

⑬意蕊:指心情,心意。谓其纠结如花蕊,故云。

⑭度:超度。佛、道教谓使死者灵魂得以脱离地狱诸苦难。心香:佛教语,谓中心虔诚,如供佛之焚香。

⑮天琴夜下:萧纲《大法颂》:"空华竞下,天琴自张。"

⑯绀马朝翔:《起世经》:"转轮王绀马之宝,名婆罗诃。色青,体尾毛悦泽,头黑发披,有神通力,腾空而行。日初出时,乘此宝马,流大地,还至本宫,乃始进食。"绀,天青色,深青透红之色。

⑰生灭可度:生死可以被超越。生灭,依因缘和合而有,谓之"生",依因缘离散而无,谓之"灭"。

⑱离苦获常:意谓脱离苦海,进入永恒常在的境地。常,永恒。

⑲相续有尽:指相续无常。无常,谓世间一切事物不能久住,都处于生灭变异之中。

⑳道场:成道修道之所。南朝梁沈约《〈内典〉序》:"闻片议而陟道场,受一言而升彼岸。"

誄

文体名。列述死者德行，表示哀悼并以之定谥的文章（多用于上对下）。《礼记·曾子问》：“贱不诔贵，幼不诔长，礼也。”郑玄注：“诔，累也。累列生时行迹，读之以作谥，谥当由尊者成。”

陶征士诔[1]并序

《晋中兴书》：延之为始安郡，道经寻阳，常饮渊明舍，自晨达昏。及渊明卒，延之为诔，极其思致。诔文骨劲色苍，不特为渊明写照，而其品概亦因之脩远矣。

颜延之[2]

该篇综述陶渊明不慕荣利、高蹈独善的一生。

夫璇(xuán)玉致美[3]，不为池隍之宝[4]；桂椒信芳[5]，而非园林之实。岂期深而好远哉[6]？盖云殊性而已[7]。故无足而至者，物之藉(jí)也[8]；随踵(zhǒng)而立者，人之薄也[9]。若乃巢高之抗行[10]，夷皓之峻节[11]，故已父老尧禹[12]，锱(zī)铢(zhū)周汉[13]。而绵世浸远[14]，光灵不属(zhǔ)[15]，至使菁华隐没[16]，芳流歇绝[17]，不其惜乎？引古立案，恰得渊明身分，而句法亦宕逸可观。虽今之作者[18]，人自为量，而首路同尘[19]，辍涂殊轨者多矣[20]。岂所以昭末景，泛余波[21]？

[1]《文选》李善注引何法盛《晋中兴书》："延之为始安郡，道经寻阳，常饮渊明舍，自晨达昏。及渊明卒，延之为诔，极其思致。"陶征士：即陶渊明(365～427)，字元亮，又名潜，私谥"靖节"，世称靖节先生。浔阳柴桑人。

曾任江州祭酒、建威参军、镇军参军、彭泽县令等职，最末一次出仕为彭泽县令，八十多天便弃职而去，从此归隐田园。征士，指不接受朝廷征聘的隐士。

❷颜延之：384～456年。字延年。祖籍琅邪临沂(今属山东)人。官至金紫光禄大夫，后世称为颜光禄。明代张溥辑为《颜光禄集》，收在《汉魏六朝百三家集》中。

❸璇：美玉。致：通“至”，极其。

❹池隍：古代掘土筑城，城下之地，有水称池，无水称隍。因以“池隍”借指城市。

❺桂椒：肉桂及山椒，泛指高级香料。信：果真，确实。

❻期深：向往深处。指璇玉而言。好远：喜欢远方。指桂椒而言。

❼殊性：不同的性质。

❽故无足二句：《韩诗外传》卷六：“晋平公游于河而乐曰：‘安得贤士与之乐此也？’船人盖胥跪而对曰：‘夫珠出于江海，玉出于昆山，无足而至者，由主君之好也。士有足而不至者，盖君主无好士之意也。何患无士乎？’”藉，杂乱，狼藉，引申指繁多。

❾随踵二句：《战国策·齐策三》：“子来，寡人闻之。千里而一士，是比肩而立，百世而一圣，若随踵而至也。今子一朝而见七士，则士不亦众乎！”随踵，犹紧跟，常形容来者之多或来者之快。薄，轻薄。

❿巢高：巢父和伯成子高，尧时的两位隐士。抗行：高尚的行为。

⓫夷皓：伯夷和四皓。伯夷，商末孤竹君之子。相传其父遗命要立次子叔齐为继承人。孤竹君死后，叔齐让位给伯夷，伯夷不受，叔齐也不愿登位，先后逃到周。周武王伐纣，二人叩马谏阻。武王灭商后，他们耻食周粟，采薇而食，饿死于首阳山。四皓，指秦末隐居商山的东园公、角里先生、绮里季、夏黄公。四人须眉皆白，故称商山四皓。高祖召，不应。后高祖欲废太子，吕后用张良计，迎四皓，使辅太子，高祖以太子羽翼已成，乃消除改立太子之意。峻节：高尚的节操。

⑫父老尧禹：《后汉书·郅恽传》："（郅恽）曰：'鸟兽不可与同群，子以我为伊、吕乎？将为巢、许乎？而父老尧、舜也。'"父老，古代乡里管事人。此意动用法。

⑬锱铢：锱和铢，比喻微小的数量。此意动用法。周汉：周代与汉代的并称。

⑭绵：延续，连续。浸：逐渐。

⑮属：继续，联接。

⑯菁华：犹光辉。

⑰芳流：懿美的风范。歇绝：消失，衰谢。

⑱作者：《论语·宪问》："子曰：'贤者辟世，其次辟地，其次辟色，其次辟言。'子曰：'作者七人矣。'"邢昺疏："此章言自古隐逸贤者之行也……作，为也。言为此行者，凡有七人。"后以称隐逸之士。

⑲首路：上路出发。同尘：同路，同行。晋杨方《合欢》诗之二："来与子共迹，去与子同尘。"

⑳辍涂：谓中途停止。殊轨：不同的道路。喻差距甚大。

㉑末景、余波：皆喻前代隐士的遗风。

有晋征士寻阳陶渊明❶，拈"有晋"字，自是通人卓识。南岳之幽居者也❷。弱不好弄❸，长实素心❹。学非称师❺，文取指达❻。在众不失其寡，处言愈见其默。定论。少而贫病，居无仆妾。井臼弗任❼，藜（lí）菽（shū）不给（jǐ）❽。母老子幼，就养勤匮❾。远惟田生致亲之议❿，追悟毛子捧檄之怀⓫。初辞州府三命⓬，后为彭泽令⓭。道不偶物⓮，弃官从好⓯。

❶有：助词，无义，作名词词头。寻阳：古地名。汉时在今湖北黄梅西

南。东晋以今九江、广济间长江两岸地置寻阳郡,即以寻阳为治所。

❷南岳:山名,又名霍山,在今安徽。西汉元封五年(前106)武帝南巡,登其山,号为南岳,即此。《史记·孝武本纪》:"上巡南郡,至江陵而东,登礼潜之天柱山。"裴骃集解引应劭曰:"潜县属庐江,南岳霍山也。"

❸弱不好弄:《左传·僖公九年》:"夷吾弱不好弄。"弱,年幼,年少。弄,玩耍,游戏。

❹实:语助词,用以加强语意。素心:纯洁的心地。

❺学:学问,学养。称师:以师自称。

❻指:旨意,意向。

❼井臼:汲水舂米,泛指操持家务。任:胜任。

❽藜菽:藜和菽,古人以为食,泛指粗粝之食。给:丰足,充裕。

❾就养:侍奉父母。《礼记·檀弓上》:"事亲有隐而无犯,左右就养无方。"勤匮:劳苦而穷困。

❿田生致亲之议:《韩诗外传》卷七:"齐宣王谓田过曰:'吾闻儒者亲丧三年,君与父孰重?'过对曰:'殆不如父重。'王忿然曰:'曷为士去亲而事君?'对曰:'非君之土地,无以处吾亲;非君之禄,无以养吾亲;非君之爵,无以尊显吾亲。受之于君,致之于亲,凡事君以为亲也。'宣王悒然,无以应之。"惟,思考,思念。

⓫毛子捧檄之怀:东汉人毛义有孝名。张奉去拜访他,刚好府檄至,要毛义去任守令,毛义拿到檄,甚为喜悦,张奉因此鄙视他。后毛义母死,毛义便不再出去做官,张奉才知道他不过是为亲求禄,感叹自己知其不深。见《后汉书·刘平等传序》。后以"捧檄"为为母出仕的典故。

⓬初:用作追叙往事之词,用于句首。三命:三命为公侯伯之卿。周时官阶从一命到九命,一命为最低的官阶。此称任州府官的辟命。《后汉书·李陈庞陈等传论》:"任棠、姜岐,世著其清,结瓮牖而辞三命。"李贤注:"谓任、姜辞太守之辟也。"

⓭彭泽:县名,汉代始设,在今江西北部。

⓮道不偶物：主张或思想与他人不合。

⓯从好：《论语·述而》“子曰：‘富而可求也，虽执鞭之士，吾亦为之，如不可求，从吾所好。’”

遂乃解体世纷❶，结志区外❷，定迹深栖，于是乎远❸。灌畦[qí]鬻[yù]蔬❹，为供鱼菽之祭❺；织𬘓[yǎn]纬萧❻，以充粮粒之费。心好异书❼，性乐酒德❽，简弃烦促❾，就成省旷❿，*琐琐叙述，弥表旷怀。*殆所谓国爵屏贵⓫，家人忘贫者与⓬？有诏征为著作郎⓭，*诏征著作，不书宋室。浦二田云：“正与陶诗义熙后但书甲子同旨。”*称疾不到。春秋若干⓮，元嘉四年月日，卒于寻阳县之某里。

❶解体：脱身。世纷：人世间的纷乱。

❷区外：犹世外。

❸远：离开，避开。《孟子·梁惠王上》：“君子之于禽兽也，见其生，不忍见其死，闻其声，不忍食其肉。是以君子远庖厨也。”

❹畦：田园中分成的小区。此指田园。鬻：卖。

❺鱼菽之祭：以鱼、豆为祭品的祭事。鱼、豆是常用食品，表明祭品的菲薄。《公羊传·哀公六年》：“陈乞曰：‘常之母有鱼菽之祭，愿诸大夫之化我也。’”何休注：“齐俗，妇人首祭事。言鱼豆者，示薄陋无所有。”

❻𬘓：古时鞋头上的装饰，有孔，可穿系鞋带。《穀梁传·襄公二十七年》：“宁喜出奔晋，织𬘓邯郸，终身不言卫。”宁喜，卫大夫。纬萧：编织蒿草为席箔。《庄子·列御寇》：“河上有家贫恃纬萧而食者。”

❼心好异书：陶渊明喜读《山海经》等书。

❽酒德：晋刘伶曾作《酒德颂》，极言饮酒为乐。后遂以“酒德”泛指饮酒的旨趣与品德。

❾简弃:舍弃。烦促:烦乱急促。

❿省旷:简约空闲。

⓫国爵屏贵:国家授予的爵位被至贵之人摒弃。《庄子·天运》:"至贵,国爵并焉;至富,国财并焉;至愿,名誉并焉。是以道不渝。"郭庆藩集释:"并者,除弃之谓也。夫贵在于身,身犹忘之,况国爵乎!斯贵之至也。"国爵,国家授予的爵位。

⓬家人忘贫:《庄子·杂篇·庚桑楚》:"故圣人,其穷也,使家人忘其贫;其达也,使王公忘爵禄而化卑。"

⓭著作郎:官名。三国魏明帝始置,属中书省,掌编纂国史。晋元康中改属秘书省,称为大著作。

⓮春秋:年纪,年数。

近识悲悼,远士伤情[1]。冥默福应[2],呜呼淑贞[3]。夫实以诔(lěi)华[4],名由谥(shì)高[5],苟允德义[6],贵贱何算焉[7]?若其宽乐令终之美[8],好廉克己之操[9],有合谥典[10],无愆(qiān)前志[11]。故询诸友好,宜谥曰靖节征士[12]。

❶近识二句:互文见义,谓远近人士悲伤哀悼。

❷冥默:昏暗。

❸淑贞:美好而坚贞。

❹诔:古代列述死者德行,表示哀悼并以之定谥。

❺谥:古代帝王、贵族、大臣、士大夫或其他有地位的人死后,据其生前业迹评定的带有褒贬意义的称号。

❻允:符合。德义:道德信义。

❼何算:犹何别,用反问的语气表示没有区别。《仪礼·丧服》:"野人曰:'父母何算焉?'"段玉裁《经韵楼集·野人曰父母何算焉》:"此谓野人言父

与母何别也。何算，犹何别也。”

❽令终：谓尽天年而寿终。

❾廉：棱角，比喻人的禀性方正，刚直。《论语·阳货》：“古之矜也廉，今之矜也忿戾。”朱熹集注：“廉，谓棱角峭厉。”

❿谥典：犹谥法，评定谥号的法则。

⓫愆：违背。前志：前人的记述。

⓬靖节：宋苏洵《谥法》卷二：“宽乐令终曰靖，好廉自克曰节。”

其辞曰：物尚孤生，人固介立❶。峭拔。岂伊时遘（gòu），曷云世及❷？嗟乎若士❸，望古遥集❹。韬此洪族❺，蔑彼名级❻。睦亲之行❼，至自非敦❽。然诺之信，重于布言❾。廉深简絜❿，贞夷粹温⓫，和而能峻，博而不繁。将渊明本领，摹儗写出，犹顾长康画人，尽在阿堵中矣。

❶介立：特起独立，谓操守清高。

❷岂伊二句：互文见意，意谓并非遭遇时世（才有此作为）。遘，遇，遭遇。世及，世袭，世代相传。

❸若士：犹其人。语出《淮南子·道应训》：“卢敖游乎北海，经乎太阴，入乎玄阙，至于蒙谷之上，见一士焉……卢敖与之语曰：‘……子殆可与敖为友乎？’若士者蠢然而笑曰：‘……然子处矣，吾与汗漫期于九垓之外，吾不可以久驻。’若士举臂而竦身，遂入云中。”后因以“若士”指仙人或超凡脱俗之人。

❹望古遥集：谓仰慕古代高士，不啻遥与会集。《文选》吕向注：“若士谓潜也。望古逸人遥与相集也。”

❺韬：弓袋，引申指掩藏，敛藏。洪族：大族，名门望族。

❻名级：名位品级。

❼睦亲:对宗族和睦,对外亲友好。

❽至自非敦:出于本性而非外界督促。

❾布言:《史记·季布栾布列传》:"楚人谚曰:'得黄金百斤,不如得季布一诺。'"

❿廉深:廉洁深沉。

⓫贞夷:中正平和。粹温:纯真温良。

依世尚同[1],诡时则异[2],有一于此,两非默置[3]。岂若夫子,因心违事[4]。畏荣好古,薄身厚志[5]。世霸虚礼[6],州壤推风[7]。孝惟义养,道必怀邦[8]。人之秉彝[9],不隘不恭[10]。爵同下士,禄等上农[11]。

❶依世尚同:依附世俗,追求混同。

❷诡时则异:违背时代,效法异端。诡,违背。则,仿效,效法。

❸有一二句:(以上行为)只要涉及一种,都不算是自然地放弃。置,弃。

❹因心违事:顺从本心地放弃官职。事,官职。《书·立政》:"任人、准夫、牧,作三事。"王引之《经义述闻·尚书上》:"三事,三职也。为任人、准夫、牧夫之职,故曰'作三事'。"

❺薄身厚志:使生活清贫,使理想崇高。

❻世霸:当世有权势的人。虚礼:谦虚而礼遇之。

❼州壤:州里,乡里。推风:推许其节操。

❽孝惟二句:《文选》刘良注:"惟,思。义,善也。怀邦,不忘于国也。言潜为养亲而就彭泽令也。"孝惟义养,孝顺地善养(父母)。道必怀邦,意谓政治上心系国家。

❾人之秉彝:为人持执常道。《诗·大雅·烝民》:"民之秉彝,好是懿德。"

毛传:“彝,常。”朱熹集传:“秉,执。”

⑩不隘不恭:不狭隘也没有不恭顺。《孟子·公孙丑上》:“伯夷隘,柳下惠不恭,隘与不恭,君子不由也。”

⑪爵同二句:《礼记·王制》:“诸侯之下士,视上农夫,禄足以代其耕。”下士,古代天子、诸侯都设有士,分上士、中士、下士。秦以后亦沿用。上农,古代指种植条件较好、收益较多的农民。

度量难钧①,进退可限②。长卿弃官③,稚宾自免④。子之悟之,何悟之辨⑤?赋诗归来⑥,高蹈独善⑦。亦既超旷⑧,无适非心⑨。汲流旧巘(yǎn)⑩,葺(qì)宇家林⑪。晨烟暮蔼⑫,春煦(xù)秋阴⑬,陈书缀卷⑭,置酒弦琴⑮。居备勤俭⑯,躬兼贫病⑰,人否(pǐ)其忧,子然其命⑱。隐约就闲⑲,迁延辞聘⑳。非直也明㉑,是惟道性㉒。

琢句近潘安仁,澹而弥旨。

①度量难钧:意谓难以用标准来衡量。度量,用以计量长短和容积的标准。钧,古代重量单位之一,引申指衡量。

②进退可限:意谓举止行动合乎规范。

③长卿弃官:司马相如,字长卿。汉武帝时召为郎,其仕宦,未尝肯参与公卿国家之事,称病闲居,不慕官爵。事见《史记·司马相如传》。

④稚宾自免:郇相,字稚宾,太原人。屡次因病辞官。见《汉书·郇相传》。

⑤何悟之辨:觉悟是多么明白啊!辨,明白,清楚。

⑥赋诗归来:指陶渊明辞彭泽县令而归隐,赋《归去来兮辞》。

⑦高蹈:指隐居。独善:“独善其身”之略语。《孟子·尽心上》:“穷则独善其身,达则兼善天下。”

❽超旷：超脱旷达。

❾无适非心：无往而不是出于本心。

❿巘：山，山顶。

⓫葺宇：修改房屋。宇，屋檐，引申指房屋。家林：自家的园林。

⓬蔼：通“霭”，云气。

⓭煦：温暖。

⓮缀：缝合，连缀，引申谓组织文字以成篇章。

⓯弦：弹奏弦乐。

⓰备：皆，尽。

⓱躬兼贫病：自身又贫穷又有病。

⓲人否二句：人以其忧为困，渊明认可其命运。语出《论语·雍也》：“贤哉，回也！一箪食，一瓢饮，在陋巷。人不堪其忧，回也不改其乐。”回，孔子的弟子颜渊。否，困厄，不顺。然，认可，认为正确。

⓳隐约：俭约。

⓴迁延：退却，后退。

㉑非直也明：不止是明智。

㉒道性：无欲之性。《淮南子·俶真训》高诱注：“能虚其心，以生于道，道性无欲。”

纠纆(mò)斡流[1]，冥漠报施[2]。孰云与仁？实疑明智[3]。谓天盖(hé)高[4]？胡愆斯义[5]？履信曷凭？思顺何寘(zhì)[6]？年在中身[7]，疢(chèn)惟痁(shān)疾[8]，视死如归，临凶若吉。药剂弗尝，祷祀非恤[9]。傃(sù)幽告终[10]，怀和长毕。气格高迈，纯是临摹东京人手笔。呜呼哀哉！敬述靖节，式尊遗占[11]。存不愿丰，没无求赡[12]。省讣(fù)却赙(fù)[13]，轻哀薄敛[14]。遭壤以穿[15]，旋葬而窆(biǎn)[16]。呜呼哀哉！

❶纠缠斡流:(祸福成败)如绳索般旋转,意谓人生无常。贾谊《鹏鸟赋》:"斡流而迁兮,或推而还,形气转续兮,变化而嬗……夫祸之与福兮,何异纠缠。"李善注:"《字林》曰:'纠,两合绳;缠,三合绳。'应劭曰:'祸福相与为表里,如纠缠索相附会也。'"斡,旋转,运转。"缠"原作"缠",当为形似而误,据《鹏鸟赋》改。

❷冥漠报施:(上苍的)报答和施予冥顽不灵。冥漠,昏暗寂静。报施,报复和施予,犹报应。

❸孰云二句:谁说(上苍)帮助仁者,实际上令明智之人疑惑。《老子》:"天道无亲,常与善人。"司马迁《史记·伯夷列传》引《老子》此言并认为伯夷洁行而饿死,颜渊好学而早夭,"天之报施善人,其如何哉?""余甚惑焉,傥所谓天道,是邪非邪?"此即用司马迁意。与,帮助,援助。疑,使动用法,使明智疑惑。

❹谓天盖高:说什么天高?《诗经·小雅·正月》:"谓天盖高,不敢不局。"盖,通"盍",表示疑问,犹何。

❺胡愆斯义:为何违背这个道理? 愆,违背。

❻履信二句:依据什么去履行信义,依据什么去思考道理?《周易·系辞上》:"天之所助者,顺也;人之所助者,信也。履信思乎顺。"顺,道理。寘,放置,安置,引申为确立,依据。

❼中身:中年。

❽疢惟痁疾:病是疟疾。疢,疾病。痁疾,疟疾。

❾恤:忧虑,引申为顾惜。

❿傃:趋向,向着。《礼记·中庸》"素隐行怪"汉郑玄注:"素,读如'攻城攻其所傃'之傃。傃,犹乡也。"告终:宣告结束,特指生命结束。

⓫占:口授,口述文辞。此作名词,指口述的文辞。

⓬存不二句:活着的时候不愿富足,死后也不要追求丰足。赡,充足,富足。

⓭省讣却赙:省却告丧,谢绝别人赠送的财物。赙,赠送财物助人

治丧。

⓮敛：敛藏，引申指殡殓，即给死者穿衣，入棺。

⓯遭壤以穿：意谓随意找个地方挖掘墓穴。

⓰旋葬而窆：意谓即刻埋葬。窆，将棺木葬入圹穴。

深心追往[1]，远情逐化[2]。自尔介居[3]，及我多暇。伊好之洽[4]，接阎邻舍[5]。宵盘昼憩[6]，非舟非驾[7]。追往念昔，知己情深，而一种幽闲贞静之致，宣露行间，尤堪讽咏。念昔宴私[8]，举觞相诲：独正者危，至方则阂(hé)[9]。哲人卷舒[10]，布在前载[11]。取鉴不远，吾规子佩[12]。尔实愀(qiǎo)然[13]，中言而发[14]：违众速尤[15]，迕(wǔ)风先蹶(jué)[16]。身才非实[17]，荣声有歇[18]。睿音永矣[19]，谁箴余阙(quē)[20]？呜呼哀哉！

❶深心：犹一心，专心。

❷远情：犹深情。化：死。《孟子·公孙丑下》："且比化者无使土亲肤，于人心独无恔乎？"朱熹注："化者，死者也。"

❸介：接近。《左传·昭公二十年》："偪介之关，暴征其私。"

❹伊好之洽：意谓友好融洽。伊，是，此。好，交好，友爱。

❺阎：里巷内的门，此指里巷。

❻盘：娱乐，欢乐。《书·无逸》："文王不敢盘于游田。"孔传："文王不敢乐于游逸田猎。"

❼非舟非驾：意谓无需舟车。

❽宴私：安闲的私生活，如游宴玩耍之类。

❾阂：阻隔不通。

❿卷舒：隐与仕。《论语·卫灵公》："邦有道则仕，邦无道则可卷而

怀之。"

⑪前载:前代的记载。

⑫佩:铭记,铭感。独正六句:是作者对陶渊明说的话。

⑬愀然:容色改变貌。

⑭中言:中间插言。

⑮速:召,招致。尤:责备,怪罪。

⑯迕:背逆,违反。蹶:跌倒。

⑰身才:指才能。

⑱荣声:美名。歇:绝,消失。

⑲睿音:明智的言语。永:泛指长,兼指时间和空间。

⑳箴:规谏,告戒。阙:缺误,疏失。

仁焉而终,智焉而毙❶。黔娄既没❷,展禽亦逝❸。其在先生,同尘往世❹。旌此靖节❺,加彼康惠❻。黔娄谥康,展禽谥惠,援据确核。呜呼哀哉!

❶仁焉二句:应劭《风俗通·正失》:"五帝圣焉死,三王仁焉死,五伯智焉死。"

❷黔娄:人名。据汉刘向《列女传·鲁黔娄妻》载,黔娄为春秋鲁人。《汉书·艺文志》、晋皇甫谧《高士传·黔娄先生》则说是齐人。隐士,不肯出仕,家贫,死时衾不蔽体。谥康。晋陶潜《咏贫士》之四,"安贫守贱者,自古有黔娄。"后作为清贫高士的代称。

❸展禽:春秋鲁大夫展获,字季,又字禽。曾为士师官,食邑柳下,谥惠,故称其为展禽、柳下季、柳士师、柳下惠等。相传他与一女子共坐一夜,不曾淫乱。后用以借指有操行的男子。

❹其在二句:意谓黔娄、展禽二人对于先生而言是前世的同路人。同尘,同行。

❺旌：表彰。

❻加：超过。《史记·季布栾布列传论》：“虽往古烈士，何以加哉！”康惠：分别为黔娄、展禽二人的谥号。

宋孝武宣贵妃诔并序 宋孝武殷淑仪薨，追进为贵妃，谥曰宣。

谢　庄

该篇追述了宣贵妃兰仪玉度的美质，描摹了孝武帝痛心疾首的悲思，呈现了葬礼上哀感凄回的情景。

惟大明六年，夏四月壬子，宣贵妃薨（hōng）❶。律谷罢暖❷，龙乡辍晓❸。照车去魏❹，联城辞赵❺。陡起绝奇。皇帝痛掖殿之既阒（qù）❻，悼泉途之已宫❼。巡步檐而临蕙路❽，集重阳而望椒风❾。呜呼哀哉！天宠方隆❿，王姬下姻⓫，肃雍揆景⓬，陟屺（zhì qǐ）爰臻⓭。国轸（zhěn）丧淑之伤⓮，家凝贯（yǔn）庀之怨⓯。敢撰德于旂（qí）旒（liú）⓰，庶图芳于钟万⓱。

❶薨：死的别称。自周代始，人之死亡，有尊卑之分，“薨”以称诸侯等上层人物之死。

❷律谷：山谷名，相传为邹衍吹律生黍的地方。汉刘向《别录》：“邹衍在燕，有谷地美而寒，不生五谷。邹子居之，吹律而温气至。今名黍谷。”

❸龙乡：古地名，在今河南开封，产鸣鸡。后因以指鸡。

❹照车：光亮能照明车辆的宝珠。《史记·田敬仲完世家》：“若寡人小学

也,尚有径寸之珠照车前后各十二乘者十枚。"

❺联城:即和氏璧。《文选》李善注引《史记》:"赵惠文王得和氏璧,秦王闻之,使遗赵王书,愿以十五城易璧。"

❻掖殿:宫中旁殿,贵妃所居。阒:寂静。

❼泉途:泉下,指阴间。宫:棺材。《后汉书·明帝纪》:"太尉熹告谥南郊,司徒欣奉安梓宫,司空鲂将校复土。"李贤注:"梓宫,以梓木为棺。"《风俗通》曰:'宫者,存时所居,缘生事死,因以为名。'"此作动词。

❽步檐:檐下的走廊。

❾重阳:指天。《楚辞·远游》:"集重阳入帝宫兮,造旬始而观清都。"洪兴祖补注:"积阳为天,天有九重,故曰重阳。"椒风:汉宫阁名,为昭仪所居。《汉书·佞幸传·董贤》:"又召贤女弟以为昭仪,位次皇后,更名其舍为椒风,以配椒房云。"后泛指妃嫔住处。

❿天宠:上天的恩宠,指皇帝的宠幸。

⓫王姬:指周朝天子的女儿。周,姬姓,故称王姬。后世亦以称帝王或诸侯之女。此指死者宣贵妃的女儿。姻:婚姻,结亲。

⓬肃雍揆景:庄严雍容地测量日影。此褒美王姬的仪态和妇德。肃雍,庄严雍容,整齐和谐。《诗·召南·何彼襛矣》:"曷不肃雝,王姬之车。"原指行车之貌。《诗序》则谓:"《何彼襛矣》,美王姬也。虽则王姬,亦下嫁于诸侯,车服不系其夫,下王后一等,犹执妇道以成肃雝之德也。"后因以"肃雝"为称颂妇德之辞。揆景,测量日影,以定时间或方位。

⓭陟屺爰臻:一再登山,形容王姬思母心切。陟屺,《诗·魏风·陟岵》:"陟彼屺兮,瞻望母兮。"郑玄笺:"此又思母之戒,而登屺山而望也。"后因以"陟屺"为思念母亲之典。屺,不长草木的山。臻,至。

⓮轸:盛多凑集貌。

⓯贾庇:指父母等长辈去世。庇,庇护,保护。

⓰撰德:《文选六臣注》引吕向注:"撰,集也。言敢集贵妃之德书于旌旂幡旒之上。"旂:古代画有两龙并在竿头悬铃的旗。旒:旌旗悬垂的饰

物，泛指旌旗。

[17]图：描绘。钟万：指音乐和舞蹈。万，舞名。《左传·庄公二十八年》：“楚令尹子元欲蛊文夫人，为馆于其宫侧，而振万焉。”

其辞曰：玄丘烟熅(yīn yūn)[1]，瑶台降芬[2]。高唐渫雨，巫山郁云[3]。诞发兰仪，光启玉度[4]。望月方娥[5]，瞻星比婺(wù)[6]。绣思迅举，不诡正则。毓(yù)德素里[7]，栖影宸轩[8]。处丽絺(chī)绤(xì)[9]，出懋(mào)蘋蘩[10]。修诗贲(bì)道[11]，称图照言[12]。翼训姒(sì)幄(wò)[13]，赞轨尧门[14]。绸缪史馆[15]，容与经闱(wéi)[16]。陈《风》缉藻[17]，临《彖(tuàn)》分微[18]。游艺弹数[19]，抚律穷机[20]。踌躇冬爱[21]，怊(chāo)怅秋晖[22]。展如之华，寔(shí)邦之媛(yuàn)[23]。

[1]玄丘：传说中的地名。汉刘向《列女传·契母简狄》：“（简狄）与其妹娣浴于玄丘之水。有玄鸟衔卵过而坠之……简狄得而含之，误而吞之，遂生契焉。”烟熅：犹氤氲，元气弥漫貌。

[2]瑶台：指传说中的神仙居处。晋王嘉《拾遗记·昆仑山》：“傍有瑶台十二，各广千步，皆五色玉为台基。”

[3]高唐二句：用楚王遇神女之事。渫雨，飘洒的雨。巫山，山名，在四川、湖北两省边境。长江穿流其中，形成三峡。

[4]诞：大。兰仪、玉度：娴雅优美的仪态风度。

[5]方：比拟。娥：指嫦娥。

[6]婺：即女宿，二十八宿之一，玄武七宿之第三宿。

[7]毓：孕育，产生。素里：平常里巷。

[8]栖影：隐迹，寄身。宸轩：帝王所居宫室。

[9]处丽絺绤：在家纺织葛布。处，居家。丽，系。《礼记·祭义》：“祭之

日，君牵牲……既入庙门，丽于碑。”此引申指纺织。絺绤，葛布的统称。葛之细者曰絺，粗者曰绤。

⑩出懋蘋蘩：出门勤勉地打捞水草。懋，劝勉。蘋蘩，蘋和蘩，两种可供食用的水草，古代常用于祭祀。《诗·召南》有《采蘋》及《采蘩》篇。《诗·召南·采蘩序》：“《采蘩》，夫人不失职也。夫人可以奉祭祀，则不失职矣。”后以“蘋蘩”借指能遵祭祀之仪或妇职等。

⑪修：学习，培养。贲：文饰，装饰。《书·汤诰》：“天命弗僭，贲若草木。”孔传：“贲，饰也。”

⑫称图照言：意谓外貌符合图画，行为遵照著作。言，指著作。

⑬翼训姒幄：在太姒宫中相助教诲。此褒美宣贵妃的贤淑。《史记·管蔡世家》“母曰太姒”张守节正义引《列女传》：“太姒者，武王之母，禹后姒氏之女也。在合之阳，在渭之涘。仁而明道，文王嘉之，亲迎于渭，造舟为梁。及入，太姒思媚太姜、太任，旦夕勤劳，以进妇道。太姒号曰文母。文王理外，文母治内。太姒生十男，教诲自少及长，未尝见邪僻之事，言常以正道持之也。”翼，辅佐，帮助。幄，帷帐。

⑭赞轨尧门：在唐尧的府上辅佐法则。赞轨，谓辅佐天子成其功业。

⑮绸缪：情意殷切。汉李陵《与苏武诗》之二：“独有盈觞酒，与子结绸缪。”

⑯容与：从容闲舒貌。闱：古代宫室、宗庙的旁侧小门。

⑰陈《风》缉藻：翻开《国风》收集辞藻。缉，聚集。

⑱临《象》分微：对着象辞辨析奥妙。象，《周易》中断卦之辞称“象”。

⑲游艺殚数：涉猎六艺并穷尽其道数。游艺，《论语·述而》：“志于道，据于德，依于仁，游于艺。”何晏集解：“艺，六艺也。”邢昺疏：“六艺谓礼、乐、射、驭、书、数也。”殚，尽，竭尽。数，道数，方法。

⑳抚律穷机：演奏音律而穷尽其机巧。机：机巧。

㉑踌躇：从容自得。冬爱：《左传·文公七年》：“酆舒问于贾季曰：‘赵衰、赵盾孰贤？’对曰：‘赵衰，冬日之日也；赵盾，夏日之日也。’”杜预注：

“冬日可爱，夏日可畏。”后以“冬爱”比喻仁爱慈惠。

㉒怊怅：犹惆怅。《楚辞·九辩》：“心摇悦而日幸兮，然怊怅而无冀。”

㉓展如二句：诚然光辉，实在是国色美女。《诗·鄘风·君子偕老》：“展如之人兮，邦之媛也。”朱熹集传：“展，诚也。”展如，诚然。寔，实，是。媛，美女。

敬勤显阳，肃恭崇宪[1]。孝武即位，尊文帝路淑媛为皇太后，所居殿曰显阳，宫曰崇宪。奉荣维约[2]，承慈以逊[3]。逮下延和[4]，临朋违怨[5]。祚灵集祉[6]，庆蔼迎祥[7]，皇胤(yìn)璇式，帝女金相[8]。联跗(fū)齐颖，接萼均芳[9]。以蕃以牧，烛代辉梁[10]。

❶敬勤二句：意谓侍奉皇太后勤快恭敬。《宋书·后妃列传》：“文帝路淑媛，讳惠男，丹阳建康人也。以色貌选入后宫，生孝武帝，拜为淑媛。年既长，无宠，常随世祖出蕃。世祖入讨元凶，淑媛留寻阳。上即位，遣建平王宏奉迎。有司奏曰：‘……谨奉尊号曰皇太后，宫曰崇宪。’太后居显阳殿。”

❷奉荣维约：意谓享受荣华很简约。

❸承慈以逊：意谓侍奉母亲很恭顺。慈，指母亲。

❹逮下延和：意谓对属下和气。延，伸展，引长，引申指引发。

❺临朋违怨：意谓与朋辈和睦。

❻祚灵集祉：意谓好运来福。祚，福，福运。灵，灵气。祉，福。

❼庆蔼：蔼，通“霭”。犹庆云，五色云。古人以为喜庆、吉祥之气。

❽皇胤二句：互文见意以金玉为喻，褒美皇族子女的容貌和品质。南朝梁刘勰《文心雕龙·辨骚》：“金相玉式，艳溢锱毫。”皇胤，皇帝的后代。璇，美玉。式，形式。相，质地，实质。

❾联跗二句：以花朵为喻，褒美皇族子女的和谐、可人。跗，通“柎”，花萼。颖，禾尾，带芒的谷穗。此指花苞的尖端。

⑩以蕃二句：谓两个皇子在各自的封地抚育民众，政绩光耀。蕃，草木茂盛，引申为繁殖，滋生。代，古国名，在今河北蔚县东北。梁，古国名，战国七雄之一，即魏。魏惠王时迁都大梁，因称梁。《史记·梁孝王世家》："孝文帝即位二年，以武为代王，以参为太原王，以胜为梁王。"此处代、梁非实指。

视朔书氛❶，观台告祲(jìn)❷。八颂扃(jiōng)和❸，六祈辍渗❹。衡总灭容❺，翬翟(huī dí)毁袆❻。掩彩瑶光❼，收华紫禁❽。呜呼哀哉！

❶视朔：古代天子、诸侯每月朔日祭告祖庙后，在太庙听政，称"视朔"。书：记录。氛：古代迷信指预示吉凶的云气，多指凶象之气。

❷观台：瞭望天象之台。《左传·僖公五年》："公既视朔，遂登观台以望，而书，礼也。"杜预注："观台，台上构屋可以远观者也。"祲：日旁云气。古时迷信，认为此由阴阳二气相互作用而发生，能预示吉凶。常指妖气，不祥之气。

❸八颂扃和：八种占卜不见祥和。八颂，八种占筮之辞。龟占之辞为韵语，故名为颂。《周礼·春官·占人》："以八簭占八颂。"郑玄注："以八筮占八颂，谓将卜八事，先以筮筮之。言颂者，同于龟占也。"扃，关闭。《战国策·楚策一》："秦下兵攻卫，阳晋必开，扃天下之匈，大王悉起兵以攻宋，不至数月而宋可举。"

❹六祈辍渗：六种祭祀未能降福。六祈，古代祈祷鬼神以期消除灾异的六种祭祀。《周礼·春官·大祝》："掌六祈以同鬼、神、示：一曰类，二曰造，三曰禬，四曰禜，五曰攻，六曰说。"郑玄注："祈，嘄也，谓为有灾变，号呼告于神，以求福。天神、人鬼、地祇不和，则六疠作见，故以祈礼同之。"辍，中途停止，中断。渗，《文选》李善注："渗谓渗漉，喻福祉也。"

❺衡总灭容：意谓车驾损毁。衡，车辕前端的横木。总，流苏状车马之饰。容，障蔽物，此指车四旁的帷帐。

❻翚翟毁衽：意谓礼服损坏。翚翟，后妃的礼服。按《旧唐书·舆服志》载，皇后服有袆衣，“其衣以深青织成为之，文为翚翟之形”，故以“翚翟”指后妃之服。衽，衣襟，指上衣前交领部分。

❼瑶光：北斗七星的第七星名，古代以为象征祥瑞。《淮南子·本经训》：“瑶光者，资粮万物者也。”高诱注：“瑶光，谓北斗杓第七星也……一说，瑶光，和气之见者也。”

❽紫禁：古以紫微垣比喻皇帝的居处，因称宫禁为“紫禁”。李善注：“王者之宫，以象紫微，故谓宫中为紫禁。”

帷轩夕改[1]，軿辂(píng lù)晨迁[2]。离宫天邃，别殿云县[3]。灵衣虚袭[4]，组帐空烟[5]。巾见余轴，匣有遗弦[6]。叙述死后情形，语语凄绝。呜呼哀哉！

❶帷轩夕改：张设帷幔的内室晚上改变陈设。帷轩，张设帷幔的内室，犹帷房。夕改，晚上改变，有改变迅速之意。

❷軿辂：即軿车，有帷幕的车子。迁：移动。

❸离宫二句：谓后妃下葬后，从前的离宫别殿便有如天地之隔般遥远。邃，深，深远。别殿，正殿以外的殿堂。县，同“悬”。

❹灵衣：死者生前常穿的衣裳。袭：重复，重叠。

❺组：华丽。《荀子·乐论》：“乱世之征，其服组，其容妇，其俗淫，其志利……治世反是也。”王先谦集解：“《书·禹贡》马注：组，文也。服组谓华侈。”

❻巾见二句：意谓（贵妃的）箱匣内尚有留下的乐器。巾，指巾箱，古时放置头巾的小箱子，后亦用以存放书卷、文件等物品。轴，弦乐器上用以转动调节弦的部件。弦，琴弦。

移气朔兮变罗纨[1]，白露凝兮岁将阑[2]。庭树惊兮中帷响[3]，金釭(gāng)暖兮玉座寒[4]。调逸思哀。纯孝擗(pǐ)其俱毁[5]，共气摧其同栾(luán)[6]。仰昊天之莫报[7]，怨《凯风》之徒攀[8]。茫昧与善[9]，寂寥余庆[10]。丧过乎哀[11]，毁实灭性[12]。世覆冲华[13]，国虚渊令[14]。呜呼哀哉！

❶气朔：指显示吉凶的云气和每月的朔日，后亦以泛指节气，岁时。

❷阑：晚，迟。

❸树惊：《韩诗外传》卷九："皋鱼曰：'……树欲静而风不止，子欲养而亲不待也。'"中帷：屋中的帷幔。

❹釭：灯。暖：昏暗，朦胧。玉座：帝王的御座。

❺纯孝擗其俱毁：意谓子女捶胸哀毁。纯孝，犹至孝。擗，抚心，捶胸。毁，哀毁，居丧时因悲哀过度而损害健康。

❻共气摧其同栾：意谓兄弟姐妹悲伤消瘦。共气，犹同气，指同胞兄弟。《文选》张铣注："共气，谓贵妃兄弟也。"栾，瘦削。

❼昊天：指广漠的天宇。

❽凯风：《诗经》篇名。该诗内容一说是赞美孝子，后常以指代感念母恩的孝心。

❾茫昧与善：意谓茫然不见上苍帮助善人的举动。茫昧，模糊不清。与善，《老子》曰："天道无亲，常与善人。"

❿余庆：指留给子孙后辈的德泽。《易·坤》："积善之家，必有余庆。"

⓫丧过乎哀：丧礼过于悲哀。

⓬毁实灭性：哀毁实能毁坏生命。灭性，谓因丧亲过哀而毁灭生命。《礼记·丧服四制》："毁不灭性，不以死伤生也。"

⓭覆：亡。冲华：谦和美好。

⓮渊令：深沉美好。

题凑既肃❶，《吕氏春秋》："题凑之室，棺椁数袭。"《汉书音义》："韦昭曰：'题，头也。头凑，以头内向，所以为固。'"龟筮(shì)既辰❷，阶撤两尊，庭引双輴(chūn)❸。维慕维爱，曰子曰身❹。恸皇情于容物❺，崩列辟于上旻(mín)❻。崇徽章而出寰甸❼，照殊策而去城闉(wèn)❽。呜呼哀哉！

❶题凑：古代天子的椁制，也赐用于大臣。椁室用大木累积而成，木头皆内向为椁盖，上尖下方，犹如屋檐四垂，谓之"题凑"。《吕氏春秋·节丧》："诸养生之具，无不从者。题凑之室，棺椁数袭，积石积炭，以环其外。"高诱注："题凑，复絫。"肃：严峻，引申为整饬。

❷龟筮：占卦。古时占卜用龟，筮用蓍，视其象与数以定吉凶。辰，日子。此作动词，定日子。

❸阶撤二句：台阶上撤去两樽酒，堂前牵引着两辆灵车。《文选》李善注："《仪礼》曰：'属引，撤奠，乃祖。'郑玄曰：'属，着也。引，所以引柩车也。在輴曰绋。'"尊，古盛酒器，用作祭祀或宴享的礼器。双輴，因为有两人逝世，所以有两辆灵车。輴，古代载柩车。

❹维慕二句：意谓子女的思慕，我的怜惜。维，句首助词，无义。曰，助词，无义。身，指我。

❺容物：容衣和旗幡。容，容衣，帝王生前的衣冠，陈设以供人祭奠。物，杂色的旗。

❻崩列辟于上旻：令历代先君在上天痛心。崩，痛心。列辟，指诸侯，历代君主。上旻，上天。

❼徽章：指用以表示尊崇的旗幡。寰甸：寰指京都周围千里以内之地，即王畿。甸指京都周围千里以内之地，亦指京城郊外的地方。

❽照：示悉，告知。殊策：帝王对臣属特颁的策书。闉：古代城门外的瓮城。

经建春而右转[1]，循阊阖(chāng hé)而径度[2]。旌委郁于飞飞[3]，龙逶(wēi)迟于步步[4]。锵楚挽于槐风[5]，喝(yè)边箫于松雾[6]。涉姑繇而环回[7]，望乐池而顾慕[8]。呜呼哀哉！

❶建春：古代洛阳城门名。《文选》李善注引《河南郡境界簿》："洛阳县东城，第一建春门。"此非实指。

❷循：顺着走。阊阖：古洛阳城门名。《晋书·地理志》："（洛阳）西有广阳、西明、阊阖三门。"此非实指。径：径直，直接。

❸委郁：舒卷貌。

❹龙：高大的马，骏马。《仪礼·觐礼》："天子乘龙，载大旆。"郑玄注："马八尺以上为龙。"逶迟：徐行貌。

❺楚挽：悲痛的挽歌。《文选》李善注："楚，辛楚也。"

❻喝：声音悲咽、嘶哑。

❼姑繇：相传周穆王妃盛姬病死，葬于乐池之南，灵车至重璧之台，天子乃决姑繇之水以环绕丧车。事见《穆天子传》卷六。后用为悼念贵妃的典实。

❽乐池：神话中的池名。《穆天子传》卷二："天子三日休于玄池之上，奏广乐三日而终，是曰乐池。"顾慕：眷念爱慕。

晨辒(wēn)解凤，晓盖俄金[1]。山庭寝日[2]，隧路抽阴[3]。重扃闷(bì)兮灯已黯[4]，中泉寂兮此夜深[5]。由生而卒，由卒而葬，叙次不紊，综核有法。而一句一词，于严峻中仍有逸气，所以不可及。销神躬于壤末[6]，散灵魄于天浔(xún)[7]。响乘气兮兰驭风[8]，德有远兮声无穷[9]。呜呼哀哉！

❶晨辒二句:意谓(葬礼后)早上丧车上的凤形羽饰已经解除,车篷上的金爪已经倾斜。《文选》李善注:“葬讫,故车解凤饰,盖斜金爪。”蔡邕《独断》:“凡乘与皆羽盖,金华爪。”辒,古代的一种卧车,亦用作丧车。凤,指凤形羽饰。俄,倾侧,不正。金,指金爪。

❷山庭:山林庭园。

❸隧:墓道,墓前或墓室前的甬道。抽,植物发芽,引申指长出。

❹重扃:关闭着的重重门户,特指墓门。闳:闭。

❺中泉:犹黄泉,指葬身之地。

❻销神躬于壤末:意谓躯体腐蚀于地下。躬,身体。

❼浔:水边,泛指边际。

❽响:声名。

❾有:形容词词头,无义。声:善声,名声。

祭 文

文体名。祭祀或祭奠时表示哀悼或祷祝的文章。南朝梁刘勰《文心雕龙·祝盟》："若乃礼之祭祀，事止告飨；而中代祭文，兼赞言行。祭而兼赞，盖引神而作也。"

祭屈原文❶

少帝即位，出延年为始平太守，道经汨罗潭，为湘州刺史张邵作此文。

颜延之

该篇对屈原的坎坷遭际寄寓同情，对其忠良高洁的品格予以颂扬。

惟有宋五年月日，湘州刺史吴郡张邵，恭承帝命，建旟(yú)旧楚❷。访怀沙之渊❸，得捐佩之浦❹。弭(mǐ)节罗潭❺，舣(yǐ)舟汨(mì)渚❻。乃遣户曹掾(yuàn)某❼，敬祭故楚三闾(lǘ)大夫屈君之灵❽。

❶屈原：约前339～约前278年。名平。战国时期楚人。"楚辞"的创立者和代表作者。受子兰及靳尚等人谮毁而革职。顷襄王时被放逐，投汨罗江而死。

❷建旟：立旗，指大将出镇。旟，古代画有鸟隼图像的军旗。

❸怀沙：《楚辞·九章》中的篇名。《史记·屈原贾生列传》谓此篇为屈原自投汨罗江前绝笔，述其怀沙自沉之由。

❹得：到，抵达。捐佩：抛弃玉佩。语本《楚辞·九歌·湘君》："捐余玦兮江中，遗余佩兮醴浦。"

❺弭节：停止挥鞭。节，指马鞭。罗潭：指汨罗江，在湖南东北部。李周翰注："罗潭、汨渚，屈生自沉处也。"

❻舣：使船靠岸。汨渚：汨罗江边，特指屈原沉水处。

❼户曹：掌管民户、祠祀、农桑等的官署。掾：官府中佐助官吏的通称。

❽三闾大夫：战国楚官名，掌昭、屈、景三姓贵族。屈原曾任此职。汉王逸《离骚序》："屈原与楚同姓，仕于怀王为三闾大夫。"

兰薰而摧❶，玉缜(zhěn)则折❷。物忌坚芳，人讳明絜。古来文士之厄，大都如此，每读一过，为凄咽久之。曰若先生❸，逢辰之缺❹。温风怠时❺，飞霜急节。嬴芈(mǐ)遘纷❻，昭怀不端❼。谋折仪尚❽，贞蔑椒兰❾。身绝郢(yǐng)阙❿，迹遍湘干⓫。比物荃荪(quán sūn)⓬，连类龙鸾。声溢金石⓭，志华日月。文词之美，行谊之絜，二语尽之矣。如彼树芳⓮，实颖实发⓯。望汨心欷，瞻罗思越⓰。藉(jiè)用可尘⓱，昭忠难阙(quē)⓲。

❶薰：香草名，一名蕙草。引申指香，发出香气。

❷缜：细密。

❸曰若：助词，用于句首。

❹缺：衰落。汉班固《东都赋》："往者王莽作逆，汉祚中缺。"

❺温风：和暖的风。怠：懈怠。

❻嬴：秦姓。芈：春秋时楚国祖先的族姓。遘纷：制造纠纷。遘，通"构"，构成，造成。

❼昭：秦昭襄王（前325～前251），名则，一名稷。其母宣太后。宣太后执政期间，母子两人设计诱杀楚怀王。怀王死后，即位的楚顷襄王亦无作为，在与秦的较量中丧失了包括郢、鄢二都在内的大片土地，迁都于陈（今河南淮阳）。从此，楚国一蹶不振。怀：楚怀王，名槐。误信秦说客张仪，毁坏齐、楚联盟，先后败于秦、齐，失去汉中等地。在位时贪令智昏，任用佞臣令尹子兰、上官大夫靳尚，宠爱南后郑袖，排斥大夫屈原，致使国事日

非。后入秦被扣,死于秦。端:正。

❽仪:张仪(? ～前309),魏人。两次为秦相,亦曾两次为魏相。修鱼之战后,齐国出兵打败赵、魏,并与楚国结成联盟。前313年,张仪拜见楚王,买通楚怀王宠臣靳尚,并取得怀王信任,离间齐楚关系。楚国腹背受敌,割城向秦国求和。尚:靳尚(? ～前311),楚臣。王逸《离骚经序》:"(屈原)入则与王图议政事,决定嫌疑,出则监察群下,应对诸侯,谋行职修,王甚珍之。同列大夫上官靳尚,妒害其能,共谮毁之。"

❾椒:子椒,楚人,楚怀王宠臣之一,官至令尹。向楚怀王谗言屈原,致使其遭受排挤和陷害。兰:子兰,楚怀王之子、楚顷襄王之弟。前299年,秦昭王诱骗楚怀王去秦会盟,昭睢、屈原等大臣反对,他却极力怂恿。怀王入秦,被秦扣留,后死于秦。顷襄王即位(前298),任令尹,掌握楚国军政大权。与上官大夫诬害屈原,迫使屈原流放江南。

❿郢:古邑名,春秋战国时楚国都城。

⓫干:岸,水边。

⓬比物:连缀同类的事物,进行排比归纳。荃:香草名,即昌蒲。《楚辞·离骚》:"荃不察余之中情兮,反信谗而齌怒。"王逸注:"荃,香草,以喻君也。"洪兴祖补注:"荃与荪同。"荪:香草名。《楚辞·九章·抽思》:"数惟荪之多怒兮,伤余心之慢慢。"

⓭金石:指钟磬一类乐器。《国语·楚语上》:"而以金石匏竹之昌大、嚣庶为乐。"韦昭注:"金,钟也。石,磬也。"

⓮树芳:《楚辞·离骚》:"余既滋兰之九畹兮,又树蕙之百亩。"朱熹集注:"记种莳众香,修行仁义,以自洁饰,朝夕不倦也。"

⓯实颖实发:《诗·大雅·生民》:"实坚实好,实颖实栗。"实,助词,无义。颖,草木的嫩芽,此作动词,发芽。

⓰望汨二句:互文见义。瞻望汨罗江,内心叹息失落。欷,抽咽声,叹息声。《楚辞·九辩》:"憯凄增欷兮,薄寒之中人。"朱熹集注:"欷,泣叹貌。"越,坠落,失坠。

⑰藉用：指祭品。《周易》："藉用白茅，何咎之有。"藉，古时祭祀朝聘时陈列礼品的草垫。尘：污染。《诗·小雅·无将大车》："无将大车，祇自尘兮。"

⑱昭忠：显示忠信。阙：缺，损害。

祭颜光禄文[1]

颜延年尝为金紫光禄大夫，僧达以贵公子睥睨一切，乃独倾心光禄，益想见其居身清约矣。

王僧达[2]

该篇抒发哀思，展现了颜延之卓绝超逸的才华和孤高放达的性格。

维宋孝建三年九月癸丑朔，十九日辛未，王君以山羞野酌[3]，敬祭颜君之灵。呜呼哀哉！夫德以道树，礼以仁清。惟君之懿[4]，早岁飞声。义穷几象(jī tuàn)[5]，文蔽班扬[6]。性婞(xìng)刚絜[7]，婞，犹直也。《楚词》曰："体婞直以亡身兮。"志度渊英[8]。登朝光国[9]，实宋之华[10]。才通汉魏，誉浃(jiā qiū)龟沙[11]。服爵帝典[12]，栖志云阿(ē)[13]，清交素友[14]，比影共波[15]。气高叔夜[16]，严方仲举[17]。逸翮(hé)独翔[18]，孤风绝侣[19]。流连酒德[20]，啸歌琴绪[21]。冲淡有真味。游顾移年[22]，契阔宴处[23]。

[1]颜光禄：颜延之（384～456），字延年。祖籍琅邪临沂（今属山东）人。官至金紫光禄大夫，后世称为颜光禄。

[2]王僧达：423～458年。琅邪临沂人。

[3]山羞：野味。羞，美味的食品，后多作"馐"。野酌：指村野人自制的酒。

❹懿:美,美德。

❺几象:隐微的断卦之辞,指《周易》。

❻班扬:汉班固和扬雄的并称,二人以擅辞赋著名。

❼婞:倔强,刚直。《说文·女部》:"婞,很也。"段玉裁注:"很者,不听从也。"絜:通"洁"。

❽志度:气度。渊英:深沉而杰出。

❾光国:谓为国争光。

❿华:光耀,光彩。

⓫浃:周遍。龟沙:指龟兹等西域诸国。

⓬服爵帝典:依帝王的法则来任职。服,从事,任事。

⓭云阿:云雾缭绕之山。

⓮清交:纯洁的交情,与俗交相对。素友:情谊真纯的朋友,旧友。

⓯比影:犹连影,身影相连,比喻多。

⓰叔夜:嵇康(223～263),字叔夜。

⓱严:严厉,严格。方:并列,并排。仲举:陈蕃(?～168),字仲举,汝南平舆(今河南平舆北)人。汉桓帝时为太尉,汉灵帝时为太傅。为官耿直。桓帝朝,因犯颜直谏曾多次左迁。灵帝朝,虽得信任重用,却因和大将军窦武共同谋划翦除阉宦,事败而死。司马彪《续汉书》:"(陈蕃)出为豫章太守,性方峻,不接宾客。"

⓲逸翮:指疾飞的鸟。晋郭璞《游仙诗》之四:"逸翮思拂霄,迅足羡远游。"

⓳孤风:孤高的风度、品格。

⓴酒德:晋刘伶曾作《酒德颂》,后遂以"酒德"泛指饮酒的旨趣与品德。

㉑啸歌:长啸歌吟。琴绪:琴声的情思。

㉒游顾:交游探访。

㉓契阔:相交。宴处:闲居。

春风首时[1]，爰谈爰赋[2]；秋露未凝，归神太素[3]。明发晨驾[4]，瞻庐望路，心凄目泫(xuàn)[5]，情条云互[6]。凉阴掩轩，娥月寝耀[7]。微灯动光，几牍(jī dú)谁照[8]？衾衽(qīn rèn)长尘[9]，丝竹罢调。揽悲兰宇[10]，屑涕松峤(qiáo)[11]。追感怆凄，错落尽致，绝无支蔓之笔，故佳。古来共尽，牛山有泪[12]。非独昊天，歼我明懿[13]。以此忍哀，敬陈奠馈[14]。申酌长怀[15]，顾望歔欷[16]。呜呼哀哉！

❶首时：四时之首，指四季中每季的第一个月，即正月、四月、七月、十月。

❷爰：无义，用在句首或句中，起调节语气的作用。

❸太素：古代谓最原始的物质。《列子·天瑞》："太素者，质之始也。"

❹明发：早晨起程。

❺泫：指流泪。

❻情条云互：谓情感绵长如同交错的浮云。条，长。《书·禹贡》："厥草惟繇，厥木惟条。"互，交互，交错。

❼娥月：即月亮。因传说月中有嫦娥，故称。

❽几：古人坐时凭依或搁置物件的小桌，后专指放置小件器物的家具。牍：古代写字用的木板，借指纸张、稿纸。

❾衾：被子。衽：卧席，指床褥。

❿揽悲：揽物以掩悲。语出《楚辞·离骚》："揽茹蕙以掩涕兮，沾余襟之浪浪。"兰宇：屋舍的美称。

⓫屑涕：谓涕泪纷纷下落。语本《楚辞·刘向〈九叹·远逝〉》："肠纷纭以缭转兮，涕渐渐其若屑。"松峤：坟墓，坟地。墓地多植松，故称。

⓬古来二句：从古至今人皆有死，因此有牛山之哭的故事。《韩诗外传》卷一〇："齐景公游于牛山之上，而北望齐曰：'美哉国乎！郁郁泰山！使古而无死者，则寡人将去此而何之矣？'俯而泣沾襟。国子、高子曰：'然。

臣赖君之赐,疏食恶肉可得而食也,驽马柴车可得而乘也,且犹不欲死,而况君乎。'俯泣。晏子曰:'乐哉!今日婴之游也,见怯君一,谀臣二。使古而无死,则太公至今犹存,吾君方今将被蓑笠而立乎畎亩之中,惟事之恤,何暇念死乎?'景公惭而举觞自罚,因罚二臣。"

⓭非独二句:《诗·秦风·黄鸟》:"彼苍者天,歼我良人。如可赎兮,人百其身。"

⓮奠馈:指祭品。奠,向鬼神献上祭品。此作名词,指祭品。馈,进献食品。此作名词,指食品。

⓯申酌:以酒来表达。

⓰歔欷:悲泣,抽噎,叹息。

祭夫徐敬业文

敬业，名悱，东海剡人。为晋安内史，卒，丧还建业，刘为此文祭之。父勉欲造哀文，既睹此作，于是阁笔。

刘令娴[1]

该篇悼念亡夫俊逸富赡之才、英年早逝之恨，抒发了未亡人的无尽哀思。

惟梁大同五年，新妇谨荐少牢于徐府君之灵曰[2]：惟君德爰礼智[3]，才兼文雅。学比山成[4]，辨同河泻[5]。明经擢(zhuó)秀[6]，光朝振野。调逸许中[7]，声高洛下。含潘度陆[8]，超终迈贾[9]。二仪既肇[10]，判合始分[11]，简贤依德[12]，乃隶夫君。外治徒奉[13]，内佐无闻[14]。幸移蓬性[15]，颇习兰薰[16]。一弱女子耳，而深情无限，复以简澹出之，自是伟作。式传琴瑟[17]，相酬典坟[18]。

❶刘令娴：南朝梁人。生卒年不详。刘孝绰妹，徐悱之妻。彭城(今江苏徐州)人。

❷新妇：已婚妇女对公婆、丈夫及夫家长辈、平辈亲属谦卑的自称。少牢：旧时祭礼的牺牲，牛、羊、豕俱用叫太牢，只用羊、豕二牲叫少牢。

❸爰：犹曰。《书·洪范》："水曰润下，火曰炎上，木曰曲直，金曰从革，土爰稼穑。"孔颖达疏："爰亦曰也。"

❹学比山成：谓学养深厚，如同积土成山一样。山成，《书·旅獒》："为

山九仞,功亏一篑。"《荀子·劝学》:"积土成山,风雨兴焉。"

❺辨同河泻:《世说新语·赏誉》:"王太尉云:'郭子玄语议如悬河泻水,注而不竭。'"

❻明经:通晓经术。《汉书·刘向传》:"更生年少于望之、堪,然二人重之,荐更生宗室忠直,明经有行,擢为散骑宗正给事中。"擢秀:谓草木之欣欣向荣,形容人才之出众。擢,拔取,抽出。

❼逸:超绝。许中:犹许下,指许,今河南许昌。

❽含潘度陆:指超越潘岳和陆机。

❾超终迈贾:超越终军和贾谊。两人皆早成,后因以指年少有才的人。

❿二仪:指天地。肇:开始,创始。

⓫判合:两半相合,此指代天地。《汉书·翟方进传》:"天地判合,乾坤序德。"颜师古注:"言元帝既有威德,太后又兆符应,则是天地、乾坤、夫妻之义相配合也。"

⓬简:选择,挑选。

⓭外:指政事,国事。《礼记·昏义》:"天子听外治,后听内职。"奉:帮助。《淮南子·说林训》:"人不见龙之飞举而能高者,风雨奉之。"高诱注:"奉,助也。"

⓮内:指家事。

⓯蓬性:犹蓬心。《庄子·逍遥游》:"今子有五石之瓠,何不虑以为大樽而浮乎江湖,而忧其瓠落无所容?则夫子犹有蓬之心也夫!"成玄英疏:"蓬,草名。拳曲不直也……言惠生既有蓬心,未能直达玄理。"此作自喻浅陋的谦词。

⓰颇:略微,稍微。习:学习。兰薰:兰之馨香,喻人德行之美。

⓱琴瑟:《诗·周南·关雎》:"窈窕淑女,琴瑟友之。"后比喻夫妇间感情和谐。

⓲典坟:三坟五典的省称,亦泛指各种古代文籍。

辅仁难验❶，神情易促❷。雹碎春红❸，霜雕夏绿。哀艳。躬奉正衾❹，亲观启足❺。一见无期，百身何赎❻？呜呼哀哉！生死虽殊，情亲犹一。敢遵先好，手调姜橘❼。素俎(zǔ)空干，奠(diàn)觞徒溢❽。昔奉齐眉❾，异于今日。从军暂别，且思楼中❿；薄游未反⓫，尚比飞蓬⓬。如当此诀⓭，永痛无穷。彩云易散琉璃脆，何痛如之？百年何几⓮？泉穴方同⓯。

❶辅仁难验：意谓上天辅助仁者的许诺难以得到验证。

❷神情易促：神灵的意志容易突然变化。

❸春红：春天的花朵。

❹躬奉：亲自侍奉。正衾：指为死者整理被单。衾，覆盖尸体的单被。

❺启足：指辞世。《论语·泰伯》："曾子有疾，召门弟子曰：'启予足，启予手。'"

❻百身何赎：《诗·秦风·黄鸟》："彼苍者天，歼我良人。如可赎兮，人百其身。"百身，谓一身死百次；一说，一百人的生命。

❼调：调和，调配。

❽素俎二句：意谓不见灵魂享用祭品。素俎，古代祭祀时用以载牲的白木制的礼器。奠觞，祭祀的酒杯。

❾齐眉：齐眉举案的省称。《后汉书·逸民传·梁鸿》："每归，妻为具食，不敢于鸿前仰视，举案齐眉。"王先谦集解引沈钦韩曰："举案高至眉，敬之至。"后泛指夫妻相敬爱。案，有脚的托盘。

❿从军二句：曹植《七哀诗》："明月照高楼，流光正徘徊。上有愁思妇，悲叹有余哀。"

⓫薄游：为薄禄而宦游于外。

⓬飞蓬：像蓬草一样漂泊不定。

⑬如:奈。诀:指生死告别。

⑭百年何几:意谓何时死去。百年,死的婉词。何几,犹几何,指多少。

⑮泉穴方同:《诗·王风·大车》:“谷则异室,死则同穴。”泉穴,墓穴。

一弱女子耳而深情無限復以簡澹出之自是偉作

哀豔

綵雲易散瑠璃脆何痛如之

潘度陸超終邁賈二儀既肇判合始分簡賢依德乃隸夫君外治徒奉内佐無聞幸移蓬性頗習蘭薰式傳琴瑟相酬典墳輔仁難驗神情易促雹碎春紅霜雕夏緑躬奉正衾親觀敌足一見無期百身何贖嗚呼哀哉生死雖殊情親猶一敢遵先好手調薑橘素俎空乾奠觴徒溢昔奉齊眉異於今日從軍暫别且思樓中薄游未反尚比飛蓬如當此訣永痛無窮百年何幾泉穴方同

六朝文絜卷四終

追感愴悽錯落盡致絕無支蔓之筆故佳

敬業名悱東海剡人爲晉安內史卒喪還建業劉爲此文祭之父勉欲造哀文既睹此作於是閣筆

太素明發晨駕瞻盧望路心悽目泫情條雲互涼陰掩軒娥月寢耀微鐙動光几牘誰照衾衽長塵絲竹罷調擘悲蘭宇屑涕松嶠古來共盡牛山有淚非獨昊天殲我明懿以此忍哀敬陳奠饋申酌長懷顧望歔欷嗚呼哀哉

祭夫徐敬業文

梁　劉令嫻

惟梁大同五年新婦謹薦少牢於徐府君之靈曰惟君德爰禮智才兼文雅學比山成辨同河瀉明經擢秀光朝振野調逸許中聲高洛下含

顏延年嘗爲金紫光祿大夫僧達以貴公子睥睨一切乃獨傾心光祿益想見其居身清約矣

婞猶直也楚詞曰鯀婞直以亡身兮

沖淡有眞味

祭顏光祿文

宋　王僧達

惟宋孝建三年九月癸丑朔十九日辛未王君以山羞野酌敬祭顏君之靈嗚呼哀哉夫德以道樹禮以仁清惟君之懿早歲飛聲義窮幾象文蔽班揚性婞剛潔志度淵英登朝光國實宋之華才通漢魏譽浹龜沙服爵帝典棲志雲阿清交素友比景共波氣高叔夜嚴方仲舉逸翮獨翔孤風絕侶流連酒德嘯歌琴緒游顧移年契闊宴處春風首時爰談爰賦秋露未凝歸神

道經汨羅潭爲湘州刺史張邵作此文

古來文士之厄大都如此每讀一過爲凄咽久之

文詞之美行誼之絜二語盡之矣

惟有宋五年月日湘州刺史吴郡張邵恭承帝命建旟舊楚訪懷沙之淵得捐佩之浦弭節羅潭艤舟汨渚乃遣戶曹掾某敬祭故楚三閭大夫屈君之靈蘭薰而摧玉縝則折物忌堅芳人諱明絜曰若先生逢辰之缺溫風怠時飛霜急節嬴芊遘紛昭懷不端謀折儀尚貞蔑椒蘭身絶郢闕迹徧湘干比物荃蓀連類龍鸞聲溢金石志華日月如彼樹芳實穎實發望汨心欷瞻羅思越藉用可塵昭忠難闕

由生而卒由卒而葬敍次不紊綜核有法而一句一詞於嚴峻中仍有逸氣所以不可及

呼哀哉。經建春而右轉。循閶闔而逕度。旌委鬱於飛飛。龍逶遲於步步。鏘楚挽於槐風。喝邊簫於松霧。涉姑繇而環迴。望樂池而顧慕。嗚呼哀哉。晨轀解鳳。曉蓋俄金。山庭寢日。隧路抽陰。重扃閟兮鐙已黯。中泉寂兮此夜深。銷神躬於壤末。散靈魄於天潯。響乘氣兮蘭馭風。德有遠兮聲無窮。嗚呼哀哉。

祭文

祭屈原文

宋　顔延之

少帝卽位出延年爲始平太守

敘述死後情形語語悽絶

調逸思哀

呂氏春秋題湊之室棺槨數襲漢書音義韋昭曰題頭也頭湊以頭内向所以爲固

輅晨遷離宮天邃別殿雲縣靈衣虛襲組帳空煙巾見餘軸匣有遺絃嗚呼哀哉移氣朔兮變羅紈白露凝兮歲將闌庭樹驚兮中帷響金釭曖兮玉座寒純孝擗其俱毀共氣摧其同欒仰昊天之莫報怨凱風之徒攀茫昧與善寂寥餘慶喪過乎哀毀實滅性世覆沖華國虛淵令嗚呼哀哉題湊既肅龜筮既辰階撤兩奠庭引雙輴維慕維愛曰子曰身慟皇情於容物崩列辟於上旻崇徽章而出寰甸照殊策而去城闉嗚

孝武卽位尊文帝路淑媛爲皇太后所居殿曰顯陽宮曰崇憲

軒處麗絺綌出懋蘋蘩修詩賁道稱圖照言翼訓姒幄贊軌堯門綢繆史館容與經闈陳風緝藻臨彖分微游藝殫數撫律窮機躊躇冬夓慆帳秋暉展如之華寔邦之媛敬勤顯陽肅恭崇憲奉榮維約承慈以遜逮下延和臨朋違怨祚靈集祉慶藹迎祥皇亂瓊式帝女金相聯跗齊穎接萼均芳以蕃以牧燭代輝梁視朔書氛觀臺告祲八頌扃和六祈輟滲衡總滅容暈翟毀衽掩綵瑤光收華紫禁嗚呼哀哉帷軒夕改軿

宋孝武殷淑儀薨追進爲貴妃謚曰宣

陡起絕奇

繡思迅舉不詭正則

宋孝武宣貴妃誄 并序

宋　謝莊

惟大明六年夏四月壬子宣貴妃薨律谷罷煖龍鄉輟曉照車去魏聯城辭趙皇帝痛掖殿之旣闃悼泉途之已宫巡步檐而臨蕙路集重陽而望椒風嗚呼哀哉天寵方隆王姬下姻肅雍揆景陟屺爰臻國軫喪淑之傷家凝霣庇之怨敢撰德於旂旒庶圖芳於鐘萬其辭曰元邱烟熅瑤臺降芬高唐渫雨巫山鬱雲誕發蘭儀光啟玉度望月方娥瞻星比婺毓德素里棲景宸

追往念昔知己情深而一種幽閒貞靜之致宣露行間尤堪諷咏

黔婁謚康展禽謚惠援據確核

沒無求贍省訃卻賻輕哀薄斂遭壤以穿旋葬而窆嗚呼哀哉深心追往遠情逐化自爾介居及我多暇伊好之洽接閭鄰舍宵盤晝憩非舟非駕念昔宴私舉觴相誨獨正者危至方則閡哲人卷舒布在前載取鑒不遠吾規子佩爾實愀然中言而發違衆速尤迕風先蹷身才非實榮聲有歇亂音永矣誰箴余闕嗚呼哀哉仁焉而終智焉而斃黔婁既沒展禽亦逝其在先生同塵往世旌此靖節加彼康惠嗚呼哀哉

琢句近潘安仁澹而彌旨

氣格高邁純是臨摹東京人手筆

自免子之悟之何悟之辨賦詩歸來高蹈獨善亦既超曠無適非心汲流舊巘葺宇家林晨煙暮藹春煦秋陰陳書綴卷置酒絃琴居備勤儉躬兼貧病人否其憂子然其命隱約就閒遷延辭聘非直也明是惟道性糾纏斡流冥漠報施孰云與仁實疑明智謂天蓋高胡諐斯義履信曷憑思順何寘年在中身疢惟痁疾視死如歸臨凶若吉藥劑弗嘗禱祀非恤傃幽告終懷和長畢嗚呼哀哉敬述靖節式尊遺占存不願豐

峭拔

將淵明本領摹擬寫出猶顧長康畫人盡在阿堵中矣

典無愆前志故詢諸友好宜謚曰靖節徵士其辭曰物尚孤生人固介立豈伊時遘曷云世及嗟乎若士望古遙集韜此洪族蔑彼名級睦親之行至自非敦然諾之信重於布言廉深簡絜貞夷粹溫和而能峻博而不繁依世尚同詭時則異有一於此兩非默置豈若夫子因心違事畏榮好古薄身厚志世霸虛禮州壤推風孝惟義養道必懷邦人之秉彝不隘不恭爵同下士祿等上農度量難鈞進退可限長卿棄官稚賓

瑣瑣敘述彌表曠懷

詔徵著作不書宋室浦二田云正與陶詩義熙後但書甲子同旨

三命後爲彭澤令道不偶物棄官從好遂乃解體世紛結志區外定迹深棲於是乎遠灌畦鬻蔬爲供魚菽之祭織絇緯蕭以充糧粒之費心好異書性樂酒德簡棄煩促就成省曠殆所謂國爵屏貴家人忘貧者與有詔徵爲著作郎稱疾不到春秋若干元嘉四年月日卒於尋陽縣之某里近識悲悼遠士傷情冥默福應嗚呼淑貞夫實以誄華名由謚高苟允德義貴賤何算焉若其寬樂令終之美好廉克己之操有合謚

照而其品概亦
因之脩遠矣
引古立案恰得
淵明身分而句
法亦宕逸可觀

拈有晉字自是
通人卓識

定論

乃巢高之抗行夷皓之峻節故已父老堯禹錙銖周漢而緜世浸遠光靈不屬至使菁華隱沒芳流歇絕不其惜乎雖今之作者人自爲量而道路同塵輟塗殊軌者多矣豈所以昭末景汎餘波有晉徵士尋陽陶淵明南岳之幽居者也弱不好弄長實素心學非稱師文取指達在衆不失其寡處言愈見其默少而貧病居無僕妾井臼弗任藜菽不給母老子幼就養勤匱遠惟田生致親之議追悟毛子捧檄之懷初辭州府

情思雋逸華采徧爛尋繹數四幾有菩提非樹明鏡非臺之妙

晉中興書延之爲始安郡道經尋陽常飲淵明舍自晨達昏及淵明卒延之爲誄極其思致

誄文骨勁色蒼不特爲淵明寫

金光埨如僊掌樓疑鳳皇珠生月魄鐘應秋霜鳥依交露幡承杏梁窗舒意蘂室度心香天琴夜下紺馬朝翔生滅可度離苦獲常相續有盡歸乎道場

誄

陶徵士誄 并序

宋　顏延之

夫璿玉致美不爲池隍之寶桂椒信芳而非園林之實豈期深而好遠哉蓋云殊信而已故無足而至者物之藉也隨踵而立者人之薄也若

隨手拈花千載下見之無不破顔微笑不知正法眼藏可能付迦葉否

著此一聯使上下門筍而筆復圓折那得不令頑石點頭

衞之洋洋是以高檐三丈乃爲祀神之舍連閣四周竝非中官之宅雪山忍辱之草天宫陁樹之花四照芬吐五衢異色能令扶解說法果出妙衣鹿苑豈殊祇林何遠皇太子蕭綽自昔藩邸便結善緣雖銀藏蓋寡金地多闕有懃四事久立五根泗川出鼎尚刻之罘之石岷峨作鎮猶銘劒壁之山矧伊福界寧無鐫刻銘曰洛陽白馬帝釋天冠開基紫陌峻極雲端實惟爽塏棲心之地譬若淨土長爲佛事銀鋪曜色玉礎

亦自華鍊而情韻綿牽山靈有知想應色然心喜

山名行雨，地異陽臺。佳人無數，神女看來。翠幔朝開，新妝旦起。樹入牀頭，花來鏡裏。草緑衫同，花紅面似。開年寒盡，正月游春。俱除錦帔，併脱紅綸。天絲劇藹，蜨粉生塵。橫藤礙路，弱柳低人。誰言洛浦，一箇河神。

碑

相官寺碑　　梁簡文帝

眞人西滅，羅漢東游。五明盛士，竝宣北門之教。四姓小臣，稍罷南宮之學。超洙泗之濟濟，比舍

別耳然蘭成要未肯作小巫也不必作時世粧挽飛僊髻而一種妩媚之態當不減畫裏喚眞眞也

有語必新無字不雋吾於開府當鑄金事之矣

五婦石是三侯險踰地肺危淩天柱禁苑斜通春人恆聚樹裏聞歌枝中見舞恰對妝臺諸窗併開遥看已識試喚便回豈同織女非秋不來

至仁山銘

北周庾信

山横鶴嶺水學龍津瑞雲一片僊童兩人三秋雲薄九日寒新眞花暫落畫樹長春横石臨砌飛檐枕嶺壁遶藤苗窗銜竹影菊落秋潭桐疏寒井仁者可樂將由愛靜

梁東宮行雨山銘

北周庾信

藥亦何媿焉

值物賦象姿致極佳吾當以新製齊紈倩羊欣書此庶幾清吹徐來秀采繁會

蘭成諸銘直可與明遠競爽明遠以峭勝蘭成以秀勝蹊徑自

或繁虎杖或亂蛇牀故不世不可以服未達不可以嘗眩睛逆目是乃爲良

團扇銘

梁　庾肩吾

武王元覽造扇於前班生贍博白綺仍傳裁筠比霧裂素輕蟬片月內掩重規外圓炎隆火正石鑠沙煎清逾蘋末瑩等寒泉恩深難恃愛極則遷秋風颯至篋笥長捐勒銘華扇敢薦夏筵

後堂望美人山銘

北周　庾信

高唐疑雨洛浦無舟何處相望山邊一樓峰因

厚往往胎息此種

錘字堅響

換頭紫粉七返丹砂此二藥世人千百中無一人解作讀是銘如得祕藥於孟簡可以悅心脾可以滌腸胃即謂明遠能爲二

鴻歸臨危制節中險騰機圭角星芒明麗爛逸絲縈髮垂平理端窈盈尺錦兩片字金鎰故僊芝煩弱既匪足雙蟲虎瑣碎又安能匹君子品之是最神筆

藥奩銘

宋 鮑照

歲賈走丸生厭隤牆時無驟得年有遐方水玉出煙靈飛生光龜文電衣龍采雲裳九芝八石延正盪斜二脂六體振衰返華毛姬餌葉鳳子藏花景絕翠虬氣隱赬霞深神罕別妙奇不揚

戒逐留御不還今據宋刻鮑集校正

屬對固已精嚴下字無不鉤新斯可謂擺脫俗儒酸相

飛白書後漢蔡邕所作邕在鴻都門見匠人施堊帚遂創意焉晉劉紹字彥祖作飛白勢

博奥蒼堅聲沈旨鬱唐惟柳子

君子彼想祇心載惕林簡松栝水采龍鷁覘氣涉潮投祭沈璧揆檢含圖命辰定厤二崤虎口周王夙趣九折羊腸漢臣電驅潛鱗浮翼爭景乘虛衡石赬鰩帝子察殂青山斷河后父沈軀川吏掌津敢告訪途

飛白書勢銘　宋　鮑照

秋毫精勁霜素凝鮮霑此瑤波染彼松煙超工八法盡奇六文烏企龍躍珠解泉分輕如游霧重似崩雲絕鋒劒摧驚勢箭飛差池燕起振迅

盛宏之荊州記武陵舞陽縣有石帆山若數百幅帆

奇突古兀鍾鍊異常昔人論鮑詩謂得景陽之俶詭合茂先之靡嫚吾於斯銘亦云

穆戎二語諸選家多誤作穆我

石帆銘

宋 鮑照

應風剖流息石橫波下潨地軸上獵星羅吐湘引漢歙蠡吞沱西歷岷冢北瀉淮河眇森宏藹積廣連深淪天測際互海窮陰雲旌未起風柯不吟崩濤山墜鬱浪雷沈在昔鴻荒刊啟源陸表裏民邦經緯鳥服瞻貞視悔坎水巽木乃剡乃鏟既斫既斲飛深浮遠巢潭館谷涉川之利謂易則難臨淵之戒曰危乃安泊潛輕濟冥表勤言穆戎遂畱昭御不還徒悲猿鶴空駕滄煙

親顯宗遣衆持節使匈奴衆至北庭欲令拜衆不爲屈單于大怒圍守閉之不與水火欲脅服衆衆拔刀自誓單于恐而止

風生四語寫得濃至有態睹此光景焉能不酸鼻痛心

薄以賞功節士爲之短氣

漢世銜命匈奴困而不辱者二人而已子卿手持漢節臥伏冰霜仲師固無下拜隔絶水火況復風生稽落日隱龍堆翰海飛沙皋蘭走雪豈不酸鼻痛心憶洛陽之宮陛肩泣横悲想長安之城闕直以爲臣之道義不爲生事君之節生爲義盡豈望拔幽泉出重仞經長樂抵未央及還望塞亭來依候火剏觀上郡側眺雲中雖在已之願自隆而於時之報未盡

銘

摹擬入骨當令西子南威滌几奉席安得青琴絳樹拂卷抽緗

衆字仲師永平初北匈奴求和

函鴻烈僊方長推丹枕至如青牛帳裏餘曲未終朱鳥窗前新妝已竟方當開茲縹帙散此緗繩永對貦於書帷長循環於纖手豈如鄧學春秋儒者之功難習竇傳黃老金丹之術不成固勝西蜀豪家託情窮於魯殿東儲甲觀流詠止於洞簫孌彼諸姬聊同棄日猗與彤管麗矣香奩

論

鄭衆論　梁元帝

紙醉金迷鮮華朗映唐人惟王子安有此雕飾

投壺玉女。爲歡盡於百驍。爭博齊姬。心賞窮於六箸。無怡神於暇景。惟屬意於新詩。可得代彼萱蘇。微蠲愁疾。但往世名篇。當今巧製。分諸麟閣。散在鴻都。不藉篇章。無由披覽。於是然脂暝寫。弄墨晨書。撰錄豔歌。凡爲十卷。曾無參於雅頌。亦靡濫於風人。涇、渭之閒。若斯而已。於是麗以金箱。裝之寶軸。三臺妙迹。龍伸蠖屈之書。五色花牋。河北膠東之紙。高樓紅粉。仍定魯魚之文。辟惡生香。聊防羽陵之蠹。靈飛六甲。高擅玉

彼一語極意形容

拭硯抽毫駢花儷葉有才如此那得不令人羨極生妒邪

敘作詩之由靈折不窮

加以天情開朗逸思彫華妙解文章尤工詩賦琉璃硯匣終日隨身翡翠筆牀無時離手清文滿篋非惟芍藥之花新製連篇寧止蒲萄之樹九日登高時有緣情之作萬年公主非無誄德之辭其佳麗也如彼其才情也如此既而椒房宛轉柘館陰岑絳鶴晨嚴銅蠡晝靜三星未夕不事懷衾五日猶賒誰能理曲優游少託寂莫多閒厭長樂之疎鐘勞中宮之緩箭輕身無力怯南陽之擣衣生長深宮笑扶風之織錦雖復

螺紋

黛痕欲滴脂暈微烘如汰膩粧而出靚面

態冶思柔香濃骨豔飄飄乎恐留僊裾捉不住矣

自五陵豪族至此總爲佳麗如

如東隣巧笑來侍寢於更衣西子微顰將横陳於甲帳陪游馺娑騁纖腰於結風長樂鴛鴦奏新聲於度曲妝鳴蟬之薄鬢照墮馬之垂鬟反插金鈿横抽寶樹南都石黛最發雙蛾北地燕脂偏開兩靨亦有嶺上僊童分丸魏帝腰中寶鳳授厤軒轅金星與婺女爭華麝月共嫦娥競爽驚鸞冶袖時飄韓掾之香飛燕長裾宜結陳王之佩雖非圖畫入甘泉而不分言異神僊戲陽臺而無別眞可謂傾國傾城無對無雙者也

厚之旨未可概以淫豔斥之或以爲選錄多閨閣之詩則是未睹本書而妄爲擬議者矣
駢語至徐庾五色相宣八音迭奏可謂六朝之渤澥唐代之津梁而是篇尤爲聲偶兼到之作錬格錬詞綺綰繡錯幾於赤城千里霞矣
名妃淑媛聲妓孽妾搜奇抉奥了了若數指上

瑚作枝珠簾以玳瑁爲柙其中有麗人焉其人也五陵豪族充選掖庭四姓良家馳名永巷亦有潁川新市河閒觀津本號嬌娥曾名巧笑楚王宮內無不推其細腰魏國佳人俱言訝其纖手閱詩敦禮非直東鄰之自媒婉約風流無異西施之被教弟兄協律自小學歌少長河陽由來能舞琵琶新曲無待石崇箜篌雜引非因曹植傳鼓瑟於楊家得吹簫於秦女至若寵聞長樂陳后知而不平畫出天僊閼氏覽而遙妒且

處處總不脫山靈骨勁氣完刻鏤盡態矣

險語破鬼膽

是書所錄爲梁以前詩凡五言八卷七言一卷五言二韵一卷雖皆綺麗之作尚不失溫柔敦

碧嶺再辱丹崖重滓塵游躅於蕙路汙淥池以洗耳空扃岫幌掩雲關斂輕霧藏鳴湍截來轅於谷口杜妄轡於郊端於是叢條瞋膽疊穎怒魄或飛柯以折輪乍低枝而埽迹請迴俗士駕爲君謝逋客

序

玉臺新詠序

陳　徐陵

凌雲槪日由余之所未窺萬戶千門張衡之所曾賦周王璧臺之上漢帝金屋之中玉樹以珊

王介甫喜誦此四語以爲奇絶可謂先得我心

寫所以勒移之故字字入人肺腑我聞此語心骨悲

勒移正面

我高霞孤映明月獨舉青松落陰白雲誰侶澗戶摧絶無與歸石逕荒涼徒延佇至於還飈入幕寫霧出楹蕙帳空兮夜鶴怨山人去兮曉猨驚昔聞投簪逸海岸今見解蘭縛塵纓於是南岳獻嘲北隴騰笑列壑爭譏攢峰竦誚慨游子之我欺悲無人以赴弔故其林慙無盡澗媿不歇秋桂遺風春蘿罷月騁西山之逸議馳東皋之素謁今又促裝下邑浪栧上京雖情殷於魏闕或假步於山扃豈可使芳杜厚顏薜荔蒙耻

此下應後黷二字

瑰邁奇古眞是精絕

說得何等烜赫仍是可憐

張敞趙廣漢卓茂魯恭皆漢循吏

儔及其鳴騶入谷鶴書赴隴形馳魄散志變神動爾乃眉軒席次袂聳筵上焚芰製而裂荷衣抗塵容而走俗狀風雲悽其帶憤石泉咽而下愴望林巒而有失顧草木而如喪至其紐金章綰墨綬跨屬城之雄冠百里之首張英風於海甸馳妙譽於浙右道帙長擯法筵久埋敲扑諠囂犯其慮牒訴倥傯裝其懷琴歌既斷酒賦無續常綢繆於結課每紛紜於折獄籠張趙於往圖架卓魯於前籙希蹤三輔豪馳聲九州牧使

字旋轉得法當與徐孝穆玉臺新詠序竝爲唐人軌範

尚子平仲長統竝漢隱士

造語精縟卻無一字拾人牙慧

將高潔一層極意形容下半轉入正面愈顯得齷齪矣

此段應先貞二字

差蒼黃翻覆淚翟子之悲慟朱公之哭乍迴迹以心染或先貞而後黷何其謬哉嗚呼尚生不存仲氏既往山阿寂寥千載誰賞世有周子雋俗之士既文既博亦元亦史然而學遁東魯習隱南郭竊吹草堂濫巾北岳誘我松桂欺我雲壑雖假容於江皋乃攖情於好爵其始至也將欲排巢父拉許由傲百氏蔑王侯風情張日霜氣橫秋或歎幽人長往或怨王孫不游談空空於釋部覈元元於道流務光何足比涓子不能

六朝文絜卷四

海昌許槤評選　朱鈞參校

移文

北山移文　南齊孔稚珪

鍾山在今江寧府東北其先周彥倫隱此後應詔出爲海鹽令秩滿入京欲卻過此山孔乃假山靈意移之使不得再至

此六朝中極雕繢之作鍊格鍊詞語語精闢其妙處尤在數虛

鍾山之英草堂之靈馳煙驛路勒移山庭夫以耿介拔俗之標蕭灑出塵之想度白雪以方絜干青雲而直上吾方知之矣若其亭亭物表皎皎霞外芥千金而不盼屣萬乘其如脫聞鳳吹於洛浦值薪歌於延瀨固亦有焉豈期終始參

不甚斲削然卻有勁氣

申穆背淮之賓徒聞其語趨燕之客罕值其人鄉道冠鷹揚聲高鳳舉儒墨泉海詞章苑囿棲遲衡泌懷寶迷邦狥茲獨善良以於邑今遺行人具宣往意側望起予甚於飢渴想便輕舉副此虛心無信投石之談空慕鑿坏之逸書不盡言更慙詞費

六朝文絜卷三

聞其名以書名之

南北朝文至隋始大壞初唐始復亦時運使然爾此書猶是六朝賸馥取其疏巹磊落宋人四六宗風實開於此

寫情如訴流美不澀

漢之表是知毛遂穎脫義感平原孫惠文詞來遷東海顧循寡薄有懷髦彥藉甚清風爲日久矣未獲披覿良深佇遲比高天流火早應涼飈淩雲僊掌方承清露想攝衛攸宜與時休適前園後圃從容邛壑之情左琴右書蕭散煙霞之外茂陵謝病非無封禪之文彭澤遺榮先有歸來之作優游儒雅何樂如之余屬當藩屏宣條揚越坐棠聽訟事絕詠歌攀桂摛詞眷言高遯至於揚旌北渚飛蓋西園託乘之應劉置醴闕

蕭慤字仁祖梁宗室上黃侯通明之子齊武定中爲太子洗馬後主時爲齊州錄事參軍待詔文林館

豔極韻極恐被鴛鴦妒矣

貞好學善屬文嘗舉秀才授縣尉謝病於家暕爲齊王鎮江東

爲梁上黃侯世子與婦書 北周 庾信

昔僊人導引尚刻三秋神女將梳猶期九日未有龍飛劒匣鶴別琴堂莫不銜怨而心悲聞猿而下淚人非新市何處尋家別異邯鄲那應知路想鏡中看影當不含啼欄外將花居然俱笑分杯帳裏卻扇牀前故是不思何時能憶當學海神逐潮風而來往勿如織女待塡河而相見

召王貞書 隋 楊暕

夫山藏美玉光照廊廡之間地蘊神劒氣浮星

數語酸淒入骨情何以堪

世途常懷五嶽之舉同夫關令物色異人譬彼客卿服膺高士上經說道屢聽元牝之談中藥養神每稟丹砂之說頃年事遒盡容髮衰謝芸其黃矣零落無時還念生涯繁憂總集視陰愒日猶趙孟之徂年負杖行吟同劉琨之積慘河陽北臨空思鞏縣霸陵南望還見長安所冀書生之魂來依舊壤射聲之鬼無恨他鄉白雲在天長離別矣會見之期邈無日矣援筆攬紙龍鍾橫集

熱病無一人不染冷藥無一人肯服有心者恒代爲滋淚也

觀宏讓答書音節哀亮同此一轍所謂伯仲伊吕未可輕爲抑揚也

陗鍊

丹法語元書斯亦樂矣何必富貴乎去矣陽子途乖趣別緬尋此旨杳若天漢已矣哉書不盡意

與周宏讓書

北周王裒

嗣宗窮途楊朱歧路征蓬長逝流水不歸舒慘殊方炎涼異節木皮春厚桂樹冬榮想攝衛惟宜動靜多豫賢兄入關敬承欵曲猶依杜陵之水尚保池陽之田鏟迹幽谿銷聲窮谷何其愉樂幸甚幸甚弟昔因多疾亟覽九僊之方晚涉

此一服清涼散耳彼營營於名韁利鎖者其肯嘗之否耶

非一味矯情只是勘破名根耳老年奔走宦途不知止足讀此當顏變愧生矣

蓬山此去無多路

盡心力於河漢摛藻期之鞶繡發議必在芬芳茲自美耳吾無取焉嘗試論之夫崑峯積玉光澤者前毀瑤山叢桂芳茂者先折是以東都有珪冕之臣南國見捐情之士斯豈惡粱錦好蔬布哉蓋欲保其七尺終其百年耳今弟官位既達聲華已遠象由齒斃膏用明煎既覽老氏谷神之談應體留侯止足之逸若能翻然清尚解佩捐簪則吾於茲山莊可辦一得把臂入林挂巾垂枝攜酒登巘舒席平山道素志論舊款訪

曠懷雅量彌率彌真

一清閒如此一喧鬧如彼不可以道里計矣

蒨時一牽裳涉澗負杖登峯心悠悠以孤上身飄飄而將逝杳然不復自知在天地間矣若此者久之乃還所住孤坐危石撫琴對水獨詠山阿舉酒望月聽風聲以興思聞鶴唳以動懷企莊生之逍遙慕尚子之清曠首戴萌蒲身衣縕襏出蓺粱稻歸奉慈親緩步當車無事爲貴斯已適矣豈必撫麈哉而吾子旣繫名聲之韁鎖就良工之剞劂振佩紫臺之上鼓袖丹墀之下采金匱之漏簡訪玉山之遺文斂精神於邛墳

情款異常語不靡激

休之字子烈右北平無終人初仕魏歷齊及周累官納言太子少保除和州刺史隋開皇二年罷任

衰亂之世能息心巖岫甚不可多得文亦幽陏瓌瓏饒有兩晉風力

素清風朗月俱寄相思子淵子淵長爲别矣握管操觚聲淚俱咽

與陽休之書

北魏 祖鴻勳

陽生大弟吾比以家貧親老時還故郡在本縣之西界有雕山焉其處閒遠水石清麗高巖四匝良田數頃家先有埜舍於斯而遭亂荒廢今復經始卽石成基憑林起棟蘿生映宇泉流遶階月松風草緑庭綺合日華雲實菊沼星羅檐下流煙共霄氣而舒卷園中桃李雜松柏而蔥

婉轉流利

憤激無聊不可一切讀此則筆可擲硯可焚矣

荆離析二仲不歸麇鹿爲曹更多悲緒丹經在握貧病莫諧芝朮可求聊因采綴昔吾壯日及弟富年俱值邕熙竝歡衡泌南風雅操清商妙曲紘琴促坐無乏名晨玉瀝金華冀獲難老不虞一旦翻覆波瀾吾已愒陰弟非茂齒禽尚之契各在天涯永念生平難爲胸臆正當視陰數箭排愁破涕人生樂耳憂戚何爲豈能遽悲次房游魂不返遠傷金產骸匱無託但願愛玉體珍金相保期頤享黃髮猶冀蒼鷹頳鯉時傳尺

未免有情誰能遣此

少保名褒字子淵姓名字與漢王褒竝同惟里居各異漢爲蜀郡人此則琅玡人也近人每多沿誤

情在景中麗而不縟

枕一宵便如蕩子當令照影雙來一鸞羞鏡弗使窺窗獨坐嫦娥笑人

復王少保書

陳　周宏讓

甚矣悲哉此之爲别也雲飛泥沈金鑠蘭滅玉音不嗣瑤華莫因家兄至自鎬京致來書於窮谷故人之迹有如對面開題申紙流臉沾膝江南燠熱橘柚冬青渭北沍寒楊榆晚葉土風氣候各集所安餐衞適時寢興多福甚善甚善與弟分袂西陝言反東區雖保周陂還依蔣逕三

徒左長史侍中

柔情綺語黯然魂銷

幾回搔首一聲長嘆淒絶媚絶

昔魚嶺逢車芝田息駕雖見妖婬終成揮忽遂使家勝陽臺爲歡非寤人慙蕭史相偶成僊輕扇初開欣看笑靨長眉始畫愁對離妝猶聞徙佩顧長廊之未盡尚分行幰冀迴陌之難迴廣攝金屏莫令愁擁恆開錦幔速望人歸鏡臺新去應餘落粉熏鑪未徙定有餘煙淚滴芳衾錦花常溼愁隨玉軫琴鶴恆驚巳覺錦水丹鱗素書稀遠玉山青鳥僊使難通綵筆試操香牋遂滿行雲可託寤想還勞九重千日詎憶倡家單

直抒胸臆全不雕琢由氣格清華故無一筆生澀不圖亡主竟獲如此佳文我斥其人我不能不憐其才也

情哀理感能令鐵石人動心

王寬琅玡臨沂人固子官至司

琴尊閒作雅篇豔什迭互鋒起每清風朗月美景良辰對羣山之參差望巨波之滉瀁或翫新花時覩落葉既聽春鳥又聆秋鴈未嘗不促膝舉觴連情發藻且代琢磨間以嘲謔俱怡耳目並留情致自謂百年爲速朝露可傷豈謂玉折蘭摧遽從短運爲悲爲恨當復何言遺迹餘文觸目增泣絶絃投筆恒有酸恨以卿同志聊復敘懷涕之無從言不寫意

爲王寬與婦義安主書　陳伏知道

太子洗馬中舍人與兄炎竝以才學侍東宮

簡質有餘亦蒼然有色別成一種筆法

平愛好卿等所悉自以學涉儒雅不逮古人欽賢慕士是情尤篤梁室亂離天下糜沸書史殘缺禮樂崩淪晚生後學匪無牆面卓爾出群斯人而已吾識覽雖局未曾以言議假人至於片善小才特用嗟賞況復洪識奇士此故忘言之地論其博綜子史諳究儒墨經耳無遺觸目成誦一褒一貶一激一揚語元析理披文摘句未嘗不聞者心伏聽者解頤會意相得自以爲布衣之賞吾監撫之暇事隙之辰頗用談笑娛情

片七

幽邃

忘反橫柯上蔽在晝猶昏疎條交映有時見日

簡澹高素絕去餖飣艱澀之習吾於六朝心醉此種

與顧章書　梁　吳均

僕去月謝病還覓薜蘿梅谿之西有石門山者森壁爭霞孤峯限日幽岫含雲深谿蓄翠蟬吟鶴唳水響猿嗁英英相雜緜緜成韵既素重幽居遂葺宇其上幸富菊花偏饒竹實山谷所資於斯已辦仁智所樂豈徒語哉

宣帝時總爲太子詹事

陸瑜字幹玉吳郡人仕陳累官

與詹事江總書　陳　後主

管記陸瑜奄然殂化悲傷悼惜此情何已吾生

埽除浮豔澹然無塵如讀靖節桃花源記興公天台山賦此費長房縮地法促長篇爲短篇也

盌未改朱顏畧多白醉用此終日亦以自娛

與宋元思書

梁　吴　均

風煙俱淨天山共色從流飄蕩任意東西自富陽至桐廬一百許里奇山異水天下獨絶水皆縹碧千丈見底游魚細石直視無礙急湍甚箭猛浪若奔夾峙高山皆生寒樹負勢競上互相軒邈爭高直指千百成峯泉水激石泠泠作響好鳥相鳴嚶嚶成韵蟬則千轉不窮猨則百叫無絶鳶飛戾天者望峯息心經綸世務者窺谷

周庾信爲梁上黃侯世子與婦書竝稱香匳絶作
蕭撝字智遐在梁封永豐侯
絶妙一幀子卿歸國圖寫行役景象酸涼滿目惻愴之情都在言外

路邇人遐音塵寂絶一日三秋不足爲喻聊陳往翰寧寫款懷遲枉瓊瑤慰其杼軸

北使還與永豐侯書　梁　劉孝儀

足踐寒地身犯朔風莫宿客亭晨炊謁舍飄颻辛苦迄屆氈鄉襍種覃化頗慕中國兵傳李緒之法樓儗衞律所治而毳幙難淹酪漿易饜王程有限時及玉關射鹿胡奴乃共歸國刻龍漢節還持入塞馬銜苜蓿嘶立故墟人獲蒲萄歸種舊里稚子出迎善鄰相勞倦握蟹螯亟覆鰕

王法曹眔遷中書鴻臚
演迤澹沱蕭然塵𡒄之外得此一書何謂白雲不堪持贈
蕭恭字敬範封衡山縣侯
寄書閨閤倩作固奇而微笑餘香代人涉想尤爲奇之奇者水部風情於斯槪見
婉孌極豔情緒緜牽當與陳伏知道爲王寬與婦義安主書北

石壁五色交輝青林翠竹四時俱備曉霧將歇猿鳥亂鳴夕日欲頹沈鱗競躍實是欲界之僊都自康樂以來未復有能與其奇者

爲衡山矦與婦書　　梁何遜

昔人遨游洛汭會遇陽臺神僊髣髴有如今別雖帳前微笑涉想猶存而幄裏餘香從風且歇掩屏爲疾引領成勞鏡想分鸞琴悲別鶴心如膏火獨夜自煎思等流波終朝不息始知萋萋蘐草忘憂之言不實團團輕扇合歡之用爲虛

人於沼家得書以示峻峻乃作此書答之

答死者書甚是㧑格屬詞特淒楚纏綿俯仰褱囘無限痛切結得婉有味外味

中書名微或云徵字元度陳郡陽夏人好學善屬文嘗爲安成

傳或有自其家得而示余者余悲其音徽未沫而其人已亡青簡尚新宿草將列泫然不知涕之無從也雖隙駟不留尺波電謝而秋菊春蘭英華靡絕故存其梗概更酬其旨若使墨翟之言無爽宣室之談有徵冀東平之樹望咸陽而西靡蓋山之泉聞絃歌而赴節但懸劒空壠有恨如何

答謝中書書

梁　陶宏景

山川之美古來共談高峰入雲清流見底兩岸

官寺二句諸選家多誤作既官時務煩簿般湊今據舊刻古文管窺正

深情婉致娓娓動人呂仲悌與嵇叔夜書鳴雞一聯是其所祖

沼字明信終秣陵令峻以不得志著辨命論沼致書難之往反非一其後沼作書未出而卒有

務煩簿領般湊等張釋之條理同于公之明察雕龍之才本傳靈虵之譽自高頗得暇逸於篇章從容於文諷頊擁旄西邁載離寒暑曉河未落拂桂櫂而先征夕鳥歸林懸孤驅而未息足使邊心憤薄鄉思邅迴但離闊已久載勞寤寐佇聞還驛以慰相思

追答劉秣陵沼書

梁　劉峻

劉侯既重有斯難值余有天倫之戚竟未之致也尋而此君長逝化爲異物緒言餘論藴而莫

適當是時若子顯則先子雲爲臨川簡文爲太子時已歷侍中國子祭酒矣

風骨翹秀須韻人辨之

孝綽本名冉彭城人辭藻爲後進所宗累遷尚書吏部郎坐事左遷臨賀王長史卒

桂宮既啟復乖雙闕之宴文雅縱橫卽事分阻清夜西園眇然未尅想征艫而結歎望横席而霑襟若使宏農書疏脫還鄴下河南口占儻歸鄉里必遲青泥之封且覯朱明之詩白雲在天蒼波無極瞻之歧路眷慨良深愛護波潮敬勗光采

與劉孝綽書

梁　簡文帝

執别灞滻嗣音阻闊合璧不停旋灰屢徙玉霜夜下旅鴈晨飛想凉燠得宜時候無爽既宦寺

倡婦怨情諸什連而讀之當如荀令君坐席三日猶香

蕭子顯子雲竝爲臨川内史此書當是與子雲者攷梁普通四年簡文徙雍州刺史三年立爲皇太子故書有黑水初旋桂宮既啟云云而子雲遷臨川内史

成痕復有影裏細腰令與眞類鏡中好面還將畫等此皆性情卓絶新致英奇故知吹簫入秦方識來鳳之巧鳴瑟向趙始睹駐雲之曲手持口誦喜荷交并也

與蕭臨川書　　梁簡文帝

零雨送秋輕寒迎節江楓曉落林葉初黄登舟已積殊足勞止解維金闕定在何日八區内侍厭直御史之廬九棘外府且息官曹之務應分竹南川剖符千里但黑水初旋未申十千之飲

覽景述事意調悲涼

明遠駢體高睨六代文通稍後出差足頡頏而奇峭幽潔不逮也

新渝侯名映始興忠武王憺子聰慧能文特被東宮友愛

貌無停趣態有遺妍眉色粉痕至今尚留紙上設與美人晨粧

將合孤鶴寒嘯游鴻遠吟樵蘇一歎舟子再泣誠足悲憂不可說也風吹雷飈夜戒前路下弦內外望達所屆寒暑難適汝專自慎夙夜戒護勿我爲念恐欲知之聊書所睹臨塗草蹙辭意不周

答新渝侯和詩書　梁　簡文帝

垂示三首風雲吐於行間珠玉生於字裏跨躡曹左會超潘陸雙鬢向光風流已絕九梁插花步搖爲古高樓懷怨結眉表色長門下泣破粉

驚濤駭浪恍然在目

句句錘鍊無渣滓眞是精絕

韲卽齏字周禮醢人注凡醯醬所和細切爲韲案此處當訓碎莊子大宗師韲萬物而不爲義釋文引司馬注韲碎也

可數百里其中騰波觸天高浪灌日吞吐百川寫泄萬壑輕煙不流華鼎振潪弱草朱靡洪漣隴蹙散渙長驚電透箭疾穹溘崩聚坻飛嶺覆回沫冠山奔濤空谷碪石爲之摧碎碕岍爲之韲落仰視大火俯聽波聲愁魄脅息心驚慓矣至於繁化殊育詭質恠章則有江鵝海鴨魚鮫水虎之類豚首象鼻芒鬚鍼尾之族石蠏土蚌燕箕雀蛤之儔折甲曲牙逆鱗反舌之屬掩沙漲被草渚浴雨排風吹澇弄翮夕景欲沈曉霧

沈鬱語非身歷其境者不知

煙雲變滅盡態極妍卽使李思訓數月之功亦恐畫所難到

埤益也見廣雅釋詁

古迄今舳艫相接思盡波濤悲滿潭壑煙歸八表終爲野塵而是注集長寫不測修靈浩盪知其何故哉西南望廬山又特驚異基獻江潮峯與辰漢連接上常積雲霞雕錦縟若華夕曜巖澤氣通傳明散綵赫似絳天左右青靄表裏紫霄從嶺而上氣盡金光半山以下純爲黛色信可以神居帝郊鎮控湘漢者也若潨洞所積谿壑所射鼓怒之所豗擊涌澓之所宕滌則上窮荻浦下至狶洲南薄鷰爪北極雷澱削長埤短

總挈有法

歷言形勝之奇運意深婉鑄詞精縟

鮮脆已極食哀家梨想亦不過爾爾

方矚東顧五洲之隔西眺九派之分窺地門之絕景望天際之孤雲長圖大念隱心者久矣南則積山萬狀爭氣負高含霞飲景參差代雄凌跨長隴前後相屬帶天有匝橫地無窮東則砥原遠隰亡端靡際寒蓬夕卷古樹雲平旋風四起思鳥群歸靜聽無聞極視不見北則陂池潛演湖脈通連苧蒿攸積菰蘆所繁棲波之鳥水化之蟲智吞愚彊捕小號噪驚聒紛物其中西則迴江永指長波天合滔滔何窮漫漫安竭創

六朝文絜卷三

海昌許槤評選　朱鈞參校

書

登大雷岸與妹書　宋鮑照

照妹名令暉照嘗答孝武云臣妹才自亞左芬臣才不及太沖耳大雷在今安慶府望江縣水經注所謂大雷口也

首述羇旅之苦意多鬱結而氣自激昂

吾自發寒雨全行日少加秋潦浩汗山谿猥至渡泝無邊險徑游歷棧石星飯結荷水宿旅客貧辛波路壯闊始以今日食時僅及大雷塗登千里日踰十晨嚴霜慘節悲風斷肌去親爲客如何如何向因涉頓憑觀川陸遨神清渚流眄

姿采幽茂古力蟠注乃六朝人眞實本領

論報早誓肌骨不寤滄溟未運波臣自蕩渤澥方春旅翮先謝清切藩房寂寥舊華輕舟反溯弔影獨留白雲在天龍門不見去德滋永思德滋深唯待青江可望候歸艎於春渚朱邸方開效蓬心於秋實如其簪履或存衽席無改雖復身填溝壑猶望妻子知歸攬涕告辭悲來橫集不任犬馬之誠

六朝文絜卷二

故吏文學謝朓死罪死罪即日被尚書召以朓補中軍新安王記室參軍朓聞潢汙之水願朝宗而每竭駑蹇之乘希沃若而中疲何則皋壤搖落對之惆悵歧路西東或以歔唈況乃服義徒擁歸志莫從邈若墜雨翩似秋蔕朓實庸流行能無算屬天地休明山川受納褒采一介抽揚小善故舍耒場圃奉筆兔園東亂三江西浮七澤契闊戎旃從容讌語長裾日曳後乘載脂榮立府庭恩加顏色沐髮晞陽未測涯涘撫臆

爲都督荆州刺史好詞賦朓爲子隆鎮西功曹轉文學尤被賞愛長史王秀之以朓年少密啟聞武帝朓知之因事求還牋辭子隆執筆便成文無點易

通篇情思婉妙絕去粉飾肥豔之習便覺濃古有餘味

屬對精緻

滕王名逌周文帝第十三子少好經史解屬文開府集序係逌所撰初封滕國公進爵爲王

幽峭雅至斯爲六朝碎金

隨郡王蕭子隆齊武帝第八子

對天山之積雪尚得開衿冒廣厦之長風猶當揮汗白鼉報主終自無期黃雀謝恩竟知何日

謝滕王賚馬啟　北周 庾信

某啟奉敎垂賚烏騮馬一匹柳谷未開翻逢紫鷰臨源猶遠忽見桃花流電爭光浮雲連影張敞畫眉之暇直走章臺王濟飲酒之歡長驅金埒

牋

辭隨王子隆牋　南齊 謝朓

賦物典覈而意趣仍復灑然自是啟牋妙手

車津實秉杼幾空織室遂令新市數錢忽疑販綵平陵月夜驚聞擣衣妾遇新縑自然心伏妻聞裂帛方當含笑莊周車轍實有涸魚信陵鞭前元非窮鳥仰蒙經濟伏荷聖慈

謝趙王賚白羅袍袴啟

北周 庾信

某啟垂賚白羅袍袴一具程據上表空論雉頭王恭入雪虛稱鶴氅未有懸機巧緤變繡奇文鳳不去而恆飛花雖寒而不落披千金之暫暖棄百結之長寒永無黃葛之嗟方見青綾之重

葩采迅發情韻欲流

如比目魚兩兩相對可謂工巧無敵

枯之骨雖復拔山超海負德未勝垂露懸鍼書恩不盡蓬萊謝恩之雀白玉四環漢水報德之虵明珠一寸某之觀此寕無媿心直以物受其生於天不謝謹啟

謝趙王賚絲布啟

北周 庾信

趙王名招周文帝第七子博涉羣書好屬文學開府體武成初封趙國公後進爵爲王史稱趙滕諸王與信周旋款至有若布衣之交

某啟奉敎垂賚雜色絲布三十段去冬凝閉今春嚴勁霰似瓊田淩如鹽浦張超之壁未足障風袁安之門無人開雪覆鳥毛而不暖然獸炭而逾寒遠降聖慈曲垂矜賑諭其蠶月殆罄桑

長子閔帝庶兄舉體皆奇埽除庸響唐人自玉谿金荃而下不能擬隻字

極華贍而不嫌於纖故妙

臣某啟奉敕垂賜雜色絲布綿絹等三十段銀錢二百文某比年以來殊有缺乏白社之内拂草看冰靈臺之中吹塵視甑慙妻狠妾旣嗟且憎瘠子羸孫虛恭實怨王人忽降大賚先臨天帝賜年無踰此樂仙童贈藥未均斯喜張袖而舞元鶴欲來撫節而歌行雲幾斷所謂舟檝無岸海若爲之反風薺麥將枯山靈爲之出雨況復全抽素繭雲版疑傾併落青鳧銀山或動是知青牛道士更延將盡之命白鹿眞人能生已

蕭憺字僧達文帝第十一子天監元年封始興郡王

綺藻宣茂不滯於俗

窮狀物之妙盡摛詞之致

明皇帝周世宗宇文毓也文帝

以漬蜜氈鄉之果寧有此邪

謝始興王賜花紈簟啟　梁　劉孝儀

麗兼桃象周洽昏明便覺夏室已寒冬裘可襲雖九日煎沙香粉猶弃三旬沸海團扇可捐

謝東宮賚内人春衣啟　梁　庾肩吾

階邊細草猶推綟葉之光户前桃樹翻訝藍花之色遂得裾飛合鷰領鬭分鸞試顧采薪皆成留客

謝明皇帝賜絲布等啟　北周　庾信

然爪甲穿手背安帝賜錢十萬封之入梁復毀武帝又加修治

彦昇文簡鍊入韻絶無畦町可窺所謂秀采外揚深衷内朗其體格當在休文之上

結畫短篇朗潤芬烈讀之覺生香如挹紙上

碑表蕪滅邛樹荒毀狐兔成穴童牧哀歌感慨自哀日月纏迫陛下宏宣教義非求效於方今壼餘烈不泯固陳力於異世但加等之渥近闕於晉典樵蘇之刑遠流於皇代臣亦何人敢謝斯幸不任悲荷之至謹奉啓事以聞謹啓

送橘啓

梁　劉峻

南中橙甘青鳥所食始霜之旦采之風味照座劈之香霧噀人皮薄而味珍脈不黏膚食不留滓甘踰萍實冷亞冰壺可以熏神可以芼鮮可

己得不似後人鋪張揚厲稱過其實以此益見晉人之高

若得託迹康衢則能結軌驥騄曜質廊廟必能垂光璵璠矣惟明公垂神采察不使忠允之言以人而廢

啟

忠貞名壼字望之晉尚書令永嘉中蘇峻稱兵六軍敗績壼赴賊二子眕盱隨從俱爲賊所害贈侍中開府謚忠貞後七十餘年盜發其墓尸僵如生鬢髮蒼

爲卞彬謝修卞忠貞墓啟　梁任　昉

臣彬啟伏見詔書并鄭義泰宣敕當賜修理臣亡高祖晉故驃騎大將軍建興忠貞公壼墳塋臣門緒不昌天道所昧忠搆身危孝積家禍名教同悲隱淪惆悵而年世貿遷孤裔淪塞遂使

戴淵少時游俠不治行檢陸機赴假還洛輜重甚盛淵使少年掠劫淵在岸上據胡牀指麾左右皆得其宜機於船屋上遙謂之曰卿才如此亦復作劫邪淵便泣涕投劍歸機機彌重之定交作箋薦焉寥寥數語大旨

扇未掩鸞蓋假蔡琰之文寧披悚戴

疏

與趙王倫薦戴淵疏　晉　陸機

蓋聞繁弱登御然後高墉之功顯孤竹在肆然後降神之曲成是以高世之主必假遠邇之器蘊匵之才思託大音之和伏見處士廣陵戴若思年三十清沖履道德量允塞思理足以研幽才鑒足以辨物安窮樂志無風塵之慕砥節立行有井渫之潔誠東南之遺寶宰朝之奇璞也

槩沒其蹟獨此文可稱知已

一意雕繪語語精絶恨不喚起十三行鈔手玉版書之

長其聲價固當一字一縑

反恭聞故實竊有愚心黍稷非馨敢望徽福但雀臺之弔空愴魏君雍丘之祠未光夏后瞻仰煙霞伏增悽戀

爲陳六宮謝表

陳　江總

鶴籥晨啓雀釵曉映恭承盛典肅荷徽章步動雲袿香飄霧縠媿纏豔粉無情拂鏡愁縈巧黛息意臨窗妾聞漢水贈珠人閒絶世洛川拾翠僊處無雙或有風流行雨窈窕初日聲高一笑價起兩環乃可桂殿迎春蘭房侍寵借班姬之

荆州陷炯爲西魏所虜以母老在東恒思歸國嘗獨行經漢武通天臺爲表奏之陳己思歸之意其夜夢有宮禁之所兵衞甚嚴便以情事陳訴聞有人言甚不惜放卿還幾時可至少日果與王克等竝獲東歸

漢武闢疆開宇宏拓郡縣厥功甚偉而後世以神僊征伐之事

經通天臺奏漢武帝表　陳沈炯

臣聞橋山雖掩鼎湖之竈可祠有魯遂荒大庭之迹無泯伏惟陛下降德猗蘭纂靈豐谷漢道既登神僊可望射之眾於海浦禮日觀而稱功橫中流於汾河指柏梁而高宴何其甚樂豈不然與既而運屬上僊道窮晏駕甲帳珠簾一朝零落茂陵玉盌遂出人閒淩雲故基與原田而膴膴扶風餘趾帶陵阜而茫茫羇旅縲臣能不落淚昔承明既厭嚴助東歸駟馬可乘長卿西

齊明帝嘗爲驃騎大將軍

用筆深刻布采陸離或謂其琢削過甚少灝達之風然此乃作者結構苦心非好爲艱深也

爲蕭驃騎謝被侍中慰勞表

梁　江淹

臣某言即日侍中祕書監臣戢至奉宣詔旨慰勞便受轂中帷練甲外壘旍旄蔽景輿徒競氣人懷秋嚴士蓄霜斷晦魄已掩氣暨未縣稽鉞竚威寢興震慨今王人臨郊皇華降庭煇燿望實將激威武戴鶡之夫迎光蹀恩投石之師攀炤竦惠楚纊越醪方茲慙潤臣忝屬閫私彌抱渥洽不任下情

紐孳也見廣雅釋言

與思奇兀獨具鑪錘

造句精絕

功與位故靜民紐亂不處輿臺之下去勳舍德寀班袞司之上咸以休對性業裁成器靈詎有移風變範克耀倫序者乎今臣績不炤民忠豈安國名爵赫曦僶俛優忝陛下久超異禮之榮越次殊常之秩雖寢寐矜戰曲垂哀亮而璽冊沖正愈賜砥礪今便肅順天誥恭聞睿典審躬酌私必跋危撓將恐氓俗由此方擾軌訓以之交蕪臣豈不勉智罄忠未知所以報奉淵聖輸感霄極取諸微躬長爲慙荷

太尉齊明帝蕭鸞也高帝猶子嘗爲揚州刺史

琢采秀削別開奧窔昔人譏其句句生澀余謂醴陵佳處卽在生澀上

寸亮四句言其重讓不允也

遣傳詔殿中中郎臣某奉表以聞

爲蕭拜太尉揚州牧表　梁　江淹

元文既降雕牒增輝禮藹前英寵華昔典仰震威容俯慙陋識心魂戰慄若殞若殯臣景能驗才無假外鏡撰已練志久測内涯故讓不飾迹辭非謙距寸亮尺素頻觸瑤纊丹情實理備塵珠冕而神居寂阻九重嚴絕徒懷漢臣伏闕之誠竟無魯人迴日之感所以迴懼鴻威後奔殊令者也既而永鑒隆魏緬思宏晉國之大政在

雍於用切司雍司州雍州也

以深婉之思寫悲涼之態低佪百折眞令人一讀一擊節也

不甚斲削然曲折有勁氣六朝章奏季友不媿專門

司雍河流湍疾道阻且長加以伊洛榛蕪津塗久廢伐木通徑淹引時月始以今月十二日次故洛水浮橋山川無改城闕爲墟宮廟隳頓鐘虡空列觀宇之餘鞠爲禾黍廛里蕭條雞犬罕音感舊永懷痛心在目以其月十五日奉謁五陵墳塋幽淪百年荒翳天衢開泰情禮獲申故老掩涕三軍悽感瞻拜之日憤慨交集行河南太守毛修之等既開翦荊棘繕修毀垣職司既備蕃衛如舊伏惟聖懷遠慕兼慰不勝下情謹

宕逸泓蔚雅有眞致

下草偃風從惟此虛寡弗能動俗昔紫衣賤服猶化齊風長纓鄙好且變鄒俗雖德慙往賢業優前事且夫搢紳道行祿利然也朕傾心駿骨非懼眞龍輜軿青紫如拾地芥而惰游廢業十室而九鳴鳥蔑聞子衿不作宏奬之路斯既然矣猶其寂莫應有良規

晉書義熙十二年洛陽平裕命修晉五陵置守備

表

爲宋公至洛陽謁五陵表 宋 傅亮

臣裕言近振旅河湄揚旌西邁將届舊京威懷

秀語
爰易也見賈逵國語注
史起引漳水溉田民歌之曰終古舄鹵兮生稻粱白公引涇水溉田因名白渠竝見史記
此專以訓學爲主蕭老公喜事鋪張故其臣亦每爲夸飾

茲稼穡祥正而青旗肅事土膏而朱紘戒典將使杏花菖葉耕穫不愆清畎泠風述遵無廢而釋耒佩牛相沿莫反兼貧擅富寖以爲俗若爰井開制懼驚擾愚民舄鹵可腴恐時無史白與廢之術矣陳厥謀

天監三年策秀才文　梁任昉

問朕本自諸生弱齡有志閉戶自精開卷獨得九流七略頗嘗觀覽六藝百家庶非牆面雖一日萬機早朝晏罷聽覽之暇三餘靡失上之化

典質既勝不事麗采近人何從夢見

此專以勸農爲主援古證今立言不苟開唐宋人表啟碑序法門

聞於窒巷其有耕灌不修桑榆靡樹遨游鄽里酣酺卒歲越伍乖隣流宕忘返才異相如而四壁獨立高慙仲蔚而三徑沒人雖謝文翁之正俗庶幾龔遂之移風

策問

永明九年策秀才文　　南齊王融

問昔周宣惰千畝之禮虢公納諫漢文缺三推之義賈生置言良以食惟民天農爲政本金湯非粟而不守水旱有待而無遷朕式照前經寶

廢帝不道内外皆屬意景素而楊運長等深忌之元徽四年或告景素臺城已潰景素卽舉兵爲臺軍所殺

處處矜鍊窅邈絶非肥豔濃香故妙

武帝時遲爲永嘉太守今浙江温州府

鍾嶸評其詩點綴映媚似落花依草覯此益信

絶雲氣意負青天皆待絳螭驤首翠虬來儀是以遺風獨扇百代餘烈激厲後生斯乃王教之助古人之意焉吾稅駕舊楚憩乘汀潭挹於陵之操想漢陰之高而山川遐久流風亾沫養志數人竝未徵采善操將棄良用慨然宜速詳舊禮各遺纁招庶暢此幽襟以旌蓬蓽

永嘉郡教

梁 邛遲

貴郡控帶山海利兼水陸實東南之沃壤一都之巨會而曝背拘牛屢空於畎畝績麻治絲無

不足信也

引古立案構思精而撰語陗

光四

欲追延陵之逸軌繼子臧之高讓豈資秋亭之壇安事繁陽之石侯景項籍也蕭棟殷辛也赤泉未賞劉邦尚曰漢王白旗弗縣周發猶稱太子飛龍之位孰謂可躋附鳳之徒旣聞來儀群公卿士其喻孤之志無忽

教

宋建平王景素文帝第七子宏之子也位南徐州刺史加都督好文章書籍招集才異之士時

建平王聘隱逸教　梁江淹

府州國紀綱夫嬀夏已沒大道不行雖周惠之富猶有漁潭之士漢教之隆亦見棲山之夫迹

庶子大同二年卒簡文出臨哭與湘東王此令劉子謂中庶子遵也先規一年卒諸選本以簡文爲昭明劉爲孝綽並誤

元帝性好矯飾始居文宣太后憂依丁蘭作木母及武帝崩祕喪踰年乃發凶問狡人好語固

采標映千里絶迹百尺無枝文辨縱橫才學優贍跌宕之情彌遠濠梁之氣特多斯實俊民也一爾過隟永歸長夜金刀掩芒長淮絶涸去歲冬中已傷劉子今茲寒孟復悼王生俱往之傷信非虛說

答群下勸進初令

梁元帝

孤以不德天降之災枕戈飲膽扣心泣血風樹之酷萬始莫追霜露之哀百憂總萃甫聞伯升之禍彌切仲謀之悲若封豕既殲長虵即戮方

宕起極有意致令人不可捉摸紆詘也見說文解字

規字威明簡文爲晉安王規爲長史及立爲太子規爲太子中

不屈茲獨往同此濡足便望釋蘿襲袞出野登朝必不以湯有慙德武未盡善不降其身不屈其志使璧帛虛往蒲輪空歸傾首東路望兼立表義軒邈矣古今殊事不獲總駕崆峒依風問道今方復引領雲臺虛己宣室紆賢之媿載結寢興

令

與湘東王論王規令

梁　簡文帝

威明昨宵奄復殂化甚可痛傷其風韻遒上神

天監初朏與何允何點竝徵不至逃竄年餘一旦輕舟自詣闕下時卽以爲司徒尚書令乃復不省職事衆頗失望然則朏蓋守節不終者既拜新命且不稱職亦何足當此敕邪

不遠而赴業無聞非唯志學者鮮或是勸誘未至邪想復宏之

爲武帝與謝朏敕　梁　沈約

吾以菲德屬當期運鑒與吾賢思隆治道而明不遠燭所蔽者多實寄賢能匡其寡闇嘗謂山林之志上所宜宏激貪厲薄義等爲政自居元首臨對百司雖復執文經武各修厥職羣才競爽以致和美而鎮風靜俗變教論道自非箕潁高人莫膺茲寄是用虛心側席屬想清塵不得

陡住絕奇

燾爲太學博士參右將軍何無忌軍事隨府轉鎮南將軍高祖鎮京口與燾敕

麗語能樸雋語能淳忘其駢偶詔敕之文如此柰何輕議六朝

維新思蠲往弊反樸還淳納民軌物可量事具立條式使儉而獲中

敕

與臧燾敕

宋　武帝

頃學尚廢弛後進頽業衡門之内清風輟響良由戎車屢警禮樂中息浮夫近志情與事染豈可不敷崇墳籍敦厲風尚此境人士子姪如林明發搜訪想聞令軌然荆玉含寶要俟開瑩幽蘭懷馨事資扇發獨習寡悟義著周典今經師

訓子全弟具是數言深致亮懷藹乎如見

洞澈末流惡習大似箴銘格言誰謂齊梁間盡靡靡之奏耶今之士大夫當書此於門屏几席可以起癈疾鍼膏肓矣

朝纓恬眞邛壑吾以長兄之重未忍離遠何容仍屈素業長嬰世網吾百年之後其聽緫辭蟬舍冕遂其沖挹之性無使成王之朝翻疑姬旦之聖不亦善乎汝爲孝子勿違吾敕

禁浮華詔

北齊 文宣帝

頃者風俗流宕浮競日滋家有吉凶務求勝異婚姻喪葬之費車服飲食之華動竭歲資以營日富又奴僕帶金玉婢妾衣羅綺始以刱出爲奇後以過前爲麗上下貴賤無復等差今運屬

魏帝能文章者僅孝文爾句法歷落並無堆垛裝點視南五朝蔑如矣

文人之筆帝王之度只如此便佳

高祖不豫託勰國事勰苦辭求退世宗爲太子高祖手詔言之

舉賢詔

北魏孝文帝

炎陽爽節秋零卷澍在予之責實深悚慄故輟膳三晨以命上訴靈鑒誠款曲流雲液雖休弗休寧敢愆怠將有賢人湛德高士凝棲雖加詮采未能招致其精訪幽谷舉茲賢彥直言極諫匡予不及

與太子論彭城王詔

北魏孝文帝

汝第六叔父勰清規懋賞與白雲俱潔厭榮舍紱以松竹爲心吾少與綢繆提攜道趣每請解

語質而厚漢詔之遺　諸選本竝脫曳字从舊刻古文管窺補　風俗之敝古今一轍讀此爲之慨然

六朝文絜卷二

海昌許槤評選　朱鈞參校

詔

敕條制禁奢靡詔　南齊武帝

三季澆浮，舊章陵替，吉凶奢靡，動違矩則。或裂錦曳繡，以競車服之飾；塗金鏤石，以窮塋域之麗。至斑白不婚，露棺累葉，苟相姱衒，罔顧大典。可明爲條制，嚴勒所在，悉使畫一。如復違犯，依事糾奏。

六朝文絜卷一

滅西園月。

軒然而來筆力
峭秀

清澈之調復有
藻語潤飾故足
淩跨一時

蘭麝可渝芳詞
靡歇騈枝家言
此焉高唱矣

龍沙鴈塞甲應寒天山月沒客衣單鐙前析衣
疑不亮月下穿鍼覺最難刺取鐙花持桂燭還
卻鐙蘂下燭盤鑄鳳銜蓮圖龍竝眠爐高疑數
翦心溼暫難然銅荷承淚蠟鐵鋏染浮煙本知
雪光能映紙復訝鐙花今得錢蓮帳寒蘂窗拂
曙筠籠熏火香盈絮匆垂細溜上繞飛蛾光清
寒入餤暗風過楚人纓脫盡燕君書誤多夜風
吹香氣隨鬱金苑芙蓉池秦皇辟惡不足道漢
武胡香何物奇晚星沒芳蕪歇還持照夜游詎

音簡韻健光采煥鮮六朝中不可多得

風致灑然句法爲唐人所祖

收束妙有含蓄

舒屈膝之屏風掩芙蓉之行障卷衣秦后之牀送枕荆臺之上乃有百枝同樹四照連盤香添然蜜氣穠燒蘭燼長宵久光青夜寒秀華掩映蚖膏照灼動鱗甲於鯨魚燄光芒於鳴鶴蛾飄則碎花亂下風起則流星細落況復上蘭深夜中山醑清楚妃留客韓娥合聲低謳著節游絃絕鳴輝輝朱燼燄燄紅熒乍九光而連綵或雙花而竝明寄言蘇季子應知餘照情

對燭賦

北周 庾信

娟麗無匹體貼入微

極鍾鍊亦極波俏

烘染蘊藉

朱開錦蹹黛蘸油檀脂和甲煎澤漬香蘭量髻鬢之長短度安花之相去縣媚子於搔頭拭釵梁於粉絮梳頭新罷照著衣還從妝處取將歸暫看紋繫縣知纈縵衫正身長裙斜假襻眞成箇鏡特相宜不能片時藏匣裏暫出園中也自隨

鐙賦

北周庾信

九龍將暝三爵行棲瓊鉤半上若木全低窗藏明於粉壁柳助暗於蘭閨翡翠珠被流蘇羽帳

無復遺恨矣

旖語閒情紛蕤相引如入石季倫錦步障中令人心醉目炫

刻畫細緻

婉約微玅娬媚可憐昔人評開府文謂其辭生於情氣餘於采信然

簟上金蓮帳裏始摺屏風新開戶扇朝光晃眼早風吹面臨桁下而牽衫就箱邊而著釧宿鬟尚卷殘妝已薄無復脣珠纔餘眉蕚靨上星稀黃中月落鏡臺銀帶本出魏宮能橫卻月巧挂迴風龍垂匣外鳳倚花中鏡乃照膽照心難逢難值鏤五色之盤龍刻千年之古字山雞看而獨舞海鳥見而孤鳴臨水則池中月出照日則壁上菱生暫設裝奩還抽鏡屜競學生情爭憐今世鬟齊故略眉平猶剃飛花塼子次第須安

句亦如天鹿錦鳳皇綾多從組織得來

一結窅邈

選聲鍊色此造極巔吾於子山

節鼓協律都尉射雉中郎停車小苑連騎長楊金鞍始被柘弓新張拂塵看馬埒分朋入射堂馬是天池之龍種帶乃荆山之玉梁豔錦安天鹿新綾織鳳皇三日曲水向河津日晚河邊多解神樹下流杯客沙頭渡水人鏤薄窄衫袖穿珠帖領巾百丈山頭日欲斜三晡未醉莫還家池中水影縣勝鏡屋裏衣香不如花

鏡賦

北周 庾信

天河漸沒日輪將起燕噪吴王烏驚御史玉花

秀句如繡顧盼生姿不啻桃花醲面令人膚澤光悅

橫路開上林而競入擁河橋而爭渡出麗華之金屋下飛燕之蘭宮釵朵多而訝重髻鬟高而畏風眉將柳而爭綠面共桃而競紅影來池裏花落衫中苔始綠而藏魚麥纔青而覆雉吹簫弄玉之臺鳴佩淩波之水移戚里而家富入新豐而酒美石榴聊汎蒲桃醱醅芙蓉玉盌蓮子金杯新芽竹筍細核楊梅綠珠捧琴至文君送酒來玉管初調鳴弦暫撫陽春淥水之曲對鳳迴鸞之舞更炙笙簧還移箏柱月入歌扇花承

生綻可喜

大盜指侯景長離指梁武子孫三危九折本險地而直轡以往視若平途致遭摧碎指梁武納侯景之降以有此亂荆軻蘇武指奉使西魏事瑣陳縷述悲感淋漓窮途一慟

六朝小賦每以五七言相雜成文其品致疏越自然遠俗初唐四子頗效此法

秋風之别關山則風月悽愴隴水則肝腸斷絶龜言此地之寒鶴訝今年之雪百齡兮倏忽菁華兮已晚不雪鴈門之踦先念鴻陸之遠非淮海兮可變非金丹兮能轉不暴骨於龍門終低頭於馬阪諒天造兮昧昧嗟生民兮渾渾

春賦

北周庾信

宜春苑中春已歸披香殿裏作春衣新年鳥聲千種囀二月楊花滿路飛河陽一縣併是花金谷從來滿園樹一叢香草足礙人數尺游絲即

思藹然言外
薤石見淮南子
此卽急就篇所
稱石敢當也
子山當日提挈
老幼竝在於周
故其言如此

此敘述在梁時
官居侍從時際
承平或陪侍於
元武湖之觀或
參從於鳳皇臺
之墟如宣室之
名賈誼長楊之
獻揚雄御極一
時之盛

此言侯景之亂

養病鎮宅神以薤石厭山精而照鏡屢動莊舄之唫幾行魏顆之命薄晚閒閨老幼相攜蓬頭王霸之子椎髻梁鴻之妻燋麥兩甕寒菜一畦風騷騷而樹急天慘慘而雲低聚空倉而雀噪驚懶婦而蟬嘶昔早濫於吹噓藉文言之慶餘門有通德家承賜書或陪元武之觀時參鳳皇之墟觀受釐於宣室賦長楊於直廬遂乃山崩川竭冰碎瓦裂大盜潛移長離永滅摧直轡於三危碎平途於九折荊軻有寒水之悲蘇武有

二句乃疊股法讀之騷逸欲絕

酢倉故切味之酸釅者也醋在各切客酌主人也凡醯醋之醋當用酢酬酢之酢當用醋自唐以後互誤難改今人更夢夢矣

此段自傷屈體魏周至於疾病其眷眷故國之

睢陽亂絲非夏日而可畏異秋天而可悲一寸二寸之魚三竿兩竿之竹雲氣蔭於叢著金精養於秋菊棗酸梨酢桃榹李薁落葉半牀狂花滿屋名爲野人之家是謂愚公之谷試偃息於茂林迺久羨於抽簪雖有門而長閉實無水而恆沈三春負鉏相識五月披裘見尋問葛洪之藥性訪京房之卜林草無忘憂之意花無長樂之心鳥何事而逐酒魚何情而聽琴加以寒暑異令乖違德性崔駰以不樂損年吳質以長愁

寫景賦物失之遠已

突接得宕遠之神

極意修飾而仍不黏滯此境惟蘭成獨擅

鑿坏桐閒露落柳下風來琴號珠柱書名玉杯有棠梨而無館足酸棗而非臺猶得攲側八九丈縱橫數十步榆柳兩三行梨桃百餘樹撥蒙密兮見窗行攲斜兮得路蟬有翳兮不驚雉無羅兮何懼草樹混淆枝格相交山為簣覆地有堂坳藏貍並窟乳鵲重巢連珠細菌長柄寒匏可以療飢可以棲遲攲嶇兮狹室穿漏兮茅茨檐直倚而妨帽戶平行而礙眉坐帳無鶴支牀有龜鳥多閒暇花隨四時心則歷陵枯木髮則

駢語至蘭成所謂采不滯骨雋而彌潔餘子只蠅鳴蚓竅耳乃唐令狐德棻等譔信本傳詆爲淫放輕險詞賦罪人何愚不自量至此詩家如少陵且極推重況模範是出者安得不頫首耶

此賦前半俱從小園落想後半以鄉關之思爲哀怨之詞近人摹擬是題一味

若夫一枝之上，巢父得安巢之所；一壺之中，壺公有容身之地。況乎管寧藜牀，雖穿而可坐；嵇康鍛竈，既煗而堪眠。豈必連闥洞房，南陽樊重之第；綠墀青瑣，西漢王根之宅。余有數畝敝廬，寂寞人外，聊以擬伏臘，聊以避風霜。雖復晏嬰近市，不求朝夕之利；潘岳面城，且適閒居之樂。況乃黃鶴戒露，非有意於輪軒；爰居避風，本無情於鐘鼓。陸機則兄弟同居，韓康則舅甥不別，蝸角蟁睫，又足相容者也。爾乃窟室徘徊，聊同

曼聲柔調顧盼有情自是六朝之儁
意態曲盡卽常情便有無限風致名手擅塲必以此法
戛然而止局段自高

歸而稱曰狹邪才女銅街麗人亭亭似月嬿婉如春凝情待價思尚衣巾芳踰散麝色茂開蓮陸離羽佩襍錯花鈿響羅衣而不進隱明鐙而未前中步檐而一息順長廊而迴歸池翻荷而納影風動竹而吹衣薄莫延佇宵分乃至出闈入光含羞隱媚垂羅曳錦鳴瑤動翠來脫薄妝去留餘膩霑粉委露理鬢清渠落花入領微風動裾

小園賦

北周 庾信

極自然極幽秀有淵涵不盡之致想是筆花入夢時也

總論

一氣呵成有天驥下峻阪之勢

言盡意不盡

女上宮陳娥春草碧色春水緑波送君南浦傷如之何至乃秋露如珠秋月如珪明月白露光陰往來與子之別思心徘徊是以別方不定別理千名有別必怨有怨必盈使人意奪神駭心折骨驚雖淵雲之墨妙嚴樂之筆精金閨之諸彥蘭臺之羣英賦有淩雲之稱辯有雕龍之聲誰能摹暫離之狀寫永訣之情者乎

麗人賦　梁　沈約

有客弱冠未仕締交戚里馳騖王室遨游許史

伉儷別

從軍別單拈春絶國別單拈秋此則四時具備乃古人用意變換處

方外別

卓犖有奇氣

狹邪別

若君居淄右妾家河陽同瓊佩之晨照共金鑪之夕香君結綬兮千里惜瑤草之徒芳慙幽閨之琴瑟晦高臺之流黃春宮閟此青苔色秋帳含茲明月光夏簟清兮晝不莫冬釭凝兮夜何長織錦曲兮泣已盡迴文詩兮影獨傷儻有華陰上士服食還僊術既妙而猶學道已寂而未傳守丹竈而不顧鍊金鼎而方堅駕鶴上漢驂鸞騰天蹔游萬里少別千年唯世閒兮重別謝主人兮依然下有芍藥之詩佳人之謌桑中衛

肝膽相酬有一往無前之概
從軍別
高曠有餘全不彫琢而彫琢者莫能及
絶國別
摹想尊酒泣別情狀百般嗚咽歷歷如繪
折腰句醞釀有味

之時起方銜感於一劒非買價於泉裏金石震而色變骨肉悲而心死或乃邊郡未和負羽從軍遼水無極鴈山參雲閨中風暖陌上草薰日出天而曜景露下地而騰文鏡朱塵之照爛襲青氣之烟煴攀桃李兮不忍别送愛子兮霑羅裙至如一赴絶國詎相見期視喬木兮故里決北梁兮永辭左右兮魂動親賓兮淚滋可班荆兮贈恨唯尊酒兮敘悲值秋鴈兮飛日當白露兮下時怨復怨兮遠山曲去復去兮長河湄又

夕陽之悽月色之苦癡心夢想居人往往有此

富貴別

以下七段極摹黯然銷魂四字狀景寫物縷縷入情醴陵於六朝的是鑿山通道巨手

任俠別

軒而飛光見紅蘭之受露望青楸之離霜巡層楹而空揜撫錦幕而虛涼知離夢之躑躅意別魂之飛揚故別雖一緒事乃萬族至若龍馬銀鞍朱軒繡軸帳飲東都送客金谷琴羽張兮簫鼓陳燕趙歌兮傷美人珠與玉兮豔莫秋羅與綺兮嬌上春驚駟馬之仰秣聳淵漁之赤鱗造分手而銜涕感寂寞而傷神乃有劍客慙恩少年報士韓國趙廁吳宮燕市割慈忍愛離邦去里瀝泣共訣抆血相視驅征馬而不顧見行塵

冷水澆背熱心頓解

盡琴瑟滅兮邱隴平自古皆有死莫不飲恨而吞聲

別賦　梁 江淹

立格與恨賦同前以激昂勝此以柔婉勝起四字無限淒涼一篇之骨

黯然銷魂者唯別而已矣況秦吳兮絕國復燕宋兮千里或春苔兮始生乍秋風兮蹔起是以

行子

行子腸斷百感悽惻風蕭蕭而異響雲漫漫而奇色舟凝滯於水濱車逶遲於山側櫂容與而

確是欲別未別光景但卽眼前意無不入妙

詎前馬寒鳴而不息掩金觴而誰御橫玉柱而霑軾

居人

居人愁臥怳若有亡日下壁而沈彩月上

才士之恨

高人之恨

如此埋沒者不知凡幾一嘆

貧困之恨

榮華之恨

世事循環無端枯榮同歸一盡亟讀數過不異

歸田里閉關郤埽塞門不仕左對孺人右顧稚子脫略公卿跌宕文史齎志沒地長懷無已及夫中散下獄神氣激揚濁醪夕引素琴晨張秋日蕭索浮雲無光鬱青霞之奇意入修夜之不暘或有孤臣危涕孽子墜心遷客海上流戍隴陰此人但聞悲風汨起血下霑衿亦復含酸茹歎銷落湮沈若乃騎疊迹車同軌黃塵帀地歌吹四起無不煙斷火絕閉骨泉裏已矣哉春草莫兮秋風驚秋風罷兮春草生綺羅畢兮池館

愈說得威赫愈覺得冷落筆法簡勁悲思淋漓

列矦之恨

名將之恨

此段可與蘇子卿黃鵠一詩竝讀

美人之恨

獨憐青冢幽恨誰知文語語悽絕

方架黿鼉以爲梁巡海右以送日一旦魂斷宮車晚出若乃趙王既虜遷於房陵薄莫心動昧旦神興別豔姬與美女喪金輿及玉乘置酒欲飲悲來塡膺千秋萬歲爲怨難勝至於李君降北名辱身冤拔劍擊柱弔影慙魂情往上郡心留鴈門裂帛繫書誓還漢恩朝露溘至握手何言若夫明妃去時仰天太息紫臺稍遠關山無極搖風忽起白日西匿隴鴈少飛代雲寡色望君王兮何期終蕪絕兮異域至乃敬通見抵罷

史稱帝不好聲色頗有高名觀此婉麗多情余未之信

恨別二賦乃文通創格

通篇奇峭有韵語法俱自千錘百鍊中來然卻無痕迹至分段敘事慷慨激昂讀之英雄雪涕

帝王之恨

路遠如何鬢飄蓬而漸亂心懷疑而轉歎愁縈翠眉斂啼多紅粉漫已矣哉秋風起兮秋葉飛春花落兮春日暉春日遲遲猶可至客子行行終不歸

恨賦

梁　江淹

試望平原蔓草縈骨拱木斂魂人生到此天道寧論於是僕本恨人心驚不已直念古者伏恨而死至如秦帝按劍諸侯西馳削平天下同文共規華山爲城紫淵爲池雄圖既溢武力未畢

起得超語淺而思深故妙

逼眞蕩婦情景琢磨入細

寫出幽憤意卻是可憐

蕩婦秋思賦

梁元帝

蕩子之別十年倡婦之居自憐登樓一望惟見遠樹含煙平原如此不知道路幾千天與水兮相逼山與雲兮共色山則蒼蒼入漢水則涓涓不測誰復堪見鳥飛悲鳴隻翼秋何月而不清月何秋而不明況乃倡樓蕩婦對此傷情於時露萎庭蕙霜封階砌坐視帶長轉看腰細重以秋水文波秋雲似羅日黯黯而將暮風騷騷而渡河妾怨迴文之錦君思出塞之歌相思相望

體物瀏亮斯爲不負生撰語卻佳以有藻飾所以讀之不厭腴鍊

紫莖兮文波紅蓮兮芰荷綠房兮翠蓋素實兮黃螺於時妖童媛女蕩舟心許鷁首徐迴兼傳羽杯櫂將移而藻挂船欲動而萍開爾其纖腰束素遷延顧步夏始春餘葉嫩花初恐沾裳而淺笑畏傾船而斂裾故以水濺蘭橈蘆侵羅襪菊澤未反梧臺迥見荇濕霑衫菱長繞釧汎柏舟而容與歌采蓮於江渚歌曰碧玉小家女來嫁汝南王蓮花亂臉色荷葉雜衣香因持薦君子願襲芙蓉裳

房與防通房露古曲名陽阿古善歌者

以二歌總結全局與怨遙傷遠相應深情婉致有味外味後人摹擬便落套覺厭矣

前寫月之始升此寫月之既沒畦逕分明

朔管之秋引於是絲桐練響音容選和徘徊房露惆悵陽阿聲林虛籟淪池滅波情紆軫其何託愬皓月而長歌歌曰美人邁兮音塵闕隔千里兮共明月臨風歎兮將焉歇川路長兮不可越歌響未終餘景就畢滿堂變容迴遑如失又稱歌曰月既沒兮露欲晞歲方晏兮無與歸佳期可以還微霜霑人衣陳王曰善迺命執事獻壽羞璧敬佩玉音復之無斁

采蓮賦

梁元帝

數語無一字說月卻無一字非月清空澈骨穆然可懷

筆能赴情自情生於文正不必苦鏤而沖淡之味耐人咀嚼

帝臺集素娥於后庭朒朓警闕朏魄示沖順辰通燭從星澤風增華台室揚采軒宮委照而吴業昌淪精而漢道融若夫氣霽地表雲斂天末洞庭始波木葉微脫菊散芳於山椒鴈流哀而江瀨升清質之悠悠降澂輝之藹藹列宿掩縟長河韜映柔祇雪凝圓靈水鏡連觀霜縞周除冰淨君王乃厭晨懽樂宵宴收妙舞弛清縣去燭房即月殿芳酒登鳴琴薦若乃涼夜自凄風篁成韵親懿莫從羇孤遞進聆臯禽之夕聞聽

此賦假陳王仲宣立局與小謝雪賦同意茲刻遺雪取月者以雪描寫著迹月則意趣灑然所謂寫神則生寫貌則死

怨遙傷遠一篇關目

白露二句神來之筆看似平淡而實精縟作文須知此境

此段尚嫌著迹

月賦

宋　謝莊

陳王初喪應劉端憂多暇綠落生閣芳塵凝榭悄焉疚懷不怡中夜迺清蘭路肅桂苑騰吹寒山弭蓋秋阪臨濬壑而怨遙登崇岫而傷遠於時斜漢左界北陸南躔白露曖空素月流天沈吟齊章殷勤陳篇抽毫進牘以命仲宣仲宣跪而稱曰臣東鄙幽介長自丘樊昧道懵學孤奉明恩臣聞沈潛既義高明既經日以陽德月以陰靈擅扶光於東沼嗣若英於西冥引元兎於

通池既已夷峻隅又已頹直視千里外唯見起黄埃凝思寂聽心傷已摧若夫藻扃黼帳歌堂舞閣之基璿淵碧樹弋林釣渚之館吳蔡齊秦之聲魚龍爵馬之玩皆薰歇燼滅光沈響絕東都妙姬南國麗人蕙心紈質玉貌絳脣莫不埋魂幽石委骨窮塵豈憶同輿之愉樂離宮之苦辛哉天道如何吞恨者多抽琴命操爲蕪城之歌歌曰邊風急兮城上寒井逕滅兮邱隴殘千齡兮萬代共盡兮何言

有昔日之盛即有今日之衰兩段俱以二語兜轉何等遒勁

題字至此揭出收局感慨淋漓每讀一過令人輒喚奈何

筆筆從城字洗發此名手勝人處

極言其蕪於濃腴中仍見奇峭絕不易得

無故而飛曰坐飛坐字鍊

休命是以版築雉堞之殷井幹烽櫓之勤格高五嶽袤廣三墳崪若斷岸矗似長雲制磁石以禦衝糊赬壤以飛文觀基扃之固護將萬祀而一君出入三代五百餘載竟瓜剖而豆分澤葵依井荒葛罥塗壇羅虺蜮階鬬麏鼯木魅山鬼野鼠城狐風嗥雨嘯昏見晨趨饑鷹厲吻寒鴟嚇雛伏虣藏虎乳血飧膚崩榛塞路崢嶸古馗白楊早落塞草前衰稜稜霜氣蔌蔌風威孤蓬自振驚沙坐飛灌莽杳而無際叢薄紛其相依

宋孝武時臨海王子頊有逆謀照爲參軍隨至廣陵見故城荒蕪乃漢吳王濞所都濞以叛逆被滅照因賦其事諷子頊
從盛時極力說入總爲蕪字張本如此方有勢有力

六朝文絜卷一

海昌許槤評選　朱鈞參校

賦

蕪城賦　宋　鮑照

瀰地平原南馳蒼梧漲海北走紫塞鴈門柂以漕渠軸以崑岡重江複關之隩四會五達之莊當昔全盛之時車挂轊人駕肩廛閈撲地歌吹沸天孳貨鹽田鏟利銅山才力雄富士馬精妍故能奓秦法佚周令劃崇墉刳濬洫圖修世以

六朝文絜目錄

祭文

碑

誄

卷四

牋

卷三

書

教

策問

表

敕

令

卷二

詔

六朝文絜目録

卷一

賦

書于古韻閣

放冀吴豈非叽不絜
者類絜邪不獲已姑
鐕落贅覈語
道光五年歲在旃蒙
作噩壯月海昌許槤

眎朱君蓧漚篠漚喜欲徃亟鳩工鋟版閱七月蕆事蓧漚曰子曷不駢言於首乎余曰是猶鳥雀于佛髻

窳陋爲甄別其義迄
今二十禩異易稿者
數四凡售句比字据
理務覈朕猶未嚌其
胾爲歎二也今年春

耆屐也習稍稍久恍
肰於三唐寖變未有
不胎息六朝者由此
上泝漢魏祮如爾藏
丙寅輯選斯帙不揆

昊繫允奚寔哉往余
齒舞勺輒喜繹除庾
諸家文郢師禁弗與
夜講鐙竊記之始未
嘗不貽盲者鏡予瞥

或曰既繁冗之復絜名之廉又何說曰繁冗奚處夫蹊要所司職在鎔裁薙繁冗而絜是弋則絜者彌絜

敘

余盖深韙吾劉舍人之言也析詞尚絜肰則文至六朝絜矣乎曰繁冗莫六朝若矣

道光五年乙酉七月訖功

許槤評選
朱鈞參校

六朝文絜

享金寶石齋
藏版

六朝文絜

影印本

〔清〕許槤 評選

浙江古籍出版社